劉操南 全集

諸葛亮出山

劉操南
汪雄飛
編著

浙江大學出版社
ZHEJIANG UNIVERSITY PRESS

劉操南（1917.12.13—1998.3.29）
（1950年後攝於杭州大華照相館）

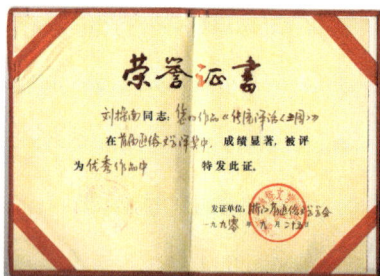

榮譽證書

劉操南先生在演講，
攝於20世紀80年代初

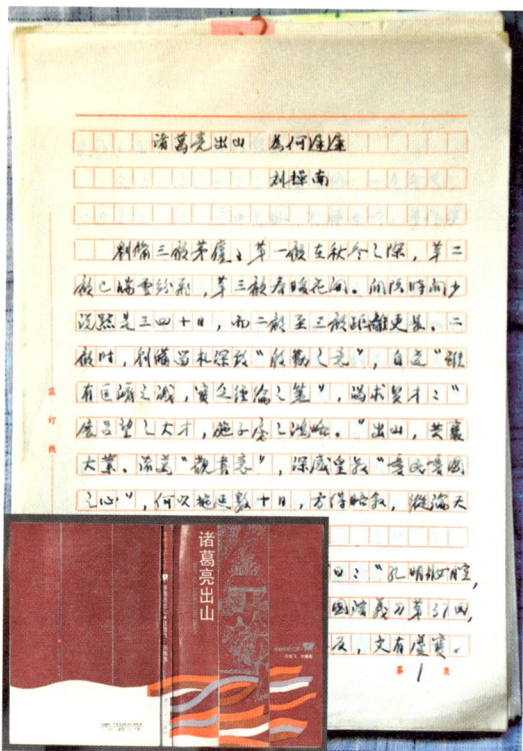

手稿及1989年出版的《諸葛亮出山》封面

照片由劉操南先生之子劉文涵教授策劃編制

編者説明

《諸葛亮出山》，據浙江文藝出版社 1989 年 7 月版録編，原書原署：汪雄飛、劉操南，爲《傳統評話〈三國〉》叢書之一種，其《内容提要》云：

> 徐庶巧設火牛陣，殺敗曹軍。曹操計賺徐母，徐庶走馬薦諸葛，劉備三顧茅廬，諸葛亮出山。孔明登臺拜將，張飛不服，醉鬧校場，然終霧散雲消，翼德誠服，拜孔明爲師。諸葛亮神機妙算，"兩把火"燒了二十萬曹軍……曹操再興兵樊城……情節緊湊，波瀾迭起，語言簡練。

這次收入《劉操南全集》，由編者酌加處理；又發現《後記》手稿，與原書稍有異同，其後段略附於此：

> ……

> 兹有述者，汪雄飛説《三國》，爲蘇州評話中之一支。汪氏受業於張（玉书）先生之門，與其子國良爲一師門下。解放後汪入浙江曲藝團，余於五十年代識之，賞其造詣之深，觀千載於須臾，撫三國於一瞬。叱咤風雲，拍案驚奇。抛出懸念，使人回味無窮。常聆其"關雲長千里走單騎"中"草岡收將"一節，追記成文，輔以論述，發表於《東海》雜誌 1962 年 10 月，社會讀者咸驚書面文字傳口頭語言得如是之神且

妙也,當爲大手筆矣。

1985年春,汪先生隨浙江文藝出版社陳雲生同志枉駕杭大河南宿舍寒齋見訪。暢談間,囑委整理《諸葛亮出山》,余固辭之,不獲,遂笑領之。翌日見其轉來手稿,其書橫行,分列人物,接寫對話,中插表書,敷衍書情。所述甚簡,蜻蜓點水,斷斷續續,如電影脚本然。文字質樸,偶插賦贊;記憶時乖,有翹脚語,復多先後雷同重復者;游辭餘韻亦遜。余玩誦之,知斯脚本與書場演出,懸殊似雲泥也。又思張書《三國》已出,兩書不能撞車;別出心裁,應再創作之。沉思終日,頗有難色。躊躇累旬,如有所悟。爰就汪氏脚本書路,增删移易,繪神繪色,數易其稿,而草創潤飾之。其事詳於《諸葛亮出山·緣起》一文中也。落筆數月,内子忽罹險疾,呻吟床笫,頻於昏迷。呼天涕泣,寝食不安。顧念繳卷之諾,迫於眉睫,遂邀弟子陸君子康協助焉。余授之意,陸君輒能領悟。意每稱物,文輒逮意。課務之暇,承其不辭勞苦,抄綴輒至夜深盡漏焉。此書殺青,陸君之助力不可泯也!稿成,出版社以與他書統一體例:回目悉改七言;每回之首"話説"、結尾"且聽下回分解"俱芟除去;《緣起》一回,以他書無,《後記》又以篇幅所限,版已排定,爲凑字數,削足適履,未能保持原貌矣。文字約之又約,不得已也,衹能聽之而已!

目　録

緣　起

劉操南

　　看官：正書未説，讓在下囉嗦幾句。宋人話本有個"得勝頭回"，這裏就先説個緣起吧。

　　話説公元一九八五年三秋的一個夜晚，金風送爽，玉露罷暑。時近三更，星移斗轉。一輪皓月高懸中天，月光如水銀瀉地，照得大地草木生輝。遠離西子湖畔的斜路裏，有一幽静所在，平房三間，樹影重重。堂屋旁右側鼎足齋内，明燈煌煌。此刻有一作家獨坐窗前，默坐凝思。案上放着清茶一杯，茶煙嫋嫋。他翻閱着一疊疊評話藝人的《三國》口録，浮想聯翩，戓斀着如何纂修成書。這時，唯見銀河耿耿，秋蟲唧唧。作家時而對着窗外桂影凝眸入神，時而翻着案上口録頷首自語，時而托着下巴遐想，時而伏於案頭沉思……

　　忽地一陣清風吹起，"吱"的一聲，書齋門被推開了。但見兩人聯翩而入，作家細細一覷，似曾相識，一時却回憶不起來。一位是年已古稀的老者，白髮蕭蕭，步履蹣跚；一位是三十左右的青年，英俊瀟灑，風度翩翩。兩人走近，作家急忙起身拱手迎接，作揖讓座；隨即沏了兩杯龍井香茗。

　　作家復坐椅中，轉身微笑着問道："兩位貪夜枉駕光臨寒舍，未諗有何見教?”

青年坦率言道:“夜半前來攪擾先生,衹因我倆爲着小説問題争論不休。”

作家略啜幾口清茗,饒有興味地道:“如此,在下願聞高見!”

老者聽畢,搶先對作家道:“老朽以爲,稗官野史,小説家言,不過供人飯罷茶餘消遣而已,不足以登大雅之堂,躋於學術之林;唯有正經正史,堪稱學術精華,可以安邦治國……”

老者話尚未畢,那青年鋒芒畢露地道:“老先生此話未免將小説看扁了!經、史、子、集四部,衹是古代圖書文體的分類罷了。作品分析,當從内容着眼,教其會通,相互滲透,豈能憑着文體而區别高下?小説雖屬子部,同樣寓有安邦治國的道理,反映社會歷史現實,饒於教育意義。而且傳於千門萬户,社會效益絶不亞於經史。小説真真假假,虚虚實實,人物形象,名物制度,可以説是一面鑒察萬物的鏡子。”

老者見青年當着作家之面針鋒相對,大爲不滿,臉有愠色,心中着急,不禁期期艾艾地厲聲説道:“爾言甚是乖謬,竟與我曹古國傳統思想相悖!”

青年聆聽老者以傳統思想壓人,不以爲然。他端起茶杯,品了一口香茗,斜睨了老者一眼,凝視着作家道:“先生素與小説打交道,小生願聆高見!”

作家覺得,這青年所説不落俗套,却有些真知灼見。於是並不推却,微微點首,朗朗然道:“中國小説,歷來文史滲透,博涉無方,言近旨遠。《左傳》中載有許多戰争:殽之戰、鞌之戰等;《資治通鑑》中載有許多戰争:官渡之戰、赤壁之戰等;《三國志通俗演義》中也有許多戰争:赤壁之戰、六出祁山等。都是反映中國歷史社會的軍事鬥争的,它們的人物塑造,寫作結構,主題思想,就没有一些繼承發展、脈胳綫索和跡象精神可尋嗎?《左傳》屬於經部，《通鑑》屬於史部，《演義》屬於子部，然而，我們可以高舉經史，能說演義於今毫無借鑒意義？能說演義低人一等嗎？”

作家略略停頓，啜一口清茗，潤潤喉嚨，繼續道：“羅貫中將書名題作：《三國志通俗演義》，這意思不就是把三國的史事、史教等演義而通俗化嗎？卷首又題云：‘晉平陽侯陳壽史傳，後學羅貫中編次。’陳壽記載的是歷史，羅貫中撰寫的是小說，一是‘史傳’，一是‘編次’，豈非文史互相滲透？我們細細閱讀《後漢書》《三國志》的有關篇章，演義所撰寫的許多細節，是閃耀着史傳的精神的，羅貫中於此是花過功夫的。”

作家又停頓了一下，望着青年道：“看來，足下之言，誠然有理！”

老者見作家明辨是非，站在青年一邊，毫不含混，頗覺尷尬；而青年却興奮異常，臉上溢滿了驚喜的神情，亢聲道：“先生之言說得妙啊！讀書人倘若思想僵化，膠柱鼓瑟，對待祖國文化遺產，自護其短，豈能掇其精華，棄其糟粕？”

作家聽得這快人快語，忘了老者在側，激昂地道：“當今學術界，不篤舊以自封，不鶩新而忘本。理當日新月異，精進不已，豈能抱殘守缺！”

老者聞得作家所說與青年如出一口，且言來語去，似有譏刺之意，不禁勃然大怒。老者“哼”了一聲，霍然立起身子，朝作家一揮手道：“老朽告辭了！”說着，拂袖出門，作家與青年見狀，疾忙起身追至門外招呼，誰知瞬間已不見老者影蹤。

青年見老者忿然離去，思想得罪不起，意欲前去追趕。此時，作家却是挽着青年，情意拳拳地道：“既蒙足下青睞，請留稍抒幽懷。”

青年見作家一片盛意，衹得留下。賓主復回齋内，相對而坐，忘其夜分月移。侃侃而談，說古道今，衡文論史，毫無拘束，祇覺萬般投機。

作家談得興至,欵然起身入內,取出一壇桂花佳釀,又去菜櫥中,端來數碟涼菜。青年注視着酒壇上"廣寒宮"彩畫,興趣盎然,驟覺一股陳壇桂花香氣撲鼻而來。於是作家將壇泥打開,賓主宛如舊雨重逢,舉杯相屬,縱酒笑談。

酒過三巡,作家指着案頭的藝人口錄,説道:"在下如今正欲將這些藝人口錄纂修成書。漢朝傳至獻帝劉協,天下攘攘,三分鼎立。曹操、劉備、孫權逐鹿天下,大動干戈,你死我活,爭奪不已。未知足下能否説説這些歷史現象於今安邦治國的借鑒作用?"

青年聞言,沉思有頃,一口喝去半杯佳釀,將幾粒油氽花生米挾入口中,咀嚼着道:"依小生看來,這些歷史現象,於今借鑒甚多。單就人才問題言之,便教今人尋繹不已。三國時代,人才輩出,風雲際會。運籌帷幄,如孔明、龐統;行軍用兵,如周瑜、司馬懿;料事如神,如郭嘉、荀彧;武功將略,如張飛、趙雲;衝鋒陷陣,如許褚、黃蓋。兩才相當,兩賢相遇者,似姜維、鄧艾,智勇悉敵;似羊祜、陸抗,從容互鎮。道學尊馬融、鄭玄;文藻稱蔡邕、王粲;穎捷崇曹植、楊修;早慧推諸(葛)恪、鍾會;應對則秦宓、張松;舌辯則李恢、闞澤。知賢見司馬徽之哲,勵操崇管寧之高,斥惡尚禰衡之豪,罵賊聞吉平之壯……真是人才濟濟,皆可彪炳史册!"青年一口氣道出一連串古人,恰如一顆顆熠熠閃耀的明珠,教人目不暇接。

青年略一停頓,又將杯中之物喝盡,侃侃而道:"曹操、劉備、孫權之間的爭奪,從某種意義上説,實際是人才的爭奪。曹操唯才是舉,數下'求賢令';劉備竭誠禮待下士,三顧茅廬,聘得大賢孔明;孫權憑藉父兄之功,據有江東,廣攬賢能,知人善用。三人在搜羅人才、使用人才方面,各有短長。三位領袖都深深地懂得

‘得人者昌’。這在史家陳壽、小説家羅貫中筆下，在藝人的評話三國的開講中，都有所闡發，寫（説）得形象生動、特點鮮明。今日，我們不也可以從中悟出尊重人才的重要性嗎？”

作家聽着，内心尋思：此人可稱後起之秀，不能等閒視之。學識廣博，通曉古今，確乎後生可畏。作家譽道：“足下之見，深中肯綮，令人欽仰之至！”説着，捧起酒壇，爲青年滿滿斟了一杯，並道：“且别光顧説話，請用酒吧！愧無佐肴，怠慢怠慢。”

待青年一杯既盡，作家又斟一杯。青年連飲三杯，神色自若。作家忍不住贊道：“海量！海量！”賓主借酒助興，縱談不絶，忽將漏盡。

作家驀地記起一事，詢道：“請問足下，三國紛争，頭緒萬千，脈絡紛繁。在下這部小説，未知從何説起爲宜？”

青年聽了，搔首躊躇，籌思片刻，對作家斷然道：“小生愚見，若説尊重人才，三國這書，諸葛亮乃是書中一位重要人物。先生何不删繁就簡，乾脆從‘諸葛亮出山’説起？”

此語甫罷，作家不禁拍案叫絶，連連歎道：“是啊！是啊！妙哉！妙哉！”作家起座謝道：“在下文思沾滯，寂然疑慮，情焉動容，正苦開頭之難；不意足下教言，教人眼前一亮，雲霧廓清，豁然開朗。”青年稍感局促地道：“先生過譽了！”

作家與青年初次相遇，情投意合，宛如知音一般。賓主一邊磋商學術問題，交流研究心得；一邊舉杯痛飲桂花美酒，各傾衷腸。俗話説：“酒逢知己千杯少。”風動竹響，聞得窗外秋風瑟瑟。不覺賓主皆已酕醄大醉，渾身輕飄飄的，頭重脚輕。青年興猶未闌，摇摇晃晃，站起身來，兩手猛地捧起酒壇，對着作家喊道：“先、先、先生，且、且、且讓我倆再幹、幹、幹它三、三、三杯！”青年情緒激動，正欲爲作家斟酒，不料一個趔趄，酒壇失手墜地，正巧砸在作家脚上。作家一陣疼痛，不覺“啊——”地大叫一聲⋯⋯

隨着這聲大叫，作家醒來，揉揉眼睛，昏燈明滅，却不見青年的影子。作家舉目環視，但見自己孑然一身，坐於齋內。窗外一輪皓月已經西斜，曉星爛斕於東方，案上仍是一堆藝人的口錄。纔知自己一時疲倦，朦朧間將那瓷器茶杯推到地上，摔得粉碎，茶水潑在褲上，濕漉漉一片。方纔情景，祇是南柯一夢。這時作家毫無睡意，站起身來，在齋中走了幾圈，然後坐定，伸手援毫，飽蘸濃墨，去那稿紙上揮筆寫下"諸葛亮出山"……

一連數日，作家於書齋內慘澹經營，苦費心機。有時燈下伏案諦思，有時月下對天搔首，反復揣摩……一日午後，作家小憩後走出書齋，漫步山間幽徑，東行二三里，即至九里竹林。但見滿坡修篁，鬱鬱葱葱，遮天蔽日，清風拂來，竹影婆娑。一條溪流曲折蛇行，延向深處。溪水淙淙，宛若琴音。作家面對竹林勝景，思緒又回到歷史的長河：東漢獻帝建安十二年(207)，漢大將軍大丞相武平侯曹操率軍百萬，兵伐東南，劉琮便欲投降，江東孫權見文官議降，武將主戰，一時舉棋不定。在此危急存亡之際，劉備三顧茅廬，請出諸葛亮，拜爲軍師。於是乎，分土爭雄，風雲突變。赤壁一戰，曹操敗北，形成了三國鼎立的局面……

作家正在沉思徐行，忽覺迎面步來一人，口中吟道："先帝創業未半，而中道崩殂，今天下三分……"未及抬首，與作家撞了個滿懷。作家忍痛細覷，仿佛夢中所遇青年。那人愣然而立，幾册書卷落於脚下，封面上有"三國志"三個大字。那青年驀地醒悟過來，失聲喊道："啊呀，是先生！先生還記得嗎？上月初曾在李教授的書齋與先生相遇呢！"

原來，那青年是東南大學著名史學家李教授的得意門生，姓史名明，是三國史研究的後起之秀，頗受海內外學者注意。作家爲了纂修藝人的《三國》口錄，曾去李教授府中拜訪磋商，當時史明亦在，發表了許多高見。此後，作家便欲與史明作一長談，苦無機緣,今日巧遇,作家喜甚。

　　當下拉着史明坐在石凳上,説道:“自李教授府中一別,常思向足下討教……”史明見作家如此謙遜,彬彬有禮,急急而道:“小生才疏學淺,深祈先生賜教!”作家道:“在下在纂修藝人口録《三國》時,有一事甚難理解:諸葛亮高卧隆中,何以放棄淡泊明志的田園生活,願意出山踏上興復漢室的創業之路?”

　　史明聞言,思索有頃,似有感觸地道:“這事並非出於偶然。漢末,曹操麾軍百萬南下,荆州人民與地方各派統治集團,皆渴望有一個强勁政治力量,能阻遏曹軍南下。諸葛亮對於天下大勢,了然於胸。於是依照人民意願,順應時勢,躍出茅廬,意欲一顯身手,實現自己的管仲、樂毅之志。”

　　作家聽着,暗歎:這青年不愧爲李教授的高足,言之成理,令人折服。於是立起身子,手撫一竿修竹,凝視着史明,又問道:“當時獻帝失政,天下逐鹿,主要有四個政治集團——曹操、孫權、劉表與劉備,諸葛亮何以不投曹操、孫權、劉表,而輔助没有立錐之地的劉備?”

　　史明並未立即作答,手撫一竹,遥望溪流,默然無言。作家見他無言,以爲被卡住了;忽聽史明朗朗道:“曹操出身世家宦族,政治勢力雄厚,憑仗雄才大略,挾天子以令諸侯。在那群雄割據的亂世,取得合法地位,調兵遣將,師出有名。但在荆襄漢沔的名士看來,曹操飛揚跋扈,玩弄權術,不過一國賊而已。他們信奉正統,擁護漢室,思借漢室人物,實現安定統一的封建秩序。因此諸葛亮無論如何,是不會投向曹操的。”

　　史明見作家頷首贊同,又分析道:“孫權據有江東,已歷三世。他意欲興復漢室,統一中原;然軍事力量猶嫌不足,且苦於師出無名,故素來持取守勢。曹軍百萬壓境,文武震驚,議降主戰,鬥争激烈,一時難定。孫權開帳議事,仗其冷静大膽,英明決斷,定下抗曹大計。史書記載:張昭曾將諸葛亮薦於孫權,但諸葛亮感到這不合他的政治理想,不肯允諾。俗文學作品中也有反映,魯肅建議諸葛瑾遊説胞弟諸葛亮,孰料反被諸葛亮搶白一頓:想你我的祖宗都叨食漢禄,多受國恩,無一人受過孫氏的恩典。劉備堂堂中山靖王之後,孝景皇帝陛下玄孫,當今天子按譜賜爵的皇叔,兄長爲何不放棄江東而歸順我主劉皇叔呢?再説劉表,此人雖是東漢名士,號稱八俊之一,然胸無大志,不曉軍事,祗圖自保一方。曹軍南下,荆州首當其衝,危在旦夕;可是劉表内則兒子劉琦、劉琮兄弟失睦,外則諸將各有彼此。諸葛亮於此看得十分清楚,洞見癥結,因此,他也不會歸順劉表。"

史明説罷,對作家道:"小生學識淺薄,還請先生賜正!"

作家尚在思考,聞得此語,方纔醒來,贊譽道:"足下言之鑿鑿,高見高見!"

作家見史明剖析三國形勢細緻深入,析疑透徹,心内喜歡不已。於是與史明並肩緩步而行。一路上溪水碧透,竹林葱蘢,怪石嶙峋。作家又道:"劉備雖胸有大志,却乏卓越遠見。他與曹操、孫策幾乎同時登上政治舞臺,却戰將不足,文才奇缺。時遭挫敗,棲棲惶惶,到處依附,不能獨立。初時投奔青州公孫瓚,繼而依附徐州牧陶謙,復歸曹操,後又敗奔荆州劉表……"

史明未待作家言畢,道:"劉備雖然兵將不足,屢受挫折,然胸存大志,折而不撓。縱然寄人籬下,也壯志不衰,謀圖散而復聚,敗而復起,興復漢室之志,未嘗稍泯。劉備平易近人,愛民若子。他與士子相交,同席而座,同簋同食。因此,劉備的政治風度爲荆州漢沔人士所愛戴,也爲諸葛亮所器重。諸葛亮原是山東琅琊郡人,十七歲避亂南下,隱於襄陽隆中。目睹人民橫遭屠戮之慘、流離之苦,曾言:祗求苟全性命於亂世,不求聞達於諸侯。這話實質上是不願與軍閥同流合污。暗中則思佐明主,一統天下。他隱居隆中，結識河南大名士龐德公，襄陽大名士黃承彥。同窗石韜、崔州平等，相與討論時政，高標清議。諸葛亮是這些名士中的佼佼者，影響甚遠，百姓稱之爲臥龍。司馬徽、徐庶等紛紛推薦。如此看來，劉備三請諸葛亮，絕非偶然；而諸葛亮投向劉備，也是理所當然。"

史明邊說邊行，沒有注意到前邊一條溪水擋道，作家急忙拉了一把道："當心！"史明一怔，隨之兩人大笑，攜手從鵝卵石上跨過小溪。史明又接着道："劉備求賢若渴，三顧茅廬之時，年已四十九歲；而諸葛亮僅二十七歲，名不見經傳。劉備這種尊重人才的精神，爲後世所稱頌。隆中對策，劉備相見恨晚，深深歎道：'孤之有孔明，猶魚之有水也！'……"

史明的談論，令作家疑團盡釋，冰消雲散，於是點首道："劉備聘請諸葛亮出山，真可謂慧眼識英雄，至誠所至，金石爲開。這樣的事，千載罕見！"

史明隨即贊頌道："諸葛亮一出山，從此夙夜憂歎，輔助劉備，崛起荊州。建安十三年，劉備、孫權聯盟，赤壁火燒曹軍。六七年間，建立蜀漢政權，獻身遂志，輔助王業。終至秋風五丈原，一病歸天。真是鞠躬盡瘁，死而後已。"

作家凝神聽着，戚戚着，忽覺"諸葛亮出山"一書，已成竹在胸了。

史明又道："諸葛亮的出山，這誠然是關係着扭轉乾坤的一件大事，反映出漢末荊襄地域各派政治集團的理想，也反映了廣大人民群衆希望國家統一的意願。地主階級中開明的知識分子，存在着正統思想，他們看待曹操是陰謀篡位，看待孫權是分裂國家，衷心嚮往國家的統一。當時獻帝昏庸腐敗，漢室無法中興，他們祇好寄希望於漢室之後的劉備身上，這是頗合情理的。"

作家聽了史明的話，不禁蹦了一蹦，喜形於色地道："高見！

高見！確實如此！諸葛亮的出山，由於反映了人民的意願，因此，小說中大肆渲染，作了層層鋪墊。從某種意義上說，人們關心諸葛亮的命運，即是關心國家的命運。"

史明聽着，笑着道："先生所見甚是！"

作家又道："民間藝人演說《三國》，後世文人編纂《三國》，都將諸葛亮的形象塑造成智慧的化身。此中原因，看來就是人民盼望諸葛亮時時處處獲勝，一統天下。陳壽撰《三國志》，是以魏爲正統的；裴松之作《三國志注》，吸收了許多民間傳說，轉移到以蜀爲正統；羅貫中編次《三國志通俗演義》，毛宗崗評改的《三國演義》，近代、當代評話藝人演說《三國》，皆是以蜀爲正統，順着這一意願而推波助瀾的。"

作家與史明一路談來，不覺天色已晚，忽聞林間暮鴉聒噪歸巢，又見竹林間透過夕陽的餘暉，兩人不約而同地"啊"了一聲，又相對一笑，旋身向歸途走去。

此後，作家日復一日，夜復一夜，在鼎足齋裏伏案書寫，寫着、寫着……花落花開，秋去春來，寂寞了多少歲月，平添了多少白髮，終於初稿告成；又幾經增删修改，工筆謄清，然後鄭重地在封面題上五個大字：諸葛亮出山。①

---

① 　編者按：本文原題《〈諸葛亮出山〉緣起》，發表於《杭州老年大學教材》1986 年。《諸葛亮出山》初次出版時未及收入，今稍加修改，置於卷首。

第一回　劉備暫棲新野城
徐庶巧設火牛陣

　　東漢獻帝劉協建安十二年，劉備鎮守新野，已歷一載有餘。劉備來此新野，心裏甚是瞭然：這小小彈丸之地，地僻人稀，上毗南陽，下接襄樊。當此干戈擾攘之際，却是兵家咽喉孔道之區。南陽位於白河西岸，地域饒富，舟車輻輳，貨物雲集。每逢天下有事，此地恒爲兵家所爭。漢光武帝復國走南陽，中興於此。那襄陽當漢水之曲，西窺秦隴，東冀江夏，北控汝洛，南制荆州。襄陽這地據於全國腰脊，爲南北戰爭的重心。西晉將領杜預，字元凱，任鎮南大將軍，繼羊祜都督荆州諸軍事，屯兵襄陽，而吳祚以傾。樊城與襄陽僅隔一條漢水，夙爲襄陽的外障，乃軍事上的要地。劉備明白：倘欲將新野作爲立足之地，開創帝業，必須先得民心。俗語道：得民心者得天下，失民心者失天下。古人云：民猶水也，君猶舟也；水能載舟，亦能覆舟。因此，劉備新野下車，立即派兵肅清盜匪，修築城垣，開掘城河，操練軍馬，濟貧扶弱，免賦除稅。劉備在新野大得民心，未久，四郊百姓紛紛遷徙城廂，戶口日增，煙火千家，市容煥然一新，漸臻繁鬧。市民不論男女老孺，無不讚頌劉備仁德。街頭巷尾，流傳着一首歌謠：

　　　　豫州牧，劉皇叔。入新野，深造福。賦稅免，盜匪肅。
　　時太平，民豐足。

11

　　劉備，字玄德，涿縣樓桑村人。漢皇室中山靖王劉勝的後裔，漢景帝閣下的玄孫。昔劉勝之子劉貞，漢武帝封爲涿鹿亭侯，因遺一支在涿縣。依照劉氏家譜排來，劉備是當今皇上漢獻帝的阿叔，人們尊稱他爲劉皇叔。父親劉弘，曾舉孝廉，任過小吏，不幸早喪。劉備幼年喪父，事母至孝，因家境貧寒，以編織草席、販賣麻履爲生。胸懷大志，專好結交天下英雄豪傑，意欲轟轟烈烈幹一番經天緯地的事業。生得身長七尺五寸，兩耳垂肩，雙手過膝，目能自顧其耳。面如冠玉，唇若塗脂。不甚讀書，廣有見聞。性情寬和，言語寡少，喜怒哀樂不形於色。東漢末年，天下大亂。天公將軍領導的黃巾起義爆發，劉備與他的兩個結拜兄弟關羽、張飛一道從軍，鎮壓黃巾起義。關羽，河東解良人，字雲長。張飛，涿郡人，字翼德。後來劉備被封爲河南豫州牧，人或稱爲劉豫州。那時，諸侯割據，混戰廝殺，互相併吞。劉備勢孤力單，初時曾投靠曹操。曹操平山東，定河南，滅袁術，斬呂布，官居大漢丞相。他大權獨攬，多權謀，善機變，挾天子以令諸侯，暴戾陰詐，漸漸露出他的廬山真面目。託名漢相，實爲國賊。劉備頗爲痛恨，暗中接受漢獻帝的血詔，與國舅董承等七人共立“興漢滅曹”義狀。不久覺得曹操生疑，尋個脫身之計，帶着關羽、張飛，率領五萬人馬，辭別帝闕許昌，東去鎮守徐州。此去未久，曹操覺察衣帶血詔一事，圍住董國舅府第，抄出七人聯名義狀，董國舅等數家三百餘口，悉被斬盡殺絕。曹操深知，劉備乃當世之英雄，臥榻之旁，豈容他人酣睡？此人一日不死，我將一日不寧。故馬上兵伐徐州，大動干戈，逼得劉備棄甲曳兵而走。劉備逃往汝南，曹操又派重兵追擊，攻打汝南。劉備寡不敵衆，慘遭失敗，便往荊州投奔劉表。劉表是十八路諸侯中的一位英雄，占有荊襄九郡四十二州，共有兵馬三十餘萬，兵強糧足。劉表認爲劉備是漢室苗裔，同宗誼切。他久欲相會，苦無機緣，今

聞惠顧,親自出郭三十里迎接。劉備見表,執禮甚恭,表亦相待
甚厚。後來,劉表覺察夫人及其兄弟蔡瑁有加害劉備之心,適逢
新野知縣病故,即令劉備鎮守新野。

這小小新野縣城,原是窮鄉僻壤,兼以連年諸侯混戰,劉備
初到之時,城內一片蕭條淒涼,滿目瘡痍。當時,整整一座新野
城廂,僅存小小十數家店鋪。但見:

> 一家醃臘鮮肉鋪,帶賣油鹽醬醋糖。一爿壽木棺材店,
> 兼售木器櫥與箱。藥材鋪內一郎中,診脈治病開藥方。左
> 邊布莊右典當,門首擺攤喊聲響。米行飯館併一店,依然終
> 日空蕩蕩。新野地僻屋低小,最大房子數衙堂。堂上犯人
> 受拷打,城外聽得喊冤枉。

如今,新野雖說有所好轉,面貌一新;可是,劉備深知自己兵力單
薄,糧餉匱乏,故終日憂慮不已。那麼,劉備究竟有多少兵將呢?
從實言之,祇有九百五十個兵,將官連偏裨牙將一併算入,也祇
有八九人。真是:兵不滿千,將不滿十;城郭不固,兵甲不堅;軍
不經練,糧不繼日。劉備縱覽天下大勢,諸侯分割,群雄稱霸,十
八路諸侯雖被曹操滅去大半,但東川張魯、西川劉璋、荊襄劉表、
東吳孫權、宛城張繡、西涼馬騰等,迄今仍在,互相兼併,虎視眈
眈。曹操勢力尤大,兩年前官渡一戰,撲滅河北侯袁紹,收得降
兵六十餘萬,得地六十四州,統一黃河南北。手下謀士一百餘
人,戰將已近千員。可謂:兵多將廣,勇將如雲,謀士似雨。思想
今昔,劉備忽憶往日被曹操攻伐時狼狽情境,不覺心有餘悸,毛
骨悚然。

劉備常忖:欲對付強敵曹操,中興漢室,必須舉賢授能,求得
一位大賢,庶可成就大業。古有明訓:文王姬昌訪姜子牙於渭
水,開周八百年基業;戰國齊桓公得管仲,遂成伯業,爲諸侯盟

主;漢高祖劉邦得張良、陳平、蕭何等賢士,創建大漢江山;光武帝劉秀得嚴子陵,誅滅新莽,漢室中興。不意一月之前,劉備果真得到一位賢士。此人深通黃公三略、呂望六韜、孫子兵法,上知天文,下識地理,曾言:曹操挾天子以令諸侯,以強凌弱,終難成氣候。劉備得此賢士,喜不自勝。

且說這位賢士,姓徐名庶,字元直,乃是南陽名士水鏡先生的高徒。約一月前,劉備馬躍檀溪,途經水鏡莊院,謁見莊主。莊主復姓司馬,名徽,道號水鏡先生,潁川人也。這晚,劉備欲求天下賢士,水鏡先生答道:"伏龍、鳳雛,得一可安天下也。"

劉備忙問伏龍、鳳雛真實姓名,府居何地。水鏡先生撫掌大笑,推說天色已晚,暫宿一宵,明日再叙。

當夜,劉備借宿於草堂之側,因思水鏡先生之言,寢不成寐。夜闌更深,忽聞有人叩擊莊門,劉備暗暗吃驚,疑是蔡瑁派人跟蹤追索至此,遂從窗隙窺視。皎潔的月色下,却見來了一位山人。此人身長八尺有餘,一雙俊目,兩耳貼肉,三絡清鬚,四方白臉,五官端正,頭戴飄飄葛巾,身穿皂色布袍,足蹬一雙烏靴。瀟灑出塵,不同凡響。須臾,步入水鏡先生室內,劉備縱耳,可聞兩人輕輕絮語。

水鏡先生問從何而來。那人答道:"久聞劉景升善善惡惡,識得是非,特往謁之。及至相會,却徒有虛名,善者不能用之,惡者不能去之,畏首畏尾,處事祇求擺擺平耳,故遺書作別。"

水鏡先生道:"君懷王佐之才,出處進退,士之大節,務必慎重。明主近在咫尺,君何嘗不識也?"

那人道:"先生之言甚是!"

劉備於床上沉思:萍水相逢,機緣湊巧,我欲求賢,他欲訪主,豈不善哉!劉備恨不得即刻披衣而起,祈請水鏡先生介紹;深恐冒昧失禮,祇得罷了。時過夜半,劉備轉輾床笫,祇盼金雞報曉,後來迷迷糊糊地睡去了。一覺醒來,早已日上三竿,莊門外傳來一片嘈雜之聲。劉備剛剛起床,關羽、張飛二將已經闖將進來。原來水鏡莊院距離新野不過四十餘里,水鏡先生連夜派人去新野送信,關、張急急帶領五十騎兵,趕來相接。劉備示意關、張二弟稍留片刻,徑去詢問水鏡先生,昨夜來者是誰。水鏡先生答道:“此乃小徒徐庶,今晨已辭別而去。”

劉備問往何處,水鏡先生默然無言;劉備叩詢至再,水鏡先生唯是笑而不答;劉備問及臥龍、鳳雛兩位賢者,水鏡先生亦祇莞爾一笑而已。劉備無奈,又見關羽、張飛兩弟催促甚緊,祇得上馬同返新野。

劉備回詣新野,一日,自校場閱兵回府。路過城中最爲熱鬧的十字街頭,忽見街畔簇擁着一個人圈,裏邊斜竪着一塊黃布招牌,上面榜書十個大字:“單福道人專治疑難雜症。”劉備駐馬,人群即刻散往兩邊。祇見中間站着一人,一副道家打扮,手彈長鋏,歌道:

　　天地反覆兮,日月光無。大廈將傾兮,一木難扶。山谷有賢兮,欲求明主;明主求賢兮,却不知吾。

劉備凝神看覷,覺得此人甚是面熟,細細一想,記得是水鏡莊上夜間見到的賢士徐庶,趕忙上前見禮,一拱到底,邀入縣衙。兩人坐定,劉備屏退左右,開門見山道:“徐先生乃水鏡先生高徒,久聞大名,如雷貫耳。劉備早欲聘請先生出山,祇奈無緣。今日得遇,三生有幸。請先生賜諾,拜授軍師之職!”

徐庶欣然點首,説道:“徐庶本是奉水鏡先生之命,前來輔佐主公,唯有一事相求。”劉備問是何事。徐庶道:“寒家住在潁川潁上縣,離許昌僅一百餘里。老母在堂,一時不能照顧,故不能將我的真實姓名道破,倘被曹操知曉,恐於老母不利。今我祇得

15

改名換姓，稱作單福。"

劉備自然同意，立即吩咐手下將徐庶安排在西書院住下。當晚，劉備爲徐庶擺酒接風。次日早晨，命關、張等文武官員拜見軍師單福先生。自此，徐庶日間在校場操練人馬，晚上與劉備一起談論國事。

且説一日午後，軍師徐庶邀請劉備同往校場閲兵。這一月餘，徐庶不辭勞苦，親自操練，傳授十個陣圖，這十個陣圖是：一字長蛇陣、二龍戲珠陣、三才月牙陣、四方鬥鷄陣、五股梅花陣、六丁六甲陣、七星迷魂陣、八門金鎖陣、九宮八卦陣、十面埋伏陣。這些陣圖，是徐庶一生心血凝成。前幾日，軍士已將這十個陣圖操練純熟，進退有序，步伐整齊。於路上，徐庶與劉備談論：這十個陣圖一旦練熟，臨陣作戰，衝鋒陷陣，便可靈活多變，應付裕如，以一當十。豈知徐庶陪着劉備到了校場，檢閲軍士的操練，不禁發愣。今日軍士的操練，與往日迥然不同，步伐凌亂，行列無序，搖搖晃晃，有氣無力，有幾個小兵竟爾跌倒於地。徐庶見了，不覺怒形於色，掉頭對劉備道："此等軍卒，豈能奔赴沙場，對敵作戰？殺鷄儆猴，且趁今日整頓一番！"

説着，傳令將這兩個小卒斬了。劉備見狀，急遽以實情相告。原來，劉備全軍的糧餉，靠着劉表接濟。這一年多來，劉表老大王按月命人從荆州送來，不料上月中斷。劉備差人去荆州詢問，回報道：劉表老大王卧病於床，糧倉進出，全歸水軍都督蔡瑁掌管。蔡瑁憎恨劉備，阻止運送糧餉。劉備得訊，奈何蔡瑁不得。未向軍師言明，祇是命糧隊官一天三頓飯改爲兩頓，後來又將兩頓飯改爲兩頓粥。這些軍士每天祇吃兩頓粥，況且不得飽食，如何還有力氣？又怎能列隊吶喊衝擊？徐庶聽畢，當即傳令停操，因向劉備道："主公何不早言？既然將士三軍每日祇吃兩頓粥，我亦理當如此，爲何對我每日酒肴相待？倘再如此，我何以相安？我們權且回歸衙署，再行商議。"説畢，兩人勒轡策馬，同回衙中。

劉備回衙，召集衆文武至東書院議事。旁側閃出一位謀士，名叫簡雍，踏步上前道："主公，今歲新野四鄉五穀豐登，加之免除賦税，家給戶足，囤多餘糧。主公何不與百姓商借？他日加利奉還即是。"

劉備聽後，連連搖首道："新野兩年前遭受災荒，今始豐收，補償前欠，猶恐不足。我既公告免除賦税，豈可又提借糧？民無信不立，一言既出，駟馬難追，豈可失信於民？"

這時，又一謀士踏步出來，這人名叫孫乾，上前道："主公既然不願向衆百姓借糧，那麽，向大財主借糧總是可以的。離此北關二十餘里，安山之麓，有個泰安村。村中管員外甚是富饒，有着萬貫家財。這員外富而好禮，樂善好施，每逢旱荒水災，不收租米，常是開倉放糧，周濟貧窮。主公倘能前去商借，定能慷慨解囊。"

劉備聞聽，點首稱是，遂往西書院而去，欲與徐庶商謀借糧一事。

且説軍師徐庶，正在西書院內，焚香默坐，静思主公劉備孤窮，確已到了捉襟見肘的地步。軍中缺糧，不能操練，犯了用兵大忌。諺云：三軍作戰，糧草先行。又云：巧婦難爲無米之炊。徐庶正欲籌謀一個萬全之策，忽聞劉備前來，忙起身出門迎迓。兩人坐定，劉備告以借糧之事，徐庶聽罷道："主公速作書委人送去。"

劉備却道："糧爲軍中之寶，爲免將士飢餓，豈容疏忽？理應登門致忱。"

徐庶暗喜：主公爲人誠懇，此語極是。向人借糧，態度哪可簡慢？於是，徐庶陪同劉備，上馬直馳泰安村。管員外聽説劉皇

17

叔駕到,整衣出莊迎接,引入莊廳上座。劉備說明來意,管員外一口允諾道:"皇叔實當世之英雄,鎮守新野一年有餘,安邦濟民,百姓感戴。老夫願將倉庫儲存,全部奉獻。"即囑莊客準備大車,將存糧五百餘石,悉數運往新野。劉備見糧食已有着落,喜出望外,對管員外道:"待備寫一借據,日後有憑。"管員外推辭再三,劉備不肯,討過筆墨,親筆寫就,並喚徐庶作保畫押。管員外無奈,祇得收下。劉備、徐庶告辭,管員外帶領家丁,送至莊外,拱手作別。

劉備借糧回衙,尚未坐定,手下上前稟告道:"荆州劉表老大王大公子劉琦求見,在客廳等候。"劉備便往客廳,與劉琦相見。劉琦下拜道:"小姪特來新野,向叔父大人請安!"劉備回了禮,爲軍師徐庶介紹,徐庶、劉琦兩人互相見禮。時已薄暮,劉備設宴款待。席間,叔姪暢叙離情別意,劉琦忽地潸然墮淚道:"琦與兄弟劉琮,同父異母,父王年邁多病,繼母蔡氏及惡舅蔡瑁,對琦常懷謀害之心。父王倘有不測,姪兒恐難免禍。"

劉備見他可憐,便道:"假如你父王駕薨,姪兒速奔新野就是。"

劉琦聞言,急忙起身下拜道謝。

劉備又問:"你父王邇來病情如何?"

劉琦答道:"神情恍惚,寒熱不退,終日氣喘不已。"

劉備道:"待我稍暇,即去探望。今有一疑事,欲問姪兒。"

劉琦道:"請叔父大人直言見告!"

劉備道:"我軍糧餉,一直仗你父王接濟,但自上月始,不知緣何停發?"

此語甫罷,劉琦十分氣憤地道:"此事諒是惡舅蔡瑁乘着父王病時,停發糧餉,待小姪速返荆州,稟告父王,責令蔡瑁急速送來。"

劉備道："賢姪不必過於性急。我今已借到一些糧米,暫時尚可應付,姪兒明日回去,向你父王稟明就是了。"

當晚,叔姪同榻而臥,話至午夜方歇。

次日晨熹,劉琦用過早膳,辭別劉備上馬,徑返荆州,將蔡瑁斷供糧餉一事,稟告父王。劉表聞言,惱怒不已,即令蔡瑁前來,嚴予訓斥。遂命兒子劉琦監督蔡瑁,把糧餉速速運往荆州。

轉瞬之間,七日已逝。劉備與徐庶率領衆文武官員,詣校場檢閱隊伍。兩人齊登將臺,祇見隊伍森嚴,氣象肅穆,與上次大不相同。長槍手、弓箭手、盾牌兵、校刀隊,一隊隊,一彪彪,個個威武雄壯,精神抖擻,英姿颯爽。

徐庶立起身來,舉手揮着令旗,左右上下前後指揮,把十個陣圖操練得萬般精熟。劉備看得興致勃勃,頻頻頷首稱道。徐庶從旁乘機慰藉道："主公,目下我軍兵微將寡;然古人云:將在謀而不在勇,兵在精而不在多。祇要三軍同心,將士從命,曹操烏合之衆,就不足懼了。數年間,主公雖屢遭挫折,然勝敗實乃兵家之常。當年高祖皇帝被楚霸王連敗七十二陣,可彭城九里山前,一戰成功,終於統一大漢江山。"

劉備聽完軍師的話,驟覺信心倍增,臉呈喜欣之色。徐庶操練十陣完畢,軍士回營。劉備與徐庶步下將臺,準備回城。忽然,一探馬飛馳而來,於劉備、徐庶跟前下馬,跪下稟道："稟上皇叔、軍師,荆州老大王差官把糧餉運到,已至校軍場口,請皇叔、軍師定奪!"

劉備聞報,十分欣慰。便欲傳令發餉,徐庶却阻止道："主公且慢,軍餉暫且拖欠一下,稍緩發放,待打勝仗補償未遲。如今先用這筆餉銀,快去市場購買一百條壯牛前來,如何?"

劉備掂掇:若去購買駿馬,可以充實馬隊,派派用場;買一百條壯牛,不諳軍師用意何在? 賣劍買牛,偃武生產,此是太平景象,難道現在忙着去種田嗎?但劉備聞軍師如此主張,覺得必有奇謀,立即派人前去購買壯牛。

兩日以後,一百條壯牛購到。軍師徐庶畫好兩張同樣的圖紙,上書"火牛圖"三字。當即喚人去請關羽、趙雲兩將。須臾,關、趙兩將進西書院參見軍師,徐庶給兩將"火牛圖"各一張,命關羽帶五十條牛去東校場操練,趙雲帶五十條牛去西校場操練,各按圖上關照的進行。圖上規定:五牛編爲一排,每條牛後有一士兵管轄。用三根長條榆木將五條牛並排夾起來,一根夾在五牛的頭頸裏,一根夾在五牛的腹下,一根夾在五牛的屁股上。這樣,五條牛爲一排,作戰時祗能朝前衝擊,不能左右拐彎。再把牛尾巴浸入桐油桶中,浸透之後,就在太陽底下曝曬,曬乾之後,再放入桐油裏浸;浸後再曬,曬後再浸,反復循環多次。一個士兵操練着一條牛,身上帶着兩柄特製的尖刀。這尖刀三尺長,兩面開口,寒光閃閃,鋒利無比。等到正式作戰時,就把兩柄尖刀縛在牛角上,而目下操練時,暫以竹刀代替。操練時,士兵以木棍抽打牛腿,牛吃着棍子,忍痛不住,向前狂奔,一條跑,五條跟着一齊跑。待正式向敵人交戰衝鋒時,每個士兵用火把點燃用桐油多次浸過的牛尾巴。那時,牛尾巴火起,那些牛更加疼痛難忍,就會朝着敵人拼命狂奔,衝殺不止。徐庶將"火牛圖"向關、趙兩將説明,喚他們各自操練,三日後在校場接受檢閱。

關、趙兩將奉令退出西書院,趙雲問關羽道:"軍師現在用的火牛陣,過去似曾聞人説過,好像哪朝名將用過?"

關羽熟讀《春秋》,回答道:"看來軍師是在效學戰國時齊國名將田單所用的火牛陣吧。這火牛陣威力頗大,能以少勝多,以寡敵衆,出奇制勝。驟入敵營,敵人一時難以阻擋。"

趙雲聞言,敬佩地道:"軍師果然才能出衆,火牛陣布置奇特神妙,教人欽仰信服之至!"

　　且説三日以後，天色微明，徐庶恭請劉備及衆文武官員前往校場。衆人步上演武廳，徐庶立即派傳令兵命關羽、趙雲帶火牛隊前來，接受檢閱。片刻間，關羽率領的火牛隊首先進場，煞如烏雲一片。一排排的牛隊，五條一排，整整齊齊，牛角上皆縛着竹刀。衆人見了，都道新奇，延頸凝視。

　　正待看時，趙雲帶着火牛隊來到校場，劉備與衆文武見了，無不大吃一驚，就連徐庶也是出乎意外。祇見趙雲帶來的是一群面目猙獰、形狀駭人的怪獸，有的青面獠牙，有的銅頭豹眼，有的怒目歪鼻，有的齜牙裂嘴……簡直像妖魔鬼怪似的。趙雲見大家驚慌，傳令停止前進，自己步上演武廳，叩見劉備與徐庶道："小將趙雲參見主公、軍師！"

　　徐庶道："子龍將軍少禮，請過一旁！"

　　劉備忙問道："子龍，你何處弄來了這許多怪物？"

　　趙雲朗然而道："這是小將把五十條壯牛裝扮而成的，他日可在戰場上嚇唬敵人，敵人未經火牛衝闖，先把他們嚇個半死。請主公、軍師審察，未知有無破綻？"

　　劉備、徐庶與衆文武下演武廳，至牛隊旁側細察。方見這些牛的頭上都套着假面具，有紙糊的，有布包的，頗爲緊貼。面具上畫着各種可怕的圖形，牛身套上千奇百怪的花衣，牛腿塗着各色彩料，遠望就像真的怪獸。不是近覷，誰人能夠明察？當時，徐庶暗暗稱譽趙雲智勇雙全，隨機應變，別出心裁，堪稱巧將。

　　劉備、徐庶與衆文武觀看了趙雲的火牛隊，重回演武廳上，開始檢閱。關羽率領的五十條牛首先上場，衆軍士用木棍擊打牛腿，一排排壯牛，由南向北，狂奔亂撞。緊跟着，趙雲率領五十條怪牛上場，士兵們也用木棍敲打牛腿，一排排怪牛，由北向南，奔着，跳着，撞着，煞是好看。

　　演武廳上，徐庶對劉備道："今是演習，用木棍敲擊，牛跑得

21

不快。如若上陣作戰，就火燒牛尾巴，那時，這些牛橫衝直撞，迅猛無儔。俗語道'老牛拖破車'，到那時，恐怕要變成'飛牛破敵營'了。"

劉備側耳聽着，不覺哈哈大笑。經過這次火牛陣的檢閱，軍師徐庶的威信大增。

五月中旬的一日，大道上一匹快馬疾馳而來，原來是徐庶派出的探子探得緊急情報。探子飛馬直闖新野城。抵衙門口一問，得知皇叔與軍師在校場練兵，便直馳校場，丟鞭下馬奔上演武廳，朝皇叔與軍師稟道："稟上皇叔、軍師！"

劉備、徐庶齊道："何事報來？"

探子道："奉命探得曹操許都出兵，任命曹仁、曹洪爲正副統帥，帶着副將呂曠、呂翔、朱靈、路昭等，率軍三萬，直奔新野而來。不出三日，兵臨城下。請皇叔、軍師定奪。"

徐庶道："賞銀牌，再探！"

探子退下，旁邊劉備不免焦急不寧，心裏思量：曹兵三萬，我軍兵不滿千，如何抵擋得住？

徐庶見劉備神態不安，忙安慰道："主公放心，水來土掩，兵來將擋。既有敵兵侵凌，我們一定盡力殺退，怎能令其入境！"

劉備道："全仗軍師妙計破敵，備感恩不盡！"

徐庶道："主公説哪裏話來，此乃不才分内之事。"

一宵既過，次日日出卯時，軍師徐庶升堂點卯，發令出兵。大堂上，三次聚將鼓響過，文武官員自兩側甬道上步入大堂。中間麒麟門打開，軍師徐庶拂袖上堂。徐庶頭戴烏紗帽，身穿大紅袍，腰圍錦綉帶。口中吟道：

> 虎帳談兵諳六韜，安排香餌吊金鰲。火牛陣效古人法，管教曹軍一旦消。

　　軍師居中坐定，劉備上首侍坐。文武將士參見畢，分立兩側。徐庶從案頭取過花名册，開始點卯。何謂點卯？古時軍帳在卯時初刻點名，故稱點卯。待點過卯，軍師開始發號施令。

　　徐庶肅然道："衆位將士聽着：祇因曹操發兵進犯新野，本軍師今日奉命發兵。希望衆將士同心同德，爭取殺敵立功；倘有違反軍令者，按軍法論處，決不寬宥！"

　　衆將士同聲道："遵令！"

　　這時，徐庶拔出第一支令箭，高聲喊道："翼德三將軍聽令！"

　　旁邊閃出張飛這員猛將。張飛豹頭環眼，獅鼻闊口，臉如烏金，身着盔甲，像一座烏金寶塔一般。他疾步上前道："軍師，老張在此！"

　　徐庶道："三將軍率兵五百，迎戰曹軍，不必全力攻打，祇須拖住敵人兵將，不讓他們退去即可。戰至傍晚，聽到城樓上信炮聲響，便可全力進攻。事成之後，此功不小！"

　　張飛道："老張敬遵軍師將令！"張飛退下。

　　徐庶又拔出一支令箭道："二君侯聽令！"

　　關羽在前幾年曾被萬歲封爲漢壽亭侯，人們皆稱他君侯，徐庶也如此稱呼。關羽聞軍師號令，站起身來，整整頭上青巾，扯扯身上綠袍，穩步上前道："軍師，關某在！"

　　徐庶道："本軍師命君侯帶領副將周倉、公子關平，率領人馬二百，火牛五十條，出西關十餘里處豫山山岙中埋伏。等待信炮一響，驅着火牛，衝擊曹軍左營，摧毀敵營，不得有誤！"

　　關羽道："遵令！"提刀上馬，帶領兵將火牛，徑往豫山而去。

　　徐庶拔出第三支令箭，呼喚趙雲道："子龍將軍聽令！"

　　趙雲身穿白袍，外罩銀盔銀甲，互相映襯，分外威武。他踏步上前道："末將趙雲在！"

　　徐庶道："本軍師命你帶領偏將毛仁、苟璋，率領人馬二百，火牛五十條,去離南關十餘里處硯山下樹叢裏埋伏。等待信炮一響,驅着火牛,急衝曹軍右營,摧毀敵營,多加小心!」

趙雲得令,提槍上馬,帶領兵將火牛,徑往硯山而去。

徐庶連發三次將令,關、張、趙三員大將帶着衆副將,率領九百士兵,統統出發。整座新野城中,衹剩下龔都、劉辟、糜芳等五十餘人了。徐庶交代衆人,等到大破曹營訊息報到,大家一齊衝出,助戰殺敵。

且說曹軍大隊人馬,騎兵一萬,步兵兩萬,出宛洛道,經南陽界口,浩浩蕩蕩,直奔新野城來。中軍大隊人馬的前頭,兩面大纛旗隨風飄蕩,旗幟用天藍色的綢緞做成,上面繡着金字:一面是「錦尉中郎將定國將軍曹」,一面是「錦尉標騎將平西將軍曹」。曹仁、曹洪兄弟倆是曹操的堂弟,又是曹操的親信大將。此番,兄弟兩人爲正副主將,帶着三萬人馬,春風得意,躊躇滿志,準備踏平新野,活擒劉備。一路上,風塵滾滾,旌旗獵獵,鼙鼓徹天地,號炮動山嶽。

曹軍大隊人馬正在行進,忽見一探馬飛馳,直騁曹仁、曹洪馬前,下馬報道:「稟上兩位曹大將軍!」

曹仁、曹洪齊道:「何事報來?」

探子道:「我軍大隊人馬,已近新野,此地距離新野衹有十里之遙了。」

曹仁、曹洪道:「知道了,退下!」

曹仁抬首仰視天色,太陽正在中天,恰是正午時分。立即傳令人馬停止前進,安營紮寨。「轟隆隆──」一聲安營的號炮響起,隊伍當即停止前進。軍士們釘扦子,布篷帳,掘壕溝,築營牆。曹仁求功心切,交代呂曠、呂翔守衛大營,就馬不停蹄,親自率兵三千,帶着曹洪、朱靈、路昭三將,策馬馳往新野。

兵臨新野,曹仁撐開陣勢,中間設立旗門。曹仁手搖銀板大砍刀騎於馬上，旁邊曹洪提着赤銅大刀，朱靈揮舞雙戟，路昭高擎宣花斧。曹仁見新野城門緊閉，吊橋高懸，便問部下三將道："哪位將軍前去討戰？"

旁邊闖出曹洪道："兄長，小弟曹洪願往！"

曹仁囑咐道："爾要小心！"

曹洪應道："遵命！"

一聲炮響，曹洪騎着紅鬃馬，舞着赤銅大刀，朝前衝去，曹兵齊聲向城樓大喊道："呔，城上聽着，我們曹大將軍奉曹丞相之命，前來討伐，速命孤窮劉備前來送死！"

正喊嚷間，衹見城門大開，吊橋平鋪，大將張飛騎着烏雲豹，頭戴盔甲，手持長矛，圓瞪怒目，前來迎戰。

曹洪遥見張飛，曉得劉備雖然兵微將寡，兩位結義兄弟關羽、張飛却是蓋世猛將，武藝十分高強，内心暗暗吃驚。曹洪強作鎮定問道："來者莫非是黑廝張飛嗎？還不下馬受縛？"

張飛怒道："正是俺張飛爺爺，你不就是曹賊手下的曹洪嗎？豎子口出狂言！"

原來兩人早有交往，彼此認識。此時，雙方旗門摇旗擂鼓，吶喊助威。曹洪先下手爲強，掄起赤銅大刀，迎面朝張飛頭頂一刀劈下，其名稱爲"摩雲蓋頂"。嘴裹喊道："黑廝張飛看刀！"張飛答應一聲道："且慢！"立即起手招架，將刀托住。衹聽得"嚓泠泠"的一聲，來了一個"托梁換柱"。張飛遵照軍師的囑託，開始交戰不能取勝，衹要拖住敵將即可，故僅僅用出六七成力氣，裝出勉強抵擋的模樣，嘴裹佯裝喊道："喔唷唷，好厲害啊！"曹洪聽了，樂不可支，暗忖：張飛是員猛將，名揚宛洛，今日對陣却不過如此。看來，衹要我再加一把勁，定可將張飛殺掉。曹洪用出十二分的氣力，大叫一聲"看刀！"又一次掄起大刀朝張飛砍去。豈知曹洪不加力氣用刀砍是這樣，用足力氣拼命打，也不過如此。

可是，張飛此時愈加裝腔作勢地喊道："喔唷唷，好厲害啊！老張真的來不得了！"張飛口裏喊着"來不得"，敗倒是始終勿會敗下來的。

這時，站在旗門下觀戰的曹仁，初時擔心曹洪打不過張飛，想不到兄弟却占了上風。他暗忖：且讓我再派兩員偏將前去助戰，就可把張飛生擒活捉過來，或者結果他的性命。曹仁對旁邊喚道："朱靈、路昭兩位將軍，速速前去搦戰，一起結果張飛的性命！"

兩將一聲"遵令"，同時騎馬馳去。朱靈舞動一對鐵戟，祇聽得一聲"照打"，來了一個"雙龍出水"，朝着張飛腦後猛打過去。張飛眼見曹將增加，知道須稍微增加些力氣了，大吼一聲"慢來"，揮動丈八長矛一招架，"嚓泠泠"的一聲響，朱靈震得雙臂發麻，兩戟被盪開了。路昭上前乘虛往張飛的馬首砍了一斧，張飛用長矛輕輕一點，宣花斧被點開了。曹洪又上前大叫一聲"看刀"，朝張飛攔腰一刀，來了個"大鵬展翅"。張飛一聲"慢來"，又是"嚓泠泠"的一聲，曹洪的赤銅大刀竟然被彈了出去。

旗門下的曹仁，眼睛一眨一眨，看得莫名其妙。暗忖：一個戰一個，兄弟曹洪能占上風；三個圍打一個，反而打得手忙脚亂起來。曹仁欲親自出陣，深恐旗門下無人指揮，亂了陣脚。仔細思度：張飛畢竟祇是一人，硬拼力氣總要吃虧的，祇要曹洪、朱靈、路昭將他盤住，遲早可以將他擒拿。因此，曹仁並未出陣，祇是在旗門下催鼓助威。

此時，夕陽西墜，暮靄沉沉。新野城樓，徐庶、劉備在一起督戰。徐庶遙見張飛力戰三將，拖住了曹仁兵將，甚喜，目下已是傍晚，時間差不多了，就發令道："速速與我放起信炮！"那些士兵早作準備，聞得軍師令下，當即把那門百子流星炮的引綫點燃。頓時，"轟"的一聲，信炮騰上半空，一響變爲百響，四野震蕩，"刮啦啦啦——"與霹靂聲相仿。

且説戰場上曹仁，見天色薄暮，方欲傳令點起長燈，挑燈夜戰。欻聞信炮聲響，心裏一愕，知道情況不妙。

戰場上風雲突變，張飛聽得城樓信炮聲響，立即全力進攻。張飛見路昭舉着宣花斧劈來，用力擊開，順勢朝路昭腰間狠戳一槍，路昭翻身落馬而亡。朱靈一驚，剛剛掉轉馬頭欲走，張飛向他背上一槍，當即嗚呼哀哉。

曹洪眼見兩將霎時身亡，心裏大駭。忽然，他聞得自己大營内傳來一片哭喊聲、叫罵聲、馬嘶聲……鬧個不停。回首一望，整座大營火焰燭天。急忙退下陣來。此刻，曹仁覷着前邊戰場大亂，士兵四散奔潰，背後大營一片火光，知道中計。曹仁一時不知如何方好，猶豫片刻，決定先救兄弟曹洪要緊，便縱馬奔前。曹洪見曹仁上來，兩人拼盡氣力，勉强擋住張飛，留得性命，奪路往西北方向落荒而走。

看官或問：曹營之火究竟因何而起呢？原來，信炮一響，埋伏在豫山、硯山的兩處火牛，同時出動。關羽聽見信炮聲，飛步跨上赤兔馬，倒拖青龍刀，命周倉、關平把五十條火牛牽出來。頃刻間，五十個兵士牽出五十條火牛，每個兵士從腰裏拔出兩柄光閃閃的尖刀，縛在兩隻牛角上。隨即取出早已準備好的火把，把牛尾巴點燃。這牛尾巴被桐油屢次浸過，頓時"蓬"地着火燒了起來。平時操練，士兵們祇是用木棍在牛腿上抽打幾棍，今朝可不同了，火燒牛屁股，那還了得！俗語道："火燒眉毛，祇顧眼前。"這些牛忍不住疼痛，拼命朝前衝撞，比馬還要迅捷。五頭牛綁在一起，既不會跑散，又不會拐彎，祇是"嗒嗒嗒"地筆直猛衝。火牛前邊開道，關羽、周倉、關平帶着二百人馬，隨後朝曹軍左營衝殺過去。

再説硯山那邊，趙雲也是如此。趙雲聽到信炮聲，跨上鶴頂龍駒,手持銀槍,傳令毛仁、苟璋,派兵牽出五十條經過裝扮的怪牛。一聲令下,眾兵士用火把點燃牛尾巴,這十排五十條怪火牛,狂奔亂撞,直衝曹軍右營廝殺。

曹軍左、右營營牆上的守防兵士,聞得遠處喧聲沸天,又見黑暗中點點火光閃爍,以為是劉備派出騎兵前來偷襲。豈知這是關羽、趙雲率領的火牛隊,閃動的火光是牛尾巴上發出來的。

關羽、趙雲帶領的火牛隊漸近曹營,曹軍中偏將覷見,馬上命弓弩手放箭。霎時,千萬支箭像雨點一樣地射出。同時,曹兵又將灰瓶石炮打將下去。然而,這些火牛仿佛一點感覺也沒有似的,仍猛衝過來。縱使着了箭,覺得疼痛,也不能向後轉,仍舊拼命地向前直衝。營牆上小兵看見這些怪物愈來愈近,以為是天上降下的神獸,個個惶遽不已。

一瞬眼,第一排火牛已跳過壕溝,撞坍營牆,衝進大營。一條牛的力氣已經夠大了,如今是五條牛排在一起拼命,力氣就更大了。不要說臨時築的營牆,即使是石砌磚築的,也將衝開。

火牛衝到營內,一座座篷帳被撞倒。那火牛上的兩把尖刀,戳着人的肉體,哪裏還保得住性命?曹兵有的被戳得肢斷體碎,有的被撞着摔死,有的被踩着踏死。

關羽的五十條火牛,衝進左營,自右營衝出;趙雲的五十條火牛,衝進右營,自左營衝出。刹那間,整座曹營中一片混亂,人仰馬翻,血濺屍橫。

當此時,關羽、趙雲教手下兵士將火箭火藥包射進曹營,用噴火筒將火焰噴進曹營。祇見曹營中一片火海,烈焰騰騰,濃煙滾滾。曹兵喊爹喚娘,四處逃命。正是:

> 暈頭轉向,急急如熱鍋之蟻;驚心掉膽,惶惶似喪家之犬。

第二回　取樊城趙雲用計
認螟蛉劉備遂心

　　曹仁、曹洪率領三萬大軍,被徐庶火牛陣打得一敗塗地,險些全軍覆没。曹仁、曹洪兄弟倆見勢不妙,拼命衝殺,狼狽逃竄。老天總算有情,兩人僥倖留得性命,敗歸南陽。

　　再説曹軍大營頃刻間盡皆被焚毁,曹兵有被火牛撞死的,有被大火燒死的,有被關、張、趙等將用刀殺死、用槍戳死的,有被弓弩手用箭射死的,有互相踐踏而死的……死亡的曹軍竟占十之七八,受傷四散潰逃的占十之二三。

　　東方既白,徐庶下令清掃戰場,掩埋曹軍屍體。曹軍的篷帳、旗鼓、糧草等皆已着火,被燒爲灰燼。唯有大批餉銀是燒不掉的,縱然燒烊了,一錠錠變成一塊塊,仍然可用。

　　曹營清理完畢,徐庶派人尋覓在戰鬥中立下奇勛的一百條火牛。關羽指揮的五十條,衝破曹營後,衝到硯山脚下撞住停下來了,用桐油浸過的牛尾巴都燒斷了。趙雲指揮的五十條,也是如此,衝到豫山脚下撞住停下來了,牛尾巴也燒斷了。士兵們在硯山、豫山尋得火牛,一檢點,死去十九條,有幾條是受創而死的,其餘的是因氣力小而被氣力大的牛拖死的。士兵們隨即拆散了綁架,不管死牛活牛,把它們都帶了回來。死的可燒牛肉,犒賞三軍;活的休養一段時間,猶可另派用場。

中午時分,徐庶率領衆得勝將士,滿載戰利品凱旋進城。劉備親自出關迎接。滿城百姓先爲劉皇叔擔憂,怕曹軍兵多將衆,不能取勝;不意一夜之間大獲全勝,百姓個個高興,人人開顔,擁擠於街道兩側歡迎。劉備、徐庶與衆將輕勒繮轡,緩緩而行,向衆百姓拱手,答謝致意。整座新野城厢,爆竹聲、鑼鼓聲、歡呼聲,響徹雲霄。

軍師徐庶傳令衆文武於衙門口下馬,升堂收令,給關、張、趙等將記上功勳,所獲戰利品全部入庫。然後,大堂上擺設慶功酒,佳餚美酒犒賞三軍。慶功宴上,衆文武皆注目於軍師,欽佩得五體投地。劉備喜形於色,對衆文武道:"列位大夫,諸位將軍,這次用兵能獲大勝,全仗軍師運籌如神,指揮有方,應當先敬軍師一杯!"

說着,立起身子,執壺迎着徐庶笑道:"軍師,此番全仗軍師妙計神算,指顧間擊破曹軍,速戰速決,一仗成功,使孤轉危爲安。孤得先生,猶如高祖皇帝得張子房一般,真是三生有幸。請先生滿飲一杯!"

徐庶見狀,甚受感動,趕緊起身道:"主公過譽了,此番用兵能獲勝利,一仗主公洪福,二仗將士齊心,本軍師衹是略施小計罷了。請讓我回敬主公一杯!"

徐庶手把酒壺在劉備杯中也滿斟一杯。劉備舉杯在手,環顧衆將士道:"衆位將士,此番破曹,賴大家通宵達旦奮勇殺敵,勞累辛苦,請暢飲一杯!"

徐庶朗聲道:"主公請!列位大夫、諸位將軍請!"

衆文武官員、兵士齊道:"主公請!軍師請!"

衆人開懷暢飲,其樂融融,個個佩服軍師。軍師不僅才能出衆,智謀高超,而且説話謙遜,爲人和藹可親,彬彬有禮。

正歡飲談笑之間,衹見徐庶立起身來,又道:"衆位將軍,目下權且休整數日，幾日後，我軍須一鼓作氣，乘勝進軍，攻取敵城，未諗諸位意下何如？"

衆文武將士聽説趁熱打鐵，乘勝攻城，擴充地盤，皆欣喜異常，議論紛紛，氣氛熱烈。有的問攻何城，有的問何人帶兵。張飛乃火爆性子，此時再也按捺不住了，跳將起來，高聲道："軍師，操練火牛陣，老張是弄不來的；但攻城奪關，衝鋒陷陣，老張願打頭陣！"

徐庶却道："攻打何城，選派誰人帶兵，本軍師尚在考慮之中，現在請諸位放量暢飲！"

這一頓慶功宴，文武將士吃得痛快淋漓，直至午夜方散，歸營歇息。

一宵既過，劉備與徐庶共進早餐。劉備問道："軍師昨晚曾説，三軍休息數日，乘勝攻占敵城，此事似乎操之稍急。我軍初獲勝利，然畢竟兵力不足，似宜招兵買馬，積草囤糧，等待來日兵精糧足，庶可進兵反擊。不知軍師意下如何？"

徐庶道："主公，此番曹仁、曹洪率軍三萬，被我截擊，幾乎全軍覆没。曹仁、曹洪敗歸許昌，老賊曹操豈肯罷休，必然繼續發兵，再度殺向新野。那時，曹軍豈祇三萬，至少增加一倍。小小新野無險可守，無路可退，怎堪一擊？今日若不乘勝攻占敵城，占得地盤，退可以守，進可以攻，那時如何是好？"

劉備聞言，豁然醒悟，急問道："既如此，先生預備先攻何城？"

徐庶道："樊城。"

劉備聽罷，心裏棲棲不寧，又道："先生何故先攻樊城？"

徐庶道："樊城離新野僅七十餘里，祇有一江之隔。此城比新野大出數倍，地域富饒，山川險阻，爲軍事要衝，倘能得之，進退皆可，故以先攻樊城爲宜。"

劉備躊躇有頃，説道：“軍師，如若進攻樊城，孤甚不願也！”

徐庶驚訝地道：“主公，此又爲何呢？”

劉備告訴道：“樊城守將與孤同姓，名喚劉泌。劉泌原爲西涼侯馬騰舊部，屢立戰功，出任樊城總鎮。他性情忠厚，對百姓百般愛撫，頗得民心，因此留任十年。兩三年前，新野遭受災荒，不少百姓逃奔樊城，老將悉予收留。孤到新野，免征賦税，百姓紛紛回歸新野，老將並不攔阻。自入新野，孤已歷寒暑，與老將和睦相處，開誠相見，從無間隔。今日出兵攻打樊城，師出無名！”

徐庶聞言，深爲感動。心想主人劉皇叔不愧爲仁義之主，寧可自己勢窮力孤，也不願無理侵奪；但從戰略上講，樊城却是不得不取。徐庶暗自思忖，意欲兩全，因又耐心説服劉備道：“主公言之有理。不過，我估計不久曹軍將再次殺奔新野，定然先於樊城、南陽重兵布防，虎視新野，形成犄角之勢。因此，不取樊城，新野勢必成爲危城，難以防守。樊城老將劉泌，主公既然認爲是一忠厚之人，我們可以智取樊城，選派一員有勇有謀之將，把他生擒，以禮相待，勸他歸降主公，決不將他傷害，不知主公以爲如此可行否？”

劉備被軍師一番話説得心口皆服，連連點頭道：“如此甚好，如此甚好！但智取樊城，勸降老將劉泌，選派哪位將軍爲妥？三弟張飛，性情急躁魯莽，難勝此任！”

徐庶道：“主公，我已考慮，擬令趙子龍將軍前去，你看如何？”

劉備道：“選派子龍將軍前去，確乎頗爲合適！”

兩人就此商議停當。

次日黃昏，宿鳥歸巢，月色朦朧，映照窗檻。徐庶命人去請趙雲前來。未久，趙雲跨進西書院，拜見徐庶道：“軍師在上，末將趙雲前來叩見,不知軍師有何吩咐?"

徐庶信手從案上取過一條早已備好的將令,說道:"子龍將軍,本軍師命你明日拂曉,帶兵二百,智取樊城。守將劉泌,原爲馬騰舊部,後任樊城總鎮,屬於曹操管轄。劉泌鎮守十載,頗得民心。將軍此去,若能勸降老將,自是上策,樊城即可垂手而得;倘若不能,萬不得已而戰,不可傷害老將。總之,將軍此番攻取樊城,最好做到劍不出鞘,箭不離弦,兵不血刃。本軍師與皇叔率領中軍人馬,隨即便到。"

趙雲聽着,雖覺此番攻城頗爲棘手,但仍自信地道:"末將趙雲遵令!"話畢,退了出去。

天方拂曉,趙雲徑至校場,率領二百人馬,立即朝樊城進發。嗣後,衆文武得悉軍師命趙雲攻取樊城,不禁思想:軍師爲何不派關、張而派趙雲呢?原來,軍師命趙雲出兵,原因有二:一是趙雲智勇雙全,有膽有略,軍師十分賞識;二是鏖戰沙場的名將,馳名海內,敵人探悉,會嚴加防備,而趙雲尚未成名,敵人易萌輕敵之心,這樣便於以智勝敵。

自新野至樊城,不消一日,即可到達。趙雲兵出新野不久,一條河流橫在前邊,這就是樊河。軍隊行軍,原是逢山開路,遇水搭橋,而今趙雲一共祇有二百人馬,用不着搭橋,祇須尋幾條船,擺渡幾次即可。軍隊渡過樊河,漸向樊城靠近。

忽見探子馳馬至趙雲前面,下馬報道:"啓稟趙大將軍,軍隊將抵樊城,離北關祇有三里之遙了。"

趙雲道:"理會了,退下!"

當即傳令停止前進。一聲炮響,二百人馬擺開陣勢,趙雲提槍馳馬,前去討戰。趙雲朝樊城遠眺,祇見城關緊閉,吊橋扯起,城頭旌旗漫捲,刀戟似林。

趙雲手下的兵士,朝着城上放聲喊道:"關廂上兵士聽着,我們趙大將軍在此討戰,速命守關將軍前來應戰!"

樊城守將劉泌,已知劉備兵渡樊河,正朝樊城殺來,故帶着地方衆文武在北關城樓守候。

劉泌已年逾花甲,今年六十一歲,却苦膝下無子,祇有一個外甥,年紀剛滿二八,名叫寇封。寇封器宇軒昂,聰明伶俐,劉泌甚是喜愛,把他作爲半子之靠,當作親生兒子似的。百姓對劉泌很是愛戴,劉泌早欲解甲歸田,回返故里,無奈百姓一再挽留,緣是迄今仍在樊城。去歲,曹操委派侯成、高順兩員副將前來,表面上是協助劉泌防守樊城,實際上是暗中監視。劉泌聞説劉備鎮守新野一載餘來,減除賦税,深得民心,早有投順之意;但因侯成、高順在側,不便行動。近日,得報曹仁、曹洪領兵三萬,殺向新野,竟被劉備打得落花流水,幾乎全軍覆没。侯成、高順聞報,對劉泌道:"樊城地近新野,恐怕劉備會乘機前來攻打,這幾日關上須嚴加防守。"果然,不出所料,劉軍今日兵臨城下。

且説樊城守城小兵見一白袍小將來城前討戰,匆匆奔入城樓內向劉泌稟告道:"稟上老將軍,關前來了一員小將,正在討戰,請老將軍定奪!"劉泌聞罷,起身步出城樓,衆將相隨於後。劉泌向城下望去,但見這員小將:

> 氣概軒昂,年少英俊。臉色白净,宛然傅粉。鐵綫劍眉,朗目圓睁。鼻正口方,有廓有輪。頭戴銀盔,紅纓蓋頂。身披白袍,威風凜凜。胯下龍駒,名唤鶴頂。丈六銀槍,兩手握緊。若問姓名,常山趙雲。

城上劉泌與衆將細望,這員白袍小將,倘若卸去盔甲,倒像是個白面書生。旁側侯成先啓口問劉泌道:"老將軍,我在曹丞相麾下多年,知道孤窮劉備手下,關、張兩將威名遠馳;而目下來了這麽一個白袍小將,難道能嚇倒我們嗎?曾聞老將軍當年在黃河兩岸,屢戰屢勝,數建奇勳。今日再拿一點老功夫出來,讓我們見識見識!」

高順一邊幫腔道:「當年是當年,如今老將軍已是十餘載未上陣了。常言道:將軍不提當年勇。如若老將軍不便出馬,且讓我們去殺却這個無名小將,不諗老將軍意下如何?」

劉泌見侯成、高順言來語去,一搭一檔,話中帶刺,激人出陣,心裏忿忿不已。劉泌揣摩:老夫半生戎馬倥傯,慣於征戰。雖説坐鎮樊城,而十載蹉跎,久未臨陣。爾等笑我不敢走馬迎戰,老夫偏生要厮殺幾陣,讓爾等看覷則個。想到此處,劉泌朝身旁士兵大聲命令道:「來人,與老夫帶馬扛刀!」

老將軍的外甥寇封睹此情景,急上前勸阻道:「舅父大人,請以大局爲重,三思而行!」

劉泌此刻忿恨之氣未消,怒衝衝道:「老夫守土有責,豈能不戰!」

説罷,「噔噔噔」地奔下城樓,跨上黃驃馬,手執金板刀。劉泌輕拎馬繮,又掉頭對寇封道:「寇封甥兒,爾與衆將須守住關厢,多加小心!」

寇封見舅父出戰之心已決,不再饒舌,答道:「敬遵舅父大人吩咐!」

此時,北關開放,吊橋平鋪。「咚」的一聲炮響,劉泌帶兵衝出關厢,徑向趙雲馳馬奔去。寇封隨即命人將城門關閉,吊橋扯起。

趙雲聽得一聲炮響,勒馬橫槍一望,眼前衝來一員老將。這員老將,白髮蕭蕭,銀鬢蒼蒼,金盔、金甲、金刀。趙雲尋思:來者未知是否劉泌將軍?軍師發令時再三囑咐,教我智取樊城,降伏老將。因此,趙雲便問道:「老將軍莫非便是樊城總鎮劉將軍嗎?」

劉泌道："既知老夫威名,何不趁早下馬受縛!"

趙雲語氣平和道："小將特來向老將軍請教武藝,尚未較量,教人如何心服? 老將軍若能打敗我時,小將甘願下馬受縛;如若反敗於我,請你獻關投降!"

劉泌聽着,怒不可遏地吼道："看爾小小年紀,有多大能耐,膽敢如此口出狂言! 快,放馬過來!"

趙雲不動聲色,拱手道："老將軍請!"

兩馬兜圈,老將軍舞動金板刀,向趙雲左肩上用盡力氣砍去,趙雲忙着起槍招架。趙雲暗思:現在我不能拼着命打,故祇用出七成力氣。祇聽得,"嚓泠泠"的一聲,趙雲故意裝出敗下來的樣子,慌亂地喊道："喔唷唷,老將軍果真老當益壯,小將戰不得也!"說罷,掉轉馬頭,落荒而逃。

劉泌好快活呀,心想:這小將不經一個回合,敗陣而走,看來我的力氣猶是不減當年。劉泌原不欲騁馬追逐,倏地憶起適纔小將所說之言,急奔上前大喊道："好大膽的豎子,爲人豈能言而無信! 你方纔說若被我戰敗,甘願束手待縛,而如今已經戰敗,却又爲何逃走? 我看你往何處走,老夫來也!"

劉泌緊追不放。趙雲退至山岙樹林口,猛勒繮轡,將馬扣住,掉轉馬頭對着劉泌笑嘻嘻道："老將軍請暫且駐馬片刻,待小將把幾句緊要的話說了,然後動手可好?"

劉泌先是一怔,繼而道："老夫料你脱身不得,意欲求饒罷了,有話快説!"

趙雲道："老將軍,實話相告,剛纔我是詐敗,誘你追來。我主劉皇叔與軍師知道老將軍本是漢室宗親,西涼侯馬騰的舊將,不得已方投靠曹操。老將軍心地善良,爲人厚道,教人敬仰不已。故軍師囑我相勸老將軍棄暗投明,歸順我主劉皇叔。敬請老將軍三思!"

劉泌聽了,一時無言以應,頓了一頓始道:"小將軍,你說方纘是詐敗而退,誰個相信?老夫決心與你再戰一番,比個輸贏。你若真能勝我,老夫自然願意歸降;如若再次敗於我手,就該老老實實下馬受縛,不許再逃。未知小將軍以爲如何?"

趙雲道:"老將軍,大丈夫言出如山,請趕快放馬動手!"

劉泌舞動金刀,喊道:"小將看刀!"就向趙雲攔腰一刀,來了一個"玉帶圍腰"。

趙雲從容不迫,將身子稍稍一偏,手起銀槍,槍鑽子朝着劉泌的刀背上"搭泠"一點,回了一個"浪裏拋篙",口裏喊道:"老將軍當心!"這一點,趙雲用足了功夫,與方纘迥異。老將軍這口刀竟爾蕩將開去,震得虎口辣豁豁,兩臂酸溜溜,人在馬上晃悠悠。

不意趙雲眼快手快,一槍鑽剛把劉泌的金板刀點開,連着又用槍桿往他黃驃馬的前腿上"啪"的一槍桿,那馬忍不住疼痛,兩隻前蹄騰空而起,猶如人一樣直立起來。劉泌哪裏還坐得住,當即從馬背上墜落下來。趙雲見了,慌忙丟槍跳下馬來,把劉泌攙扶起來,讓他背倚大樹,坐於地上歇息。趙雲內心滿是歉意地施禮道:"老將軍受驚了,恕小將無禮!"

劉泌面帶慚色地道:"好一員小將,老朽有眼無珠,真是失敬了!"説着,略一停頓,細細凝視着趙雲。又道:"劉皇叔有你這樣的將軍,天賜洪福也!將軍武藝高強,智謀出衆,老夫心折。請問將軍尊姓大名?"

趙雲俯首低聲道:"老將軍過獎了!小將姓趙名雲,字子龍。"

劉泌道:"趙大將軍,大丈夫一言既出,駟馬難追,老朽目下別無他話,情願歸降劉皇叔,獻納樊城。"

趙雲大喜過望,畢恭畢敬地道:"老將軍深明大義,請受小將一拜!"

劉泌慌忙扯住趙雲衣袖，説道："趙大將軍不必客氣!"説着，劉泌瞅了趙雲一眼，憂形於色地道："城內眾地方官員雖然都是老朽舊部，頗爲聽話；但有兩個副將，名叫侯成、高順，是曹操派來暗中監視我的。如若言明獻關納城，他們勢必反對。我想：待我佯作戰敗在前奔逃，將軍緊隨於後追趕，老朽把將軍引進樊城，倘若有人公然攔阻，將軍可將他們擒拿斬殺。那時，老朽立即命手下打開城門，獻關納城。未知將軍以爲如何?"

趙雲答道："多蒙老將軍思慮周密，小將照此行事則個。"

劉泌道："如此，事不宜遲，待我們立即行動吧!"

趙雲從右邊把老將軍那匹黃驃馬牽將過來，朝劉泌一拱手道："請老將軍上馬!"

劉泌道："勞駕趙大將軍了!"

趙雲從地上拾起那口金板刀，送到劉泌手中，然後把自己的那條銀槍一提，躍身跨上馬背。劉泌詐作大敗，拖刀而逃，趙雲橫槍猛追。兩騎一前一後，從方纔殺來的那條道上又殺將回去。

且説雙方將領軍士，纔見兩將一逃一追，雷奔電掣般向山呑樹林中飛馳，瞬息之間不見影蹤。雙方弄得群龍無首，頓時，戰鼓聲息，吶喊聲止。豈料眼睛一眨，兩將又重新殺回來了。不過，形勢與前迥然不同：去時是白袍將逃，老將追；現在來時，是老將逃，白袍將追。於是，雙方戰鼓又擂緊了，吶喊聲響成一片。

再説樊城城樓上，侯成、高順、寇封等將，開始見白袍小將被劉泌戰得大敗，奔向山呑遁逃，漸漸被一叢樹林遮掩，無影無蹤。侯成對高順道："高將軍，老將軍雖已獲勝，但前面擋着一片鬱鬱蓊蓊的叢林，謹防劉軍埋伏。倘若真的如此，老將軍豈不要遭他們的暗算？看來，你我必須立即出馬，協助老將軍結果了這白袍小將纔是。"

高順答道："侯將軍言之有理!"

侯成、高順兩將囑託寇封將軍看守關廂,急忙奔下城樓,取過兵器,跨上戰馬,衝出北關。兩將正欲尋覓劉泌與白袍小將去處,忽聞一陣緊鑼密鼓,喊殺聲聲,祇見劉泌與白袍小將已來到眼前,老將軍狼狽逃命,白袍小將奮力追殺。侯成、高順不禁萬分驚詫,心裏揣度:適纔這白袍小將未經一個回合,敗陣大逃;一晃眼,這白袍小將何以便轉敗爲勝呢? 兩將齊聲喊道:"老將軍不必驚慌,俺侯成、高順來了!"

劉泌橫拖着刀,對兩將愧怍地道:"老夫年邁力衰,反被小將殺敗,望兩位將軍快快前來救護!"

侯成、高順衝上前去,讓劉泌過去,截住趙雲,大喊道:"膽大妄爲的孤窮小將,休得猖獗,可知俺侯成、高順的厲害!"

兩將同時高叫一聲"看刀",雙刀齊下,一道擊殺趙雲。侯成高擎鑌鐵刀,對準趙雲頭頂猛劈一刀;高順手執三尖兩刃刀,向着趙雲當胸一刀。

趙雲眼快、手快、槍快,揮舞丈六銀槍,槍頭朝上,槍鑽朝下,但聽得"啪"的一聲,槍頭向侯成那把刀刀背上撞去,侯成的鑌鐵刀彈出十數丈遠;又是"啪"的一聲,槍鑽朝高順那口刀刀頭上擊去,高順的三尖兩刃刀蕩入半空。説時遲,那時快。趙雲左手執槍,右手從背後將侯成一把抓住,從馬背上拖將下來,舉過頭頂。侯成足離地,刀脱手,四肢狂扭,恰似一隻吊在水中亂划的烏龜。高順急欲逃命,趙雲銀槍一挺,朝高順的馬頭上擊去,"啪"的一聲響,腦漿迸裂,戰馬當即倒斃。高順倒於地上,兩條腿被死馬緊緊壓住,動彈不得。趙雲對手下喊道:"軍士們,速速上前把敵將拿下!"

衆小兵一擁而上,將侯成、高順繩捆索綁,縛得結結實實。侯成、高順苦苦哀求道:"將軍饒命! 將軍饒命……我倆願意投降!"

趙雲聽説兩人願意歸降，命人暫且看押則個。

趙雲率領軍士正向樊城衝去，祇見北關城頭上白旗高懸，城門大開，吊橋平鋪，劉泌帶着外甥寇封及地方文武官員出關迎接。老將劉泌除盔卸甲，雙手捧着黃布包囊，内置樊城總鎮大印，迎面步至趙雲馬前，謝罪道：“樊城罪將劉泌，敬向趙大將軍繳印獻城！”

趙雲急忙跳下馬背，雙手緊握着劉泌的手道：“老將軍不必如此！一切事務，皆待我主劉皇叔與軍師駕到，再作處置，印信等物暫請老將軍掌管。”

劉泌聽了，吩咐地方衆文武上前叩見，然後迎請趙雲進城。

正於此時，一匹快馬疾馳而來，直趨趙雲馬前停駐。探子下馬向趙雲稟道：“啓稟趙將軍，皇叔與軍師所率中軍人馬，已經渡過樊河，即將抵達樊城。”

趙雲道：“知道了，退下！”言畢，趙雲旋身對劉泌道：“老將軍請稍待片刻，小將前去迎接皇叔、軍師！”他隨即掉轉馬首，飛馳而去。

劉備與徐庶率領中軍人馬，正朝樊城進發，舉頭忽見趙雲飛馬奔來，暗暗歡喜。趙雲勒轡下馬，拜見劉備、徐庶，將智取樊城的經過，一一稟告。

劉泌見趙雲前去迎接皇叔，忙命軍士把此事曉喻樊城衆百姓。老百姓早就聞説劉皇叔忠厚仁慈，愛民若子，今日得知皇叔進城，説不盡的高興喜悦，三五成群地擁向街頭，歡迎劉皇叔的駕臨。

劉備、徐庶率領的中軍人馬到時，劉泌即命升炮相迎，自己第一個奔到劉備、徐庶馬前跪下道：“罪將劉泌叩首，迎接皇叔、軍師駕到！”

樊城衆地方官員見劉泌跪下請罪，皆一起跪下謁拜。

劉備、徐庶急下馬來，攙扶着老將劉泌與衆地方官員起來，吩咐衆騎兵空出馬來，讓劉泌及衆地方文武騎着，一道進城。

馬過樊城大街，老幼男女，夾道迎迓。香花燈燭，歡呼不絕。

大家一起至衙門前下馬，劉備、徐庶在大堂上坐定，衆人分列兩側。

這時，劉泌將總鎮印信、三軍司命簿、花名冊、糧餉簿等，一齊供之案上，道："罪將劉泌，甘願獻關納城，投順皇叔、軍師！"

徐庶對這些簿冊瞟了一眼，對劉泌道："老將軍坐鎮樊城十載，治理有方，深得民心。本軍師已與主公商定，請老將軍費神，仍然鎮守樊城。衆文武官員仍屬老將軍麾下，聽候調遣。"

劉泌道："承蒙軍師厚愛，委以重任，唯老朽年逾花甲，心有餘而力不足，恐難勝任，望軍師另委賢能，讓老朽解甲歸田。"

劉備也啓口道："老將軍德高望重，老當益壯，望以國家爲重，萬勿推辭！"

劉泌見皇叔、徐庶一片真意，即道："既蒙錯愛，恭敬不如從命，老朽祇得權受了。"

徐庶見劉泌允諾，便將案上總鎮印信等物依然交還與他。一切政務處理完畢，劉備、徐庶退堂。

這日夜晚，樊城大堂上張燈結綵，紅燭高燒，如同白晝一般。堂上鋪設慶功宴席，衆人一一入座。居中一席坐着劉備、徐庶。上首兩席關、張、趙諸將坐着，下首兩席劉泌與衆文武圍坐在一起。

正放懷暢飲間，祇見內堂姍姍步出一員小將。劉備凝神諦視，此人生得：

> 雙眉淡淡，兩眼炯炯。唇紅齒白，額寬臉圓。頭上束髮秀冠，渾身白袍銀裝。腰懸寶劍，足着烏靴。望上去相貌堂堂，器宇不凡，真的一表人材。

劉備打量良久,心有所感,暗自尋思:孤今年四十八歲,雖有一子阿斗,尚在襁褓之中。倘得這位英俊少年,嗣爲義子,那該多好啊。這位小將,比之二弟關羽義子關平,更覺可愛。祇見小將走至劉泌跟前,拱手作揖道:"舅父大人在上,小甥特來拜見!"

劉泌道:"甥兒,快去謁見皇叔、軍師!"

這位小將旋轉身子,走到居中的酒席前邊,彬彬有禮地道:"拜上皇叔、軍師!"

劉備回禮道:"小將軍少禮了!"

徐庶也道:"小將軍一旁坐,請用酒!"

小將道:"多謝皇叔、軍師!"

劉備見這小將在劉泌身旁坐下,回過頭來問劉泌道:"老將軍,這位小將是你何人?年庚幾何?"

劉泌道:"此人乃是老夫的外甥,名叫寇封。今年一十六歲,父母早喪,老夫將他撫養成人。他已學得一些武藝,兼着協助老夫治理政務軍務。"

劉備聽説,益爲喜愛,便對劉泌道:"老將軍,令甥寇封,習武知禮,逗人喜愛,孤意欲將他收爲螟蛉,改姓爲劉,未曉老將軍尊意何如?"

劉泌聞言尋思:劉皇叔欲收外甥爲義子,賜姓爲劉,真是求之不得。皇叔有朝一日,一匡天下,外甥就有承繼皇位的希望。目下,外甥作了皇叔的義子,可謂身價百倍。劉泌主意拿定,朝皇叔拱拱手道:"多蒙皇叔見愛,這是小甥的造化,豈有不從之理!"

劉泌回轉身來,招呼寇封道:"甥兒,速速去叩拜義父!"

寇封一聽,欣喜萬分,趕緊立起身來,疾步走到劉備面前,雙膝跪下,口中稱道:"爹爹在上,孩兒劉封叩請金安!"

劉備喜得心花怒放,滿臉笑容,伸出雙手攙扶寇封道:"兒啊，快快起來！"

寇封道："謝爹爹！"寇封立起身子，站於劉備身邊。

劉備又道："兒啊，一旁請坐！"

寇封微微抬首答道："爹爹在此，孩兒理當侍立聽訓。"

劉備見義子懂得規矩，更爲愜意。這時，衆文武紛紛上前，向皇叔稱賀道喜。從此，寇封改姓，就叫劉封。

慶功宴上，劉皇叔收劉封爲義子，熱鬧非凡。劉備覷見關羽、張飛仍坐於酒席，忙對劉封道："兒啊，快去拜見你家二叔、三叔！"

劉封道："遵爹爹吩咐！"

他走到兩位叔叔面前，舉首瞻望，祇見他們並肩坐着，何等威武。一位是蠶眉鳳目，赤面長髯；一位是豹頭環眼，黑臉虎鬚。劉封細細一瞧，張飛滿臉喜色，笑逐顏開；而關羽呢，面無表情，雙目微睜，半開半閉，低首垂臉，似憂似戚。

那麼，關羽因何神態如此呢？原來，他對大哥劉備認螟蛉事，不以爲然。關羽沉思：我雖收過義子，但大哥之事不能與我相提並論。當年，我在家鄉打抱不平，剪除豪強，亡命他鄉，與家中斷了音訊，多次派人打聽，祇悉家鄉屢遭兵燹，廬舍爲墟，妻離子散，不明下落，這纔收關平爲義子。可大哥呢，嫂夫人甘氏已生一子。既有親子，何必再嗣義子？日後，大哥倘若大業成就，一統天下，便有爭立之嫌，今日豈能不慮及此！關羽本欲上前勸阻，礙着衆人，已來不及了。今見劉封前來拜見，佯作不知。

劉封不知關羽心事，搶步上前跪拜道："二叔父、三叔父大人在上，小姪有禮了！"

關羽聞言，目不轉瞬，充耳不聞，閉口無聲，祇是昂然坐着。幸虧張飛笑容滿面道："姪兒少禮，快起，請坐飲酒！"

劉封暗思：還是三叔父好，二叔父架子多大！從此，關羽、劉

43

封叔姪不和。後書關羽兵困麥城，劉封按兵不動，見死不救，實是此時種下的根子。

這慶功宴會，飲至三更時分，眾人方始散去。

次日，劉備、徐庶率領眾文武及劉封離開樊城，班師回轉新野。回至新野，劉備又上了心事，終日憂慮不已。他常常獨坐靜思：曹仁、曹洪敗歸許昌，曹操豈肯罷手？必然會繼續發兵，攻打新野。一日，劉備與徐庶議及此事，徐庶道："主公請不必多慮！俗語云：水來土掩，兵來將擋。曹操倘若再發兵前來，本軍師定然再殺他個人仰馬翻，一敗塗地！"不過，徐庶哪裏料到，時隔不久，曹操來了個釜底抽薪之計，誘逼徐庶離開新野。徐庶不得已與劉備作別，長亭分手，腸斷陽關，遙望弗及，佇立以泣。正是：

本欲新野事明主，詎料平地起風波。

第三回　累白髮程昱助桀
擊老奸徐母罵曹

　　南陽城中，曹仁、曹洪大敗來此，失魂落魄，不知這次慘敗原因何在，中了劉軍什麼埋伏，原因不明，回歸許昌，如何去見丞相？兩人夜半翻山逃竄之時，心慌意亂，不慎跌了幾跤，受了些皮肉創傷。曹仁、曹洪到了南陽，立即派出探子四出探聽，並請南陽太守陳群協助。當下，陳群派出數十名軍士，喬扮客商，前往新野探聽。

　　不到半日，呂曠、呂翔兄弟也狼狽逃到南陽，曹仁、曹洪見這兩人氣喘吁吁，神色沮喪，走路一瘸一拐，便沒好氣地問道：“爾曹這次究竟中了劉軍什麼埋伏？”

　　呂氏兄弟面面相覷，一個也不敢說話。這時，呂曠覷見曹仁臉有怒色，一副尷尬相地答道：“那時天色已晚，四野一片迷迷茫茫，衹聽得‘砰’的一聲炮響，左右營外霎時猛地衝來一群群、一排排怪獸。說什麼也不像：馬不像馬，牛不像牛，虎不像虎，獅不像獅。頭上長着兩隻長角，銀光燦燦，尾巴上又是火光閃閃，模樣十分嚇人！營上傳令急急放箭，灰瓶石炮一齊打去。這些怪獸像是神助似的，一下子跳越戰壕，撞破營牆，衝了進來。霎時間，整座大營燃起大火，烈焰騰空，喊聲動地。大營四周，劉軍呼喊着衝殺進來。我軍頑強抵禦，左衝右殺，衹是無法抵擋，弄得屍骸遍地，血流成河。我倆渾身滿是創傷，留得性命至此。」

曹仁聽他們說得可憐，也就不說什麼。又隔數日，曹仁、曹洪和南陽太守陳群派出的探子陸續返回，向曹仁報告道：「稟上曹大將軍，聽說劉備新得一位軍師，名喚單福，頗有才能。這次劉軍殺得我軍大敗，單福軍師用的是火牛陣。嗣後，單福出兵攻打樊城，守將劉泌投降，樊城已爲劉備占領。聽說不久又將興師北伐，兵攻南陽。」

曹仁到這時候方纔明白，原來我們的三萬大軍，敗在單福的火牛陣裏。心想：劉備新得的這位軍師有些能力，倘若興兵再攻南陽，如何廝守得住？於是，曹仁、曹洪帶着呂曠、呂翔，率領殘兵敗將，辭別太守陳群，急急似喪家之犬，忙忙似漏網之魚，匆匆地朝着許昌進發。

且說曹仁、曹洪領着這支殘兵敗將，一路曉行夜宿，馬不停蹄，趕趕行程。這一日，已抵皇城許昌。漢朝四百年來，皇城已經遷徙數次：漢高祖開創帝業，天下一統，皇城建於長安，歷史上稱爲西京；光武帝劉秀中興，把皇城遷到洛陽，歷史上稱爲東京；東漢末年，曹操爲了要挾皇上獻帝，把皇城遷到許昌。現在曹仁、曹洪來到丞相府前，祇見轅門外轎馬絡繹不絕，知道丞相早朝已歸，就忙下馬向傳事官報道：「有勞通報丞相，曹仁兄弟率領三萬大軍，中了劉軍埋伏，大敗歸來，現在轅門外請罪！」傳事官聽得，快步走了進去。

再說曹操，自從出兵新野，心常懸着在等候消息，卻是音訊杳然。曹操思忖：我軍倘若得勝，應是捷報頻傳；倘或失利，當有告急羽書報來！曹操萬分牽掛不安，正思命人前往探聽，外邊傳事官進來報道：「稟報丞相！」

曹操聽着，心裏「噯」地一下，預感不妙，忙問道：「何事報來？」

傳事官道:"曹仁、曹洪大敗而歸,現在轅門外求見丞相,繳令請罪!"

曹操不禁失聲道:"啊呀,氣死老夫也!"思想:數年以來,劉備在我掌下,屢戰屢敗,東竄西逃,而今守着區區一個縣城新野,兵微將寡,怎會斷送我的三萬人馬?

曹操氣呼呼地道:"速命這兩個匹夫進來!"

傳事官道:"是!"

一眨眼的功夫,曹仁、曹洪低着頭走上堂來,不敢正視丞相一眼,雙膝"噗"地跪了下來,淚流滿面地道:"丞相,末將等奉命兵進新野,被劉軍殺得大敗,特向丞相請罪!"

曹操見他們衣冠不整,形態憔悴,遍體是傷,一副疲勞不堪的樣子,心裏頓生惻隱之心。思念他們終究是自己的堂兄弟,便有些不忍地問道:"你們緣何敗到如此地步?且與老夫細細道來!"

曹仁就將新野失敗經過,詳詳細細地稟告,最後,強調説道:"劉備新得的這位軍師單福,用兵如神,足智多謀,變幻莫測,聽説不久就要興師北伐,攻打南陽,請丞相定奪!"

曹操聚精會神,一字不漏地聽完曹仁稟告。心想:怪不得曹仁、曹洪如此慘敗,原來劉備新得了一位軍師,巧擺火牛陣,這叫曹仁、曹洪如何抵擋?尋思到此,曹操對曹仁、曹洪有了寬恕之意。又想曹仁、曹洪一直跟隨自己,攻關奪城,南征北戰,立下不少汗馬功勞,因對二人道:"勝負乃軍家之常,以後務期小心謹慎爲是。"

曹仁、曹洪十分感激地道:"謝丞相不斬之恩!"兩人謝過恩,閃立一旁。

曹操對曹仁、曹洪兵敗歸來,免於罪責。但他深慮劉備乃是當世英雄,又得賢能單福,勝如游魚得水,猛虎添翼,如何得了!

又思：軍師單福，破我雄師，大將曹仁、曹洪狼狽逃歸。單福這個姓名，從未聽説，豈非咄咄怪事！於是，曹操就對堂前兩旁文武開口道："列位大夫，諸位將軍，孤窮劉備新得的這位賢士單福，不知可有人相識否？"

兩旁文武聽到曹操發問，大家在想：單福這人，不要説不認識，名字也從未聽説過。大堂上悄然無聲，没有一人回答。

正在這時，兩旁文武中閃出一人，這人方翅烏紗，藍袍錦帶，曹操看時却是大夫程昱，乃是他的心腹。祇見程昱撩袍踏步上前，拱手説道："程昱叩上丞相！"

曹操趕緊問道："莫非大夫認識單福嗎？"

程昱答道："丞相，程昱確與單福相識。昱與單福不僅同是潁川潁上縣人，且是同鄉同村，幼時同窗共讀多年。"

曹操聽了，暗自高興，説道："如此，請將單福底細一一道來！"

程昱道："昱與單福同住一村，前村姓程，單福後村姓徐。前村、後村之間祇隔着一條小河。"

曹操聽着，覺得奇了，問道："那麽，單福何以不姓徐呢？"

程昱接口道："單福原是姓徐，名庶，字元直，乳名福官。幼年喪父，家境清寒，全仗母親單氏紡紗織布，糊口度生。一弟名康，不久之前暴病身亡。元直幼好擊劍，爲人仗義。五年前在潁上城內抱打不平，殺死一霸，遂被髮塗面，遠走高飛。後被官府捕獲，官府問他姓名，元直默而不答。官府無奈，將他捆縛車上，敲鑼擊鼓，巡遊大街小巷，命市人行者識之，幸虧後來被幼時一位好友解救脱身。從此，他便改用母姓，唤作單福，遠走他鄉。"

曹操聽到這裏，纔知單福不姓徐的緣由，不禁道："原來如此，大夫續講。"

程昱道："徐庶出走以後，遍訪名師，曾拜水鏡莊水鏡先生司

馬徽爲師,學習文韜武略。不久前,徐庶新野投主,劉備將他拜
爲軍師。"

　　曹操聽罷程昱所説,益加重視徐庶。心想:徐庶是名士水鏡
先生的高足,難怪一到新野,便殺戮我三萬人馬。這樣的賢士能
人,不愧爲天下將才,海内奇才。曹操對程昱道:"徐庶廣有謀
略,可惜歸於劉備,如虎添翼也,這將奈何?"

　　程昱不慌不忙地道:"丞相不必多憂,昱有一計,名曰'釜底
抽薪',定叫徐庶早晚辭別劉備,投奔許昌。"

　　何謂"釜底抽薪"? 這是説:鍋子裏燒着一鍋子水,翻滾不
息,如欲教這鍋水停止翻滾,祇須把鍋子底下的柴抽掉就是。如
今要使劉備不能成事,祇要將徐庶逼走就行。曹操學問淵博,當
然懂得這個道理。便問道:"未知此計如何安排?"

　　程昱道:"徐庶上有老母在堂,丞相可以派人前詣潁上,賺其
母來,良言勸慰,命其修書一封,喚其兒子徐庶棄暗投明,前來許
都。徐庶是個孝子,必然遵從母命,前來歸順丞相。這樣,大事
可成!"

　　曹操聽了,拍案稱絶。説道:"此計甚妙,大夫請按此計立即
行事!"

　　程昱好不得意,連忙答道:"遵命!"

　　曹操退堂以後,程昱返回府中,當即選了一個家院。這人名
喚張勇,善於察言觀色,能説會道,爲人八面玲瓏,謹小慎微。程
昱命他如此這般,賺取徐母進京。

　　當天下午,張勇早已準備妥當,上馬出發,帶着一個車夫,命
他推着一輛空車。潁上離許昌一百餘里路程,不消兩天功夫就
到達了。

　　徐庶家在潁上城外臨川莊。張勇問訊來到徐家門口,將馬
拴在門前一株樹上,喚車夫將空車停在樹下等候。張勇推開竹

籬笆門，見籬內大門開着，茅屋內傳出"唧唧"的織布聲響。張勇小心着進屋，喊道："徐太夫人在家嗎？徐太夫人在家嗎？"

織機聲停，織布機旁走出一位老婦，頭髮斑白，年已六十有餘，身穿布衣布裙，就是徐母。徐母見張勇軍官打扮，並不相識，便道："你找誰呀？莫非錯走了人家？"

張勇答道："這裏不是徐元直老爺的府上嗎？你難道不是徐太夫人嗎？"

徐母道："老婦正是徐庶的母親。"

此時，張勇急忙上前雙膝着地叩拜道："徐太夫人在上，小人張勇叩頭，恭請徐太夫人萬福金安！"話未說畢，又叩起頭來。

徐母慌忙道："快請起來，一邊坐下！"

張勇道："太夫人在上，小的不敢坐！"

徐母一時被張勇弄得懵懵懂懂，不由思想起來：來者口口聲聲稱太夫人，大概我兒徐庶已經出仕爲官，但不知現在何地？又在誰人手下爲官？記得五年之前，我兒怒殺惡霸，遠避他方，臨別之際，我曾再三囑咐：此去務須尋師訪友，苦學本領，要胸懷大志，以生民社稷爲重，投奔一個治國安民的英主。常言道："良禽擇木而棲，賢臣擇主而事。"出處進退，豈可不慎！去歲仲秋，兒子託友捎來一封家書，道是在水鏡莊上拜水鏡先生爲師，不久將出去尋訪英主，不負平生所學。我也拜託那人捎與兒子回書，喚他不要掛念家中老母，要把孝順老母之心用到治國安民上去，移孝作忠，古人云"求忠臣必於孝子之門"，且將孝子去換一個忠臣。想到這裏，徐母趕緊問道："未知我兒現在何處？"

張勇道："稟上太夫人，徐元直老爺現在皇都許昌曹丞相處爲上大夫，爲丞相府參謀軍機。"

徐母不相信自己的耳朵，怕聽錯了，又問道："你待怎講？"

張勇道："老爺現在許都相府軍機處任參軍。"

　　徐母再聽，説是兒子在曹操手下爲官，感到自己多年的希望毀於一旦，氣得臉色大變，霎時蒼白，眼淚也簌簌地流了下來。心裏暗暗地責怪兒子道：兒啊兒，你爲何如此忠奸不分，辜負了爲娘的一片苦心。徐母忍住內心的苦楚，撩起衣袖揩揩眼淚，問道：“莫非你是我兒派來接我進京的嗎？”

　　張勇道：“正是！請太夫人整理一下行李，驅車上路，免得徐老爺在京久候！”

　　徐母尋思：我兒要我前去許昌，享受富貴榮華，算是盡他一片孝心。可是，爲娘苦煞半世，難道爲的是享這種福氣嗎？燕雀之志，稻粱之謀，就可以忘掉一切嗎？這時，恨不得面訓兒子一番，卻是踏前一步，氣衝衝地問差官道：“如此，可有我兒的書信？”

　　張勇頓時語塞，支支吾吾地道：“這個麼……徐老爺祇因這幾日軍機事務忙碌，他道：太夫人快速進京，馬上可以見面，便没有寫這書信了。”

　　那麼，程昱爲何不假冒徐庶寫一家書呢？是他一時疏忽嗎？不是！原來，程昱怕假的家書被徐母識破，弄巧成拙，反爲不美，索性就不寫了。

　　徐母聽説没有書信，心想兒子決不會這樣簡慢的，恐怕是曹操賺我去許昌吧。徐母又一轉念，曹操乃當朝丞相，挾天子以令諸侯，權勢滔天，他要騙我這個鄉下老婦做什麼呢？倘若真的有事，祇須説半句話，將我拿捉押解就是。看來，或是我兒公務忙碌，無暇作書；要麼兒子近來真的變了，利令智昏，做了曹操的官，忘了忠孝禮義。祇好去走一遭，看他如何面目對我？既是如此，讓我立即出發，趕赴皇城，見了兒子，當面勸他辭去官職，回歸潁上，躬耕田地。倘若兒子不允，我就撞死在他的面前。

　　徐母主意一定，便心平氣静地道：“老婦並無什麼準備，祇須回房取些東西，便可動身上路。"説着，徐母轉身入内。片刻，手提一囊，走了出來。

張勇笑着上前接過包囊，扶着徐母，説道："如此，太夫人請上車吧！"

徐母也客氣地道："請！"兩人走出門外，張勇又扶徐母登上輕車，然後躍上馬背，朝着京都許昌進發。

一路上，"軋泠、軋泠""的咯、的咯"，車輪滾滾，馬蹄得得。次日辰時，張勇伴着徐母抵達許昌，直詣相府轅門口。張勇下馬，徐母輕車也停下來。徐母從車上眺望，祇見轅門轎馬不絶，人來人往。門樓九間，三間落地大門，金釘朱户，飛簷雕甍。正廳九間，後軒九間，前有泥鰍照壁，屋脊龍吻對峙，一對漢白玉雕雄獅，蹲踞兩旁。徐母心中尋思：這種排場哪像我兒子的衙門，倒像是相府。

張勇將馬拴好，疾步來至徐母車前道："太夫人請在車上稍歇片刻，待小人進内通報！"

徐母道："一路叨蒙照顧，教人不勝感銘，費神速命我兒前來相見！"

張勇含糊地應了一聲。來至轅門請傳事官報告丞相，徐母已詣相府轅門。

再説曹操估計徐母今日將到，早堂未散。這時，傳事官急走上堂稟報道："啓稟丞相，程大夫手下家院張勇已將徐母賺來，現在轅門待命，請丞相示下！"

曹操得訊徐母來臨，樂不可支，但不露聲色地道："知道了，退下！"

傳事官退了出去，曹操眼珠一轉，暗自尋思：俺欲徐庶相助，理當款待其母，以結歡心，親自出接，顯得尊重人才。却思俺乃當朝丞相，豈可貿然迎一村嫗，畢竟有失體面。曹操想罷，便命程昱出堂相迎。

程昱下堂之時，對丞相瞟了一眼，意思是說：徐母已賺至府，須臾領上堂來，好言說服，勸她寄書兒子，前來投誠效勞，那可要看你了。曹操自然領會程昱的意思，對着程昱微微點頭，意思是說：俺身爲堂堂丞相，折衝俎豆，胸有城府，難道竟對付不了一個鄉下村嫗？要她圓方，純在俺的掌握之中。

程昱下堂，恰至垂花門口，家院張勇趨前道：“稟上老爺，小人奉命已將徐母接到，現在轅門外邊。徐母傳言，迅喚她兒前去斯見！”

程昱道：“現在没有你的事了！等會再來領賞！”

張勇叩頭道：“謝老爺！”說罷退下。

程昱走出轅門，見徐母兀坐車上，連忙奔到車前，對着徐母一拱到地，裝出一副笑臉，喚了一聲道：“老伯母大人在上，小姪程昱有禮了！”

徐母正坐車上，眼望相府門口，忽見門樓走出一人，烏紗藍袍，以爲兒子徐庶來了。直至程昱開口時，方知並非自己的兒子，而是徐庶的同窗學友程昱。徐母看着程昱一點點長大成人，把他當作子姪輩相待，也曾器重。程昱每年清明回鄉掃墓，也總探望拜見徐母，十分尊敬。嗣後，徐母得悉程昱在曹操手下爲官，就對他十分冷淡，見面不願和他招呼。徐母心中根根不已，暗想：我的兒子投奔曹操，助桀爲虐，説不定是這個程昱慫恿的。現在，我倒要問問他，怎麼我的兒子不出來，却要他來接我？於是，徐母伸手攏了攏額前白髮，開口道：“來者莫非是程昱賢姪嗎？”

程昱笑着道：“正是小姪程昱。”

徐母問道：“請問賢姪，這裏究竟是何所在？我兒現在哪裏？爲何不出來見我？”

程昱答道："此處乃是丞相府的轅門，元直兄正與曹丞相商議一件軍機大事，因此命小姪代爲迎接。姪與元直兄自幼同窗，情同手足。姪即元直，元直即姪，不分彼此。伯母大人請下車來，大堂高坐。"

徐母聽着，覺得程昱所說，事情有些蹊蹺。既然我兒接我，爲何將我接到丞相府裏來了？況且，我兒性情至孝，爲何現在變得如此不懂道理？派人前來接我，不修一紙家書。今我遠道而來，數年未見一面，怎能推說忙於商議軍情，委友代爲出接？再一轉念，我既來之，則安之。這些小節，權且不去管它，讓我與兒廝會再說。於是徐母道："既然如此，有勞賢姪引路！"

程昱道："伯母大人不必客氣，且請當心！"

徐母下了車輛，程昱小心地扶着，二人徐徐朝着相府大堂走去。

且說曹操遙見程昱扶着一位鄉下老婦，朝着大堂悠悠而來。這位老婦，風度灑脫，雖說白髮蕭蕭，並不老態龍鍾，竟連拐杖也不用。雖然布衣布裙，上了相堂却是顯得不卑不亢。曹操心裏油然產生一種敬意，頓時對着徐母站起身來。兩旁文武尋思：丞相位列三台，乃一人之下，萬人之上，一品當朝，怎的對着一位鄉下老婦起身相迎，有些失了身份。其實，曹操全是爲徐庶，敬其母實是爲了得其子啊！

這時，程昱起手指着曹操對徐母道："居中坐的，乃是當朝位列三台的曹相國。"

徐母聽程昱的介紹，抬頭細望，覷見曹操紅袍貂冠，濃眉長鬚，皮肉橫生，滿臉狡詐之色，一副奸佞之相。心中尋思：原來這就是欺君罔上、專權誤國的老奸國賊曹操，論禮儀法度，百姓見了丞相自當三跪叩首，可我怎能對這萬民唾棄的奸相叩拜？徐母裝作鄉下婦人，未諳朝廷法度，立而不跪，目不旁視地道："原來是曹丞相啊！"

曹操見她並不跪下叩頭，也不計較，臉上裝出一絲笑意道："徐老太夫人僕僕風塵，遠道而來，一路飽受風露之苦，一旁請坐！"隨命道："來人，擺坐！"

徐母思想，你教我坐，我就坐下，看你如何？心中這樣思想，口上卻是客氣地説道："唷，這可不敢啊！這可不敢啊！"話這麼説，身子已經坐了下去。

徐母恰纔坐定，程昱便向曹操丟個眼色，暗示道：這個時候，可以開門見山，單刀直入了。曹操却瞪了程昱一眼，心想：説話有個層次。俗話道"性急吃不得熱豆腐"，身爲當朝一品，難道還降伏不了這個鄉下老嫗嗎？

就在這時，徐母開言問曹操道："丞相，不知我兒現在何處？爲何不來相見？"

曹操沉吟半晌，袛得答道："令郎麼……"

徐母道："正是小兒徐庶。"

曹操頓了一頓，説道："徐太夫人，令郎不愧爲當今奇才，舉世無雙，此乃太夫人教子有方啊！"

徐母道："小兒碌碌庸才罷了，承蒙丞相謬贊！"

曹操道："太夫人，令郎確是奇才。不過，令郎雖懷濟世之才，惜乎事非其主。"

徐母聽到這裏，腦子裏被攪得混沌不堪。心中尋思：我兒在你手下爲官，你怎倒説"事非其主"？豈非自己認爲自己不是一個好主嗎？世上哪有這樣的事？奇怪啊，奇怪啊！徐母不知其中奧秘，左思右想，怎麼也轉不過彎來。便問道："丞相，此話怎講？"

曹操道："令郎雖是曠世奇才，然而竟去投奔孤窮劉備，幫他出謀獻策。不久之前，竟用火牛陣殺我三萬人馬。太夫人，你説這樣豈不可惜！"

徐母直到這時，恍然大悟，心中疑團，一時冰消，原來兒子徐庶投奔的是明主劉備，你們設下圈套，賺我到此許昌。但徐母仍然不露一點聲色，假作不曉天下大事，探問道："喔，請問丞相，劉備何許人也？"

曹操見問，便自然故意貶低劉備，告訴道："逆臣劉備，背叛朝廷。此人外似君子，內則小人。冒稱皇叔，全無信義。令郎投奔於他，宛如白玉陷於淖泥之中，鮮花插在牛糞之上。誠為可惜！老夫求賢若渴，愛才如命。本欲發兵殺向新野，討伐孤窮劉備，將小小新野踐為平地；但恐到時良莠莫辨，玉石俱焚，令郎難免遭受池魚之災。因此，老夫敦請太夫人詣京，煩你修書一封，教令郎棄暗投明，早日到京，歸順朝廷。老夫必當奏明天子重用，封侯進爵，請太夫人三思！"

徐母一時失聲道："喔，原來如此！好、好……好啊！"

看官，撰小說的懂得筆分左右，墨有正反。徐母所說，分明是一句反話！曹操却是聽得徐母叫"好"，以為同意修書，就吩咐手下道："快去準備文房四寶！"

曹操見手下已把筆墨紙硯放置案前，感到此事愈快愈好；不然，等到徐母反悔，又將如何？曹操迫不及待地對徐母道："如此，請太夫人辛苦了！"

徐母見曹操異想天開，要她立即修書給兒子徐庶，喚他歸順曹操，心裏好不惱恨！徐母心想：我兒明明在新野劉皇叔那裏，可你曹操與程昱做了圈套，誣說在你曹操手下為官，派人前來接我，賺我來此相府。她責怪自己未免太糊塗了，竟然這樣容易受騙上當。徐母越想越氣，越氣越惱，越惱越恨，猛地站起來，橫眉怒目，用手指頭指着曹操，咬牙切齒地罵道："曹操啊曹操，你道劉備冒稱皇叔，是一謀反叛逆之徒，祇能哄騙孩嬰於襁褓之中。

天下老幼皆知，婦孺盡曉，劉備乃是當世之英雄，中山靖王之後，孝景皇帝閣下玄孫，當今天子的皇叔。委身下士，恭己待人，仁義布於四海。我兒輔助皇叔，真是得其主也，從此蟄龍騰空而舞。你欲教我修書，要我兒棄大道而入小徑，棄明投暗，爲虎作倀，實是白日作夢一場空。曹操啊曹操，你託名漢相，實是一個十足的漢賊。你欺天子於許田，逼貴妃於宮門，殺董承於金殿，害萬民於天下，乃是一個挾天子以令諸侯的亂臣賊子！"

徐母威武不屈，大義凜然，言辭激昂鏗鏘，擲地有聲。這一聲聲，罵得曹操暴跳如雷，頭頂冒火；氣得曹操面容失色，六神無主。想不到，一個鄉下老婦，如此大膽，在堂堂丞相府大堂之上，毫無懼色地指着當朝丞相痛斥辱罵一番。

這時，兩旁文武大臣，都被徐母這一番大罵驚得呆了，個個如若木鷄一般，不聲不響。曹操左邊望望，右邊瞧瞧，心想：你們爲何還不把這老婦捉拿起來，堵塞她的臭嘴！曹操此時真的氣昏了，徐母是他自己特意請來的，對她敬若神明，你不下命，誰人敢去動她半根毫毛？

徐母越罵越烈，越罵越火，看見這案角上置着一塊方方厚厚實實的端硯，徐母順手取了過來，雙手舉過頭頂，對着曹操怒斥道："老婦今日爲國除奸，爲民除害，索性與你這老國賊拼了吧！"話尚未完，徐母把硯臺朝着曹操頭顱猛力擲去。

曹操見勢不妙，急忙將頭一偏，硯臺擲在左肩胛上，曹操負痛大喊："喔喲！"這時，曹操捂着肩胛，俯首看看自己身上那件被硯臺潑得墨汁淋漓的蟒袍，又看堂上抨碎的那塊硯臺，狂呼怒吼傳令道："快快與我將這瘋婦拖出去斬了！"

護衛將士聽得命令，蜂擁而上，用繩索將徐母結結實實地捆綁起來，押下相堂，推出轅門。正是：

　　　當年力士博浪椎，今日徐母一石硯。

第四回　程昱施計騙賢能
徐庶走馬薦諸葛

曹操被徐母大罵一番，肩胛上被她擲來的硯臺擊得疼痛難忍，氣得濃眉竪起，雙目怒視，兩足亂蹬，傳令將徐母推出斬首。正在這時，旁邊闖出一人，向外邊護衛將士高聲喊道："刀下留人！"

曹操一看又是程昱，説道："何故又要阻擾老夫的意旨？"

程昱道："丞相暫息雷霆之怒，免下虎豹之威。"

曹操怒氣未消，問道："爲何不能將這瘋婦斬首，難道此事就此罷了不成？"

程昱道："殺死一個老婦，於大事無補，却招不義之名。徐庶是個孝子，倘若聞知老母被殺，必死心幫助劉備以報仇。不如留之，請丞相將徐母交與程昱，我自有計，能教徐庶早晚歸順丞相。"

曹操聽了這一番話，覺得頗有道理，我若將她殺死，常言道"親仇不共戴天"，徐庶必然與我爲敵，確於征戰不利。程昱既有辦法，不如交與他去辦理。曹操點頭，傳令："鬆綁，免去死刑，交與程昱大夫發落！退堂！"

曹操一聲"退堂"，衆文武依次退下，各回府第。程昱堆着笑容，來到徐母面前打躬作揖道："老伯母受驚了，這都是小姪的不是。請到寒舍叙叙往事。"回頭對手下道："快快與徐太夫人備轎侍候！"

徐母思想：誰人要你獻媚奉承，今日我願拼了這條老命，若是我兒得悉我被曹賊所殺，定然意志更堅，幫助皇叔，滅曹興漢。現在免去一死，祇怕曹賊另生詭計。因此，她對程昱道："不勞賢姪費心，老身年過花甲，雖死何恨！"

程昱道："伯母大人休得惱怒！丞相乃是一時之見，待他心平氣和，小姪定當前往請令，送伯母大人平安還鄉。如今既已來到許昌，請去小姪家中盤桓數日。"

徐母思想：程昱還説什麼"盤桓數日"，這分明是曹操派你來的，將我軟禁，不得自由行動。好在我主意已定，這條老命不想活了，那就隨你們的便吧，看你們把我如何處置？因鎮定地道："這樣，倒要驚擾尊府了！"

程昱又笑道："伯母大人言重了！"言訖，兩人各自上轎而去。

徐母到了程家，程昱命夫人出堂相見。程夫人見了徐母，口稱"萬福"。禮畢，請徐母於別室奉養，一日三餐，自有家人好生服侍。

程昱與夫人私下説明意圖：殷勤款待，敬如己母，使伊無防，以騙取她的筆跡。然後仿其字體，詐修家書，好讓徐庶前來許昌。

自此，程昱日往問候，早晚兩次，並時常饋贈物件。程夫人則終日相伴，待如親母一般。有時問問徐母家鄉的情況，扯長道短，娓娓而談。有時求教徐母如何吟詩作賦，顯得十分好學。但却不敢請她動筆，免得露餡，祇是暗中尋找機緣，從容等候。

時光荏苒，不覺十餘日過去了。一日，徐母信步來至程夫人的外房，見案頭放着一張畫，畫着兩朵牡丹，嬌嫩多姿，艷麗動人。徐母知道，這是程夫人畫的，拿來用作繡花枕頭上的圖案。

再瞧畫面之上,題着五言兩句,詩曰:"牡丹稱富貴,全憑綠葉扶。"這詩歌頌牡丹是富貴花,雍容華麗,依仗綠葉扶襯烘托。徐母不覺尋思,一首詩至少該有四句,這詩少了兩句,看來,程夫人於詩初學,一時吟不下去,衹好戛然而止。今日我有興致,何不將它續上,也可一泄胸中塊壘。徐母詩興忽來,見文房四寶置於案頭,磨得墨濃,蘸得筆飽,提起筆來,續了二句道:"艷列百花上,芳馨一點無。"這樣,整詩譏諷含蓄,語意深長。前三句贊揚牡丹,末一句却是着意貶損,說它顏色雖艷,可惜沒有一點芳馨。這詩字面上是歌詠牡丹,實際上是藉題發揮,譏刺曹操、程昱一流人物。意思是說:曹操身爲丞相,權勢顯赫,位於一人之下,萬人之上,堪稱大富大貴,還有程昱綠葉相扶,助紂爲虐;然而名聲不香,天下誰不知道他們禍國殃民。徐母書寫始畢,猶輕輕朗誦一遍,頓覺精神振奮,心情爲之舒暢。

這時,程夫人走進來了,一邊向徐母請安,一邊斜眸窺覷桌上放着的那幀牡丹圖,看到徐母已動筆續詩兩句,不禁喜出望外,高興萬分。心中暗忖:皇天不負有心人,今朝你已入了我的圈套,這十餘日的功夫總算沒有白費。徐母哪裏能理會得這些小人行徑。

程夫人坐定,徐母便道:"恕我冒昧,在你牡丹圖上續詩兩句,給弄髒了,萬祈原宥!"

程夫人忙高興地笑道:"哪裏,哪裏!昨宵我拾寫了兩句成語,題在圖上,再也寫不下去了。叨蒙伯母爲我續上,解了這結,銘感還來不及呢!正如古人說的'拋磚引玉',一點不錯啊!"

徐母哪裏知道,就是這兩句詩,斷送了兒子的錦繡前程,而且連自己也性命不保,魂歸黃泉。

程昱每日自相府歸來,總要詢問夫人款待徐母動靜。這日程昱回府,夫人滿面堆下笑來,將徐母誤入圈套動筆題詩的事告訴丈夫。程昱窺見徐母筆跡，喜不自勝，捲起牡丹圖，徑詣相府。
程昱拜見曹操道："下官已有妙計，可教徐庶前來歸順！"

曹操忙問道："計從何出？"

程昱便將牡丹圖呈上，又把如何賺得徐母筆跡之事稟知。
並道："現今祇要模仿徐母字體，詐修家書一封，差一心腹人，持
書徑奔新野縣，不憂徐庶不來！"

曹操麾下謀士荀攸，善於仿人筆跡，十九可以亂真。曹操就
命程昱起草，後由荀攸仿照徐母筆跡寫信，再由程昱派人送往新
野。書成，程昱仍命上次那個賺取徐母進京的家院張勇，徑奔新
野投書。

張勇藏好書信，帶了一個包囊，騎上快馬，直奔新野而去。
張勇急似星火，風餐露宿，一路上並無耽擱。沒有幾日，張勇進
了新野城，尋問軍師徐庶的行幕，門人見他客商打扮，肩背包囊，
身上沾滿塵土，就喝道："呔，爾是何人？來此幹什麼的？"

張勇顯得十分鎮靜，上前拱手說道："我奉徐老太夫人之命，
自許昌來，求見軍師徐老爺！"

門人道："錯了，我軍軍師姓單，不姓徐。"

張勇機靈地道："單老爺就是徐老爺，徐老爺就是單老爺，勞
駕你速去通報一聲！"

門人這下被弄糊塗了，心想咱們軍師怎會有兩個姓？就說
道："請你暫待片刻，讓我進去報來。"說着轉身便向西書院行進。

且說徐庶獨自一人正在觀看地圖。自從上月大破曹軍、攻
取樊城以來，祇因天氣酷熱，養兵歇馬，暫時按兵不動。眼下已
經秋涼，徐庶準備興師北伐，先取南陽，後攻宛洛，故一人指看地
圖，籌思北伐的路綫。正在這時，門人進內報道："啓稟軍師，轅
門外來了一人，口稱奉徐老太夫人之命，有要事求見。小人說我
軍軍師姓單，不姓徐。他說單軍師就是徐軍師。請軍師定奪！"

徐庶聞言，不禁一愣，心想：這倒奇了！自詣新野，尚未修書回家，老母怎會知道我在新野的？而且，我怕泄露姓名，故而改稱。"單福"一名，此處除了劉皇叔外，無一知曉。徐庶一時猜不出其中奧妙，就吩咐門人道："將來人領來見我！"

不多一會，張勇進內，跪拜叩首道："徐老爺在上，小人張勇叩見！"

徐庶道："罷了！爾是何人？到此有何貴幹？"

張勇道："小人是許昌程昱老爺府中家丁，如今徐太夫人寓居程老爺府第，特差小人前來投書。"説着，將那封家書雙手呈上。

徐庶聽了這番言語，内心頗不寧静：看來程昱已將我的家庭履歷告稟曹操，曹操將我老母迎接許昌，未知老母可曾受到曹操的脅迫折磨？想到此處，心痛如絞，急將家書啓封，但見信上寫着：

庶兒：

　　近日汝弟徐康殀亡，舉目無親。長夜不寐，胸懷苦楚。一子遠離膝下，一子命歸九泉。正悲凄間，不期曹丞相使人將我賺至許昌，言汝背叛朝廷，責我訓教無方。幸賴程昱苦辭陳情，暫免一死。我年老體衰，念兒成疾，茶飯不思，命若懸絲。如書到日，望念劬勞之恩，星夜前來，以全孝道。然後母子徐圖歸耕故園，免遭大禍。匆匆，書不盡言，願我兒切切勿誤！

徐庶看畢，五内俱焚，心如刀絞，淚似泉湧。不禁失聲慟哭道："娘親啊，孩兒不孝，禍延萱堂……"

徐庶一面慟哭不已，一面思念往事。自己幼年喪父，老母守節扶孤，把我撫養成人。宿昔，老母紡紗織布，弟弟徐康耕田採樵，家中還可苦度歲月；如今弟弟病故，白髮人送少年郎，真是老年喪子，其苦無比。偏逢曹操喚人賺母親來至許昌，若無同窗程昱相救，老母性命休矣！俗語道：屋漏更遭連夜雨，船破又遇頂頭風。徐庶越想越覺得自己罪孽深重，泣不成聲，差點暈倒在地。

旁邊張勇裝出悲傷同情的樣子，勸慰道："徐老爺不要悲痛過度，當心傷了身子。老爺趕速進京，事情猶可挽救。"

徐庶聽這家丁的話，心內尋思，覺得有理。不過蒙劉豫州重用，怎能遽然離去！而思老母手書呼喚，又不容不去，天下豈有無親之兒？徐庶心亂如麻，不知如何纔好。再一想，還是見了劉皇叔再定吧。徐庶定神，吩咐侍從，領着張勇前去用膳，並對張勇說道："管家且去用膳，待我與皇叔商量之後，再行定奪！"

徐庶袖着家信，出門前去東書院來見劉備。此時，劉備正在東書院同眾文武商議大事，劉備說到軍師將揀黃道吉日，興師北伐。關、張、趙等諸將聽得，個個興高采烈，摩拳擦掌。忽聞書院門口家將高聲報道："軍師駕到——"

劉備與眾文武忙起身招呼道："軍師來得正好，請坐！"

徐庶帶着哭音道："主公請坐！眾位將軍請坐！"

劉備聽着軍師的哀音，又見軍師滿臉愁容，眼淚奪眶欲滴，知道軍師一定出了什麼事，便快步上前問道："啊，軍師，不知何故悲傷若此？"

徐庶答應道："主公，這教徐庶從何說起？請主公勞神看這家信，就可知曉一切。"邊說邊將書信從袖中取出奉上。

劉備忽聽軍師自稱"徐庶"，心想這裏文武官員祇知道他喚單福，今日緣何自道真實姓名，要我看他家書？不禁詫異，其中必有緣故。劉備接過書信，逐字逐句看將下去。眾文武官員都張大眼睛盯着劉備。祇見劉備雙手微微發抖，容顏變色，知道事情不妙。

劉備看罷，強作笑顏道："軍師千萬請勿過慮，祇須立即進京，令堂徐太夫人就可轉危爲安。母子乃天性之親，元直勿以劉備爲念。不過願留軍師一宵，略備水酒，讓衆官員與軍師餞行。軍師來至新野，日夕操勞，宵旰從公，令人銘感肺腑。今宵飲酒暢叙，聊表寸心。他日有緣，願再領教。來朝天明，即送軍師登程，不知當否？"

徐庶聽了，對這樣的明主怎能不感動呢？答道："主公對我恩重如山，情深似海，教人終生不忘。徐庶非不欲效犬馬之勞，報答主公。祇因慈親被執，不得盡力。今當告歸，容圖後會。讓我打發來人先行，整理行裝，再赴別宴。"說着，徐庶退了出去。

劉備見徐庶走出書院，惘然若失，雙脚好像被釘在地上，不能挪動半步。心裏尋思，多少年來，自己時乖命蹇，一直疲於奔命。現在我得了這位軍師，原以爲漢室可興。豈知曹操用了奸計，迫他離我。

這時，衆文武官員拿起置於桌上的那封書信，從頭至尾看了一遍，纔悉緣由，如夢初醒。大家異口同聲對劉備道："主公萬萬不可放走軍師！軍師才高學博，盡知軍中虛實，倘若輔助曹操，興兵殺來，如何抵擋得住！主公祇宜苦留，切勿放去。曹操不見他來許昌，必然斬殺徐太夫人。這樣，軍師爲報殺母之仇，自然一心相助主公滅曹興漢。"

劉備聽了衆文武之言，急得把頭直搖，說道："你們祇是爲孤着想，却不體恤軍師心情。使人殺其母，而孤用其子，此乃不仁也；留之不使去，使其母子永世不得相見，此乃不義也！我寧可斷己一臂，也決不作此不仁不義之事。"

衆文武聽罷，都感歎不已。但心裏想着：皇叔祇爲軍師着想，却不爲自己考慮，仁義兩字豈能拿着殺退曹兵？劉備見衆人不聲不響，知道衆人不以爲然。祇得說道："孤意已決，請諸公暫勿多言!"

　　衆文武官員默默散去,也不來參加送別之宴了。劉備囑咐左右,端正盤纏:二十兩重的馬蹄金數錠,人參餅十塊,打成包囊。再選快馬一匹,將包囊繫在馬上,並懸着兩袋草料。一切準備停當,劉備教人在東書院中擺酒,獨自靜候徐庶到來。

　　再説徐庶回到西書院中,打發張勇先走,對他説道:"管家一路上務請快馬加鞭,返回許昌,立即回復我的娘親,説我隨後就到。"

　　張勇狡點地問道:"徐老爺爲何不與小人同行?徐老爺早一日到京,好讓太夫人早一日安心。"

　　徐庶道:"我原歸心似箭,祇因皇叔今宵爲我餞行,須待明日清晨啓程赴京。你先走吧,路上萬勿耽擱!"

　　張勇答道:"是,小人先回!"張勇立即躍馬加鞭,趕回京師向程昱大人復命。

　　張勇走了以後,徐庶卸去紗帽袍服,着上葛巾布袍,恢復來新野時的那身服飾。左右顧盼,黯然魂銷。徐庶到新野是四月十五,離開新野是七月二十四,總共做了一百零九天的軍師。

　　傍晚時分,徐庶拎着一個剛準備好的行囊,往東書院而去。劉備已靜候了好一陣,聽得書院外家將喊了一聲"軍師駕到!"起身忙將徐庶迎了進來,説道:"軍師,孤已恭候多時,請入席吧!"

　　徐庶行禮道:"有勞主公了!"

　　徐庶見書院裏今夜燈燭輝煌,居中設着一席豐盛酒筵,桌上擺着兩隻酒杯、兩副筷子。徐庶把行囊放在一旁茶几上,與劉備一起入席。二人坐下,多時不動杯筷,祇是默默無語,面面相覷。家將執壺在側,無事可做。因爲不須送菜,二人的筷子擺在老地方沒有動過;又不必敬酒,酒杯裏總是滿滿的,抿也沒有抿過一口。時間隔了很久很久,家將再也耐不住了,説道:"主公、軍師,請用酒！現在已經起更了。"

二人猶似睡夢中被人喚醒似的，神情恍惚。劉備舉杯對徐庶道："軍師，快用酒吧！"

徐庶道："主公，爲了老母，我憂心如焚。想我幼年喪父，老母紡紗織布將我撫養成人；可如今，我徐庶不僅養育之恩未報，反而累及老母被囚，受盡折磨。今宵莫説上品美酒，即使瓊漿玉液，也難下嚥。"

劉備放下酒杯，難過地説道："軍師請不必過於擔憂，孤祝願你一路平安，與令堂太夫人團聚，共享天倫之樂。今日聞軍師將去，孤如斷手足，莫説豐盛佳餚，即使龍肝鳳髓，亦不甘味。"説罷，眼淚如一串串珍珠，簌簌地掉了下來。正是流淚眼對流淚眼，斷腸人看斷腸人！

夜深人靜，外邊"橐——橐——橐——"的打更聲傳了進來，已經三更天了。二人相對而坐，淚眼汪汪，美酒一口未飲，佳餚一筷未嚐。劉備思想，時間不要再逝去了，天不要再亮起來。若天一亮，軍師就要告別。可是，老天無情，不覺金鷄報曉，東方發白。

此時，忽聞書院外一片嘈雜之聲，一陣脚步聲響。家將進内稟報道："主公、軍師，外邊諸位將軍、大夫齊來與軍師送行了！"

徐庶忙道："請進！請進！"

文武官員擁進門來，見過主公、軍師。徐庶起身對大家拱手道謝："叨蒙主公通宵不眠，設筵餞行，復蒙諸位將軍、大夫清早前來爲我送行，教我徐庶感恩不盡，終生難忘。祈請衆位回府歇息，後會有期啊！"

劉備起身對徐庶道："孤與衆文武官員一起送軍師出關！"

衆文武也齊聲道："我們送軍師出關！"

徐庶深感情不可却，心想：古人云"恭敬不如從命"，看來衹有領情了。於是，徐庶在前，劉備率衆文武於後，魚貫而出。剛到轅門口，手下將昨日準備好的駿騎牽到徐庶面前。徐庶見自己的包囊已置馬上，另外還有一個包囊，心想這一定是主公贈的，馬頸上懸着兩袋草料。徐庶上馬，劉備與衆文武跟着上馬。

天剛破曉，大街上行人稀少，劉備、徐庶並轡而行。劉備依依不舍地道：“孤與軍師相叙百日，緣分淺薄。今日分離，從此天各一方，不知何日再能相叙？”

徐庶知道劉備傷心，便安慰他道：“古人云‘兩葉浮萍入大海，人生何處不相逢！’徐庶與主公定能再會的。”

劉備與衆文武官員到了東關城門口，徐庶“吁”的一聲，把馬扣住，回頭朝大家拱手道：“主公、諸位將軍、大夫，請留步吧！常言道，‘送君千里，終須一別’，不勞大家遠送了！”

劉備情意綿綿地道：“且讓我們再送一陣，待到前邊十里長亭再歸吧！”

衆文武跟着齊聲道：“我們和主公一起送軍師至十里長亭。”

徐庶無奈，衹得允諾。出關厢，上大路，徐庶一面手執馬繮徐行，一面對大家道：“徐庶走後，希望大家同心協力輔助皇叔，共成大業。不要像我徐庶，有始無終，半途而廢。”

説畢，徐庶靠近張飛，兩騎並行，説道：“人説三將軍是個魯莽匹夫，由此缺乏眼光；依我看來，翼德三將軍是一位粗中有細、智勇雙全的大將軍！”

張飛聽着，感動極了，心想：衹有軍師真的知我，可惜如今他要走了。轉眼間，前面已是十里長亭，徐庶又一次地將馬勒住道：“主公、諸位將軍、大夫，長亭已到，請大家留步吧，徐庶告辭了！”

劉備聽説長亭已到，好不傷悲。提繮上前幾步，與徐庶的馬並排在一道。劉備拉着徐庶的手，淚眼相視，難捨難分，欲言無語。徐庶見劉備似乎有話難於啓口的樣子，就説道：“主公，你有話請快説吧！"

劉備打量着徐庶，難過地道："軍師，我有數語，欲説又難開口，恐軍師聽了難以爲懷。然骨鯁在喉，還是一吐爲快。軍師過了長亭，請把我劉備忘了，譬如軍師未來新野。到了許昌，曹操必然重用，望爲令堂着想，善事新主，重建功業。千萬勿以劉備爲念。這是孤的臨別肺腑之言，還望軍師諒之！"

徐庶聽畢，頓時眼淚奪眶而出，模模糊糊地凝視着劉備道："皇叔，你莫説傷心話了，徐庶才微智淺，深荷重用。今不幸半途而別，實是爲了老母，竟棄明主，辭別新野。正如常言所道：'盡孝難以盡忠。'此去許昌，我是'身在曹營心在漢'，終身將不爲曹操獻一計一策。不僅如此，若得其當，還將曹軍機密相告皇叔。這是我徐庶臨別的衷腸話語。"

徐庶的這一番話，感動得劉備眼淚不止，衆文武官員也跟着劉備墜淚。此時此刻，劉備泣不成聲地對着徐庶道："劉備福薄，如此賢士奇才，竟然離我而去，孤將從千仞高峰跌入萬丈深淵。軍師走後，劉備心灰意懶，意欲遁入山林隱居，從此不問興漢之事了。"

徐庶見劉備一時英雄志短，便寬慰鼓勵道："皇叔萬不可喪氣灰心，如徐庶之碌碌庸才，天下車載斗量，不可勝數。望皇叔訪求高賢，共圖興漢大業。"説到這裏，對着劉備和衆文武雙手拱拱道："大家日後多多保重，徐庶去也。"

説竟，徐庶縱馬向北而去。走了一段路，徐庶回頭一望，見劉備和衆文武仍在原地，無限深情地以目代送。

劉備見徐庶掉過頭來，趕緊招招手道："軍師，一路珍重！"徐庶也頻頻揮手喊道："皇叔回去吧！"

徐庶回頭數次，見劉備總在招手示意，最後祇好歎一口氣，狠着心腸，硬着頭皮，把馬繮一拎，揮鞭揚長而去。

長亭右側，劉備騎在馬上，伸長脖子，遥望徐庶越去越遠，人和馬越看越小，逐漸被前邊大路旁的一片樹林遮没了，直至消失得無影無蹤。

忽聞劉備高聲歎道："我好恨啊！我好恨啊！"

衆文武官員聽得劉備喊"恨"，以爲定是没把徐庶留住，現在悔已莫及，便問道："主公，你恨什麼？"

劉備帶着失望的心情道："我恨自己不早命人把前邊的樹木伐去，否則，便能多看一看軍師的影蹤。"説着，便下令道："軍士們，速速上前，把這片樹木伐去！"

大家思想，主公真要發瘋了，待到軍士將這片樹木伐去，何處再能尋覓軍師的蹤跡呢？

再説徐庶快馬加鞭，一口氣跑了三四里路，突然將馬扣住，停了下來，自言自語："徐庶啊徐庶，你爲何如此忍心啊！"他細細尋思：我爲了老母，不得已辭別明主，前往許昌。可是，這軍師之職由誰來取代呢？必須爲皇叔覓得一位大賢纔是。否則，我怎能對得起仁慈忠厚的劉皇叔？想到此處，徐庶旋轉馬頭，拍馬復向長亭馳來。徐庶回到那樹林旁，見士兵們正在"噼啪、噼啪"地亂砍樹木，就駐馬問道："軍士們，你們爲何砍伐樹木？"

衆軍士道："皇叔因爲這片樹林遮住了軍師的蹤影，所以命我們把它砍去。"

常言道："人非草木，孰能無情。"徐庶聞聽軍士所説，不覺失聲"啊"地叫了出來，心裏一酸，兩串熱淚滾滾落下，便用衣袖抹乾眼淚，關照軍士們道："你們不用再砍伐了。我今即去叩見皇叔。"

徐庶將鞭輕輕晃着，快馬朝前飛馳。劉備首先見到徐庶返回，頓時喜出望外，朝左右欣然喊道："你們看啊！軍師回來了！軍師回來了！"

衆文武聽得喊聲，還以爲主公想軍師想瘋了呢。誰知定神一望,果真是徐庶飛馬返來。劉備未等徐庶停馬,欣然拍馬相迎道:"軍師因何去而復來,難道打消去意了嗎?"

徐庶勒馬停蹄,稍稍喘了幾口氣,對劉備道:"爲了老母,徐庶不得不去!然我去之後,何人繼續輔助主公滅曹興漢?教人掛念於心。"

劉備聽説徐庶仍然要走,如當頭澆下一盆冷水,身子涼了,連心也涼了,没精打采地道:"多謝軍師掛心!劉備命蹇福薄,何處更能訪得高賢如軍師者?"

徐庶道:"徐庶樗櫟庸才,何敢當此重譽?今日意欲薦一奇士大賢,輔助主公,未知主公意下如何?"

劉備思想:除了軍師,襄、樊之地,一時恐無有出其右者。就隨口道:"如此甚好!敢勞軍師修書,爲備請來相見。"

徐庶一聽,心想劉備未免太小覷這位大賢了。請一大賢出山,豈能如此簡慢?主公苟無渴求之心,能人不會屈至。因此,鄭重其事説道:"某看這位大賢,主公必須親往拜訪。若得這位大賢,好似周得呂望,漢得張良,漢室之興,指日可待!"

劉備聽到這裏,心中暗吃一驚,眼睛盯着徐庶問道:"這位大賢比軍師才德如何?"

徐庶道:"這位大賢勝我十倍。徐庶與他相比,如駑馬並麒麟,似寒鴉配鸞鳳。"

劉備聽到此處,不覺"嗯"了一聲,説道:"天下真有如此高才?"

徐庶接着道:"這位大賢,每嘗自比管仲、樂毅,然以我看來,管仲、樂毅猶遠不如他。此人仰則觀象於天,俯則觀法於地,能結人和,有經天緯地之才,蓋天下一人而已!"

劉備聞徐庶如此讚頌這位大賢,喜而問道:"請問軍師,此人姓甚名誰?今在何處?"

徐庶答道:"這人乃琅琊陽都人,姓諸葛,名亮,字孔明。漢司隸校尉諸葛豐之後。其父名珪,字子貢,曾任泰山郡丞,早亡。諸葛亮跟叔父玄在一起。諸葛玄與荆州劉表(景升)有舊,遂往依之,家於襄陽。叔父卒,亮與其弟均躬耕南陽,離襄陽城二十餘里,有一岡,名臥龍岡,人稱臥龍先生。此乃絕代奇才,主公宜枉車騎求之。若得輔佐,何愁天下不定?"

徐庶説到這裏,劉備猛憶那次在水鏡莊上借宿時,水鏡先生所説的話:"伏龍、鳳雛,兩人得一,可安天下也!"於是問道:"軍師,諸葛亮莫非就是令師水鏡先生所説'伏龍、鳳雛'中的一個嗎?"徐庶答道:"伏龍正是諸葛亮,伏龍即臥龍也;鳳雛,乃襄陽人龐統也。"

這時,劉備方纔明白水鏡先生所説的話,如醉方醒,似夢初覺。躍然向徐庶道:"何期大賢近在咫尺,非軍師言,劉備有眼如盲。會當敦請出山,共圖興漢大業。"

徐庶聽劉備言語激動,知他思賢如渴,便道:"我友臥龍先生,性情狷潔,不媚塵俗,淡泊明志,寧靜致遠。淡泊,則其人之冷可知;寧静,則其人之閒可知。天下非極閒極冷之人,安能做得極忙極熱之事。主公如數訪未遇,當學周文王訪姜子牙於渭水故事,重在興周,輸其至誠。"

劉備聽了徐庶指點,感激萬分地道:"領教!領教!"徐庶想了一想,説道:"待我修下一封薦書,主公可持此登門拜謁,免於冒昧。"説時下馬,從包囊中取出紙墨筆硯,步入長亭,坐石凳上,揮毫寫就,奉與劉備。然後上馬,拱手而別。

前人有詩贊徐庶走馬薦諸葛亮曰:

　　痛恨高賢不再逢,臨歧泣別兩情濃。片言却似春雷震,能使南陽起臥龍。

第五回　恨綿綿賢母歸天
　　　　心切切明君兩顧

　　徐庶長亭修下薦書，交與劉備，策馬前馳。劉備望着徐庶的背影，呆立不動，淚如雨下，直到不見了徐庶的蹤影，纔悶悶不樂地率領眾文武官員進城。

　　劉備返回新野，求賢心切，準備揀選一個黃道吉日，登門聘請臥龍先生出山。

　　再說徐庶馬不停蹄，來到南陽界口。前邊是三岔路口：向西北是宛洛道，從宛洛道可以直接奔赴許昌；向西南是南陽道，從南陽道前行二十餘里，就到諸葛亮隱居的隆中臥龍岡。徐庶深感劉備留戀之情，自知既已寫了薦書，劉備即日將去臥龍岡奉謁。徐庶深恐孔明不肯出山輔佐，於是自忖：不如讓我先去臥龍岡走一遭，見見這位師兄，勸他早日出山。想到這裏，徐庶便"啪"地甩了一鞭，朝南陽道上馳去。

　　隆中臥龍岡，是個僅有幾畝地大的土岡子，像一條巨龍蜷成一圈。前莊是龍首，後莊是龍尾，左莊是龍腹。徐庶經常來此，熟門熟路。沒有多少時候，快馬加鞭，已經馳到臥龍岡前。但見——

　　　　遠眺鬱鬱蓊蓊，上有茅屋重重。層層古柏參天，密密遒勁蒼松。疊疊修篁送翠，片片火紅丹楓。雙雙白鶴獻舞，群群麋鹿奔踡。岡前高山雲岫,嶙嶙怪石奇峰。岡後瀑布飛瀉,小橋溪水叮咚。

徐庶無心賞玩景色,徑至莊前小橋下馬。過小橋,穿幽徑,向着諸葛亮居住的茅廬走去。徐庶恰纔推開竹籬笆門,場上過來一個眉目清秀的小僮,見是徐庶,連忙招呼道:"原來是徐師叔,好久不見了!"

徐庶認識是孔明的隨身琴童,名叫柳明,今年十四歲。孔明共有兩個琴童,另一個叫吕清,今年十五歲。徐庶知道,師兄今日定在家中,因爲孔明不管到哪裏去,兩個琴童是不離左右的。徐庶便問小僮道:"你家先生在裏面嗎?"

柳明答道:"先生三天前剛從蜀中雲遊峨嵋山、青城山歸來,現正在草堂讀書,我領師叔進去!"

柳明領着徐庶,到草堂口,向內報道:"先生,徐師叔來了!"

孔明正倚在紫竹湘妃榻上觀看兵書,琴童吕清侍立一旁。聽得喊聲,忙從榻上站起身來,將兵書置在一邊桌上,整了整綸巾鶴氅。孔明因不忘師父汝南菱山邦玖公老道長,故此一身道家打扮。他的師父邦玖公才大學博,德高名遠,與徐庶的師父水鏡先生司馬徽、龐統的叔父襄陽龐德公、孔明自己的岳父黄承彦、博陵崔州平、潁川石廣元、汝南孟公威,被世譽爲"山中七賢"。孔明十四歲上菱山學道,今年二十六歲,直到五十四歲在五丈原歸天,一直是道家打扮。後被拜爲蜀漢丞相,葛巾野服,猶是名士風流。

孔明迎步上前,對徐庶行了一禮道:"欣聞賢弟在新野被劉皇叔拜爲軍師,輔佐英主,建功立業。今日却有閒情前來寒舍相叙? 請坐!"

徐庶坐下,説道:"小弟本欲相助劉皇叔,不料平地風波,家中老母被曹操囚於許昌,危在旦夕。日前老母馳書要我速去京師,故小弟不得已離明主而去許昌。臨別時,我曾走馬薦舉兄長。劉皇叔是一仁愛之主,求賢若渴,即日將來奉謁,望兄長以興漢爲重,施展平生之大才,輔佐皇叔,興復漢室。"

孔明聽了徐庶的話,知道他中了曹操的奸計。心想:弟如不去,伯母不會死去;倘如去京,必然喪親性命。這正是:旁觀者清,當局者迷。不過,此時孔明也不便多說,因爲徐庶若回新野,眷念老母,必然心猿意馬,坐立不安。運籌帷幄之中,決勝千里之外,用兵不容稍有失誤;否則,壞了劉皇叔的大事,這就非同小可。再說,曹操詭詐多變,等的時間久了,或受徐母衝撞,一時惱怒,殺了徐母,這也難說。孔明祇得對徐庶婉轉言道:"何勞賢弟費心薦舉,亮願終身不仕,隱居山林,優遊自在。足下還是回歸新野輔助皇叔爲好。令堂伯母大人,看來曹操不敢擔此污名,難爲她的。常言道:祇顧自己門前雪,莫管他人屋上霜。賢弟記住這句話吧!"

孔明的後兩句話,粗粗一聽,似乎是勸徐庶不要嘔心瀝血爲他人辦事了。實際上"祇顧自己門前雪,莫管他人屋上霜"中的雪、霜,都是白色的,隱藏"戴孝"之意,提醒徐庶留神。也就是說,徐庶若去許昌,伯母就活不成了。而這時候,徐庶一心想着懇請孔明出山輔佐明主,並未領悟他的言外之意。恰在這時,柳明奔過來道:"先生,夫人與老先生請你快快過去。木牛流馬製造成功了!"

孔明聽說妻子黃夫人與岳父黃承彥幫他研究的木牛流馬製成了,馬上起身對徐庶道:"亮數年心血總算沒有付之東流。待我前去看看。賢弟請稍坐坐,愚兄失陪了!"

徐庶見孔明有事,知道他的脾氣,勸他輔佐劉備的事,一時恐難許諾。便起身告辭道:"孔明兄,請你以國事爲重,出山相助皇叔,小弟終身銘感,沒齒不忘。我歸心似箭,就此告辭了。後會有期,各自保重!"

孔明道:"亮適逢有事,歉甚! 恕不遠送了!"

徐庶別了孔明,原路返回,上馬趲程折入宛洛道上。一路曉行夜宿,飢餐渴飲。不一日,已抵許昌東郊。

再說程昱家院張勇,二天前已抵京,現正奉命守候在東郊的一個土山上窺探盼望。忽見大道上遠遠馳來一人一騎,細細打量,認定是徐庶。當即奔下土山,飛馬稟報程昱。

程昱接受曹操之命,迎接徐庶。曹操交代程昱,倘若徐庶意欲先見老母,可讓他們母子會面,然後再領徐庶到相府去。

程昱聽了張勇的稟告,躍上快馬,馳出東關。恰見徐庶剛要進城,急匆匆迎上前去,拱手作揖道:"元直兄,睽別多年,夢魂為勞。知兄今日詣京,喜不自勝。程昱銜曹丞相命,在此恭候迎迓!"

徐庶看見程昱來接,不由想起:我與你同鄉同村,又是同窗攻讀數載。我在新野改用小名單福,隱去真名徐庶,衹有你知道;可你將這隱情告與曹操,累我老母被囚受苦,自己也是被迫離別新野,拋棄明主,來此許昌。徐庶内心不禁怒火如焚,但是這時衹能暫時克制,却客氣地說道:"多蒙出關相迎,實不敢當啊。請快帶我去與老母相見,徐庶感恩不盡!"

程昱道:"元直兄說哪裏話來,理當,理當! 請勿客氣!"

徐庶跟了程昱,一前一後,兩騎馬在大街上奔馳,直至程府門前下馬。程昱對門口家丁道:"快帶領徐老爺去別室拜見徐太夫人!"說畢,轉過頭來對徐庶道:"元直兄,你與伯母大人叙談叙談,一會兒曹丞相設宴相待,要與元直兄接風洗塵哩。弟公務纏身,須去相府一趟,恕弟失陪了!"

程昱知道,移時母子相會,交談起來,我的賺取徐母進京,及假造家書,都將戳穿。倘我在場,難以為情,如何下得了臺? 因而尋個脫身之計，溜之大吉。祇聽徐庶說聲"請便"，旋轉身子就走。

家丁領着徐庶，朝內進去，到了內宅門口，家丁請徐庶稍等一等，自己先去通報一聲。

再說徐母進京已一個多月了，一直居於程府。徐母心裹非常清楚，這是曹操與程昱狼狽爲奸，一個扮白面孔，一個扮紅面孔，把自己軟禁起來，妄想要我修書教兒子徐庶前來歸順曹操。可這真是：蚍蜉撼樹，談何容易！再一想，這一月來，程昱從未提起過徐庶，祇是三日兩頭夫婦前來問安，有時饋贈物件，真猜不透他們葫蘆裹賣的是什麼藥，又在搞什麼名堂。這一日，徐母感覺無聊，正與女僕扯東拉西，忽有家丁入內稟報道："啓稟徐太夫人，令郎元直老爺來了，正在門口。"

徐母聽說兒子來了，像晴空霹靂，驚得目瞪口呆，半晌說不出話來。旁邊女僕以爲徐母幾年未見兒子，高興激動得發呆了。其實，徐母此時內心的痛楚，誰能體會到呢？隔了好一息，徐母纔說道："我兒怎會來此？喚他快來見我！"家丁到了外邊，對徐庶招招手道："徐老爺，太夫人要你進去。"

徐庶急忙入內，見老母坐在廳堂中間，五年不見，老母滿頭銀絲，臉上皺紋縱橫。徐庶搶步上前，雙膝跪地道："娘親在上，不孝孩兒叩見！"

徐母見兒子真的跪在面前，愛他、憐他、惱他、恨他、氣他……胸中翻滾着一種極其複雜的感情，說不出是什麼滋味。她嘴唇哆嗦着道："你到此何事？誰人叫你來的？"

徐庶這時稍有覺察，感到事情不妙。心想明明是你娘親修書要我來此，爲何又是如此問我？便答道："不孝孩兒接得娘親家書，星夜火速趕來的！"

徐母聽了兒子的話，"啊"的一聲，又氣又急地道："快將書信拿過來給我!"

這時,徐庶心頭"咯"的一聲,深感問題嚴重,從衣袖中取出書信,雙手呈上。徐母接到手裏一看,氣得臉色大變,老淚縱橫,身子晃晃悠悠的。她知道,事至今日,無法挽回,就責怪兒子道:"五年前,你殺霸避禍他鄉,臨行時爲娘也曾千萬叮囑,要你尋師求學,投奔明主,爲國盡忠,願將孝子換爲忠臣。不料你江湖漂流數載,學業毫無長進,今憑一封僞信,毫不詳察,棄明投暗,離開皇叔而來。爲娘眼巴巴指望你建立功名,誰知你如此教人失望,玷辱祖宗,白白地生於天地之間。"

一番訓教,徐庶聽得拜伏在地,不敢仰視。好一會兒,纔雙手搭在娘親膝蓋上,悔恨交加地哭泣着道:"娘親啊,孩兒不知曹操奸計,我立即趕回新野就是,孩兒真是該死啊!"

徐母明白:兒子已中奸計,來時容易去時難。但如今木已成舟,生米煮成熟飯了,不宜責怪過多。徐母強忍悲痛,雙手撫摸着兒子的頭,親切溫和地道:"兒啊,你也不必悲痛哭泣了! 記得你父臨終時,有件遺物,要我給你。當時你尚年幼,而今成人,待我去拿來交給你吧!"説完,徐母朝裏邊房裏去了。

女僕見徐母進去好一陣了,兒子跪在原地不動,就跑到裏邊去看看徐母。她敲敲門,見門緊緊地閂着,裏邊沒有一點聲響,心裏吃了一驚,急忙兜到天井裏紙窗前,戳了一個洞,祇見徐母已懸梁高掛! 女僕這一看非同小可,又是嚇,又是急,慌慌張張跑到外邊驚叫道:"徐老爺,老太太懸梁自盡了!"

徐庶聞聲驚得從地上跳了起來,直往裏邊跑,一時連哪個房間也弄不清楚。女僕從外邊叫來幾個家丁,把房門撬開,將徐母從繩上鬆了下來,早已氣絶身亡了。徐庶痛不欲生,哭得幾次昏了過去。前人説話至此,有一詩贊頌徐母道:

　　　　賢哉徐母,流芳千古。守節無虧,於家有補。教子多方，處身自苦。氣若丘山，義出肺腑。贊美豫州，毀觸魏武。不畏鼎鑊，不懼刀斧。唯恐後嗣，玷辱先祖。伏劍同流，斷機堪伍。生得其名，死得其處。賢哉徐母，流芳千古。

此時，程昱的家丁將徐母懸梁自盡的事報進相府，曹操聞言，大出所料，心想這老婦確實厲害。但爲了收買人心，曹操立即命人賫禮弔唁，隨後又帶着衆文武官員親自到徐母靈堂祭奠，用上等棺木厚葬徐母，並要程昱陪着徐庶伴柩回鄉，將徐母棺枋葬在潁上縣臨川莊徐家祖塋上。

按理，徐庶喪母，應在家守孝三年，待孝滿之後，纔能進京當官。但是曹操花了這麼多的心血，纔將徐庶騙到了許昌，又怎肯輕易將他放走？因此，曹操暗中叮囑程昱，待徐母墓葬完畢，立即與徐庶一道回京。

徐母葬儀一結束，程昱就催促徐庶進京。徐庶心裏尋思：曹操你這個奸賊，你到如今還不肯放過我嗎？我老母雖説懸梁自盡，可實際上死在你的手裏。這殺母之仇，總有一日要報。現在，老母已被逼死，我徐庶將一無牽掛，再也沒有後顧之憂了。發誓終身不爲你出謀劃策；相反，倘有機會，從中擺布搗亂，看你曹操將奈我何。

徐庶回到許昌，曹操有時同他商量軍務，徐庶推託"慈母新喪，心緒失寧"，不出一計。曹操知道他對自己有恨，心中的疙瘩一時尚未解開。然曹操以爲祇要敬重他，平時常給他些恩惠，多耽一些時日，徐庶總會回心轉意的。這就是俗話説的"祇要功夫深，鐵杵磨成針"。哪知道，曹操這次又失算了，徐庶畢竟未爲曹操所用，到火燒赤壁時，就趁機走脱。

再説新野劉備，已選定八月十三這個黃道吉日，去聘請大賢臥龍先生。這一日，劉備命趙子龍鎮守新野，帶着關羽、張飛二人一起登門相聘大賢。備妥八色禮物，裝在一輛車子裏，命四名小軍輪流推車隨行。劉、關、張躍馬啓程,劉備手持一條馬鞭,關羽手握青龍刀,張飛手執丈八長矛,趙雲帶衆文武送出西關。三匹龍駒馬,"的咯,的咯……"一輛禮車,"軋泠、軋泠……"朝隆中臥龍岡而去。

時近中秋,天高氣爽。劉備弟兄三人到了臥龍岡一帶,但見:奇峰刺天,怪石匝地,古木入雲,修竹搖影,山溪淙淙,小鳥啾啾,綠蔭深處,茅屋隱隱。正是:眼前一幅好圖畫,應是蓬萊剪取來。三人對此絕景,不覺動情,贊賞不已。正瀏覽時,遠處傳來一陣歌聲:

> 蒼天如圓蓋,陸地似棋局。世人黑白分,往來爭榮辱。
> 榮者自安安,辱者定碌碌。南陽有隱居,高眠臥不足。

劉備聞歌,拍掌稱好。定睛望時,見左邊山坡上,幾位農夫在荷鋤耕作,邊耕邊歌。劉備便上前問道:"請問臥龍先生府上在何處?"

農夫用手遥指疏林那邊,答道:"那邊就是!"

三人來到臥龍先生住處下馬,穿過竹籬門,見草廬大門半開半掩。劉備不敢冒昧闖將進去,立定身子問道:"裏邊有人嗎?"一位十四五歲的小僮飛快地跑了出來,見三人這般打扮,有禮地問:"你們三位到此找誰啊?"

劉備道:"我乃漢左將軍、宜城亭侯、領豫州牧、新野縣主、當今大漢皇叔劉備,和二弟關羽、三弟張飛特地從新野到此,謁見府上臥龍先生!"

小僮聽了道:"這麼多的名字,教我怎麼記得住?"

劉備一笑,和氣地道:"你祇要說劉備來訪即可。"

小僮恭敬地道:"原來是劉皇叔光臨,有失遠迎。今朝一清早,我家臥龍先生來了兩位好友,他們約先生遊覽山水去了。"

關、張二人思想，往返一百多里路，上廟不見土地，看來要白跑一趟了。劉備並不灰心，問小僮道："不知先生在何處遊覽？我們去尋找一下便了。"

小僮道："你們找不到的，即使我們自己人，也難找到。"

劉備驚奇地問道："這又是什麼緣故呢？"

小僮答道："我家先生，蹤跡不定，有時泛舟於江湖之間，有時雲遊於名山之上，有時在綠蔭下撫琴一曲，有時在明月下吟詩一首，有時訪僧道於白雲間，有時邀友朋於荒村裏，有時在幽幽農家飲酒作樂，有時在冥冥洞府弈棋度日……"

劉備聞言，又道："那麼，不知先生何時歸來？"

小僮道："先生歸期，同樣不定。先生在家，可一月兩月足不出戶，目不窺園；可一出去，或一忽兒就歸，或三五日不歸，甚至半年六月不歸，也是常有的。"

劉備聽了，吁了一口長氣，關羽、張飛在一旁道："今日不如暫且歸去，以後再派人來探聽。"

劉備想這話也有理，就對小僮道："如若先生歸來，相煩轉告一聲，就說劉備改日登門拜訪先生！"

小僮聽了，轉身關上門，走了進去。

張飛見小僮關上了門，有些氣呼呼地歎道："唉！這個臥龍先生，架子可真不小，連他家的小僮竟也如此！"

劉備制止道："三弟，休得無禮！臥龍先生不知我們今日來訪，豈可錯怪於他？"

劉、關、張三人牽着馬從原路歸去，穿過小石橋，拐了一個彎。忽見迎面走來一人，容貌軒昂，丰姿俊逸，戴逍遙頭巾，穿皂色布袍，一身道家裝束，杖藜從山僻小路而來。

口裏吟道：

> 高皇手提三尺鐵，芒碭白蛇夜流血。光武劉秀興洛陽，

傳至桓靈又崩裂。獻帝遷都入許昌，四百年來幾欲絕。英雄奔走天地間，未知何日干戈息。

劉備見這位道長仙風道骨，出口成章，欣然而道："二弟、三弟，你們看，臥龍先生來了！"

關、張心想，你自不認識臥龍先生，怎能知道他一定就是臥龍呢？默不作答。劉備却搶步上前，施禮説道："臥龍先生，方纔劉備登門拜訪，適逢先生外出，如今在此得遇，真是幸甚！"

那人頓了一頓，朝劉備笑道："原來是劉皇叔！皇叔弄錯了，在下並非臥龍。"

劉備道："請問先生大名？"

那人道："在下乃臥龍先生的朋友，博陵崔州平也。"

劉備恭敬地道："久仰！久仰！請問先生，臥龍先生往何處雲遊去了？"

崔州平聽得劉備詢問孔明去處，回答道："實不相瞞，昨日我與臥龍先生下了一局棋，至日墜西山，未定勝負；今日我欲與他將殘棋走完，一決勝負。既然他不在家，我祇好改日再來了。未知皇叔尋訪臥龍先生有何事情？"

劉備道："當今天下大亂，曹操託名漢相，挾天子以令諸侯，欲取大漢天下而代之。劉備欲聘臥龍先生出山，圖謀興漢滅曹大業。"

崔州平笑着説："在下以爲：天下大勢，自古以來，合而分之，分而合之，治而亂之，亂而治之，循環往復無窮也。當今天下，諸侯分割，干戈四起，正是合而分之，治而亂之也。皇叔欲求臥龍先生斡旋天地，扭轉乾坤，恐枉費心力罷了。常言道：順天者逸，逆天者勞。未知皇叔以爲如何？"

劉備聽了，知道崔州平的想法與自己不同，便欲説服他，道："先生之言，確是高見；但劉備身爲漢室之後，爲興復漢室，理應不辭勞苦。"

崔州平道:"在下乃山野之夫,怎能議論天下大事?適纔所言,請皇叔多多包涵。"説着,又向劉備長揖道:"在下今日告辭了,後會有期。"話剛説畢,飄然而去。

旁邊關羽、張飛早已聽得不耐煩了,等崔州平離去,張飛罵道:"唉,一個牛鼻子道人!"

兄弟三人興衝衝來臥龍岡尋訪大賢,最後掃興而歸。

劉備回到新野以後,常命人去探聽臥龍先生行蹤。直到隆冬季節,得悉臥龍先生已歸家。劉備選定十一月二十四這個黄道吉日,準備去請臥龍先生出山。張飛聽説大哥又要親自去臥龍岡,就勸阻道:"大哥,臥龍先生乃一村夫罷了,何必冒此嚴寒親自前去,命人去將他喚來就是了。"

劉備道:"聘請大賢,豈可怠慢。三弟若不願去,我與二弟同去也好。"

張飛道:"大哥、二哥同去,老張怎能不去?"

劉備交代道:"那麽,三弟到了臥龍岡,不可胡言亂語!"

劉、關、張三人二十四日一早到了轅門口,劉備跨上的盧馬,關羽跨上赤兔馬,張飛跨上登雲豹,手下推了一輛禮車,離開新野朝臥龍岡而去。

時值隆冬,天氣嚴寒,彤雲密布,朔風呼呼颳來,像刀割一般,眼看就要下雪了。張飛心想,像今日這種天氣,原可在新野城裏,大家一起烤烤火,喝喝老酒,何等快樂;而現在迎着凜冽寒風,去請臥龍先生,真是"出足風頭"。他忍不住氣道:"大哥,眼看就要下雪了,我們還是回去吧!"

劉備答道:"三弟,若是下雪,豈不更好!雪下,臥龍先生便不會出去雲遊,定在家中;並且,他見我們不顧嚴寒,冒雪而訪,心受感動,就會允諾受聘出山了。三弟如怕冷,就回去吧!"

張飛聽大哥說他怕冷,要他回去,不禁圓睜雙目道:"小哥死也不懼,還怕這冷嗎?祇恐大哥白跑一趟。"

劉備道:"如此,請勿多言,隨大哥前去即是。"

三人行了數里,這天果然下起鵝毛大雪。但見這雪——

　　凜冽朔風刺骨肌,彤雲密布色昏迷。漫天片片鵝毛舞,遍地紛紛白絮飛。翠竹披麻垂首立,蒼松戴孝把頭低。千重峻嶺妝銀服,萬座峰巒蓋玉衣。不識東西與南北,難分寬狹並高低。茫茫一片無邊際,百里南陽人影稀。

劉、關、張三人披着披風,頂風冒雪,來到臥龍岡前。將近臥龍先生的茅廬,忽見路旁有一酒店,店內有人正在拍桌而歌:

　　獨善其身盡日安,何須萬古姓名傳!

劉備聽得這兩句歌,趕緊走進店內,見兩個人正在飲酒吟歌。一個白臉長鬚,舉止瀟灑俊逸;一個古貌清奇,風度儼然古人。劉備尋思:這兩個人之中,必有一人是孔明也。他走到這二人面前,一拱到地道:"兩位誰是臥龍先生,劉備有禮了!"

那二人一時感到奇怪,不免一怔。那白臉長鬚的道:"原來是劉皇叔!我倆都不是臥龍先生,乃是他的好友。在下潁川石廣元,他是汝南孟公威。"

劉備道:"久聞兩位先生大名,今日邂逅相遇,實是萬幸!未知臥龍先生在家否?"

石廣元道:"我們也不知,你到他府中自然明白。"說畢,徑自飲起酒來。

劉備又一拱道:"如此,劉備告辭了!"

劉備辭別二人,穿過小橋,來到臥龍先生居前。劉備見一小僮正在場上掃雪,就上前問道:"你家先生可在莊上?"

小僮道:"先生正在草堂內讀書。未知你是何人?到此何幹?"

劉備聞得臥龍先生在内,不禁大喜。心想:果然不出所料,今日大雪霏霏,臥龍没有出去。劉備道:"某乃劉備也,今日冒雪前來,欲求拜見先生!"

小僮見他們在這冰天雪地登門求訪,相當感動,説道:"原來是劉皇叔駕臨,請隨我入内。"

劉備跟着小僮到了裏邊,見門上書着一副對聯:"淡泊以明志,寧静而致遠。"正觀看間,裏邊傳來吟誦之聲:

> 鳳翱翔於千仞兮,非梧不棲。士伏處於一方兮,非主不依。樂躬耕於隴畝兮,吾愛吾廬。聊寄傲於琴書兮,以待天時。

劉備跨進門内,見火爐畔有一少年,面白無鬚,抱膝坐着吟詠。劉備上前深深行了一禮道:"臥龍先生,劉備特冒風雪登門造訪,今日能遇先生,真是萬幸!"

那少年聞説,慌忙起身道:"劉皇叔,在下並非臥龍!"

劉備思想:這怎麼又弄錯了? 剛纔小僮不是明明説先生在草堂讀書麼? 就問道:"那麼,請問先生尊姓大名?"

少年答道:"在下乃是臥龍之弟諸葛均也。我家兄弟三人,大哥諸葛瑾,在江東孫權處爲官;二哥諸葛亮,在下排行第三。"

劉備聽了恍然醒悟,纔知真的又弄錯了。便道:"原來是諸葛均先生,失敬了!"

諸葛均道:"劉皇叔再次訪問家兄,未知有何貴幹?"

劉備答道:"欲請令兄出山,共圖滅曹興漢大業。不知令兄何處去了?"

諸葛均道:"家兄昨日爲兩個好友相約,雲遊江南去了。"劉備聽了,大失所望,心想孔明到江南閒遊,那將越遊越遠了。他自言自語："劉備如此緣分淺薄,兩番相訪,竟然不遇大賢!"

諸葛均聽了,內心歉意無限,可又無可奈何。此時,劉備對諸葛均拱手道:"諸葛均先生,劉備願借文房四寶一用,擬留書一封,相煩轉交令兄,未知可否?"

諸葛均道:"如此請便!"

劉備坐在書桌前,呵開凍筆,鋪展雲箋,揮毫寫就一信,然後交給諸葛均道:"有煩先生,劉備告辭了!"

諸葛均道:"有勞皇叔兩次徒然往返,待家兄雲遊歸來,我定當轉交。"

諸葛均送劉備出來,關羽、張飛聽說孔明已去江南雲遊,牢騷滿腹,但在大哥跟前,不便發作,祇得跟着大哥,懶懶地步出莊去。剛出莊門,那個小僮手指籬外對諸葛均道:"老先生回來了!"

劉備聞言,微微抬首朝遠處凝望,但見小橋上下來一人,頭戴風兜暖帽,身披狐裘大氅,騎着小黑驢,徐徐踏雪而來。後邊一個道童,肩上掛着一個酒葫蘆。此人轉過小橋,觀賞着拐彎處的一樹梅花,口中朗聲吟道:

> 一夜北風寒,萬里彤雲厚。長空雪亂飄,改盡江山舊。
> 仰面觀太虛,疑是玉龍鬥。紛紛鱗甲飛,頃刻遍宇宙。騎驢
> 過小橋,獨歎梅花瘦。

劉備一見此人模樣,又聽到他的吟誦,心裏想:這纔是真正的臥龍先生也。我劉備今日總算沒有空跑一趟。劉備畢恭畢敬地佇候那人過來,那人剛到莊口,從驢身上下來,欲抖一抖大氅上的雪花,劉備就冒雪跑了過去,確信無疑地施禮道:"臥龍先生,劉備在此恭候已久了!"

那人聽了,忍不住哈哈大笑起來,竟然忘却了還禮,道:"皇

叔,你莫非欲見我的小婿嗎?"

諸葛均在旁側道:"劉皇叔,他並非家兄,乃是家兄的岳父大人黃承彥老先生也!"

劉備聽了,臉上發熱,低着頭,羞愧不已。心裏尋思:這個臥龍先生啊,誠然教人難於尋訪,害得我錯將丈人當作女婿。他十分不好意思地道:"劉備冒昧了,原來是黃老先生!適纔老先生吟誦的詩句,實在高妙!"

黃承彥道:"小婿常愛詠《抱膝吟》,老夫也記得幾句。剛纔偶爾見到雪中梅花,有感而吟誦,不意被皇叔聽得。"

劉備問道:"黃老先生,令婿臥龍先生的下落未知是否曉得?"

黃承彥道:"小婿雲遊江南,估計明春方能返回。"

劉備道:"既如此,劉備明年春天再來拜訪臥龍先生。黃老先生,我們告辭了!"

一旁張飛看得又好氣又好笑,思想起來,大哥今日在此,實在教人啼笑皆非,勿管小的、老的,全部當作臥龍先生。方纔把小兄弟當作哥哥,現在又把老丈人當作小女婿,說穿了,他們全是一班牛鼻子道人。

劉備兄弟三人下了臥龍岡,怏怏不樂,不發一語,又返回了新野。

時光似流水,不覺殘冬過盡,早春已臨。這一年,已是大漢獻帝建安十三年了。過了元宵佳節,劉備得悉臥龍雲遊江南已歸,就選擇黃道吉日,齋戒三日,熏沐更衣,定於二月初二,三上臥龍岡。正是:

二月二日,伏龍方抬首;三人三請,大賢始出山。

第六回　孔明決策定三分
子龍逞强輸二番

　　這一日，劉備準備好禮物，裝在一輛車上，命四個小兵推車先行。然後對關羽、張飛道："二弟，三弟，趕快準備上馬，隨愚兄去卧龍岡三聘大賢！"

　　關羽心想：大哥兩次親自登門拜謁卧龍先生，而這位先生每次都出外閒遊去了，看來這人很可能徒有虛名而無真才實學，因此特意避而不見。他心裏很不情願，不過不好意思違拗大哥，祇得有些冷冷地道："小弟願意奉陪。"

　　張飛可不像關羽，心裏有氣，臉上也就怒氣衝衝，説道："大哥，老張不去了！去年我們兩次去卧龍岡，迎着呼呼北風，冒着飄飄大雪，他倒會享清福，遊山玩水去了，害得我們徒勞往返。如今，大哥何必要親自前去。祇消命人將他喚來就是了！若猶不來，看老張用一根繩子把他捆來！"

　　劉備見張飛心中有氣，就耐心勸道："三弟，你知道當年周文王到渭河邊聘請姜子牙的故事嗎？愚兄講與你聽如何？"

　　張飛祇用兩個字道："也好！"

　　劉備道："當初，周文王姬昌爲了興周滅商，四下尋訪大賢。他聽説渭河邊上有個漁翁，名叫姜子牙，是個大賢，就喚兒子姬發先去看望。武王姬發到了渭河邊，見姜子牙在河畔釣魚，過了大半天，祇釣到了一條小魚。他自言自語：'大魚不來小魚來！'這話的意思是說周文王自己不來，却來了個兒子武王。周武王返回去將這話稟告父親，周文王次日侵晨就帶領滿朝文武去渭河邊拜訪姜子牙。到了渭河邊，見姜子牙剛剛釣起一條大魚，又在自言自語：'昨日不來今日來！'這話的意思是說你周文王為何昨日不來，到今日纔來了？文王見姜子牙釣魚，釣鈎是直的，沒有一點魚餌，就問他道：'這魚怎肯上鈎？'姜子牙道：'願者上鈎，不願就休！'這話的意思是說，你要聘請我就聘請我，不願聘請就罷了，何必叫兒子來窺探打聽。當時，文王請姜子牙上馬隨他去西岐受職。姜子牙說不會騎馬，要乘坐文王的龍鳳沉香輦。文王就請他進去，姜子牙穿了蓑衣，戴了竹笠，坐進了龍鳳沉香輦。周文王穿着龍袍，和衆文武官員一起替姜子牙這個漁翁推車。據說文王共推了八百零八步，所以，周朝的天下後來傳了八百零八年。"

劉備用這個故事誘導張飛，要他禮賢敬士。張飛聽了，勉強答應道："大哥，老張再隨你往臥龍岡走一遭就是了。"

劉備見張飛願意同去，兄弟三人便上馬趕路。

劉備兄弟三人去南陽臥龍岡聘請諸葛亮出山，是在三個不同的季節：第一次是八月十三，金風送爽，玉露橫秋；第二次是十一月二十四，朔風凜冽，大雪紛飛；第三次是今朝二月初二，和風拂煦，春光明媚。

兄弟三人來到臥龍岡，過了小橋，遠望莊門口，却見第二次來臥龍岡時遇見過的小僮正自站着，未待劉備開口，小僮就道："劉皇叔，你們又來了！"劉備道："是啊！請問臥龍先生諸葛亮今日在府上否？"

劉備怕再像上次那樣弄出個臥龍先生的兄弟或什麼其他人來，故特意指明臥龍先生諸葛亮。

小僮聞説，調皮地嘻嘻笑道：“皇叔，這次不會錯的，我家先生雲遊已歸，正在草堂。”

劉備道：“有勞通報卧龍先生，就説劉備三次登門，前來拜訪！”

小僮一轉身，就往裏邊進去了。

劉備心中揣度，這次求見孔明，十拿九穩，不會再落空了。没料到，等了好一會兒，不見一點動静，既不見孔明出門迎迓，又不見小僮出來回話。等得有些心焦，睜大眼睛，朝裏邊東看西看，横望竪望。張飛氣得怒火直冒，瞪着眼朝劉備喊道：“這諸葛亮到底出來不出來？再不出來，老張進去抓他出來！”

劉備嗔怒道：“大膽匹夫，休得無禮！”

劉備雖説埋怨兄弟，内心却也等得火燒火燎，害怕張飛莽撞惹出亂子，就叫關羽陪着張飛去附近岡上瀏覽山色，平息平息心頭之氣。

關羽知道大哥的意思，拉着張飛到山脚下兜玩去了。

劉備獨自一人，又等了一陣。心裏愈覺不耐煩了，便朝裏邊草堂走去。

劉備走近草堂，見那個小僮木鷄似的立在門首不動，不知到底是何緣故。他朝裏邊一掃視，頓時明白過來。裏邊紫竹湘妃榻上，孔明正在高卧，手裏還拿着一卷兵書。劉備尋思：卧龍先生這一覺，何時方能醒來？

這時，小僮瞧見劉備來了，似欲前去唤醒孔明。劉備見狀，急忙朝小僮亂擺手，悄悄地道：“切勿吵醒卧龍先生，劉備稍候片刻就是！”

劉備就在旁側耐心等候，内心甚爲高興，心想今日畢竟得遇卧龍先生。至於他高卧不醒，這又何妨。劉備足足等了一個時辰，忽見他翻了一個身，以爲醒過來了，却又朝裏睡着了。

　　此時，劉備聽得外邊傳來脚步聲，一看，見關羽、張飛來了。原來，關羽拉着張飛到山脚下，在竹林裏、溪澗邊四處閒逛。他覺得時間差不多了，便與張飛一道回來。張飛見劉備呆在那兒，不見孔明半點影子，就朝着他粗聲粗氣地喊道："大哥，你到現在還没有見到諸葛亮啊？"

　　話尚未完，劉備一邊跑過去，一邊搖着手，輕輕道："三弟，休得大聲吵嚷，卧龍先生正在醋睡，不要驚了他的清夢！"

　　劉備對關羽使了個眼色，教他把張飛領到外邊去。關羽心領神會，隨即拖着張飛向外邊而去。

　　張飛被二哥拖着，心裏越想越氣，這個諸葛亮倒會享清福，白晝貪睡不醒，害得大哥在一旁躬身相候。他恨恨地道："待我到屋後去放一把火，把這草堂燒掉，看他醒不醒來！"

　　張飛被關羽拽拉了出去，劉備忙對孔明注視一下，生怕三弟的高喊大叫驚動了他。其實，孔明早已醒了，聽得張飛在喊"放火"，心裏思量：將來我出山用兵，欲用火攻；如今我没有燒，你倒先要燒了！這時，孔明又翻了一個身，裝作睡眼蒙矓的樣子，似醒非醒，手裏的那卷兵書跌落地上。小僮過去拾了起來，到此時，孔明纔從湘妃榻上慢悠悠地起來，伸了一個懶腰，嘴裏吟道：

　　　　大夢誰先覺，平生我自知。草堂春睡足，窗外日遲遲。

　　再説劉備見卧龍先生真的醒過來了，急忙悄悄地退了出去，在門外恭候。

　　小僮見孔明已在伸懶腰吟詩，上前稟道："先生，外邊有客來訪！"

　　孔明問道："何處來客？"

　　小僮道："新野劉皇叔兄弟三人，他們等候多時了。"

　　孔明道："皇叔光臨，何不早早報來？快去請他們進來！"

小僮轉身到了外邊，對劉備道："劉皇叔，我家先生請你們草堂相見。"

劉備忙出去尋找二弟、三弟，到了莊門口，祇見張飛兩手叉在腰間，怒氣未息，就和悦地道："二弟、三弟，快隨愚兄去拜見卧龍先生！三弟，你説話可得小心，倘若無禮，失了規矩，愚兄可要把你轟將出去。"

張飛耐住火氣，往草堂進去。

這時，孔明從草堂内緩緩步了出來，劉備三兄弟抬首打量，但見他——

> 身長八尺左右，面如冠玉。兩道劍眉，威風凜凜；一雙俊目，充滿秀氣。四方口，貼肉耳。頭戴天藍緞子綸巾，身着天藍緞子鶴氅，腰繫一條藍色絲絛，足蹬一雙粉底烏靴。手裏搖着羽毛扇，飄飄然，悠悠然，似天上神仙降臨人間一般。

三人見到孔明，心裏思量的各不相同。劉備思想：卧龍先生一派仙風道骨，果然不同於一般賢士，毋怪乎水鏡先生道：伏龍、鳳雛，得一可安天下也！徐庶説他有經天緯地之才，天下獨一無二，比作周朝的吕望，大漢的張良。今朝天賜良機，得遇大賢。

關羽心想：此人雖有名望，但内才如何，尚未知曉；若要令人心服口服，就須拿出真本領來。

張飛以爲：這諸葛亮架子這麽大，神氣高傲，不見得有什麽真才實學，一個牛鼻子道人罷了。

此刻，劉備恭恭敬敬走上前去，跪下便拜，説道："劉備久聞卧龍先生大名，如雷貫耳，三次晉謁，方纔得見先生，一償平生所願！劉備在此有禮了！"

孔明還了一禮道："皇叔溢美，豈敢，豈敢！亮乃南陽山野耕夫,疏懶閒散成性,多蒙皇叔看重,屢次光臨寒舍,未曾遠迎,敬請恕罪!"

劉備掉頭對關、張二位道:"二弟、三弟,快來參謁先生!"

關羽豪爽地將手一拱,說道:"關某拜見臥龍先生!"

張飛極爲不滿地"噢"了一聲,火火地上前道:"老張有禮了!"

孔明還禮道:"兩位將軍不必客氣,請裏邊坐!"

小僮擺好座位,奉上香茗。

賓主坐下,劉備從袖中取出徐庶在長亭寫的薦書,雙手呈上。

孔明拆開覽畢,說道:"徐元直乃當世賢士,亮不過一介耕夫而已。皇叔爲何捨美玉而求頑石,棄鳳凰而求鴉鵲呢?"

劉備見孔明不允,心事重重,憂慮不安,哀求道:"先生抱經世奇才,豈可空老於林泉之下,與草木同朽?望先生施展宏才大略,拯萬民於水火,中興大漢天下。"說到這裏,不覺淚落如珠,異常傷心。劉備哭泣着道:"請先生以天下蒼生爲重,念劉備爲漢室之後,三次登門求訪,早日出山相助,共圖興漢大業!"

孔明見劉備情意懇切,至仁至義,被他興復漢室的一片忠誠所感動,就道:"亮承蒙皇叔如此抬舉,不勝銘感,正是'却之不恭',我定當出山,盡力輔佐明主。"

劉備見孔明應允出山,也就停止哭泣,喜形於色,起身道:"先生許諾,備三生之幸也!從此同心戮力,誅滅朝中奸佞,漢室中興有望,請先生受劉備一拜!"

說罷,劉備將蟒袍一撩,又將下拜。孔明急忙扶住,請他坐下。劉備又從袍袖裏摸出一張禮單,對孔明道:"些許薄禮,不成敬意,望先生笑納!"教小僮到莊門外命那幾個小兵把禮物送至草堂。

孔明再三推却,見劉備一片誠意,執意不得,祇得收下。

此時,劉備見聘請卧龍先生出山大功告成,三顧茅廬總算没有徒勞,馬上轉悲傷爲喜悦,把座位輕輕挪動一下,靠近孔明身旁道:"請先生告我興漢之大計!"

孔明見問,道:"皇叔能否先將凌雲壯志相告一二?"

劉備答道:"漢室傾頹,奸臣竊命,主上蒙塵。孤不度德量力,欲伸大義於天下,而智術短淺,遂用猖獗,至於今日。"

孔明道:"既如此,皇叔意欲如何中興漢室,開創大業,實現自己的大志?"

劉備聽了,心裏思忖:我雖有鴻鵠之大志,但勢窮力孤,兵微將寡,宛如精衛填海。先生問我謀劃,自己尚未細細想過,這教人如何回答方好? 想了一想道:"孤開創大業,全憑先生宏才大略。孤以爲,有志者事竟成,至於具體辦法,説來慚愧,劉備實是心中無數,恭請先生不吝賜教!"

孔明道:"當今天下,豪傑並起,群雄亂國,百姓遭殃。曹操擁有百萬之衆,挾天子以令諸侯,占有天時;孫權世握江東,憑藉長江天塹,地勢險要,占有地利;皇叔乃帝室之胄,信義著於四海,愛民如子,深受百姓愛戴,占有人和。"

孔明見劉備正側耳諦聽,起身到裏邊拿出一幅圖來,掛在牆上,手指着道:"請皇叔觀看!"

劉備抬頭審視,此乃一幅當今天下形勢圖。圖上標明湖、廣、荆、襄九郡四十二州,西川五十四州,東川三十六州。

孔明用手指着地圖道:"荆州,北據漢、沔,利盡南海,東連吴會,西通巴、蜀,此乃歷代兵家必爭之地也! 益州險塞,沃野千里,天府之土,國富民强,此乃是皇叔開創鴻業,雄冠天下之地也!"

劉備聞言,有些遲疑地道:"荆州劉表,益州劉璋,都是漢室宗親，孤豈能奪同宗之天下！"

孔明知道劉備忠厚仁慈，告訴道："我夜觀天象，劉表將不久於人世。劉璋懦弱昏庸，碌碌無能。荊州、益州將來必歸於皇叔。皇叔可先取荊州，然後長驅巴、蜀，取益州，平定東、西兩川，將此作爲基業。若如此，則可與曹操、孫權鼎足而立，三分天下矣！"

劉備聽了大喜，撫掌而道："先生高見宏論，教人茅塞頓開。孤得先生相助，如蛟龍騰空，際會風雲也！"

後世人論及漢朝，說漢朝出了三個軍師：西漢張良、東漢嚴子陵、蜀漢諸葛亮。張良幫助漢高祖開創帝業，建立漢朝，如紅日之初升，光焰燦爛；嚴子陵輔助漢光武帝劉秀消滅王莽，中興漢室，這猶似中天之太陽被烏雲遮住，嚴子陵撥開烏雲，重見天日；諸葛亮出山時，漢朝已氣息奄奄，瀕於滅亡，像太陽即將落山。諸葛亮扭轉乾坤，幫劉備創業，建立了蜀漢四十三年天下，這等於把夕陽重新拎上了青天。後人對諸葛亮評價極高，尤其是他未出茅廬，已知三分天下，更爲人們所贊歎。有詩頌道：

> 豫州當日歎孤窮，何幸南陽有臥龍。欲識他年分鼎處，先生笑指畫圖中。

劉備又問孔明道："先生預備何日出山？"

孔明抿嘴一笑，道："皇叔不必過急，常言道：欲治其國，先齊其家。又道：國家國家，安家爲國。今我先將家事安置一下。今日是二月初二，待到二月初五，請皇叔派二百個士兵，一百輛車子，前來相接出山。"

劉備滿口允諾。

旁邊張飛越聽越氣，心想：這個牛鼻子道人好大的架子，大哥流淚苦苦哀求，總算答應出山；可還不肯一同動身去新野，要待三日以後,派二百士兵、一百輛車子來接他。張飛真恨不得指着孔明訓斥一頓,解解心頭之悶。

劉備見張飛面有怒色,怕他生事,起身對孔明拱手道:"臥龍先生,天色不早,劉備告辭了!"

諸葛亮也起身拱手道:"如此,亮不遠送了!"

張飛越看越氣,心想:我們兄弟三人爲了請你出山,三顧茅廬,但你竟連把我們送到門口也沒有,如此無禮。張飛怒不可遏,瞋目似欲叱之。劉備、關羽大慌,連忙使勁拉住他走了出去,返回新野。

且説劉備回去以後,孔明忙得不亦樂乎。祭祀祖宗,向親友辭行,把家庭這副擔子託付給弟弟諸葛均,關照夫人黃氏撫養兒子諸葛瞻等等。所有這些,都須在兩天內辦妥。另外,孔明還要將數年來研製成的用兵器械等,裝進各種類型的木箱裏。箱子大小不一,外面用各種顔色塗上記號,一共裝了八百隻木箱。這些器械名目繁多,有諸葛船、諸葛車、諸葛燈、諸葛鼓、諸葛鑼、諸葛子母炮、竹節轟鳴炮、地雷火爆炮、伏地弩、連珠弩等等。

到了二月初五,劉備命趙雲帶領二百士兵,推了一百輛車子,往南陽臥龍岡迎接孔明而來。

這一日,孔明見一切東西準備停當,就在草堂内歇息。他仰臥在紫竹湘妃榻上,閉目沉思天下大事。忽聞腳步聲響,便睜眼一瞅,見琴童柳明已跑到榻前,柳明報道:"啓稟先生,有一位白袍將軍自稱趙雲,帶着許多軍士和車輛,在莊門外求見先生。"

孔明道:"快請他來草堂相見!"

柳明旋身出外,領着趙雲進了草堂。

趙雲是初次見到孔明,心裏思量:這位先生名望頗大,徐軍師鄭重舉薦,主公兄弟三人三顧茅廬,未曉究竟是何許人也!他迎面一瞟,祇覺這位先生氣概非凡,飄飄然站了起來,似道人而勝道人，似神仙而勝神仙。趙雲趕緊上前行禮道："臥龍先生在上，小將趙雲有禮了！小將今日奉主公劉皇叔之命，前來迎接先生前往新野。"

孔明見這員白袍小將氣概英武，眉如寶劍，目似閃電，看起來聰慧機靈，惹人喜愛。他哪裏知道，自己以後臨陣用兵，常須憑仗這員白袍將軍取勝呢。趙雲不愧爲一位常勝大將軍，一生馳騁沙場，身經百戰，永遠立於不敗之地，直至死時，身上沒有一處刀傷、劍傷、槍傷、箭傷。

孔明對趙雲客氣道："趙大將軍請坐！"趙雲謝了坐，在一側坐下。片刻，孔明讓趙雲吩咐軍士進來，把八百隻木箱及其他一些物品，裝上車子。裝載完畢，趙雲命兩個士兵管一輛車子，一前一後，推拉而行。

一百輛的車隊剛欲啓程，孔明喚道："且慢。"

趙雲和士兵們以爲還有一些東西尚未裝走，誰知孔明是要他們把擱在車上捲緊的油布放開來，蓋在車上，以防雨淋。並說明此去新野城有四五十里路程，現在是午後未時，車輛重載，要到夜裏近二更天纔能到達。但傍晚時分有雨，一定要用油布把木箱遮蓋好。

士兵們一面把車子用油布蓋好，一面忍不住嗤嗤發笑。心中揣度：如今萬里無雲，陽光燦燦，等一下哪會下雨？真是杞人憂天。豈料士兵們推車行至半途，時近傍晚，果然下了一場大雨。士兵們沒有一個不稱奇，沒有一個不敬佩，拜服這位臥龍先生有先見之明。

士兵們出發，孔明便坐上四輪車，由兩個琴童柳明和呂清推着上路。趙雲上馬執繮。夫人黃氏抱了兒子諸葛瞻，和兄弟諸葛均一起出來送行。孔明回首向妻兒兄弟告別，心裏不禁一陣傷感。暗忖：我今日遠別故鄉家人，輔佐劉皇叔，效命疆場，不知何年何月方能功成身退,重歸故園?想到這裏,便囑咐兄弟諸葛均道:"我受劉皇叔知遇之恩,不得不出山相助。你在此須辛勤耕稼,不可荒蕪田畝,待我功成之後,歸來隱居。"

後人有詩歎道:

> 身未升騰思退步,功成應憶去時言。祇因先主叮嚀後,星落秋風五丈原。

孔明可謂神機妙算,料事若神。但他哪裏料得到,自己二十七歲出山輔佐劉備,南北征剿,用兵二十七年,到五十四歲爲國捐軀,竟至死不能重返故鄉臥龍岡。

話説孔明與趙雲離開臥龍岡,向新野而行。一路上,趙雲騎馬在前,孔明坐車在後。趙雲把繮繩放得極鬆,徐徐而行,馬雖然走得特別緩慢,可還是常常要等孔明的車子。孔明乘坐的四輪車,靠兩個琴童推着前行。琴童人小,步子小,力氣也小,這四輪車簡直像蝸牛蠕動似的,似行非行。趙雲心裏癢癢的,暗自尋思,似這樣的走法,不知要走幾天方可到達新野。不料孔明善於察言觀色,知道趙雲嫌四輪車推得太慢,故意風趣地問道:"趙大將軍,你胯下的這匹馬兒,到底算不算是一匹良駒?"

趙雲聽了,不明白孔明爲何突然問及這匹馬,就道:"臥龍先生,小將的這匹馬,名喚鶴頂,乃是一匹千中挑一、萬中挑一的千里追風龍駒寶馬。"

孔明裝作詫異地道:"既是寶馬,爲何跑得這麼慢啊?"

趙雲聽了心中一楞,心想我在等你的那輛四輪車,你反倒説我的馬跑得慢,這豈非咄咄怪事!趙雲心有不滿,就實言相告道:"小將在恭候先生的四輪車!"

孔明道:"原來如此!那麼,就請將軍揚鞭催馬而馳,待山人瞧瞧這匹馬究竟是否是千里龍駒!"

趙雲思想：孔明懷疑我這坐騎不是寶馬，要我催馬跑給他看看，那麼，就教他見識見識我的寶馬。於是，趙雲對孔明道："臥龍先生，請你祇管緩緩行來，小將失陪了，在前邊大路口恭候先生！"

言訖，趙雲將馬繮一拎，擊鞭噼啪有聲。這匹鶴頂寶馬，本是將軍性子，叫它走兩步，等三步，很不情願。現在，主人要它衝出去，頓時"哧嘛"一聲長嘶，四蹄賽飛，一口氣足足奔了十里之遙。趙雲"吁——"的一聲，將馬一扣，回首遠矚，孔明的四輪車不見蹤影，暗思這四輪車不知行了幾丈路，不由付諸一笑。

豈料前邊傳來"軋泠、軋泠……"的車鈴聲，趙雲凝視，孔明的四輪車已在前邊，兩個琴童徐徐推着。

孔明停住車子，待趙雲馳馬追了上來，轉頭道："趙將軍怎麼還在這裏？山人已在此等候多時了！"

趙雲"啊——"的一聲，不禁呆住了。暗暗思量，剛纔我的馬跑得極慢，孔明的四輪車卻滾得更慢；現在我快馬似飛，這四輪車卻推到我前邊去了。我不相信我龍駒馬的四條腿，抵不上你四輪車的四個輪子？除非孔明有縮地神行法，或者推車的二個小僮是飛毛腿。

趙雲右思左想，實在猜不出其中的道理，可心裏又不甘就此罷休。就對孔明拱拱手道："先生這輛寶車如此神速，令人欽佩！不過，小將欲與先生再比一趟，不知尊意如何？"

孔明慧點地一笑，説道："將軍有興，山人願意再次奉陪，但這次你可得在寶馬的屁股上多加幾鞭啊！"

趙雲感到有些羞愧，不好意思再説什麼，就喊一聲道："先生請！"

孔明道："趙將軍先請！"

趙雲聽見孔明仍舊讓自己先走，就將馬使勁一拎，接連揮了幾個響鞭,鶴頂四蹄騰空,像支離弦之箭,"嗖"的一聲,飛馳而去。趙雲這一次騎在馬背上,眼睛注視着左右兩邊,看孔明的四輪車會不會追上來。纔一忽兒,趙雲覺得右手邊上一道黑影"唰——"地閃了過去,趙雲知道孔明的四輪車已馳到自己的前頭去了,連忙將馬扣住,朝前邊眺望,衹見孔明已將四輪車掉轉車頭,兩個小僮推着車子,"軋泠,軋泠……"而來,孔明坐在車上,望着趙雲微笑着。

到這時,趙雲對臥龍先生真正口服心服。

這輛四輪車究竟是何道理如此靈巧輕便,要慢則慢,要快則快?內中秘密,趙雲當然不得而知。其實,這輛四輪車與孔明木牛流馬的設計方法相同,內有不少機關。孔明的木牛流馬,爲用木頭製作的牛馬,不須喂草料,却比真的牛馬跑得快,始終不知疲乏。後來,魏國都督司馬懿曾派伏兵劫去了兩隻木牛流馬,司馬懿依葫蘆畫瓢,木牛流馬雖然仿造出來了,可就是不能動,成了一堆廢物。這一輛四輪車呢,車上設有很多極其巧妙的機關。若要車子慢行,兩個小僮扶着車子輕悠悠地推着就是;若要車子疾馳,衹要把坐墊下邊的一條木板抽出來,兩個小僮坐在上邊,車子便飛也似的馳去,並設有特快的機關,若要車子以最快速度飛馳,衹須用手按一下機關。

且説孔明、趙雲到了新野,劉備率領衆文武官員出城相迎。當晚,在大堂設宴爲臥龍先生接風洗塵,拜爲新軍師。

孔明自到新野,劉備對他敬若師長,朝夕相隨,形影不離。食則同桌,寢則同榻。聽他分析當今形勢,議論天下大事。正是:

　　縱橫舌上風吼雷鳴,談笑胸中星移斗換。

第七回　曹孟德許昌發兵
夏侯惇相堂擂鼓

　　劉備接得孔明出山相助，如魚兒得水一般，喜不可言。豈料新野城裏隱藏着曹軍探子，他們假扮客商，刺探軍情。探子見劉備三顧茅廬將孔明請到新野，立即將這消息向許昌丞相府稟報。

　　且說大漢丞相曹操，字孟德，乳名阿瞞，沛國譙郡人。二十歲時被舉爲孝廉。自二十四歲兵出山東以來，伐董卓於虎牢，擒呂布於白門，誅袁術於淮南，滅袁紹於河北，尤其是官渡之戰大敗袁紹以後，勢似破竹，統一黃河南北，連關外塞北遼東也一掃而平。曹操二十年來，南北東西，征戰討伐，功績赫赫，身爲大漢相國，一人之下萬人之上。

　　一日早堂，相堂上文官在左，武官在右，站得整整齊齊，恭候丞相升堂。忽見麒麟門打開，傳出聲聲虎威："丞相升堂——丞相升堂——"曹操從麒麟門內步了出來，頭戴貂冠，身穿蟒袍，腰圍玉帶，濃眉下一雙細眼，口闊鼻大，飄飄長髯至胸前。他口內得意地哼道：

　　　　頭頂冠冕映日月，身上袍袖定乾坤。漢室江山由我執，半爲天子半爲臣。

　　曹操一坐定，兩邊文武參見丞相畢，退回原地站着不動。此時,曹操正捋着長鬚思索:當今天下群雄、四海豪傑,將爲老夫掃盡,唯有新野縣孤窮劉備仍在。此人乃天下之英雄,是老夫的心腹之患。劉備一日不死,老夫將一日不安。如今春日已臨,正是用兵的好時間,待老夫兵出許昌,踏平新野,活擒劉備,拔去眼中之釘,除掉心頭之患。

曹操正欲與衆文武商謀興師討伐孤窮劉備這件大事,忽見一名快探直奔相堂,在丞相案前雙膝一跪報道:"稟報丞相!"

曹操道:"何事報來?"

探子道:"奉命探得新野劉備又聘得一位賢人,此人復姓諸葛,名亮,字孔明。劉備自去歲秋天以來,曾三次去南陽相請,終於把諸葛亮請出山來,拜爲軍師。請丞相定奪!"

曹操聽罷,對探子道:"與我再去探來!"

探子退出,曹操捻着長鬚沉思起來:這個劉備本領倒不小,去年得了個徐庶,火牛陣殺退我三萬兵馬,後來我費盡心機,纔將徐庶誆騙至京。徐庶雖在我的麾下,却始終不肯爲我出力,相助於我。如今,劉備又請到一個諸葛亮,我從未聽到過此人的名字,未知何許人也,有無才學? 幸虧老夫手下文武衆多,各郡各州都有,衹消此人稍有名望,必然有人相識。且讓我問問他們,弄個明白。

於是,曹操朝兩旁文武望了一眼,啓口問道:"諸位大夫、將軍,方纔快探來報,説孤窮劉備新得一位軍師,名叫諸葛亮,表字孔明,不知有人相識否?"

兩旁文武聽了,面面相覷,鴉雀無聲,並無一人上前。

曹操見衆人默無聲息,就又問了一遍,却仍無一人答應。心裏猜測:這諸葛亮諒一碌碌之輩而已,無甚本領。可再一想,此人倘若真的無一點本領,劉備何必三次去南陽相聘,説不定,這諸葛亮是一個隱居山林的賢士。

再説徐庶站在一旁，今朝聽見師兄諸葛亮已出山輔助劉備，臉上熱乎乎，内心喜滋滋。他見曹操詢問滿堂文武，竟爾無一人相識諸葛亮，心裏思想：且讓我出去説上幾句，滅滅這個老賊的威風！

徐庶從文官行列中走了出來，緩步而前，身子一躬道："丞相在上，徐某參見！"

曹操舉目一看，見是徐庶，不免有些惱火，心想：適纔我連問兩遍，你一言不發；等我要退堂了，你上來了。你這個徐庶啊，吃了我曹操的飯，心裏却向着別人。你在劉備那裏，用兵十分厲害，火牛陣燒得我們曹軍魂飛魄散；可到了我這裏半年來，我對你是敬爲上賓，你對我是冷若冰霜，從未出過一計。現在問起這諸葛亮，謝天謝地，你總算出來説話了。曹操强抑住心頭之火，裝出恭敬待士的樣子，問道："元直先生，你莫非認識諸葛亮麽？"

徐庶思想：這諸葛亮是我舉薦的，豈有不識之理？不過，嘴上衹是冷冷地道："徐某略知一二。"

曹操暗思，看來，這諸葛亮是一深山隱士無疑了，不然徐庶怎麽認識？自己剛纔的猜測果然不錯！趕緊問道："不知這諸葛亮到底有無本領？"

徐庶道："丞相問起的諸葛亮，絶非尋常之輩！"

曹操聞言一驚，忙又問道："那麽，就請先生説説諸葛亮的才能吧！"

徐庶朗朗而道："這個諸葛亮麽，上知天文，下明地理，戰策兵書，六韜三略，諸子百家，九流三教，無一不通。有經天緯地之才，治亂安民之計，匡扶人國之謀。管仲、樂毅比之不及，吕望、韓信見之興歎。劉備得此人拜爲軍師，如猛虎添翼，似蛟龍騰空。丞相須加倍留神。"

曹操聽了，稍稍一驚，心中尋思：孤窮劉備，何以又覓得這樣一位大賢？又一想，徐庶之言恐怕言過其實。諸葛亮豈能與管仲、樂毅、呂望、韓信相比？曹操不動聲色地問道：“元直先生，那諸葛亮奇才若此，不知他年歲幾何？”

徐庶道：“二十七歲。”

此語甫畢，曹操立即反詰道：“諸葛亮年僅二十七歲，能讀多少兵書？元直先生把他説得天花亂墜，老夫不信！”

徐庶緩緩道：“丞相，常言道：有志不在年高，無志空活百歲。當年秦朝的甘羅，不是十二歲就被拜爲上卿麽？”

曹操聽了，凝思片刻，忽地心念一動，説道：“元直先生，你去年用火牛陣一舉燒掉曹仁三萬兵馬，堪稱善於用兵，海内奇才。不知諸葛亮與你相比如何？”

徐庶聽畢，内心滿足喜歡，這下正好氣氣這老賊了。就道：“丞相若問諸葛亮與徐某之才學，兩者恰有一比。”

曹操道：“未知先生如何相比？”

徐庶鏗鏘地道：“諸葛亮之才，好似八月中秋之皓月；徐某之學，祇是螢蟲之光。諸葛亮之才，好似獸中之麒麟；徐庶之學，祇是迷途之羔羊。諸葛亮之才，好似鳥中之鳳凰；徐庶之學，祇是蓬間之燕雀。諸葛亮之才，好似水底之蛟龍；徐庶之學，祇是草叢之小蟲。諸葛亮之才，好似藍田之美玉；徐庶之學，祇是山中之頑石。諸葛亮之才，好似洛陽之牡丹；徐庶之學，祇是路邊之野花。諸葛亮之才，好似燦燦之黄金；徐庶之學，祇是烏黑之爛鐵。諸葛亮之才……”

曹操聽得甚是惱怒，不禁打斷他的話，氣得聲音發顫道：“喔唷唷，氣死老夫了！”

徐庶心想：我還没有比完呢。他念頭一轉，決定再説上幾句，教曹操這奸賊聽了睡不安枕，食不甘味。徐庶面無絲毫懼色，凜然而道：“丞相，想諸葛亮這一名字，相堂上衆文武無一知曉，但我祇要説出他的道號來，便無人不知了。"

曹操强壓住心頭之火，問道："未知這諸葛亮的道號是什麽？"

徐庶道："家師水鏡先生昔日曾言：天下紛紛攘攘，干戈四起，烽火遍地，唯有卧龍與鳳雛，得一可安天下也！"

曹操自忖："一龍一鳳，得一可安天下也"，此語誰人不曉。便道："難道這諸葛亮非龍即鳳嗎？"

徐庶答道："丞相聽着，那諸葛亮居住在襄陽城西二十里處的卧龍岡上，就是世人皆知的大賢卧龍先生也！"

曹操聽到這裏，大爲驚愕，心裏暗自納罕：孤窮劉備本領倒也不小，老夫把徐庶誆來許昌未久，他却又把卧龍先生請到新野。諸葛亮這條卧龍啊，確非等閒之輩，徐庶之言有理。今後可得多加小心。他越思越驚惶，不禁雙眉緊鎖，長歎一聲道："這個麽……"話祇開了個頭，曹操停住了，良久無語。

滿堂文武官員聽説諸葛亮就是卧龍先生，個個愕然失色，人人呆立不動。現在見曹操也如此惶惶然，大家環視左右，你望望我，我望望你，不知如何方好。

正在此時，武將班中閃出一將。此將身長八尺，臉黑如墨，眉濃似劍，圓睜着一隻右眼，跳將到曹操虎案前，一躬到底，吼道："丞相，你休聽徐元直一派誑言！想那孤窮劉備，兵微將寡，小小新野何堪一擊。那諸葛亮不過一個耕夫罷了，又有多大能耐。請丞相交付末將將令一支，帶領人馬殺向新野，把劉備、諸葛亮生擒活捉來見丞相！"

曹操正低首沉思，見有人出來討令，向下一看，此將雙姓夏侯，名惇，字元讓，是曹操的堂姪兒，赫赫有名的獨眼將軍。

曹操與夏侯惇既是叔姪關係，爲何不是一姓呢？這裏自有道理，原來曹操本姓夏侯，爲了承繼舅父中常侍曹騰的家産，過繼給曹氏,改姓爲曹。因此,曹操麾下的族將,有的姓曹,有的姓夏侯。夏侯惇是員猛將,十餘年來,跟隨曹操東征西戰,立下了汗馬功勞。在一次亂戰中,一敵將暗地拈弓發箭,射中夏侯惇左目。夏侯惇怒叫着急忙用手拔箭,豈知,眼烏珠連着箭被拔了出來。他一隻右眼瞪着掛在箭頭上的眼珠,道是此乃父精母血,不可棄之,一口把眼珠吞了,即縱馬將那射冷箭的敵將一槍刺死。今日,夏侯惇見徐庶把那個諸葛亮説得天下獨一無二,長劉備的鋭氣,滅曹操的威風,心裏不平之極,忍無可忍。

曹操見堂姪夏侯惇跳將出來討令去殺伐劉備,正中下懷。心中深思:目前,劉備畢竟勢窮力孤,將不滿十,兵不滿千,糧草不濟,縱然諸葛亮用兵似神,恐怕無能爲力。自古以來,巧媳婦難爲無米之炊。倘若稽延時日,孤窮劉備一旦養成羽翼,就難於收拾了。

曹操心裏主意一定,便伸手從令架上拔出一條將令,豪氣堂堂地道:"元讓將軍聽令!"

夏侯惇道:"小姪夏侯惇在!"

曹操道:"老夫命你統領五萬兵馬,十二員偏將,明朝卯時出兵許昌,殺往新野。若能將劉備、諸葛亮一併擒來,此功不小!"

夏侯惇頓時大喜,一邊上前接令,一邊道:"末將遵令!"

曹操又教手下去庫房向掌印官取來一方金印,雙手捧給夏侯惇道:"元讓將軍,此番出師,非同尋常,你須格外小心謹慎。老夫封你爲中軍兵馬大都督,麾下兵馬,如犯兵法,可先斬後稟。"

夏侯惇滿臉是笑,大聲道:"謝丞相!"

此時,夏侯惇何等高興,揚揚自得,黑炭臉上洋溢着一片喜氣。一手執將令,一手托金印。心裏思忖:從軍二十年來,似今日這般榮耀,還是第一次。待我去新野將劉備、諸葛亮擒拿歸京，那時又可封官進爵，重建門樓，正是平地一聲春雷。想到此，夏侯惇躊躇滿志，用一隻右眼顧盼前後左右。

徐庶却暗暗好笑。他知道孔明善用火攻，別看夏侯惇今日威風凜凜，待以後兵敗逃歸時，恐怕臉上的鬍鬚眉毛也要被燒得光光的，那時纔有他的好看。

曹操見發兵攻伐劉備的事已妥，傳令退堂。霎時，退堂鼓起，曹操入內，麒麟門緊閉，衆文武將士依次退出相府，紛紛上馬登轎而歸。

傍晚時分，一些文武官員絡繹不絕地來到夏侯惇府第，恭賀他被拜爲大都督。夏侯惇在廳堂裏大擺酒筵，款待賓客。

徐庶自相府歸來，閑坐無事，忽地一名家丁奔進來報道："啓稟徐老爺！"

徐庶道："可有何事？"

家丁稟道："小的方纔路過夏侯惇將軍府第門首，見門前掛燈結彩，轎馬不斷，衆文武都去登門相賀，未知老爺知道與否？小的特來通報！"

徐庶道："知道了！"

家丁退下，徐庶思想：夏侯惇今日被授爲大都督，第一個應該感謝我徐庶，如若我不在曹操面前述說孔明用兵之厲害，激怒了曹操，你這個大都督又將從何而得？我今晚本來空暇無事，何不也去湊湊熱鬧，靈靈市面，得些消息也好。主意一定，徐庶穿着隨身的葛巾布袍走了出去。

徐庶到夏侯惇府第甚近，祇要走半條大街就到。片刻間，已抵夏侯惇府第。門前車水馬龍，熱鬧非凡，一派喜慶的景象。門口家丁見徐庶來了，笑臉相迎道："徐老爺駕到，小人迎接！"

徐庶道："罷了，罷了！"

家丁問道："可要小人進去通報，讓夏侯大都督出來相接？"

徐庶道：“不勞費心，我自己進去就是了。”

徐庶一撩布袍，走了進去。見大廳上彩燈耀眼，紅燭搖曳。兩邊文武衆官，圍着酒席猜拳行令，杯聲叮噹。中間的一席，居中坐着夏侯惇，下首坐着大夫楊修，上首雖然無人，但座位已擺好。原來，這上首是大夫荀彧坐的。他喝了數杯，覺得頭有些疼痛，即告辭回府了。

徐庶尋思，夏侯惇身旁空着一個席位，且讓我去坐一下算了。於是，徐庶徑到夏侯惇身邊，彬彬有禮道：“徐某恭賀夏侯將軍榮任大都督，在此有禮了！”

哪裏知道，夏侯惇獨眼一見徐庶，就想起他在相堂上信口開河，滔滔不絕，將那個諸葛亮吹得神乎其神的事來。真是：人在曹丞相麾下，心在孤窮劉備處！因此，他假作獨眼沒有見到，睬也不睬，舉杯側身對楊修道：“先生請用酒！”

楊修也舉杯道：“大都督請啊！”

徐庶萬萬沒有料到夏侯惇竟爾如此無禮，心裏可氣啊！這個夏侯惇，膽敢在這衆目睽睽之下教人難堪，羞辱於我。再一想：我是文人雅士，他乃一介匹夫，君子不與小人一般見識，何必斤斤計較。於是，徐庶凜然仰視，面露冷笑，掃了衆人一眼，揚長而去。

徐庶一出，大廳上衆文武竊竊私語。大家都認爲夏侯惇未免有失禮節，太過分了。常言道：千錯萬錯，來人不錯。不管徐庶如何不好，你夏侯惇與他終究是曹丞相手下的一殿之人，爲人豈可如此無情無義！

夏侯惇身側楊修在細思：我與夏侯都督同坐一席，不能充耳不聞，視而不見。常言道：冤家宜解不宜結，作人處世，何必令他人徒然受辱，慚而生恨，恨而生鬥？楊修便對夏侯惇啓唇道：“夏侯大都督，剛纔徐元直先生駕臨，你爲何不答一言？”

　　夏侯惇答道："這個徐庶，真教人可惱可恨，今日堂堂相堂之上，胡言亂語，誇誇其談，本督不想理睬他。"

　　楊修故作一驚道："啊呀，都督，你何不請他飲上幾杯！如今，你失去了一個機緣！"

　　夏侯惇問道："失去什麼機緣啊？"

　　楊修道："徐庶乃是水鏡先生司馬徽之高徒，不僅熟知兵法，而且精於相法。水鏡神相，名聞天下，都督何不請他一察氣色？此番進兵新野，是吉是凶，是勝是負，即可預卜。"

　　夏侯惇一聽，心想這徐庶竟然還有這麼一招絕技，不禁面露懊悔之色，對楊修道："既如此，諒這徐庶離去不遠，勞駕先生速去請他回來！"

　　楊修一聲"遵命"，連忙離席向外去追徐庶回來。

　　楊修出了大門，見前邊走着的正是徐庶，急忙追趕上去，連聲喊道："元直先生慢走！元直先生慢走！"

　　徐庶聽得喊聲，立定身子掉頭看時，原來是與夏侯惇同桌的楊修，不覺心懷不滿。心想：剛纔我遭到恥辱，你仿佛瞎了眼，默然無言。現在追了出來，不知要幹什麼！徐庶正氣凜凜地說道："先生喚我何事？"

　　楊修道："方纔元直先生光臨，夏侯都督一時疏忽，未曾見到先生，後來經人提醒，特命楊修追來相請！請先生不要見怪，快跟我去廳上暢飲一番。"

　　楊修未等自己把話說畢，一手已把徐庶的袍袖抓住，拖了就走。徐庶被楊修拽住，心想：夏侯惇這獨眼龍難道真的沒有見到我嗎？完全是託辭。不過，這獨眼龍又有何懼，且讓我到了裏邊再說。

　　楊修將徐庶拉着請到廳堂上，對夏侯惇拱拱手道："夏侯都督，楊某已把徐元直先生請來了！"

此刻，夏侯惇一變方纔的神態，和顏悦色地招呼徐庶坐下，說道："徐元直先生，剛纔本督未曾見到先生駕臨，有失迎迓，請先生恕罪！"

徐庶道："都督不必客套！"

夏侯惇見徐庶在原來荀彧的座位上坐定，就手執酒壺朝徐庶、楊修敬酒道："兩位先生請用酒！"

一言甫落，徐庶舉杯欲飲。

不過，且慢。夏侯惇見徐庶的酒杯已到唇邊，内心思量，我教楊修去把徐庶請來，是要他來爲我相面，預卜吉凶，倘若等一下他推託喝醉了酒，不肯相面，這又奈何？我明日就要出兵了，何不教他先相面，後飲酒。一想到這裏，夏侯惇趕緊高聲道："元直先生！"

徐庶聞言，祇得將酒杯慢悠悠地放下，問道："都督有何吩咐啊？"

夏侯惇道："本督久聞令師水鏡先生大名，人稱他爲天下第一神相。常言道：名師出高徒。元直先生熟讀相法，善觀氣色，本督有勞先生與我一相臉上氣色，預斷一下，此番本督兵進新野，吉凶如何？"

徐庶聽畢，方知楊修將自己拉回的原因，心想：剛纔好端端被你羞辱一番，而今何不趁此機會，泄泄心頭的恨。徐庶臉上微帶豪氣，說道："承蒙都督不棄，要我徐庶一察氣色，可惜我在家師處僅僅學得一些皮毛……"

夏侯惇聽到這裏，以爲徐庶要推却了，忙打斷他的話道："元直先生不必過謙，這次務請給本督一相！"

徐庶知道夏侯惇心急，故意慢吞吞道："都督一定要徐某一相，那也可以。不過——"徐庶有意拉長音調，頓了一頓。

夏侯惇着急地問道："不過什麼呢？"

徐庶依然緩緩道:"不過——家師的水鏡相法,有三個不相。"

夏侯惇思想:不知是哪三個不相?但願不要説一隻眼不相。於是問道:"請問先生哪三個不相?"

徐庶道:"第一是病後不相,第二是浴後不相……"

夏侯惇想:我既沒有生病,又沒有洗浴,這兩個不相,我都不犯,但不知第三個不相是什麼?

祇聽得徐庶正言道:"第三是酒後不相。因爲病後、浴後、酒後,臉上的氣色都不正。"

夏侯惇聽到此,不禁"啊呀"一聲,望着徐庶,面露難色地懇求道:"元直先生,本督略飲了幾杯,不知可能與我一相否?"

徐庶道:"都督最好待明日酒醒以後再相爲好!"

夏侯惇暗忖,明日我將出兵新野了,這可如何纔好。他用試探的口氣道:"元直先生,不知可有別的辦法?"

徐庶略思一下,道:"這個麼……喔,有了,都督可命人把座位移到大廳外天井中,稍坐一陣,待涼風吹去都督臉上酒色,徐某即可觀察氣色。"

夏侯惇感激而高興地喊道:"妙啊,妙啊,速將本督的座位搬到天井中去!"

話音未落,家將搬起座位朝天井裏奔了出去。

夏侯惇步下廳堂,坐在天井中間。剛纔喝了幾杯酒,頭腦有點昏沉沉的,此刻讓涼風一吹,感到舒適爽快。他想:自己臉上的酒色,頃刻間就會被涼風吹退的。可是,夏侯惇哪裏知道,他已經上了徐庶的大當,徐庶叫他坐在天井裏,爲的是等一下自己逃起來方便些,可以奪門而出。

廳堂上的衆文武官員,久慕徐庶的水鏡相法,惜哉無緣一睹。今日見徐庶要爲夏侯惇相面,都停杯離席,一擁而出,站在廳堂滴水簷前、天井兩側，全神貫注地觀看徐庶相面。

夏侯惇挺着脖子讓風吹自己的臉，好一會兒，見徐庶站在門口，面對自己仔細端詳着，毫無一點動靜。他等得不耐煩了，搔頭摸耳，催促徐庶道："元直先生，臉上酒色已吹得差不多了，快與本督看相吧！"

徐庶道："好吧！不過，在相面之前，徐某尚有一言務須明説！"

夏侯惇聽得徐庶還要説什麼話來，好不急躁，直着喉嚨道："還有何話，快講！"

徐庶道："今日夏侯都督命我看相，未知是要徐某奉承幾句，還是要直言談相？"

夏侯惇聽了思忖：徐庶這人也太囉嗦了，我若要你奉承一番，何必坐到這天井裏來？他直率地道："君子問災不問福，小人問吉不問凶，元直先生祇管以實相告，不必有所顧忌。"

徐庶環顧衆文武道："諸位大夫、將軍，夏侯都督要我直言談相，我徐某就按相法説來，是吉説吉，是凶説凶，不摻半點虛假。"

夏侯惇急不可待，大聲道："廢話少説，快相吧！"

徐庶道："好吧！"説着，走到夏侯惇後邊打量打量，又回到前邊端詳端詳，橫看竪看，左看右看，看了好一會兒，終於啓口道："夏侯都督果然一副富貴相！"

夏侯惇聽了，當然高興，隨即"嗯"了一聲。

徐庶又道："身材魁偉，威風凜凜。"

夏侯惇又"嗯"了一聲。

徐庶接着道："相貌不凡，五官端正。"

夏侯惇尚未辨出"五官端正"的含義，又隨着"嗯"了一聲。

徐庶接着道："眉毛似利劍一般，目光像閃電似的，可惜……"

夏侯惇這下沒有"嗯"出來,忙問道:"可惜什麼?"

徐庶道:"可惜一雙眼睛爲何衹留下一隻啊!"

夏侯惇聽到這時,方纔知道徐庶在譏笑他,暴跳着吼叫道:"啊呀呀,氣死本督了! 氣死本督了!"

徐庶見夏侯惇氣急敗壞的樣子,忙退後兩步,雙手一拱,對夏侯惇笑着連聲道:"恭喜夏侯大都督! 恭喜夏侯大都督!"

夏侯惇被弄得哭笑不得,心想:適纔在挖苦我,現在又恭喜我,不知這徐庶安的是什麼心。不過,夏侯惇此刻胸中的怒火已熄滅了一半。他雖然臉有怒色,但還是問道:"喜從何來?"

徐庶道:"大都督滿臉紅光,神采奕奕,氣色甚佳,就相法而論,正是鴻運蓋頂!"

夏侯惇聞説,馬上又高興了,"呵呵"地笑着叫道:"妙啊! 妙啊!"

徐庶道:"都督此番兵進東南新野,必然旗開得勝,馬到成功,大獲全勝!"

夏侯惇聽了,不自禁地哈哈大笑,咧着嘴喊道:"妙極了! 妙極了!"

徐庶説到此,暫且緩緩氣。朝着夏侯惇審視片刻,走上前往獨眼龍旁的太陽穴裏一摸,又用手指在鼻子上一刮。四面觀看的衆文武相顧愕然,神色有異,心裏思量:世上哪有相面先生摸太陽穴、刮鼻子的?

夏侯惇也被弄得莫名驚詫,手足無措。心中有喜,有怒,有樂,有氣,口裏衹是連連叫道:"元直先生快相! 快相!"

徐庶一本正經地道:"好吧! 從大都督鼻尖細察,你果然大吉大利,五萬人馬出兵,尚有一二萬人馬低垂着頭、哭喪着臉而歸!"

夏侯惇聽了心裏忖度,下邊這句徐庶一定弄錯了,既然大獲全勝，大吉大利，五萬人馬怎麼祇有一二萬歸來呢？倘若打了敗仗又如何呢？他百思不得一解，祇好問道："元直先生，你莫非説錯了，五萬人馬出兵，一二萬人馬歸來，這怎麼能説大獲全勝呢？"

徐庶凜然逼視道："夏侯大都督，這正是大獲全勝，一點也没有説錯！倘若是敗陣而歸麼，祇要諸葛亮燒一把大火，五萬人馬將全軍覆没，片甲不留，灰飛煙滅，你夏侯大都督也免不了鬚眉燒盡，焦頭爛額，狼狽逃竄，成爲一個名聲顯赫的頭焦額爛眉秃的獨眼大都督！"

徐庶把話説完，旋轉身子，朝大門口"噠噠噠……"奔去，宛如電光石火一般，登時不見影子。

夏侯惇被徐庶罵得一時木然呆住，待他清醒過來，胸中怒火直衝，穿透頭頂天靈蓋，從椅子上霍地竄了起來，"啊呀呀"地大吼一聲，從腰裏"嚓"地抽出龍泉寶劍，朝大門外追去。此時徐庶早已無影無蹤，夏侯惇祇是枉然惱火罷了。

衆文武見夏侯惇如此，都蜂擁而上，把他團團圍住，勸告道："大都督且息雷霆之怒，暫免閃電之威！"

夏侯惇瞠目道："你們不必阻攔，快請閃開，待我前去結果他的性命！"

衆文武緊緊圍住夏侯惇，不讓他出去，善言相勸道："請大都督息怒！大都督若將徐庶一劍刺死，你也難逃罪責。要知道，徐庶雖則口出狂言，罪有應得，可他身爲上大夫，大都督豈可任意將他刺殺？徐庶若真的被殺，大都督也難逃擅殺之罪。"

夏侯惇聽了這一番勸告，覺得也有道理，便問道："那麼，諸位有何高見？"

衆文武道："大都督可立即趕往相府，要求曹丞相連夜升堂，告發徐庶妖言惑衆，擾亂軍心，由丞相去治他的罪，我們可以替大都督作證。如此，丞相必將立即捉拿徐庶，綁至相堂，把他明正典刑，斬首示衆。不知都督以爲如何？”

夏侯惇答道：“如此也好，本督立即前去稟告曹丞相，有勞諸位同往相府，替本督作證！”說着，將寶劍放入劍鞘。一場恭賀喜筵，就此不歡而散。

初更時分，大街上本來已沒有人影，寂然無聲；可現在轎馬像長龍似的，直往相府而去。

到了相府轅門，文官出轎，武官下馬，進入官廳相候。夏侯惇一下馬，就怒氣衝衝地徑自朝相堂奔去。相堂上，有一個值夜班的堂有官，正斜倚在鼓架子下邊睡覺，鼾聲呼呼。

相堂值夜班，這份差事是必不可少的；但却是沒有事情可幹的。曹操每日祇升一次早堂，無論什麼大大小小的事情，都須待到丞相升早堂時處理。至於升夜堂，曹操被拜爲丞相以來，從未升過。那麼，什麼時候升夜堂呢？原來有兩種情況，丞相就要升夜堂：第一種情況，如若皇宮太廟失火，丞相就要連夜升堂，否則，這皇宮太廟燒掉了可奈何？第二種情況，叛軍謀反，三更半夜兵困皇城，丞相也要升夜堂的。因此，堂有官每逢輪到夜班，在鼓架下安心睡覺就是了。不過，今晚這堂有官可睡不成了。

夏侯惇“噠噠噠”衝到堂有官的身邊，一把將他拖了起來，疾言厲色地大吼道：“呔，還不與我醒來！”

堂有官夢中驚醒，睡眼蒙矓，見眼前一個黑煞神一般的大漢，嚇得瑟瑟發抖，跪在地上，竟不敢動一下。夏侯惇這下可惱火了，心想我又不是盜賊，你如此恐懼做甚！他“啪”地給了這堂有官一個耳光，依然怒吼道：“你難道連本督也不認識了嗎？”

堂有官這纔抬首一看，見是夏侯惇，方知乃是一場虛驚，心裏纔鎮靜下來。但他餘悸未消，聲音略有顫抖地道：“原來是夏侯大都督，小的叩上！”一邊說着，一邊行禮。

夏侯惇厲聲道：“罷了！你快去裏邊通報丞相，說大膽徐庶今晚到我府中，妖言惑衆，擾亂軍心，請丞相即刻升堂！”

堂有官連聲道：“是、是是……”

未待他起身，夏侯惇又在催促道：“還不速去通報！”

堂有官一邊口裏喊着：“是是是……”一邊慌忙起身朝裏面飛跑而去。

夏侯惇這番話講得頗快，堂有官睡夢初醒，又受一驚嚇，夏侯惇講的話他一句都沒有聽清。因怕挨打，祇好不管三七二十一，跑進去再説。

夏侯惇見堂有官進去，就從鼓架子上取下鼓槌，用力擊鼓。“咚咚咚……”鼓聲響亮異常，在相府中迴蕩。正是：

　　怒火騰騰衝雲霄，鼓聲“咚咚”徹相府。

第八回　元直機智賭頭顱
孟德護短添兵將

　　這一夜，曹操正在東書院中寫奏摺，忽聞一聲聲的鼓聲傳來，不由大吃一驚。他心裏掂掇，深夜裏擊鼓，這可非同一般，連忙霍地將筆往案頭一擱，大聲道："來人啊！"

　　旗牌急忙上前跪着道："小的見相爺！"

　　曹操問道："相堂何人擊鼓？速與老夫查來！"

　　旗牌官道："是，小的遵命！"

　　旗牌官奉命跑出書院，正見堂有官迎面奔來，馬上煞有介事地喊住道："呔，相堂誰人擊鼓？"

　　堂有官道："是新任大都督夏侯惇將軍擊鼓，請丞相升堂！"

　　旗牌官道："爲了何事？快道來！"

　　堂有官這下可難住了，方纔他瞇眵懵懂，驚恐萬狀，夏侯惇的話一句也沒有聽清。堂有官急中生智，答道："諒有要事稟報丞相！"

　　旗牌官盛氣逼人地道："好啊，你身爲相府堂有官，對於軍務大事膽敢如此馬虎，竟以'諒有要事'來敷衍塞責，等下見了丞相，看你的腦袋往哪裏擺！"

　　堂有官哀求道："是是是，小的該死，請在丞相面前包涵一點，下次再也不敢了！"

　　旗牌官道："知道了，走吧！"旗牌官轉身奔進書院稟復曹操道："啓稟丞相，小的奉命打聽明白，相堂是新任都督夏侯惇擊鼓，請丞相立即升堂！"

曹操問道："夏侯惇深夜擊鼓，究竟因爲何事？"旗牌官猜度，這可教我如何回復？如若將堂有官原話稟告，丞相豈不怪罪下來。此人頗爲機靈，眼珠骨碌一轉，稟報道："回稟丞相，小的問夏侯都督因爲何事要丞相連夜升堂，他祇說有要事須當面稟告丞相！"

曹操心裏思想，夏侯惇深夜入相堂親自擊鼓，此等事情，必然相當重大，萬分緊急。於是，他立即傳令道："準備掌燈升堂！"

丞相一聲令下，整個相府之中一片忙忙碌碌。

頃刻間，相堂上燈燭輝煌，映照得仿佛白晝一般。祇聽得幾聲虎威："丞相升堂囉！丞相升堂囉！"

麒麟門打開，曹操大步上堂。衆文武官員從兩邊甬道上踏上相堂，見曹操居中坐定，一道上前參見道："下官參見丞相！"

"末將參見丞相！"

"丞相啊……"

曹操頓覺詫異，内心忖度，今夜升堂，爲何一下就到得如此嶄齊，即使聞鼓即來，也不會這樣快疾。他對衆文武道："列位大夫，諸位將軍，請站過兩邊！"

此時，夏侯惇閃上前來，臉上惱怒之色尚未盡消，把手一拱道："末將夏侯惇參見丞相！"

曹操尋思：我白日剛剛封你爲中軍兵馬大都督，當天深夜裏就來相堂擊鼓，要我升堂，不知有何大事！曹操見夏侯惇臉色難看，一副犟頭犟腦的模樣，就喝問道："好大膽啊，你深夜相堂擅自擊鼓，該當何罪！你可知道，這相堂的鼓聲在深夜裏傳將出去，會驚動整個皇城，皇上驚駕，百姓恐慌。這相堂的鼓，豈可隨意擊得，還不與我速速説來！"

夏侯惇見丞相有怒，趕緊言道：“請丞相息怒！啓稟丞相：今有徐庶到我府中，妖言惑衆，擾亂軍心，請丞相定罪！”

曹操勃然道：“啊呀，徐庶散布什麼妖言？”

夏侯惇答道：“他說我此番進兵新野，必定全軍覆沒，被燒得焦頭爛額，灰飛煙滅！當時，不少文武聞說丞相授我爲都督，前來慶賀道喜，他們耳聞目睹，可以作證。”

曹操聽了，氣得“啊”了一聲，一時語塞。他心裏思量：徐庶到許昌半年以來，我如此厚待於他，豈知他從未獻過一計半策，故意裝聾作啞，今日反倒趕到夏侯惇府中，胡言非語，說我全軍覆滅，以此擾亂軍心，真是斬有餘辜。不過，且讓我問問衆文武再說。曹操環顧衆文武官員道：“列位大夫，諸位將軍，適纔夏侯都督之言，可是真的麼？”

衆文武同聲附和道：“丞相，此事確實如此，並無一點虛假。”

曹操見有這麼多的文武官員替夏侯惇作見證，心裏可惱恨啊，這徐庶越來越放肆了，膽大包天，今日竟敢說出這樣的胡話，待我立即傳令擒拿徐庶歸案，處以斬刑，看他如何？曹操從虎案上拔了一支將令，對一位虎背熊腰的大將軍道：“速速去把徐庶捉拿……”

曹操話祇說了一半，徐庶驀地從一旁閃了出來，撩袍踏步朝曹操走去。

衆文武官員一見徐庶，默然而視，千思萬慮，不得其解。夏侯惇覺得好生奇怪，心想：這徐庶怎麼自己上門來送死？

曹操令還沒有交下，已見徐庶主動來到相堂之上，大出意料。他心裏深爲詫異，這徐庶怎麼知道我要傳令去捉拿他，如此神速，未傳先到，突然間來到這裏！

那麼，這徐庶究竟緣何這麼快就來到相堂上呢？原來，徐庶跑出了夏侯府第，估計夏侯惇一定連夜去相府告發自己，就第一個來到相府，躲在相堂旁邊的一個角落裏。被告比原告先到，這也堪稱一件趣事，可發一笑。徐庶在暗處，親眼見夏侯惇和衆文武官員陸續而至，下馬出轎進入官廳，又聽見相堂擊鼓聲聲。他見衆文武官員從甬道上走向相堂，就趁大家不注意，混夾在其中一同上堂。現在見曹操要傳令擒拿自己，就鎮定自若、落落大方地走了出來，在虎案前站定，拱手而道：“丞相在上，徐某參拜！”

曹操心想：方纔夏侯惇所言，諒他已經聽到，眼下有衆文武作見證，料他也無可抵賴。他啓口道：“元直先生，剛纔夏侯都督的話，你可聽到了嗎？”

徐庶毫不思索，答道：“丞相，徐某早已聽見了！”

曹操見徐庶説話如此爽快，頓時面孔一板，三角眼一瞪，厲聲斥責道：“如此，你可知罪否？”

徐庶思度，此話可難回復。如説知罪，立即就要綁出去斬首；如説不知罪，夏侯惇又豈肯甘休。

夏侯惇見徐庶躊躇不答，揚揚自得，睜着獨眼朝徐庶瞧了又瞧，仿佛在説，剛纔被你罵得好苦，現在看你還有何話可説？

哪裏知道，徐庶腦子一轉，念頭已定，他猛地怒掃了夏侯惇一眼，微笑着答道：“徐某雖然知罪，但尚有數言須稟告，然後再請丞相論徐某之罪。”

曹操道：“如此，且容你道來！”

徐庶緩緩説道：“今日夏侯將軍新任都督，衆文武都去登門相賀，徐某也去爲他祝賀，夏侯都督特地設宴款待。”

曹操聽到這裏，始明白衆文武鼓聲一響立刻到齊的原因，他朝衆人一望，見臉上酒色未曾消盡，心想：徐庶此語一點不假。曹操聽得徐庶繼續道：“多蒙夏侯都督一時興至，説我曾學得家師的水鏡相法，要我與他一觀氣色，預卜一下進兵新野的吉凶如何。我就問他，如若教我相面，是要我奉承幾句，還是直言談相？”

　　曹操問道:"夏侯都督如何説來?"徐庶道:"他説大丈夫問災不問福,丞相倘然不信,可問諸位大夫、將軍。"

　　徐庶略頓一下,掃視了衆文武一眼,見他們都默然無聲。又説道:"我仔細觀察了夏侯都督的氣色,以直言相告,説他這次出兵,恐有失利,而且還要遇到火攻。豈知這樣説惱怒了夏侯都督,竟告發我妖言惑衆,擾亂軍心。"

　　徐庶説話至此,裝出一副正經面孔,十分恭敬地對曹操道:"我知道,丞相二十歲舉爲孝廉,而今位列三台,貴爲當朝丞相,對於星相醫卜,無一不通。丞相熟知相法,善觀氣色,要是不信我徐某的話,可請夏侯都督前來當面一觀,方知徐庶之言無謬。"

　　曹操此時朝夏侯惇瞪了一眼,心裏恨恨的,你自己説,丈夫問災不問福,要他直言談相,這教我如何判他的罪?現在事情鬧大了,可如何收場?況且,眼下徐庶要我當面一觀你的氣色,這相書我從未讀過,可我不得不看一看你的氣色。倘然不看,衆文武會在背後議論我,説我做了丞相不識相。曹操再三思忖,祗得不懂裝懂啓唇叫道:"夏侯元讓!"

　　夏侯惇原以爲丞相一定會判徐庶死罪,眼見事情不妙,心裏惶然不寧。他聽得曹操喊自己,慌慌忙忙應聲上前道:"末將夏侯惇在!"

　　曹操道:"你站到中間來!"

　　夏侯惇剛站到中間,曹操又道:"你抬起頭來,待老夫看看你臉上的氣色,究竟吉凶如何。"

　　夏侯惇無可奈何,祗好抬起頭來,仰天喊道:"遵命!"

　　衆文武見了,無不暗暗嗤笑。曹操開始相面了,他站起身來,睜大眼睛仔細地朝夏侯惇察看,良久無言。其實,曹操一點不懂相法,叫他從何説起呢?他看見夏侯惇的黑炭臉,酒後像紙灰一般,既難看又可怕,祗是搖頭不止。

徐庶見曹操摇頭，知道他内心的苦衷，就趁此機會道："丞相，你可曾察到什麼？喏，丞相你看，夏侯都督左眉的眉梢上，隱隱約約有一條黑氣，此乃回禄之相。因此，夏侯都督此番前去新野，必有回禄之災，遭受火攻，全軍覆没。"

什麼叫回禄呢？回禄是古代傳説中火神的名字，後世的人把火災稱作回禄。這時，曹操被徐庶説得如墮九里霧中，衹覺迷離撲朔，他眼睛睁得再大，也見不到夏侯惇眉梢上的那條黑氣。不過，曹操自忖，老夫身爲堂堂丞相，豈有不察黑氣之理？他對徐庶點點頭道："嗯，老夫早就看出來了，夏侯元讓眉梢之上有一黑氣在晃動，此乃回禄之相也！"

曹操之言方畢，徐庶連忙恭維道："丞相好學不倦，博覽群書，無一不曉。至於這區區相法，勝我徐某十倍百倍！"

徐庶虚虚實實，真真假假，吹吹拍拍。頃刻間，曹操被弄得仿佛在九里霧之中，飄然欲飛。曹操心裏尋思，這次何等僥倖，多虧徐庶察出夏侯惇氣色不佳，不然的話，五萬兵馬全軍覆没。現在夏侯惇尚未出兵，還來得及補救。想到這裏，曹操對夏侯惇道："元讓將軍，老夫看你臉上氣色不佳，此番出兵，定將失利，你快把將令交回，待老夫另選主將兵伐新野。"

夏侯惇聽説曹操要收回他的將令，氣得面孔發青，嘴唇哆嗦，對着徐庶瞋目而視，怒不可遏，心想：這場官司，風雲變幻，一眨眼的工夫，上風變成下風了。眼看好端端的一個大都督，就要保不住了。方纔衆文武登門相賀，口口聲聲稱我大都督；不到兩個時辰，大都督就要做不成了。他越思想，越惱火；越惱火，越恨徐庶。他暗暗拿定主意：我活了四十多歲，豈能任憑他人主宰，今日裏寧死也不交出將令。

夏侯惇將心一横，大聲而道："丞相，你休聽那徐庶胡言亂語，信口雌黄。末將夏侯惇此去新野，如若不得獲勝而全軍覆沒，末將歸回許昌，甘願將自己的首級獻上；如若活擒劉備、諸葛亮凱旋，請丞相把徐庶的腦袋斬下。末將願與徐庶一起在相堂立下軍令狀，賭頭爭令。丞相問他敢與不敢。"夏侯惇說畢，得意非凡地朝徐庶瞧瞧。

曹操覺得事情棘手，略有躊躇，道："這個麼……"他說不下去了，思緒萬千。曹操明白，夏侯惇已騎虎難下，決不肯交回將令。倘然兩人立下軍令狀，就必有一個腦袋落地。曹操仔細思量，倘若夏侯惇得勝而歸，徐庶斬首，夏侯惇可封官進爵；倘若夏侯惇全軍覆沒，夏侯惇自己果然被斬首，而徐庶無半點好處，決不會因被猜中而記一大功。以此推測，徐庶是不會徒然答應立軍令狀的。

於是曹操問道："徐元直先生，夏侯將軍欲與先生賭頭爭令，各立軍令狀，未知先生意下如何？"

徐庶不假思索，直捷爽快地答道："丞相，既然夏侯將軍要與我賭頭立軍令狀，徐某當然願意奉陪！"

曹操見徐庶允諾，雖則出乎意料，但知道此事已成定局，無可挽回，就對二人道："既如此，你們二人去立軍令狀來！"

夏侯惇、徐庶得命，立即去寫軍令狀。夏侯惇原是一介勇夫，耍弄刀槍，得心應手，似龍騰虎躍一般，可如今要他拿這支羊毫筆，便一籌莫展。他祇好請楊修代筆，並教他作保，然後在簽名處畫了一個圈圈。徐庶一揮即就，請程昱作保。二人同時將軍令狀遞上，請丞相過目。曹操先拿起夏侯惇的軍令狀，上邊寫着：

> 立軍令狀者夏侯惇。茲奉丞相之命，提兵五萬，攻伐新野。倘遭敵軍火攻，全軍覆沒，敗北而歸，甘願梟首。恐日後無憑，立此軍令狀存照於丞相虎案前。楊修擔保。大漢獻帝建安十三年二月十二日立。

曹操又把徐庶的軍令狀拿到眼前,見上邊這樣寫道:

> 立軍令狀者徐庶。甘願與夏侯惇將軍賭頭爭令。夏侯惇將軍此番提兵南征,若能生擒劉備,活捉諸葛亮,徐庶願將自己首級獻上。立此軍令狀爲據,存照於丞相虎案前。程昱擔保。大漢獻帝建安十三年二月十二日立。

曹操覽畢,將這兩張軍令狀交付軍政執法官收藏。

此時,曹操又朝夏侯惇、徐庶看了幾眼,心想但願夏侯惇此去新野,馬到成功,這樣便可將徐庶斬首。可是,曹操本性多疑,他愈多看夏侯惇幾眼,愈感到他臉上黯然陰沉,晦氣重重,此番出兵新野,定然凶多吉少;況且,徐庶的水鏡相法,名聞天下,他若相得不準,豈肯貿然立下軍令狀。曹操沉思片刻,暗暗叫道:有辦法了! 他決定給夏侯惇添兵加將,增加五萬兵馬,兩員大將。

於是,曹操的一雙眼睛彈得滾圓滾圓,在武將班裏掃來掃去,最後,眼光停留在兩員武將身上。這兩員將軍,一員叫李典,一員叫樂進。兩員將軍臉上氣色極佳,一臉紅光,面顴上簡直抹上胭脂似的,額頭寬闊,鋥亮耀眼,仿佛明鎧一般,就連鼻尖上也亮晶晶、光閃閃的。曹操心裏思想,縱然夏侯惇氣色不佳,晦氣頗重,祗要這兩位氣色好的將軍與他在一起,晦氣就可抵消了。

曹操看準了這兩位將軍,立即下令道:"李典、樂進兩位將軍聽令!"

二將從武將班裏閃了出來,一齊上前把手一拱道:"末將李典見丞相!""末將樂進見丞相!"

曹操道:"老夫任命你們二人爲夏侯都督麾下副將,給你們令箭一支,率領青州兵五萬,隨夏侯都督一同兵進新野,輔佐於他,望用兵時須格外小心!"

二將同聲道："末將遵令！"

曹操令箭發出，李典、樂進二人接令而退。緊接着，曹操立即傳令退堂，袍袖一拂，進入麒麟門內。

曹操緣何如此匆忙便退堂呢？平心而論，曹操今晚如此赤裸裸地袒護夏侯惇，衆文武內心盡皆瞭然。夏侯惇與徐庶雙方已立了軍令狀，軍令狀上寫明夏侯惇帶五萬人馬，可曹操一下子加給夏侯惇五萬人馬、兩員大將，而且這五萬人馬是青州兵，青州兵勇猛精悍，以一當十，天下盡知。曹操雖然這樣做，但心裏懼怕徐庶，倘然徐庶在相堂上當面交鋒，鬧將起來，曹操當然理屈，這可奈何！因此，曹操令箭發出，馬上退堂。哪裏知道，曹操添兵五萬，日後便多死五萬。

一宵既過，晨光熹微，夏侯惇一早就去校場點兵。他心裏可得意啊，昨夜丞相暗中相助，給自己增加五萬青州兵、兩員大將，看來，這次南征新野，擒拿劉備、諸葛亮，指日可待，徐庶也難免梟首示衆。

夏侯惇本來馬上可出兵新野，可現在曹操添加的五萬青州兵尚需調來，故祇得暫緩數日再出兵。他在演武廳上坐定，從令架上拔出一支將令，道："中軍官聽令！"

中軍官忙上前施禮道："大都督在上，小的有禮了！"

夏侯惇道："本督交付你將令一支，你須速速前往青州，向青州韓浩總鎮調集五萬青州兵，立即回來！"

中軍官一聲"遵令"，退出演武廳，躍上快馬，揚鞭朝青州馳去。

且說青州總鎮韓浩，原是夏侯惇的故友，此人有勇無謀，喜歡炫耀自己，好出風頭。這一日，中軍官趕到青州調兵，他心裏忖度，我何不趁此良機，跟隨夏侯惇南征新野，去沙場拼殺一番，顯顯威風，建功立業。因此，韓浩親自點齊五萬青州兵，與中軍官一起來到京城校場。

中軍官奔到演武廳向夏侯惇稟道："啓上大都督，小的奉令去青州調兵，青州總鎮韓浩親自率領五萬兵馬而來，現在校場口相候！"

夏侯惇聽得韓浩親自帶兵前來，忙對傳令兵道："本督有請韓將軍！"

轉眼間，韓浩徑朝演武廳而來。但見他——

> 年近不惑，生就虎背熊腰。兩條濃眉，與板刷無別；一雙豹眼，與銅鈴相仿。鼻大，口闊，唇厚。顴骨微聳，兩耳招風。頭戴青銅盔，身披藍錦袍。威鎮青州道上，誰人不知韓浩。

夏侯惇對韓浩頗爲熟悉，知道他從小受到叔父河北刀王韓猛的教授，武藝超群出衆，十四五歲時就帶兵爲將，攻城奪池，衝鋒陷陣，威名遠揚。

夏侯惇見韓浩步上演武廳來，不禁尋思：韓浩此番爲何親自帶兵來許昌，莫非他欲與我一同攻伐新野劉備？那可求之不得啊！常言道："千軍易得，一將難求。"我這次與徐庶賭頭爭令，兵攻新野，祇可勝而不可敗，若得韓浩相助，真是妙啊！

韓浩步到案前立定，打躬作揖而道："夏侯大都督在上，末將韓浩有禮了！末將奉命已將五萬青州兵帶到皇都，請大都督定奪！"

夏侯惇道："何勞韓將軍親自帶兵進京！"

韓浩道："末將聞得大都督掛帥兵伐新野，喜不自勝，故將青州軍務暫託家弟韓祥料理，甘願來此在大都督麾下聽命。"

夏侯惇大喜，就拔令在手，對韓浩道："韓將軍聽令！"

韓浩挺着胸道："末將韓浩在！"

夏侯惇道:"本督命你爲頭隊正先鋒,帶領一萬大軍,立即向新野出發!"

韓浩得令,當場點了一萬兵馬,提刀上馬。三聲炮響,先鋒隊人馬浩浩蕩蕩離開許昌,逢山開路,遇水搭橋。隊伍前邊一面大旗迎風飄展,旗上寫着"頭隊正先鋒青州太守韓"。

夏侯惇又拔出一支令箭道:"李典、樂進兩位將軍聽令!"

李典、樂進聞言,一起上前道:"末將在!"

夏侯惇道:"本督命兩位將軍帶兵一萬,押送十萬軍糧。糧食乃軍中之寶,望格外當心!"

李典、樂進齊道:"遵令!"

李典、樂進本是曹操手下的名將,地位與夏侯惇不相上下。兩人原以爲此番夏侯惇爲大都督,他們任先鋒是穩穩當當的,不料,夏侯惇重用韓浩,先鋒被人奪去。他們二人極不樂意,心想:當個先鋒,衝鋒在前,可以立頭功,建奇勳;而運送軍糧在後,功勞得不到,責任卻重大。二將雖然心懷不滿,但將令不可違,衹好押送糧草,隨後出發。

夏侯惇發令完畢,步下演武廳,令手下立即斬殺白馬烏牛,祭旗開兵。這大纛主旗,用天藍緞子做成,一丈六尺見方,上面綉着金字:"中軍兵馬大都督標騎將軍夏侯"。夏侯惇金盔金甲,身穿大紅戰袍,手執綉金令字旗,統率八萬中軍大隊,一萬先鋒隊,一萬運糧隊,離開皇城許昌,殺向小小新野。正是:

旌旗一路蔽天日,貔貅十萬撲新野。

第九回　皇叔診脈治心病
諸葛登臺拜大將

　　夏侯惇統率十萬大軍，威風凜凜，氣勢洶洶，徑朝新野撲去。這一軍情，馬上被劉備探子得悉。

　　這一日，從宛洛道通往南陽界口的一條康莊大路上，急馳着一匹飛騎，馬背上是劉備的一名快探。祇見這位探子俯身控轡，時時揮鞭策馬，馬後騰起一股股的灰塵。

　　卯牌時分，旭日乍從東方地平綫上躍出。探子趕到新野，馬蹄得得，馳至衙門外轅門口，丟鞭跳下馬背，直朝大堂疾奔而去。

　　此時，恰巧劉皇叔早堂未退，端坐正中，處理軍政要務。關羽過去一直坐在上首，今日裏却搬到下首。現在上首坐的那人，正是出山未久的臥龍先生諸葛亮。

　　劉備三顧茅廬請得這位大賢出山，可這位大賢到新野已半個多月了，總是沉默寡言，未曾出過一個主意。劉備坐堂，他於一旁輕搖羽扇，閉目養神，連口也懶得張一下。衆文武頗為不服，路上相遇，皆側目而視。

　　三將軍張飛尤不服氣，他常暗自思忖：過去的軍師徐庶，我等一次也沒請他，自己送上門來，火牛陣大破曹兵，接着智取樊城，教人心悦誠服；可現在這個諸葛亮，架子真不小，我們兄弟三人三次登門去請，直到今春總算請出山來，豈知他一事不問，不

127

籌一計半策。大哥升堂,他打瞌睡,每日下午坐着四輪車到處兜圈子,遊山玩水,還令小兵帶了一捆捆的繩索,在新野四郊數十里之內,用繩索去丈量山河道路。這座山峰有多高,那條河港有多闊,這條大道有多寬,那條曲徑有多長。張飛四郊巡哨,數次遇見孔明翻山涉水,東遊西逛,氣得七竅生煙。歸回後告訴劉備,說這個三請出山的牛鼻子道人,原來是個陰陽先生,一天到晚在量地皮,察看風水。劉備總是喝住張飛,不許胡言亂語。張飛越思量越氣惱,因此,他祇消一遇到孔明,就破口大罵"好一個說大話擺架子的牛鼻子道人""吃飯的囊袋,穿衣的架子"。孔明却並不計較,毫不在乎,視而不見,聽而不聞。孔明知道,眼下時候未到,待到時候一到,我自能將你制伏,教你俯首帖耳。

且説探子奔上大堂,至案前跪下稟道:"稟報皇叔!"

劉備道:"何事報來?"

探子道:"奉命打探,今探得曹操命夏侯惇爲都督,率領十萬大軍,向新野撲來,不出三天,即兵臨城下。請皇叔定奪!"

劉備聞報,惶惶然回道:"孤知道了,與我再去探來!"

劉備得此軍情,不免恐慌萬分。他心忖:曹兵有十萬之衆,自己却勢窮力孤,兵不滿千,將不滿十,這可如何抗敵?身旁坐着的臥龍先生,徐庶雖把他比作周之呂望、漢之張良,但這位先生自到新野以來,從未問過一次軍事,一天不開十次口,同他談話,你説了好多句,他祇回上一言半語。因此,三弟最瞧不起他,見面便譏諷辱罵,弄得連我也有些懷疑他了。今日事甚危急,且同他商謀商謀,再作計較。劉備念頭一定,回身向諸葛亮把手一拱道:"先生請了!"

孔明將兩眼慢悠悠地張開來,微微動了一動嘴唇,説道:"主公請了!"

劉備問道:"方纔探子來報,説曹軍十萬人馬奔殺新野而來,不出三天，兵臨城下，未知先生可能解此燃眉之急，可有退曹之計？”

孔明聽罷，忽爾雙眉一皺，連連搖頭道：“主公，亮突然之間賤體不適，祇得暫且告退了！”言畢，旋轉身子，一步一晃地走下大堂。兩個小僮見了，立即把四輪車推過來，孔明登上車，回軍師府去了。

劉備被弄得丈二和尚摸不着頭腦。心想：我問他可有退曹之計，他答非所問，説身子不適。劉備立起身來，連聲呼喊道：“先生且慢走，有話相訴啊！軍師且回來，有事相商啊！請先生回來啊！”哪曉得孔明呼之不理，喚之不應，頭也不回地走了。

一時間，劉備呆呆地瞪着眼，默默不出一聲，衆文武也怔在那裏，心裏在忖度，這個劉皇叔三顧茅廬而請得的卧龍先生，居然是如此一個大賢！

頃刻間，孔明身邊的一位小僮又上堂來，手持簡帖一張，步到劉備案桌之前跪下，雙手把帖子呈上道：“皇叔，我家先生有帖子在此，請一覽！”

劉備趕緊接過帖子，一看，帖子正面寫着：南陽諸葛亮頓首。帖子反面，黃豆大小的字密密麻麻的，上面寫道：

> 亮蒙我主劉皇叔三顧草廬之大恩大德，本欲效犬馬之勞，出山輔助明君。不虞天有不測風雲，人有旦夕禍福，亮身患賤恙，祇得告辭，暫歸隆中養病，候病體痊愈，再來新野相助。特此馳帖辭別，懇乞允諾爲盼。

劉備覽畢，纔知此乃一張辭帖。他不禁掂掇，爲請卧龍先生出山，耗去幾多心血！今日軍師突然染病，豈能讓他隨便走脱，祇要不是絶症，我可延醫替軍師調治。於是，劉備向小僮問道：“小僮，你家先生可曾動身否？”

小僮道："尚未動身,先生正在檢點行囊,預備午後啓程。"

劉備道："僮兒先回去,轉告你家先生,說孤隨後就來探望先生。"

小僮歸去復命。堂上衆文武聞道孔明得病,思想他方纔坐在堂上還是好好的,這病來得如此突然,決非尋常,恐是急病。此刻,祇見張飛忽地閃出,搶步上前粗聲道:"大哥,這個牛鼻子道人剛纔聽得十萬曹軍殺來,一受驚嚇,他的病就嚇出來了。"

劉備忙制止道:"三弟,休得胡説,還不退過一邊!"

又對衆文武道:"列位大夫、諸位將軍,你等在堂上稍待片刻,孤且去軍師府探望探望先生,很快就返回。"

劉備下堂,手下牽過的盧寶馬,劉備上馬出轅門而去。俄而已至軍師府前,劉備方下馬,家將上前迎接道:"小的迎接皇叔!"

劉備道:"罷了,速去通報軍師,説孤前來探望!"

家將答道:"是!"

家將進去未久,出來向劉備稟道:"皇叔,軍師有病纏身,不能親自出來相接,有請皇叔去書院相晤!"

劉備把頭點點,"嗯"了一聲,急步走入內去。剛到外書院,一股清香的藥味迎面撲來,祇見兩個小僮正在磨藥粉。劉備尋思:先生剛剛染病,馬上便準備藥石,真是久病自成醫了。其實,這種藥不是孔明自己吃的。諸葛亮非獨是一位軍事家、政治家,而且是個藥物學家。他深通醫道,這兩個小僮磨製的藥粉,是正在試製的一種新藥。這種藥製成後,名叫"臥龍丹",又名"諸葛行軍散"。將來,孔明征南蠻七擒孟獲時,雲南深山老林裏有一種瘴氣,外面進山的人遇到瘴氣,往往得病而亡,有此"臥龍丹"就不必怕這瘴氣了。

且說劉備剛欲跨進內書院,小僮趕緊高喊道:"先生,皇叔駕到!"

劉備忙用手搖着制止小僮，輕輕道："不必驚動先生！"

劉備進了內書院，見孔明臥在榻上，頭枕着高高的枕頭，身蓋着厚厚的棉被，兩隻眼睛緊閉着。劉備靠近榻前，朝孔明的臉上諦視着，但見他臉上氣色頗佳，並無一點憔悴的病容，不禁暗裏尋思起來。先生在辭帖上把病勢説得很厲害，可眼下爲何一點兒也瞧不出來呢？

劉備俯下身子，對孔明作揖道："孤在堂上得聞先生偶染沉疴，真教人肝膽俱裂，故特來探望先生！"

孔明聞言，微微睜了睜那似睡非睡的眼睛，仿佛局促不安地低聲道："山人賤恙在身，未能外出相迎，萬乞主公恕罪！"又朝僮兒示意道："快快擺上座頭，請主公坐了！"

劉備忙道："先生不必客套！"

小僮將一把椅子搬到榻旁，劉備坐了下來。見孔明的病情有些怪異，對着孔明道："先生現在感覺如何？孤少時拜盧植爲師，讀過一些醫書，對岐黃脈案略知一二，且待孤與先生診一下脈如何？"

孔明一邊從被窩裏伸出手來，一邊注視着劉備翕動着嘴道："如此，有勞皇叔了！"

劉備將右手伸過去，用三根指頭往他脈門上輕輕一搭，感覺到孔明六脈調和，並無一點病症。劉備登時疑雲滿腹，愣了一愣，問道："請問先生，貴恙是新病初染，還是舊病復發？還望先生詳告，待孤立即爲先生延請名醫調治。"

孔明連喘了幾口長氣，説道："主公，亮病症甚重，即使扁鵲再世，倉公復活，也難治我病也！"

劉備聽了，心裏"咯噔"一下，似泥塑木雕一般地愣在那裏。他在默然揣度，先生得的這病，莫非是絕症，已經病入膏肓？不然，何以連戰國的名醫扁鵲和漢朝的名醫倉公淳于意也治不好呢？劉備但願孔明的病並非絕症，藥石可以奏效，於是撫慰道：
"先生何出此言，你年紀尚輕，定不致犯上絕病。先生畢竟病在
何處？請快告訴孤吧！"

孔明回道："亮説來愧怍不已，渾身都是病症，小病不勝枚
舉，大病也有三種。"

孔明道畢，劉備又吃了一嚇，孔明一身是病，上至天靈蓋頭
頂心，下抵湧泉穴腳板底，小毛病無法説盡，光是大病，即有三
種，這還了得！劉備急着追問道："請問先生，第一種病是什
麼呢？"

孔明翻了翻身子，側轉身子答道："第一種，頭昏眼花。"

劉備思想：這頭昏眼花，可算不了大病，有的人極度疲勞，或
者用腦過分，常常要頭昏眼花的，祇須休養一段時間，就可痊愈
了。因此，劉備被懸着的心弦微微鬆了一鬆，繼續問道："請問先
生，第二種病是什麼呢？"

孔明道："第二種，胸悶氣阻。"

劉備聽説孔明胸口發悶，透氣不爽，發生阻塞，心想這病也
算不了什麼。便又問道："那麼，第三種呢？"

孔明依舊聲音低微地道："第三種，四肢無力。"

劉備越聽越覺迷惑不解。這手腳没有力氣，怎麼也能算大
病呢？他思前慮後，又將這三種病聯繫在一起，沉思片刻，纔始
大悟。原來這三種病均屬心病，心病還須心藥治，非藥石所能奏
效。孔明第一種病是頭昏眼花，他自到新野以來，三弟張飛出言
不遜，經常得罪他，一遇見輒罵他"牛鼻子妖道""吃飯的囊袋"
"穿衣的架子"等等，罵得他頭昏眼花了。孔明第二種病是胸悶
氣阻，每日早堂，他坐於旁側，看我處理軍政事務，頗不順眼。盡
管他腹中藏有良計佳謀，却無法施展出來。如此一日復一日，看
得他胸悶氣阻。孔明第三種病是四肢無力，他出山半個多月來，

名義上是軍師,實際上大權並未交付與他,如今十萬曹兵撲來,他沒有兵權,不能發號施令、調兵遣將,衹能坐着相待,這不是與四肢無力一樣嗎?

劉備識準了孔明的心病,立即對症下藥:決定在今朝夜間,於西校場建築將臺,將兵權印信全部交付孔明執掌。俗語道:"一朝權在手,就把令來行。"從此,孔明兵權到手,指揮自如,三弟張飛在他麾下衹能俯首聽命,哪裏還敢出口傷人?孔明也便頭腦不昏,眼目清亮。孔明一有權,即可隨心所欲地處理大事,再不必看我瞎指揮了。他就會胸懷舒暢,不會胸悶氣阻了。孔明可以運籌帷幄,指揮軍民進退殺伐,擊敗曹兵,這豈非四肢有力嗎!劉備心想:我這帖良藥,定然藥到病除,立竿見影,治愈臥龍先生的三種心病。

劉備想到這裏,從座上站了起來,笑嘻嘻地對孔明道:"先生三種貴恙,不須服用藥物,孤包你霍然痊愈。今宵夜晚,孤命人在西校場建造將臺,選定吉時良辰,請先生登臺拜將,接受兵符印信,輔佐孤殺退十萬曹軍。先生請作好準備,待會再見,孤告辭了。"

劉備話始畢,撩袍就走。孔明意想不到今日主人這等聰慧敏銳,自己託病辭退,瞬間就被識破。孔明思忖:這兵權遲早終歸是我執掌的;不過,主人衹有九百五十個兵士,幾員大將,現在要對付十萬曹軍,誠然並非一件易事。這必須同主人仔細地商量商量。他見劉備已經跨出書院,驀地從榻上躍了起來,使勁地朝劉備招手道:"主公回來,有事商量!主公快回來,有事商量!"

劉備聽得喊聲,掉頭一望,見孔明站在那裏,聲音洪亮徹耳,忍不住失聲而笑。看來,他的病已經痊愈了,這個病,與眾不同,來如綫,去似箭。劉備不理孔明的大聲疾呼,衹是淡淡地道:"孤歸去尚須建築將臺,製造轅門,有話少頃校場商量,再會了!"

話音未落，劉備朝外噠噠噠地奔去了。

孔明見劉備已走，不禁暗暗沉思，十萬曹兵即將兵臨城下，此番初出茅廬第一仗，亮定要教全軍將士口服心服。孔明自到新野以來，每日帶着幾個小兵去察看地理形勢，新野四郊遠近的山水草木，他早已藏諸胸次。現在尚未發令出兵，孔明已將十萬曹兵的葬身之地準備好了。

孔明見眼下無事，就決定先寫幾封錦囊，把一個個的計謀，揮毫書在錦囊之上。這些錦囊，到時交與將士，將士拆開錦囊，一目瞭然，便可按計行事，智攻敵人。因此，後人稱之謂錦囊妙計。

再說劉備出了軍師府，跨上的盧寶馬，朝衙門歸去。劉備坐於馬背，想起孔明詐病，被我一下猜出此中病因，暗自發笑。可是，劉備哪裏知曉，軍師後來的一次詐病，他無論如何也是猜不出的。孔明一生中詐病兩次，這是第一次，以後還有一次。漢獻帝建安二十五年，曹丕廢帝篡位，自稱魏文帝，改年號爲黃初元年。消息傳到成都，孔明和衆文武紛紛請求劉備稱帝，中興漢室，劉備說不願效學奸人曹丕，執意不允。那時，孔明又突然病倒了，劉備起初以爲他又在裝病。可是，劉備走入孔明上房，見孔明倚在床頭，臉色枯黃，病容憔悴，一名小僮雙手捧着一隻痰盂，孔明口內的鮮血正大口大口往痰盂裏吐。劉備大愕失色，急問道："先生緣何得此重症？"孔明有氣無力地道："亮病乃因憂悒擔心而起，當今天下大亂，曹丕稱帝，衆文武都盼望主公稱帝，豈知主公決然不肯。亮恐衆將士日後心灰氣喪，魏兵進犯，將士交戰不力，國家將衰微敗落，故憂急成疾。望主公念我十餘年來略建微功，身死之後，弱妻幼子，祈請多多照拂。"劉備聞說孔明託妻寄子，不覺淚如雨下。劉備感到歉意無限，孔明之病，是因我不肯稱帝而起，便問道："倘若我答應稱帝，先生的病還能痊愈

嗎?"孔明道:"主公如若答應稱帝,亮病必能轉危爲愈。"劉備道:
"既如此,孤允許稱帝便是了!"話音未落,孔明自床上跳將下來,
跪拜於地,口稱"萬歲"。内房衆文武都飛跑出來見駕。這時,劉
備方知中計。原來,孔明用荷葉水塗面,臉上一片枯黄;床角放
着一大碗假血,含在嘴裏,一口口地吐到痰盂裏。孔明第二次詐
病,比第一次要像得多了。

劉備見前邊已是衙門,又細忖,我回到大堂之上,假若把請
軍師登臺拜將之事和盤托出,三弟張飛定然反對,倒不如暫時瞞
他一瞞,待事後再與他道明,否則登臺拜將時鬧出事來,如何
了得!

劉備馬進轅門,棄鞭下馬,俯首步上大堂,居中坐定,有意裝
出一副愁眉苦臉的樣子。衆文武見皇叔一語不發,悶悶不樂,料
想孔明病篤。張飛捺不住性子,幾步跨上前去道:"大哥,這牛鼻
子妖道可曾返回臥龍岡否?"

劉備回道:"三弟,先生真是個舞文弄墨的瘦弱書生,經不得
半點風雨,這次一染沉痾,立即回隆中休養去了。這下十萬曹軍
殺來,祇得全仗三弟衝鋒陷陣了。"

張飛信以爲真,聽得孔明歸去,頓覺眼前一亮,樂滋滋的,笑
呵呵的。他擔心孔明病愈後再來新野,就與劉備打趣道:"且稍
候數日,揀選黄道吉日,我們兄弟三人再往臥龍岡去四請諸
葛亮!"

劉備似頗爲不滿地道:"三弟休得取笑!"

衆文武聽劉備講軍師真的歸去,皆感驚詫:軍師這人請來可
不容易,如今寸功未建却説走便走! 這時,祇見劉備拔令在手
道:"三弟翼德將軍聽令!"

張飛腰板一挺,聲若洪鐘一般地答道:"大哥在上,小弟老
張在!"

劉備命令道："敵軍即將壓境,愚兄今夜須連夜開操,率領全軍人馬在城西校場操練人馬。三弟帶領一百名小卒去四郊巡邏,巡邏歸來,保守關厢,望多加小心,不得擅離防地!"

張飛道："老張遵大哥之命!"

張飛並無絲毫懷疑,上馬帶兵往四郊巡哨去了。

劉備待張飛走後,就將今夜之事對衆文武明説道："列位大夫、諸位將軍,今宵二更時分,正是良辰吉時,孤欲將兵權印符全部交與軍師執掌,請軍師登臺拜將。今後,你等必須聽憑軍師調遣,不得違抗!"

兩旁文武一聽,恍然大悟,原來主公剛纔是有意差開張飛,恐他招惹是非,今夜要效仿古代賢君登臺拜將。旁邊關羽聽罷,覺得大哥既然要請孔明登臺受印,那麼,又何必瞞天過海呢?這事可同三弟言明,叫他以大局爲重,説清十萬曹軍即將壓境,諒三弟定能忍耐。現在大哥對他隱瞞,這事遲早要被三弟知悉,必然要鬧出事來,却又如何了却。

關羽正在左右尋思,祇見劉備拔令在手道："二弟雲長將軍聽令!"

關羽上前答道："大哥在上,弟關羽在!"

劉備略露喜色地向關羽道："請二弟代愚兄之勞,帶領周倉、關平二將,率領五百人馬,到校場分五營四哨,準備迎接軍師上將臺。"

關羽内心雖然有言欲訴,但事已如此,祇得道:"遵大哥吩咐!"話畢,關羽率領士卒往西校場而去。

劉備又拔出一支將令,對趙雲道:"子龍將軍聽令!"

趙雲從武官行列中閃出來道:"主公在上,小將趙雲在!"

劉備道:"孤命你率領二百士兵,立即趕往西校場,建造三層將臺一座,轅門兩座,並刻製大將印信一方。此等事情須迅速完成，晚上等着用的。"

趙雲道："小將遵令!"說着，趙雲奉命而去。

劉備號令發罷，便傳令退堂。

且說趙雲領着二百士兵急急如律令，一到西校場上，立即建造將臺和轅門。人多手快，頃刻間，一座三層的將臺和兩座轅門就竣工了。那將臺和轅門爲何造得如此迅速呢? 趙雲是一員勇將、猛將，而且也是巧將。他接了將令，見時間緊迫，心裏忖度，如若真的興土木建造將臺轅門，便非十天半月不可。因此，趙雲就命軍士用蘆葦毛竹紮了一座將臺和兩座轅門，再用五彩顏料一塗，外加紅綢綠絹和絨球絲帶裝飾一番。這將臺轅門，倒也精緻靈巧，百姓見了個個贊歎不絕。不過，雖則外表好看，惹人注目，但實際上祗能算作五彩的大牌樓而已，經不起一點叩碰撞擊。等下張飛一闖轅，西洋鏡便戳穿了。正因爲劉備這次登臺拜將，十分倉促，連將臺也是竹竿蘆葦搭的，故歷史上祗能算作半臺登臺拜將。自古以來，有名的登臺拜將祗有兩臺半。第一臺是周文王姬昌請姜子牙登臺拜將，開周朝八百零八年天下;第二臺是漢高祖劉邦請韓信登臺拜將，開漢朝四百二十六年天下;今朝劉備請諸葛亮登臺拜將，蜀漢中興，鼎足三分四十五年，劉備當三年皇帝，劉禪當四十二年皇帝，這次諸葛亮登臺拜將，後世人僅稱作半臺登臺拜將。

趙雲督造將臺轅門甫畢，就立即準備那一方將軍印信。要完成這一任務，趙雲煞費苦心，一時難得美玉。趙雲實在無奈，即命掌印官馬上鐫刻一方木頭印信。上刻"漢軍師中郎將諸葛"八字，外邊用黃綢包上，置於印匣之內。無怪乎，等夜裏孔明接印的時候，覺得這印信怎麼輕飄飄的，豈知這好端端的一方印信，賣相甚好，竟是木頭製的。

且說諸葛亮登臺拜將的消息，頓時轟動了新野縣城。衆百姓一人傳十，十人傳百，男女老幼，無一不曉。黃昏降臨，城廂內外及四郊遠近的衆百姓，成群結隊地趕往城西校場。七八十歲的老翁老嫗，也從未見過登臺拜將，他們便由孫兒、孫女攙扶着蹣跚而去。那些小孩子們，由父母親提攜着，蹦蹦跳跳而去。從西關城門口通往校場的路上，小商販擺滿了各種攤頭，五花八門，應有盡有。校場裏，張燈結彩，燈火通明，如同白畫一般。今夜的西校場，人山人海，熱鬧非凡，紛紛然，攘攘然，與往昔全然不同。

再説劉備到了掌燈時分，立即帶領衆文武上馬往校場而去。城內衙門裏，僅僅留下十二名家將，他們的任務是等待張飛巡哨歸來，侍奉於他。張飛若要到西校場，必須婉言勸説，竭力阻止。如此，天亮之後每人賞十兩銀子；若是勸阻不住，張飛闖進校場，明日每人要打十棍軍棍。十二名家將守在衙門口，恭候張飛歸來，這事暫且不提。

劉備帶領衆文武到了西校場，見轅門將臺已經建好，設計巧妙，布置精緻，顯得極有氣派，心裏十分滿意。劉備步上演武廳，將文武將士花名簿、糧餉兵馬簿等，一一檢點清楚，待孔明登臺拜將之後，就悉數交付與他。此時，劉備在演武廳，恭待吉時的降臨，舉行拜將儀式。劉備眼下閒暇無事，見花名冊略有破損，就準備將衆文武的姓名謄録在新花名冊上。他翻着舊花名冊，深感自己手下文武將領實在太少，屈指可數，總共十多個文武官員，一頁紙上寫一個姓名，祇有十多頁。於是，他將自己的姓名寫在第一頁上，內心在想：這樣，花名冊可以多上一頁，稍微像樣一點。

劉備謄好花名冊，又翻開糧餉兵馬簿。一看，不禁怔住了，良久，方歎了一口長氣。原來，士兵的軍餉已三個月不發了。去年欠下的軍餉，徐庶在火牛陣大破曹軍後，用繳獲來的餉銀把軍餉還清。徐庶走後迄今，又欠下士兵三個月的軍餉。現在，軍糧祇有二十七天了。劉備看到糧不滿月，心裏不免焦急。

且說報時官守候在漏壺旁邊，見二更天快要到了，就步上演武廳稟報道："稟上皇叔，吉時將臨！"

劉備道："知道了，退下！"說完，他手拔一支將令道："子龍將軍聽令！"

趙雲忙趨步上前道："小將趙雲在！"

劉備道："吉時快到，請將軍速往軍師府中，接軍師來校場登臺拜將。"

趙雲道："小將得令！"

趙雲接過令箭，躍馬離開校場。

校軍場上，人頭濟濟，水泄不通，衆百姓見趙雲要進城去請軍師登臺拜將，立即讓出一條道來。趙雲帶着幾個小兵飛馬進西關直抵軍師府前，小兵下馬朝門上叫喊道："呔，門上聽着，趙大將軍奉皇叔之命，前來迎接軍師上將臺拜將了！"

門上家將進去通報軍師，這時，孔明正在埋頭苦寫錦囊，得知趙雲來接，心想二更未到，皇叔爲何如此性急。孔明命家將回復趙雲，教他先回校場，自己隨後就來。家將答復趙雲，趙雲回校場見皇叔復命。劉備又耐心等了一會兒，仍不見孔明影蹤。正在十分焦急之際，報時官又上來稟報道："稟上皇叔，吉時已到，軍師尚未到來，請皇叔定奪！"

劉備道："理會了，退下！"

此時此刻，劉備心裏急如星火，急急忙忙拔出一支將令道："二弟聽令！"

關羽跨上前去道："弟關羽在！"

劉備吩咐道："吉時已到，請二弟代愚兄之勞，快去迎接軍師前來登臺受印。"

關羽道:"遵大哥軍令!"

關羽步下演武廳,周倉隨即牽過赤兔馬,關羽提刀上馬,小兵前邊開路,立刻前往軍師府。眾百姓見趙子龍去請孔明未曾請來,現在關君侯第二次去相請,紛紛讓開道來。關羽馳馬至軍師府門口,小兵叫喊道:"呔,門上聽着,關君侯奉皇叔之命,有請軍師去校場登臺拜將。"

門上家將趕忙入內通報,孔明這時尚有最後兩封錦囊沒有寫好,就命家將叫關羽先回校場,自己馬上就到。

關羽重返校場,上演武廳稟復皇叔。哪曉得等了一等,仍不見孔明的影子。眾文武也倍覺心焦,思想這位軍師道號臥龍,真的是一條臥着動也不肯動的懶龍啊,做事總是懶洋洋的,慢騰騰的。劉備等得有些坐立不安了,感到極為蹊蹺,心裏猜測,這位軍師莫非像請他出山一樣,非三請不可?想到這裏,劉備忽爾起身對眾文武道:"各位大夫將軍,你們快去校場口恭候,孤立即進關去請軍師前來登臺拜將。"

話語甫畢,劉備便上馬出校場而去。

眾百姓見劉備親自去接軍師,雜然喊道:"皇叔去請諸葛軍師啦!""皇叔去請諸葛先生啦!"

眾文武見劉備去接軍師登臺拜將,都想:這位軍師,架子真大,請他出山,劉皇叔三顧茅廬,今日登臺拜將,又要請他三次。其實,今宵是劉備自己太性急了,孔明時光算得極準,決不會誤過吉時的,即使一次不請他也會來的。

劉備馳馬抵關廂口,聽得遠處傳來"軋泠——軋泠——"的聲音,抬首一望,見孔明坐在四輪車上出城來了。

劉備忙持彎迎上前去,在馬背上朝孔明拱拱手道:"軍師,劉備前來迎接軍師登臺拜將!"

孔明回禮道:"何勞主公親自前來,實是不敢!"

　　劉備旋轉馬頭,與孔明車馬並行,朝校場緩緩而去。一路上,人聲鼎沸,歡呼雷動,衆百姓狂呼:"軍師來啦!""軍師登臺拜將啦!"

　　孔明的四輪車到校場口,文武官員打拱作揖恭迓,五營四哨及三軍將士一齊伏道相迎。正是:

　　　　萬頭攢動頭朝拜將臺,衆目仰望目矚臥龍人。

第十回　　孔明點卯演武廳
翼德醉闖校兵場

劉備和孔明車馬並行,孔明剛進入西校場。

登時,吹鼓亭上樂聲大作,祇聞得"噔——""咚——""咧——"三聲號炮,眾文武將士一齊對孔明施禮道:"迎接軍師!"

五營四哨三軍士卒皆伏地道:"迎接軍師!"

孔明見禮節如此隆重,忙回禮道:"將士們免禮了! 眾士兵請起來!"

孔明環顧校場,自東西轅門至拜將臺,直到演武廳,煌煌燈光燭天,布置十分威武。但見——

轅門生瑞彩,旗杆立兩旁。大纛風舞動,"諸葛"兩字繡中央。柵欄門團團圍繞,上有曉示一方,標判着一十七條軍令,違令者斬首。照牆上畫着貪婪猛獸,照牆下那些奏樂的吹吹打打。三聲號炮響起,龍吟虎嘯,轅門忽地開放。聚將鼓似春雷一般震天動地,召集那些將士兵卒,一個個精神抖擻,一位位梟勇剽悍。東轅門掛着幾塊軍令牌、虎頭牌,一牌牌禁止喧嘩;西轅門繫着幾匹遠探馬、近探馬,一馬馬緊扣絲繮。那威虎架上,插的是一字鎦金鐗,二把宣花斧,三尖兩刃刀,四方兵鈇戟,五股托天叉,六輪點鋼槍,七星昆吾劍，八角紫金錘，九環象鼻倒勾刀，十字金頂棗陽槊。刀、槍、劍、戟、鞭、鐧、棍、錘，十八般兵器，無一不有。左懸寶雕弓，龍形虎尾；右懸狼牙箭，鑢閃寒光。文官廳中一員員紅袍紗帽，運籌於帷幄之內，決勝於千里之外，仿佛當年之陳平、張良；武將廳內一位位全身盔甲，英勇善戰，力敵萬夫，宛如往昔之樊噲、曹參。甬道上，軍牢手模樣猙獰像牛頭馬面，創子手手執鋼刀如凶神惡煞，捆綁手手提繩索似妖魔鬼怪。演武廳上掛着一副對聯。上聯是：一戰凱旋千秋樹頌；下聯是：四海泰平萬古名揚。中間匾額是：功高呂望。內中軍將令傳出，外中軍聲音洪亮。文官左，武將右，猶如霸王升帳；刀出鞘，箭上弦，宛若韓信爲將。自此，諸葛先生印信執掌，大權操握，身爲最高主將，可謂一人之下、萬人之上也。

此時，將臺官去封開鎖，把將臺門開放。

孔明下四輪車，劉備下馬，文武官員隨後，徐徐步入拜將臺。

將臺建造高三層，象徵天、地、人三才；四丈周圍，八丈高，標誌着四時八節。上邊以葫蘆結頂：第一層上掛的一幅幅神軸，乃是天地日月星辰、風師雨伯和名山大川之神。軍師皇叔率領眾文武入內，對着神像四跪十二拜。禮畢，一道登上將臺的第二層。這第二層內，掛滿了大漢四百年來功臣名將的畫軸，有開創漢朝天下的韓信、張良、蕭何、陳平、樊噲、曹參、周勃等，也有光武帝中興時期的嚴光、鄧禹等。軍師皇叔及眾文武，對着畫像又是四跪十二拜。隨即，大家又登上第三層。這第三層掛的是漢朝二十四代帝皇的畫像，自漢高祖劉邦始，迄漢獻帝劉協止。這一回可要行大禮了，軍師皇叔及眾文武對着帝皇畫像同時下跪，拜了二十四拜，叩了二十四個頭。

行過大禮，劉備和眾文武都起來了，唯有軍師仍然跪倒在地。

　　掌印官打開印箱,將兵符印信全部交給劉備。

　　劉備雙手把印信捧在胸前,向兩邊眾文武掃視一眼道:"列位大夫、諸位將軍:孤當年面受天子衣帶血詔,立誓剪除奸佞,誅滅國賊曹操,興復漢室江山,拯濟天下蒼生。爲此,孤三顧草廬,聘得諸葛軍師出山相輔。孤今將印信大權,交付軍師執掌。文武將士,有功則賞,有罪則罰。望諸位以漢室爲重,忠心報國,聽候軍師將令調遣,不負孤之所望!"

　　眾文武聞言,異口同聲地道:"遵主公之命!"

　　劉備恭敬地對孔明道:"軍師,請受印!"

　　孔明答道:"山野村民,無才無德,豈敢當此重任!"

　　劉備道:"軍師過謙了!"

　　孔明伏於地上,萬分虔敬地接過印信。隨後立起身來,雙手把印信捧至胸前。

　　旁側司儀官高聲喊道:"請主公拜將! 請眾文武拜將!"

　　劉備和眾將跪拜畢,孔明把印信交給掌印官置於印箱。接着從鶴氅的袖中取出一道祝文,吩咐上大夫孫乾代他對天禱告。眾文武穆穆而立,祇聽得孫乾聲音鏗鏘地誦道:

　　　蓋聞三皇五帝,唯才是舉,立賢而禪讓。夏禹爲王,驅洪水而入江海,以安民心。及至殷商,紂王無道,制炮烙,築酒池,造肉林,陷生靈於塗炭之中。文王出師,征伐無道,開周八百有零之基業。五霸七雄繼起,歸秦於一統。始皇帝贏政,遂填大海於東,建阿房於西,築長城於北,焚書坑儒,民不聊生。幸漢高祖沛公,斬白蛇於芒碭,伸大義於天下。三年滅秦,五載亡楚,創萬世之鴻基。漢傳至中葉,王莽亂國一十八年。光武皇帝劉秀,中興漢室,是爲東漢。桓靈二帝在位,天下大亂,烽火遍地,干戈四起。黃巾犯上於前,逆臣亂政於後。國賊曹操,罪大惡極。欺君罔上,挾天子,令諸侯，天地含怨，鬼神共怒。我主劉皇叔，奉聖上衣帶血詔，負興漢滅曹之重任。亮本布衣，蒙皇叔不棄，三顧臣於草廬之中，亮感皇叔之恩德，不忍相辭，遂出山相輔，共圖興漢之大業。冀文武將士，同心協力，興復漢室！

孫乾讀罷祝文，置諸香爐內焚化。登臺拜將這一儀式就此了結。

劉備、孔明率領文武官員步下將臺，徑往東轅門演武廳而去。

且說孔明坐在演武廳正中，劉備、關羽坐在虎案兩邊，文武官員在東西兩廂侍立相候。此刻，中軍官跑到虎案前向軍師請命道："請軍師開點頭卯！"

何謂點卯？古時官府每日卯時（即早上五時至七時）查點差役等，稱作點卯，即今日之點名也，其名冊也稱爲卯冊。

孔明聽了，即朗聲道："點卯！"

中軍官便傳令道："軍師下令，開點頭卯！"

話音甫落，"卜嚨咚——"的一聲，頭卯鼓響起。孔明握管在手，從虎案上拿起一本嶄新的卯冊。他凝視這卯冊，知道這一定是皇叔重新謄抄的，孔明翻開一看，見每一頁上都祇寫一個名字，且每一字都用大楷書就，暗暗發笑。他先看第一頁，見上面寫着"劉玄德"三字，不由得怔了一怔，這花名冊上的文武將士，原是在自己麾下聽命的，皇叔怎麼連自己的名字都寫上去？孔明思忖：既然花名冊上有皇叔的名字，就照點不誤，不必躊躇。他用筆點着名字喊道："劉玄德！"

劉備忙起身拱手道："軍師在上，劉備在！"

孔明歡然笑着道："請主公快坐下！"

劉備坐下。孔明翻到第二頁，喊道："關雲長！"

關羽起身應道："關某在！"

孔明繼續點下去道："張翼德!"

這時演武廳裏鴉雀無聲,衆文武知道張飛四郊巡哨去了,即使歸來,也在城裏。

孔明又點了一次："張翼德!"依然呼之不應,悄然無聲。

孔明第三次點道："張翼德!"

劉備聽到軍師點了張飛三次的名,焦急萬分,心想點卯不到是違犯軍法的。他祇得站起來朝軍師道："軍師,三弟張飛不在堂上。"

孔明肅然道："點卯不到,他難道不知罪嗎? 未知他在何處?"

劉備無奈,便撒了一謊道："祇因曹兵十萬即將兵臨城下,孤命張飛奔赴荆州,向劉景升老大王乞借救兵去了。"

孔明聞言頷首,嘴裏咕噥道："原來如此!"說着,提起朱筆在張飛名字的上端點了一點,做了一個初卯不到的記號。

接着,孔明又提筆點了下去:趙雲、周倉、關平、毛仁、苟璋、劉辟、龔都、劉封、糜竺、糜芳、孫乾、簡雍,一共僅僅十幾位文武官員,霎時間就點完了。

初卯點畢,相隔未幾,中軍官又跑到虎案前向軍師請命道:"請軍師開點二卯!"

孔明便傳令道："點卯!"

又是"卜嚨咚——"的一聲,二卯鼓響起。孔明開始點二卯,仍舊從劉玄德、關雲長點起,點到張翼德,同樣無人允答,沒有一點聲息。

劉備心中有些懊惱,我方纔與你道得明明白白,你怎麼又忘却了? 劉備聽得孔明連點三次,沒好氣地站起來道："軍師,孤剛纔與你講過了,三弟翼德將軍不在堂上,往荆州借兵去了。"

孔明又一頷首,提起朱筆在張飛名字的上端加了一點,做了一個二卯不到的記號。

二卯點畢，不多一會兒，"卜嚨咚——"的一聲，三卯鼓響了。

孔明點到張飛，又是静默無聲，劉備别無他計，祇得站起來再講一遍道："三弟荆州借兵去了！"

孔明隨即在張飛名字的上端再加一點，做上三卯不到的記號。

那麽，三卯不到，究竟犯了何罪呢？初卯不到，二十皮鞭；二卯不到，四十軍棍；三卯不到，按軍法斬首示衆。因此，張飛人未到，一顆腦袋已保不住了。

孔明連點三卯，立即傳下軍令道："傳本軍師軍諭，封鎖東西轅門！"

一聲令下，三聲號炮震天，轅門口軍士飛奔過去將東西轅門關閉，鎖上兩把大鎖，並貼上封條。封條上寫着一個"封"字，蓋上漢軍師中郎將諸葛的印信，並註明日期：大漢建安一十三年二月十八日。這樣一來，内外斷絶往來，須待天明啓封下鎖，打開轅門。

此時，孔明在演武廳上，檢點着文武將士花名簿、糧餉兵馬簿等。

實際上，孔明翻檢簿册祇是做做樣子，他的腦子裹在翻來覆去地思量，張飛這個闖禍胚馬上就要來了，今宵我要在他身上來一個"殺鷄駭猴"，藉以約束約束衆將士，如此方可抵擋十萬强敵。孔明心裹十分清楚，等下張飛這員猛將醺醺大醉而來，定然闖出大禍，現在要預備好一個擒拿張飛的人。然此人頗難尋覓，不要説找擒拿張飛的人，在這演武廳裹能和張飛打一平手的，也祇有兩員將軍，一位是關羽，一位是趙雲。倘若命關羽去捉張飛，顯然是一件大難事，因爲他們係結義兄弟，如何下得了手？看來，這差使祇能留給趙雲了。趙雲是員巧將，自有擒捉張飛的巧法。趁目下張飛尚未闖來,先命趙雲接了這件差使,到時他便無可推卸。孔明主意一定,拔出一支將令高喚道:"子龍將軍聽令!"

趙雲踏上前去道:"軍師在上,小將趙雲在!"

孔明把將令交與趙雲道:"本軍師命你爲今夜臨時軍政官,轅門內外,全仗將軍當心,明日卯時繳令!"

趙雲道:"小將得令!"

趙雲接了令箭,心裏好生詫異,思前索後,弄不清楚軍師爲何要自己做半夜時間的臨時軍政官。他猜想,莫非軍師看我站着脚酸,給我一個掛名差使,歇息一下;因爲做了軍政官,不必站在堂上,可以到甬道上的椅子上坐坐。趙雲哪裏料得到,這臨時軍政官眼下好當,可等會兒張飛闖倒轅門,軍師下令擒捉張飛,事情就棘手了,這軍政官也就難當了。

花開兩朵,話說兩頭。且說張飛奉大哥劉備之命,在四郊巡哨。紅日西墜,大路上鋪滿了一縷縷餘輝,張飛率領一百名巡哨的士卒,返回新野城中,張飛騎在馬背上,雄姿颯爽,頭戴鑌鐵盔,紅纓倒掛,身穿烏黑鋥亮的鎖子連環甲,胸繫護心鏡,足蹬一雙虎頭靴,手橫丈八長矛,嘴裏自言自語:

> 心如烈火膽似天,萬馬千軍俺衝前。一朝殺向許都去,興漢滅曹除大奸。

張飛領着士兵,進了城,馳向衙門。衙門門首十二名家將,他們遵照皇叔的吩咐,等候張飛好些辰光了。衆家將隱約聽得遠處傳來得得的馬蹄聲,舉目遠瞭,見張飛騎馬歸來了,急忙一起擁到張飛的馬前迎迓,並齊聲道:"小的們迎接三將軍!"

張飛擺手道:"罷了!罷了!"

衆家將又道:"請三將軍下馬,去大堂暫憩片刻吧!"

張飛"嗨"了一聲,滾鞍下馬,家將趕忙把馬牽到馬厩餵料飲水,又把長矛置放在威武架上。

這時,大堂上燈火點起,張飛居中而坐,衆家將圍着殷勤侍候。一家將對張飛道:"三將軍今日四郊巡哨,辛苦勞累,可要飲上幾杯佳釀?"

張飛平生最貪杯中之物,以狂飲爛醉爲快。可劉備、關羽不許他多飲,尤其上戰場交鋒時,絕對不許張飛飲酒,怕他酒醉闖禍。現在張飛内心何等快活,今夜大哥、二哥不在,無人敢管束,可以隨心所欲,痛飲一醉,所以,他立即答應。吩咐家將們道:"好好好,快與老張擺酒侍候!"

家將們聽得張飛喊"好",快步似飛地去厨房搬酒拿菜,一眨眼的工夫,一桌酒菜已擺在張飛的面前。家將們抬來了一甏尚未動過的上元紅,放在桌旁。上元紅,也有人稱作狀元紅,其實,三國時還沒有狀元的稱號,一直到唐朝纔把進士科及第的第一名叫作狀元。上元紅,就是上等元號的美酒。

張飛酒量特別大,用的酒杯也特別大,杯名稱作金斗。張飛用拳頭在酒甏上端輕輕一叩,甏頭泥就掉到地上。他提起酒甏倒了滿滿一金斗,端到唇邊,一飲而乾;隨即又倒了一金斗,又是一飲而乾。這樣一金斗一金斗地朝嘴裏倒進去,其樂陶陶。張飛吃菜不用筷子,祇貪爽快,用手抓來送到嘴裏,那兩隻手一來一往不絕,宛然五爪金龍騰舞。張飛這副狼吞虎嚥的樣子,家將們早已看慣了,並不感到怪異。在這十二個家將中,其中有兩個家將,也非常貪杯,不過,他倆酒量不大,多喝幾杯就要醉倒。此時,他倆見張飛一杯杯地飲下去,一股股醇厚的酒味直衝過來,從鼻子裏滲到腦門裏,饞得涎水滴答滴答地掉了下來。他倆在旁側咕噥道:"三將軍,這上元紅不愧爲名酒,香氣四溢,令人嗅着也覺得很有味道。"

張飛將舉起的酒杯往桌上一放，說道："你等可要飲酒？來來來，坐下來，陪老張一道飲上幾杯！"

這兩個家將聞張飛言，真是求之不得，忙道："謝三將軍賞酒！謝三將軍賞酒！"

他倆搬來兩張椅子，放在張飛兩側，又拿了兩隻大酒杯，坐了下來。張飛提起酒鬃把三隻酒杯斟滿，兩人正要端到嘴邊喝時，張飛吼了一聲"且慢"，兩人祇好將酒杯放下。張飛稍有醉意地道："今夜喝酒，不能像過去那樣喝了幾杯，就說喝醉了停杯；要是誰在中途說喝不下去，我就親手給他灌下去。"

這兩個家將心想：你酒量大，我們怎麼可與你相比呢？可他倆眼盯酒杯，饞不可忍，就大膽道："不妨試試看！"

不料三杯上元紅落肚，兩個家將就頭暈眼花，望出去天旋地轉。張飛給他倆各自又倒了一杯，兩人推說醉了，不動，張飛霎時怒形於色，"噔"地立了起來，硬要逼着他倆喝下去。兩個家將酒醉心不醉，知道這一杯如若再喝下去，非嘔吐不可，故張大了口愣着，仿佛不是喝美酒，而是在灌苦藥了。等張飛舉起酒杯欲喝的時候，兩人皆偷偷地把酒朝桌子底下倒去，誰知做賊心虛，兩杯酒不知怎的竟都倒在張飛的兩隻靴筒裏。猛地，張飛跳了起來，豹眼環睜，勃然怒吼道："呸！啊啊啊……"

兩個家將見張飛滿臉怒容，似欲動手，嚇得一歪一斜地跑了出去。

張飛見兩個家將被轟了出去，也不去追趕，又坐了下來，自斟自飲起來。張飛一直喝到二更天以後，喝得酩酊大醉。他環眼圓睜，望着大堂上的燈，一盞變三盞，三盞變九盞，搖搖晃晃的。張飛用手搖搖，招呼眾家將道："與我收拾酒肴，老張不要了！"

眾家將見張飛不想喝了，激他道："三將軍，你是不是喝醉了？"

張飛醉相十分難看,喝道:"呸,誰說老張喝醉了!"

衆家將也不示弱,回道:"那麼,三將軍爲什麼不喝了呢?"

張飛道:"因爲大哥、二哥不在這裏,俺老張一人飲酒,没有味道,這太掃興了!"

張飛嘴上不承認喝醉了,可實際上早已大醉,他熱得頭昏腦脹,渾身上下汗涔涔的,身上的那副盔甲也沾濕了。他想到大堂外邊去吹吹涼風,涼快涼快。張飛雖然覺得頭重脚輕,走路兩腿發虛,但還是一步三搖晃地跑下大堂,跌跌撞撞地到了甬道上。衆家將見張飛一脚高一脚低向前,蠻橫不可攔阻,怕他闖到西校場去。大家聚將攏來,交頭接耳商議着。家將們苦思冥想,三將軍除了飲酒以外,還可用什麼辦法來纏住他呢? 一家將忽爾想起,三將軍最喜愛的莫過於小主人阿斗了,現在祇消到裏邊去與乳娘商量商量,把小主人抱出來引逗引逗,三將軍快活了,就不會往西校場去闖禍了。衆家將商議定,便圍住張飛問道:"三將軍,你已數天未見到小主人阿斗,他可胖得多了。三將軍要抱一抱他吧?"

張飛聽說小主人阿斗,興趣便來了,呵呵笑着道:"好好好,快將我姪兒抱來,讓我仔細瞧瞧!"

衆家將急忙擁到衙門内室,告訴乳娘,今夜諸葛軍師登臺拜將,皇叔瞞過了三將軍,要是三將軍此時前往校場,必將闖出大禍。現在祇有將小主人阿斗抱出來,哄哄三將軍,他就不會去校場了。

乳娘聽罷,進去把小主人抱將出來,交給家將,並叮囑當心驚了小主人。家將接過小主人,見他方睡得爛熟,小嘴唇一翕一翕的。家將們抱着小主人阿斗,從衙門内室跑了出來,一路上把小主人弄醒。他們跑到張飛面前,歡天喜地地齊聲道:"三將軍請看,小主人抱來了!"

張飛伸出雙手,把阿斗抱起來,像捧朝板似的,抱在胸前。

　　阿斗本來睡得正熟,被家將們弄醒,兩隻惺忪的小眼睛,骨碌骨碌地望着張飛。張飛凝神注視着阿斗圓乎乎紅撲撲的小臉,喜滋滋地道:"姪兒啊姪兒,我看你一臉富貴相,將來有朝一日,飛黃騰達,作了皇帝,可不要忘記你家三叔啊!"

　　阿斗被張飛的大聲嚷嚷嚇得呆瞪着眼,旁側衆家將也聽得嗤嗤發笑,一個兩三歲的孩子,他能聽得懂這些話嗎?

　　張飛接下去道:"姪兒啊姪兒,你可不要像你的父親,得了一個牛鼻子妖道,就忘了你家三叔。你將來當了皇帝,可要聽三叔的話啊! 姪兒啊……"

　　張飛咧着嘴,對着阿斗亂嚷。小主人突然"哇"的一聲哭了起來,兩隻小腳亂蹬着。張飛心裏可不痛快呀,便將小主人還給家將道:"抱回去!"

　　家將無奈,接過手裏,衹得抱到裏邊,交給乳娘。心想:今夜連小主人也不肯幫忙,看起來事情難辦。其實,家將這樣做是多此一舉。張飛本不想到校場去,他認爲,大哥在校場操練士兵,我守衛城關,這是各盡其職。張飛衹想到外邊涼快涼快,然後去書院歇息。

　　且説張飛從甬道上一步步跑到衙門口,一陣冷風吹來,頭腦裏倒清醒了一些。正在這時,大街上劈面來了一個士兵,肩挑一副擔子,裝的是杯盤碗盞,右手拎着一盞燈籠,上有"新野縣正堂"五個紅字。原來他是衙門裏的火頭軍,今夜衆士卒在校場吃罷夜飯,十多名火頭軍收拾完畢,便回衙門,他是落在最末的一個。此人喝了幾杯酒,頗有一點醉意,橫挑着擔子,擔子中的碗盞乒乒乓乓地響着,嘴裏不清不楚地哼哼道:"皇帝萬萬歲,老酒日日醉!"

　　張飛覺得此人倒也好笑,哪有這般走路的,幸虧在深夜,倘在白天,這條街衹能包給他一個人走。張飛見他愈走愈近了,歪着腦袋、橫着擔子一路掃來,心裏思忖:我若不再叫住他,任他闖來,他的擔子要撞到我的肚子上了。故怒聲道:"呔,大膽匹夫,你是何人,從何地而來,又往何處而去?"

這個火頭軍被張飛一嚇,酒都驚醒了。他舉首一望,見張飛像一座鑌鐵寶塔一般立在眼前,趕緊回答道:"原來是三將軍,小的是衙門中火頭軍,今晚諸葛軍師在西校場登臺拜將,眾士兵在那裏用膳,現在小的將碗盞等挑回衙門去。"

張飛聞說,惱怒萬分,氣得聲音洪鐘似的喝道:"諸葛亮登臺拜將,此此此話可是當真?"

火頭軍道:"小的不敢撒謊,今夜西校場人山人海,熱鬧非凡,現在軍師已下令封鎖轅門了。"

張飛聽了,連連吼道:"啊呀呀,啊呀呀……氣死老張了!"

火頭軍一時不知所以,聽得三將軍怒吼聲聲,嚇得轉身溜走了。

張飛氣憤填膺,暴跳如雷。他百思不得一解,我與大哥桃園結義,情投意合,大哥爲何要哄騙於我。你說孔明身患沉疴,返回臥龍岡了,豈知瞞了我一人,竟在西校場請孔明登臺拜將。今夜裏老張非去西校場走走不可,看看這牛鼻子道人有多大威風。因此,張飛高聲叫道:"來人啊!"

裏邊眾家將聽得張飛在衙門口吼叫,急急地一擁而出,他們見張飛橫眉怒目,氣得髭鬚倒豎,忙應聲道:"三將軍有何事吩咐?"

張飛道:"速速與老張帶馬扛傢伙!"

眾家將一驚,詢道:"三將軍,三更半夜了,還要上哪裏去?還是早點進衙門歇息吧!"

張飛又吼道:"還不與我帶馬前來!"話畢,張飛已經手搭在寶劍柄上了。

　　家將們驚得目瞪口呆，心想：如若不去帶馬，可要吃寶劍了。於是，立即去馬房裏把登雲豹牽來，對張飛道：「請三將軍上馬！」

　　張飛一踩踏蹬，跨上馬背，嘴裏嘰咕道：「傢伙呢？」

　　兩位家將十分識相，忙去把一條丈八蛇矛扛到馬前。張飛雙手接了過來，兩腿將馬一夾，登雲豹離開轅門，馳進西大街，朝校場方向飛奔而去。

　　衆家將連忙緊跟，心裏好像十五隻吊桶提水——七上八落，心悸膽怯，看來明朝這十棍軍棍是免不了的，可眼下還是跟在三將軍馬後爲妥，待三將軍闖禍之時，尚可設法防備一二。

　　張飛見衆家將緊跟上來，不禁暗笑。心裏思想，你等徒步而行，難道能跟上我嗎？他把韁繩一拎，「啊啦——」一聲，登時，登雲豹就影蹤全無。衆家將眼睛一眨，不見了張飛的影子，祇得罷手，悵悵然返回衙門。

　　張飛馳馬直抵西關，扣住馬，回轉頭遠眺，不見衆家將的半點影跡。忽見城門前紛紛攘攘，人聲嘈雜，原來衆百姓在校場看了諸葛先生登臺拜將以後，擁擠着返回城裏。今夜，新野城東關、南關和北關皆緊緊關閉，唯有西關通宵開放，因此，西關城門口顯得格外熱鬧。道路兩邊，設有各式各樣的攤子，一面面布簾斜掛，攤販們聲嘶力竭地吆喝着，招徠顧客。

　　張飛知道自己性情急躁，在大街上行走，不是碰翻餛飩擔，就是撞倒湯糰攤，故心裏默默地念着「當心、當心……」到了城門洞裏，張飛見一群百姓擁將過來，連忙勒馬向左側一閃，哪知顧此失彼，稍不小心，一隻馬蹄向一個攤頭踢去，攤頭便被踢翻。擺攤頭的乃是一個老翁，他見攤頭被馬踢翻，仰首一瞅，騎在馬背上的是三將軍。他知道，三將軍性子急，時常在街上撞翻攤頭，但總是按價賠償；他更知道，三將軍平素愛老憐幼，從不仗勢欺人。因此，老翁步履蹣跚地趕到張飛馬前，跪下叩頭道：「三將軍,你那匹龍駒馬,把小老的攤頭撞翻了!」

張飛一聽,知道又闖禍了。他駐馬俯視,見老翁老態龍鍾,
鬚髮皆白,目光呆凝,心裏忖度,這老翁這麼個樣子,還在做小本
生意,苦度殘年,可憐可憐! 張飛盡量放低聲音,對老翁和藹地
道:「老頭兒,你這攤頭值多少錢? 俺老張全部賠償給你。」

這老翁是做小孩子玩具生意的,這些玩具,有的是用花紙頭
剪剪貼貼而成的,有的是用泥土搓搓捏捏而成的,祇是費了一些
功夫,要說本錢,是極輕微的。他見張飛相詢,就伸出一個指頭,
想說一錢銀子就夠了。誰知話未出口,張飛見他伸出一個指頭,
就問道:「可是一兩銀子吧?」

老翁連連擺手道:「不不不……三將軍,這太多了!」

張飛爽快地道:「老頭兒,老張看你年歲已高,就給你一兩
吧,明日早上你來衙門領取就是了!」

老翁忙叩頭道:「如此,多謝三將軍賞賜!」張飛見老翁誠實
善良,心裏想:不知他做什麼小生意,且讓我看它一看。於是,張
飛道:「你做什麼小買賣,拿來讓老張瞧瞧!」

老翁聞說三將軍要看看玩具,見地上的玩具大都已摔破了,
祇有那十多個不倒翁,沒有破損,依然竪立在那裏。這些不倒
翁,是用泥巴捏成的,形狀像老翁,頭是用紙糊成的,上輕下重,
總是扳不倒的,所以又名「扳不倒」。據說,不倒翁這一玩具是有
出典的,春秋時期,楚人卞和發現了一塊璞玉,先後獻給楚厲王
楚武王,被認爲欺詐,截去雙腳。後人爲了紀念卞和,製作了這
種沒有腳的不倒翁。現在,老翁把十多個不倒翁拾到一隻盤內,
將盤托在頭上,步到張飛馬前獻上道:「三將軍,小老兒做這個小
買賣,請三將軍觀看!」

張飛見盤中這十多個泥人,眉目口鼻鬚髭都畫得形象逼真,
在盤裏搖搖擺擺不止。便問道:「老頭兒這是什麼東西?」

老翁回道："這是小孩子的耍貨，名叫不倒翁，又稱扳不倒。"

張飛一聽可氣呀，心想：我要去扳倒那個牛鼻子妖道，偏偏半路上碰到一個扳不倒。他用腳朝老翁的盤子一踢，盤子立即落在地上，可這十多個扳不倒落到地上，却又豎立起來，仍在地上搖搖擺擺。張飛不看則已，一看怒火萬丈，大喊道："難道你果真扳不倒嗎？"

說着，張飛跨鞍下馬，用兩腳把這些不倒翁亂踏亂踩，這些不倒翁頃刻間化爲齏粉。

張飛口中却道："看老張扳不扳得倒你！"

老翁見張飛今日脾氣古怪，便附和着笑道："嘿嘿，真的被三將軍扳倒了！"

這場糾紛至此了結，老翁荷擔歸去，張飛重新上馬，直往西校場馳去。正是：

> 怒烈烈怒火滿胸膛，醉醺醺醉膽衝霄漢。

第十一回　莽將軍怒闖轅門
賢軍師巧懲張飛

張飛醉醺醺地，半夜飛馬衝進西校場。

校場裏衆士兵聞得馬鈴聲響，以爲遠方探子歸來，豈知待馬兒過來，一諦視，這馬上騎着的竟是一臉怒色的三將軍，莫不愕然而立。衆人思想：適纔劉皇叔吩咐過，説三將軍如若到來，必須將他攔阻，婉言奉勸他回去。這時，一士兵頭目環顧左右而道："大家不必驚慌，現在轅門已經封鎖，諸葛軍師在裏邊演武廳上，三將軍張飛在外邊校兵場上，兩人有轅門隔斷，不得相遇，料想不會出事。"

這頭目帶領衆士兵一擁而上，迎到張飛馬前齊聲道："小的們恭迎三將軍！"

張飛不耐煩地道："罷、罷、罷……罷了！"

小兵討好道："更深人静，三將軍怎麼還没有睡啊！"

張飛一肚子怒氣，頃刻間也不好意思向衆士兵發作，便假裝糊塗地道："這校場今夜好熱鬧，老張也來閒逛一番！"

張飛把丈八長矛往地上一插，翻身下馬，一士卒忙將馬繮繩拴在長矛上。哪曉得張飛騎在馬上倒尚好，一到地上，摇摇晃晃，衝衝撞撞，祇顧朝前闖去。衆士兵知道他喝醉了酒，唯恐他闖下大禍，都緊緊地跟隨在後。

　　張飛走一步，晃三晃，跑到東轅門前，見轅門緊閉，從門縫裏一覷，並無孔明的一點影子。

　　原來，孔明坐在演武廳上，面朝南，背向北，又有照牆擋着，張飛從東轅門門縫裏望過去，祇能見到西轅門的兩扇轅門，又豈能見得到孔明？

　　張飛暗自推想：軍師定然曉得我老張來了，嚇得聞風而躲。張飛無意之間抬首一望，見轅門上掛燈結彩，並掛着十七塊新嶄嶄的虎頭牌，向左右士兵問道："軍士們，這些牌上畫的是什麼東西？"

　　小兵回道："這是軍師剛頒布的一十七條斬將軍令牌。"

　　張飛自語道："這牛鼻子道人架子倒不小，且讓老張瞧瞧，如有不對，俺老張可不允許！"

　　張飛真是硬扳錯頭，這十七條斬將令，是春秋時吳國著名軍事家孫武所立，並非孔明的發明。張飛捋着鬍鬚，抬頭仰視，見第一塊虎頭牌上寫着："第一條，聞鼓不進，立斬！"

　　張飛心裏思想，在戰場上向敵軍城關衝殺，士卒聽得鼓聲，必須奮勇上前；假使懼怕城上強弩利箭，畏葸不前，確須立即斬首。張飛不禁"嗯"了一聲，輕輕道："對的！"

　　張飛又朝第二塊虎頭牌上凝視，上邊寫道："第二條，聞金不退，立斬！"

　　張飛心裏又想，主將在戰場上，下令收兵，鳴金擊鑼，士卒必須立即退下，這就是三軍中常説的"兵聽金聲，馬聽鑼聲"；假使違反將令不退，是應按軍法立斬。張飛不禁又"嗯"了一聲，輕輕道："不錯！"

　　張飛又朝這一塊塊虎頭牌看去，上邊寫着："第三條，泄漏軍機，立斬；第四條，克扣軍糧，立斬；第五條，擄掠搶劫，立斬；第六條，奸淫邪盜，立斬；第七條，酗酒撒潑，立斬……"

　　張飛看到第七條,怒火又升了上來,心想:俺老張今夜喝了酒,難道也要殺頭嗎?他頓時怒火燃燒,失聲大喊道:"啊呀——呸,這牛鼻子妖道,天下哪有飲酒要砍腦袋之理! 來人呀,與我將這第七塊虎頭牌取下來!"

　　眾士兵見三將軍喝醉了酒,懵然無知,不分青紅皂白地亂叫亂嚷,不知如何方妥。但他們都知道,如果現在將虎頭牌取下來,明天自己的腦袋也要被取下來。因此,他們聽到張飛的吩咐,紛紛向兩旁跑去,張飛嚷得越凶,他們跑得越快。

　　張飛看見眾士兵紛紛跑散,心裏忖量,他們害怕孔明,我却怕他什麼!他想伸手把虎頭牌取下來,丟掉它。誰知他把手舉得高高,連腳也踮起來還取不到虎頭牌。張飛霎時火起,從腰間"喀嚓"一聲拔出寶劍,對準第七塊虎頭牌"啪嚓"一劍,虎頭牌一劈化爲兩片,墜落在地上。然後,張飛將寶劍入匣,揚揚得意地站在原地,東瞧瞧,西望望。

　　士兵們見張飛砍倒虎頭牌,藐視軍法,頓時,"嘩"的一聲,校場上一片混亂之聲。幸而把總、參軍趕緊過來,喝令眾三軍不得囉唣。不然被裏邊軍師知曉,令人查究,三將軍便有可殺之罪;祇要軍師不知曉,事情尚可挽回。這叫作"瞞上不瞞下"。把總、參軍隨即命人把劈開的虎頭牌用繩子繫好,仍舊掛將上去,待明日一早同皇叔講明,重新做塊新的,就可瞞天過海、息事寧人。把總、參軍又勸說張飛道:"三將軍,夜很深了,請進城去歇息吧!"

　　張飛覺得,孔明因怕我而躲起來了,虎頭牌也劈了,這股怒氣也該消消了,便道:"嗯,回去也好!"

　　士兵聽说,急忙去同張飛牽馬。

　　且說張飛旋轉身子,一步步地行來。他走到照牆角旁邊,稍不留神,左脚滑進一個半尺深的泥潭裏。

請問,此地怎麼會有個泥潭呢?原來,這泥潭是趙雲中午督造轅門時叫士兵掘出來的。這座轅門是用蘆葦竹子搭的,須掘兩個深潭,用來插轅門腳,士兵剛剛把這個潭掘下半尺深,被趙雲看見,趙雲說這潭位置不夠準確,還要靠近牆角一些,士兵靠近牆角另外掘潭,這個潭就沒有填沒。

張飛此時依然醉眼蒙矓,左腳滑進潭裏,哪裏還站得穩、立得直,身子晃動着向後跌了下去,幸虧背後被照牆角擋住,否則定要仰面一跤。張飛人靠在照牆上,一隻腳踩在泥潭裏,一隻腳擱在上邊。他伸出雙手往左右亂抓,心想祇要抓住一件東西,就可藉勢將腳從泥潭裏拔出來。果然,張飛抓住了一根粗毛竹,這是一隻轅門腳,埋在土中有三尺多深。張飛緊緊抓住竹頭一用力,想把自己那隻腳拔上來。天曉得,他拔錯了一隻腳,自己的腳沒有拔上來,那隻轅門腳倒被他拔出來了。張飛覺得手臂上分量甚重,就脫手一揮,祇聽得"嘩啦啦"一聲巨響,一座好端端的轅門翻倒在地,那轅門上掛的彩燈、插的刀槍鋪了一地。

眾士兵見莽張飛闖倒轅門,立即大嘩。張飛闖倒轅門,仿佛無事一般,撩着虎鬚傻笑着。他好不容易把左腳從泥潭裏拔了出來,站定身子,心裏暗思:這座轅門既然已經坍倒,我何不進去玩耍玩耍?

張飛從坍轅門上跨了進去,走到甬道口,相隔演武廳祇有一百五十步左右了。他朝演武廳上一瞭,見上面燈燭輝煌,映照得如同白晝似的,孔明居中危坐,大哥二哥却分坐兩側。這一下,張飛氣得肚皮都要爆炸了,正是:怒從心頭起,惡向膽邊生。張飛尋思:過去我在堂上時,這牛鼻子道人坐在一旁;今日我不在堂上,他竟膽敢坐在正中,占據了我大哥的座位。張飛怒目噴火,朝裏邊闖去,他哪裏知道,現在的孔明被拜為主將,操有生殺大權,已是今非昔比了。

再説諸葛軍師今夜坐於演武廳上,料定張飛會闖將來的,因此任命趙雲爲臨時軍政官。孔明起初聽到轅門外一陣喧囂,後來又静了下來,他估計張飛已經到了。不多一會兒,轅門平白無故地倒坍,衆文武都深感怪異。孔明聽見,馬上呼喚道:"軍政官趙雲!"

趙雲在甬道邊静坐養神,聽到轅門倒坍,正欲前去查問何事。他聽得軍師叫唤,就快步踏上演武廳,朗聲道:"小將趙雲參見軍師!"

孔明道:"轅門口緣何一片喧嘩,與我前去查來!"

趙雲答道:"小將遵命!"

趙雲内心清楚,即使軍師不命我去查究,我也是要去的,因爲今夜我是臨時軍政官,這是自己的職責。

趙雲纔跑到廳外滴水簷前,外邊報事官正飛奔而來,差點撞到趙雲的身上。報事官見是趙雲,慌亂地跪下叩頭道:"稟、稟……稟報趙大將軍!"

趙雲道:"何事報來?"

報事官道:"今有三將軍喝得酩酊大醉,把轅門闖倒,請將軍定奪!"

趙雲聽完稟報,心念一動,即屬聲道:"呸,大膽報事官,探事不清,報事不明,亂報軍情。三將軍從荆州借兵歸來,莫非一時性急魯莽,馬未收繮,不慎帶倒轅門!"

這報事官無緣無故被趙雲叱責一頓,心裏好不氣憤,他暗自分辯,這轅門闖倒也好,帶倒也好,終歸已經倒坍了,難道我這樣稟報錯了嗎?

演武廳上孔明一聽,知道趙雲暗中相幫張飛,要減輕他的罪名。報事官稟報張飛喝得酩酊大醉,闖倒轅門。這樣,不要説張飛衹長着一個腦袋,縱然長着十個腦袋,也要被孔明斬去的。趙雲的話説得十分得宜。方纔張飛三卯不到,劉備講他去荆州借兵,這明明是鬼話;而趙雲説張飛荆州借兵連夜歸來,劉備的鬼話便有了着落。趙雲又説張飛一時魯莽,馬不收繮,帶倒轅門。這樣,張飛就不犯死罪,最多記一次過。報事官説張飛闖倒轅門,趙雲説張飛帶倒轅門,乍一看,一"闖"一"帶",祇是一字之差,可這一字之差,却性命攸關。

這時,趙雲上前對軍師復命道:"稟上軍師,小將奉命查問轅門倒坍一事。經查問,此乃張飛荆州借兵連夜歸來,一時魯莽,馬未收繮,不慎帶倒轅門,請軍師定奪!"

孔明道:"將軍請到一旁!"坐在孔明旁側的劉備可着急呀,他原以爲祇消熬過今宵,事情就好辦了,豈料三弟張飛依然前來闖倒轅門,惹出禍殃,這可奈何! 幸虧趙雲隨機應變,擅於言辭,纔化險爲夷,平安無事;否則,謊言當場戳穿,事情立即弄僵。

正當此際,張飛已從甬道上一步步地走上來了,衆文武都替他擔心,劉備、趙雲心中更是焦急不安。

趙雲心裏在説:你這個莽張飛啊,軍師點卯時主人劉皇叔爲你説了三次謊,説你荆州借兵去了;我又稟報你荆州借兵連夜歸來,現在你可不要來出我們的洋相啊! 趙雲自忖,這些情況張飛壓根兒不會知道,還是讓我先同他打一個招呼吧。趙雲做事,素來聰穎機敏,這一次却要弄巧成拙了。他沒有看清對象,張飛原是一個性情耿直、心烈口快的莽丈夫,哪裏來管你打什麽招呼? 趙雲急忙迎着張飛道:"三將軍,你去荆州借兵已經回來了?"

張飛聽了,一時被弄得懵懵懂懂,心想我一年之中從未去過荆州,便直率地道:"老張這一年裏從未去過荆州。"

衆文武聞言,都忍俊不禁,以目示意,趙雲的臉忽地漲得通紅,低首不語。孔明側目朝劉皇叔睃了一眼,似乎在説,你説張飛到荆州去了,張飛自己却説沒有去,這豈不是説謊。

劉備也想：趙雲欲彌補漏洞，誰知這洞越漏越大了。

趙雲遲疑片刻，祇得又硬着頭皮繼續對張飛道："三將軍，你好莽撞啊，方纔你馬未收繮，竟然無意把轅門帶倒，可是嗎？"

趙雲一邊說着，一邊朝張飛使了一個眼神，那意思是說，我在竭力減輕你的罪名，你可懂嗎？誰知張飛一點也不領會趙雲的意思，心想：什麼帶倒轅門，你根本沒有看清楚。張飛自逞英雄好漢，依然氣壯如山地道："你弄錯了，這轅門並非老張無意帶倒的，而是有意闖倒的。"

趙雲見張飛戇頭戇腦的樣子，真是又好氣又好笑，心想我要減輕你的一點罪名，你自己却偏要加重一點，教人無可奈何。不過，趙雲仍是露着微笑奉勸張飛道："三將軍，你已身犯軍法，還不快快去見軍師叩頭認罪！"

張飛覺得，趙雲今夜同我說話，爲何聽都聽不懂，令人莫名其妙。他又想，老張今夜到此，是尋牛鼻子道人算賬的，要他向我叩頭請罪的。所以，他對趙雲不再理睬，徑自朝孔明走去。

且說張飛撩起甲攔裙，大步前去，將近虎案前，舉首一瞧，不禁毛骨悚然，狂傲之氣頓斂。過去，孔明坐在大哥旁邊，常常是閉目養神，一雙眼睛似開非開，似掩非掩，沒有一點精神；今日，孔明居中而坐，大哥二哥分坐兩側，堂上文武官員站得嶄齊，旁邊刀斧手、軍牢手、捆綁手，如凶神惡煞一樣，昂然挺立。孔明氣概非凡，一雙秀目圓睜，對着張飛橫眉冷視。張飛祇感到軍師有一股豪氣逼來，叫人汗毛凜凜。他想：這個牛鼻子道人，一執掌兵權，倒很威風呢。看來，今夜大勢不妙，老張不如溜之大吉。張飛想到這裏，掉轉身子就走。

孔明見張飛轉身欲溜，暗想：今夜事絕不能如此草草了事，你這戇漢也太便當了，怎能要來就來，欲走便走！如今教你來時有路，去時無徑。於是，孔明從令架上拔了一條將令，神態嚴屬地道："軍政官子龍將軍聽令!"

旁邊趙雲連忙踏步上前道："末將趙雲在!"

孔明道："不法將張飛竟敢闖倒轅門,無法無天,本軍師付你將令一支,立即將張飛拿來見我,不得有誤!"

趙雲聽得軍師要他去活捉張飛,心裏不由一驚。他忖度,倘若遵命,則傷了劉、關、張桃園結義之情,如何對得起劉皇叔?況且張飛力大無窮,我不一定能將他擒拿;倘若不遵命,違抗將令,自己要被斬首。趙雲這下進退兩難,騎虎難下。他眼睛朝劉備覷覷,暗中徵求皇叔的意思。劉備見了,無法可想,祇好把頭低倒。哪知劉備一低頭,趙雲以爲他在點頭,同意自己去接令,真是"聰明反遭聰明誤"。

此時,趙雲應答道："末將遵命!"趙雲接過將令,心裏苦苦思索,這次捉拿張飛,不能硬拼、動真刀真槍,祇能施用巧計,出其不意,攻其不備。趙雲走到滴水簷前,立定身子,見張飛正晃晃悠悠而去,走得極慢,就高聲叫喊道："吓,不法將張飛休走,俺趙雲奉軍師之命,前來捉拿於你!"

張飛聞言,不禁大怒,他想:我與你趙雲是多年好友,現在你却幫着牛鼻子道人,要來捉我,沒有一點朋友之情。張飛猛地回過頭來,楞眉怒目,暴跳似雷,捏緊拳頭對趙雲揚了幾揚,仿佛道,你若敢過來,老張與你拼命。哪裏知道,趙雲並沒有過去,祇是朝張飛丟了幾個眼神,用手指頭指了指自己的心窩,嘴裏連連高喊道："吓,不法將張飛休走,俺趙雲奉軍帥之命,前來捉拿於你!""呔,不法將張飛,你想往哪裏逃!"

張飛覺得好生奇怪,趙雲爲何祇是高聲叫嚷,身子却一動不動。張飛思慮再三,方始省悟過來。他想:趙雲到底不愧爲數年好友,他將令難違,祇是做做樣子,嘴動身不動,他這喊聲是給上邊那個牛鼻子道人聽的,也是給我打招呼,要我趕快溜走。張飛一想通,轉身就走,他耳聞背後傳來趙雲的一陣陣喊聲"不法將張飛,你往哪裏逃……"一邊回頭瞟瞟趙雲,一邊自言自語:"老張明白了,老趙是老朋友,他在打招呼,叫我快跑。"

趙雲凝神盯着張飛,見他不再回頭瞧自己了,知道他已沒有防備,就拎了拎甲攔裙,從演武廳口竄到甬道上,連蹦帶跳,僅僅幾個遁步,已暗中躥到張飛背後,伸展兩手,用盡平生之力,恰似獅子抱綉球一般,把張飛攔腰連同雙手一起挾住。張飛還以爲有人戲耍,掉頭一看,見是趙雲,曉得受騙上當,就用力挣扎,並直着喉嚨喊道:"老趙,你快放手,你快放手……"

趙雲却拼命挾住不鬆,士兵們圍了上來,想用繩索把張飛捆住。

不過,趙雲知道,這些士兵人數雖衆,却沒有一點用處的,假使自己一鬆手,張飛必然還手,那時,恐怕我倒要被他擒住了。趙雲此刻的處境,仿佛濕手捏着乾麵粉,無計可施,他抱着張飛,綁又不能綁,放又不能放。趙雲情急智生,他的兩手驀地從張飛的兩條臂膀上滑落下來,兩隻手六根指頭搭在張飛兩臂的脈門上,使出了擒拿的武功。這擒拿之功,用一根指頭叫"點",兩根指頭叫"指",三根指頭叫"擒",四根指頭叫"拿",五根指頭叫"抓"。刹那間,張飛兩臂又酸又麻又疼,好似五筋六脈打了結一樣,忍不住怒吼道:"哇呀,難過啊,難過啊……"

張飛再也無力抵抗,渾身好像癱瘓似的,趙雲把他雙手反到背後,小兵送上繩索,將張飛捆綁起來。

衆文武見張飛被趙雲擒住,群情騷動,蹺足而望。此時,趙雲也弄得精疲力竭,汗流浹背,額邊的頭髮被汗水沾濕了,他回到演武廳上,向軍師繳令道:"軍師在上,小將已奉命把不法將張飛生擒活捉,請軍師定奪!"

孔明見趙雲居然真的活捉張飛,對他極其賞識,暗暗稱贊不已。孔明把將令收回,插上令架,命趙雲退過一旁。

孔明見士兵們押着張飛上演武廳來,立即傳命道:"三班手上堂!"

眨眼之間,演武廳上一片肅靜,殺氣騰騰,刀斧手、軍牢手、捆綁手一齊參見軍師,一個個刀劍出鞘,十分威風。

孔明聲色俱厲地道:"不法將張飛,膽敢三卯不到,闖倒轅門,目無軍法,藐視本軍師,將他押出轅門,候令行刑斬首!"

三班手不容張飛分說,就把他推出轅門,待令斬首。按常規,行刑前,犯人應跪倒於地,準備上刑,古人名謂"伏地受刑";可今日三班手想到三將軍素來待人寬厚爽快,就給他一個面子,非但不要張飛跪倒,反而搬來一把椅子,請他坐下。大家雜然慰藉道:"三將軍請坐!""三將軍不必過憂!""三將軍祇管放心,請暫且委屈一下,劉皇叔一定會出來說情的。"

張飛一聽,思緒如湧,他想:這話說得對呀,今日老張被牛鼻子道人處以斬刑,大哥豈能袖手旁觀,眼看我首身分離呢?他定會給我說情的。

這時,軍牢手步上演武廳來,在軍師案前跪下道:"稟上軍師,一切預備停當,請下行刑令!"

古代斬將是有一定規矩的,假如一員將軍被判死刑,旁人可以替他講情,祇要主將同意,就可以免斬,死罪改爲活罪。如果主將定斬不赦,就從令架上拔來一條墨黑的將令,這就是行刑令。主將把行刑令拋在堂下,軍牢手拾起它,就馬上衝下大堂,直奔轅門之外,一路上連連高喊"行刑令下!"捆綁手看見行刑令下,就連忙放炮,這一炮叫作"落魂炮",俗稱"斷頭炮"。刀斧手以炮聲爲信號,手執亮閃閃的鬼頭刀,"嚓"的一刀把人頭砍下,然後提着首級上堂,請主將驗明首級。

眼下,孔明見軍牢手前來請下行刑令,就右手搭上令架,拔出了一條墨黑的行刑令。頓時，演武廳上寂然無聲，衆文武屏住呼吸，每根神經繃得緊緊的，朝着劉備瞪着眼睛發呆。

劉備見孔明在拔行刑令，知道此令一下，三弟的頭就要落地，事已刻不容緩，他急着起身高喊一聲道："轅門口刀下留人！"

傳事官隨着也朝外邊高喊一聲道："轅門口聽着，劉皇叔有話，請刀下留人！"

校場上三班手聞知劉皇叔討情，"嗤嗤嗤"地跑到張飛面前，討好地道："恭喜三將軍，有人爲你講情了！"

張飛問道："不知哪一個爲老張講情？"

三班手道："劉皇叔親自向軍師討情，包管一舉成功。"

張飛聽畢，暗想：大哥討情，那牛鼻子道人豈有不允之理，看來我馬上就要脫身了。

再說堂上劉備對孔明施禮道："軍師，劉備有禮了！"

孔明見主人劉備上來討情，就把行刑令重新插回令架上。他心裏忖度，我今夜哪裏肯真的斬殺張飛這員大將，目的是整飭紀律，使全軍將士同仇敵愾，殺退曹軍。現在皇叔討情，我當然可以允許；不過，這也要有一個條件，就是討情必須有充足的理由，即使不到十成，至少也要有七八成。如此，我方可趁勢落篷。於是，孔明彬彬然還了一禮道："主公有何見教？"

劉備道："軍師，我三弟三卯不到，闖倒轅門，論理是當斬首。然而，還望軍師念他二十年來，跟隨劉備南征北戰，伐董卓，戰虎牢，抗曹賊，屢建奇勳，把他過去所建之功來贖今夜之罪，請軍師將他赦免了吧！"

孔明聽罷，不由得暗暗歎了一口長氣。他思想：我白日託病欲返隆中，主人十分聰明，一下全部猜中；而現在討情，卻不通情理。主公的話粗粗一聽，似乎頗有道理，用二十年之功來贖今夜之罪，功過當然可以相抵；可是，張飛這二十年之功是在你主公手下所建的,而今夜之罪是在我麾下所犯的,兩者互不相干。俗話說"紅蘿蔔不能劃到紅蠟燭的賬上",說的就是這個道理。倘若我現在答應了主公,日後如何束縛全軍將士? 如何對部下發號施令? 如有一士兵違反軍法,理應斬首,旁人討情道,這個士兵過去在我沒有出山時曾立過功,請用他過去之功來贖今日之罪,這將奈何? 因此,孔明祇得教劉備難堪一下了。回答道:"張飛昔日有功,是在主公麾下所得;今夜之罪,是在本軍師案前所犯。因此,不能將昔日之功抵贖今夜之罪,請主公一旁坐下!"

劉備萬萬沒有料到孔明竟不肯許諾,臉色非常難看,眼淚險些兒滴了下來。

衆文武見軍師鐵面無私,不講情面,不免大失所望。大家見軍師右手又搭到令架上去拔行刑令,都顯得緊張萬分,又無計可施,祇得神情沮喪地呆望着關羽,希望他去向軍師討討情。關羽會意衆文武的意思,暗自測度,大哥求情,軍師尚且不允,我上去還不是徒討沒趣,自塌其臺。可想到當年桃園三結義,三人拜爲生死之交,今夜又豈能不管! 於是,關羽抱着一綫希望,站起身來喊道:"轅門口刀下留人!"

堂上傳事官也隨聲喊道:"轅門口聽着,二將軍講情,請刀下留人!"

校場上三班手見皇叔討情沒有成功,現由關羽向軍師討情,這希望便更是渺茫了,但還是慰藉張飛道:"恭喜三將軍,又有人爲你講情了!"

張飛道:"不知又是哪一個?"

三班手道:"二將軍向軍師討情,諒是能夠成功的。"

説話雖如此説,語氣與方纔迥然不同了,方纔十分自信,現在却連自己也不信。張飛也深知,二哥討情,哪裏及得上大哥,看來性命將終,黃泉路近。雖説張飛並不怕死,但總覺得滿腹牢騷怨恨,堂堂一員梟將,不是死於刀光劍影的沙場,而是被那個牛鼻子道人斬首,豈不冤哉,真教人死不瞑目。

此時,演武廳上關羽對孔明拱手道:"軍師在上,關某有禮了!"

孔明見關羽討情,心想,你是一位智勇雙全的儒將,熟讀《春秋》,討情諒會入情入理,不會像皇叔那樣不通一點情理,祇要説話有六七分理,我也就藉此收場了。不過,孔明雖然這樣想,却還是語氣嚴峻地道:"二君侯少禮了,不知有何見教?"

關羽道:"軍師,我三弟身犯軍法,論理該斬,可是,我們劉、關、張兄弟三人二十年前桃園結義,對天立誓,生死相共,一存三在,一死三亡,三弟倘被斬首,我等情願同去黄泉。望軍師念我兄弟三人桃園結義之情,格外寬宥,免去我三弟死刑。"

關羽話未道畢,孔明已是失望之至,誰能意料得到,一位熟讀《春秋》的儒將,竟然鬧出這樣的笑話,全然不講一點道理,把私交與軍法混雜在一起。孔明想:倘若我答應了你的討情,那麽衆將士都要效法你們劉、關、張了。你們是三人結拜爲兄弟,人家要是十個、一百個結拜爲兄弟,以後其中有人犯了死罪,另外的人都爲他討情求饒,如此,還有什麽軍法可言!孔明略一沉思,對關羽搖了搖頭,直言奉告道:"二君侯,你們兄弟桃園結義是私交,今夜張飛所犯的是軍法,豈能因私交而廢軍法,請二君侯一旁坐了!"

關羽被孔明駁回,作聲不得,猶如一下墜入冰窖之中,渾身冰涼冰涼,神態窘極,臉上通紅,一直紅到耳根邊。幸好他本是紅面孔,別人粗看不易發覺。關羽做事,從未塌過臺,説到就能做到。當年在虎牢關,講明不等杯中酒冷,把華雄首級取來,果然説到做到;可今夜孔明却教他塌臺,關羽抑鬱無言地坐了下來,一雙怒目傲視着孔明,恨恨不止。他想:我們兄弟三人三顧

茅廬，請你出山，興漢滅曹，哪曉得你上半夜登臺拜將，下半夜就
要殺我兄弟，教人如何平得下這口怒氣！

　　再說孔明把關羽駁回，又伸手去令架上拔那墨黑的行刑令，
要將張飛斬首示眾。正是：

　　　　適纔人前敢誇英雄漢，瞬間刀下將成斷頭鬼。

第十二回　追三弟心急如焚
頒將令妙算若神

　　演武廳上眾文武見軍師又伸手去令架上拔行刑令，都焦灼萬分。此中最爲着急的要數趙雲。趙雲思想：今夜事何等尷尬！倘若張飛真的被斬首，教我今後如何做人？趙雲欲上前討情，覺得自己的身份、地位遠遠不如皇叔、關羽，他們去講情，尚且碰壁，自己又有幾多能耐？何況張飛是自己擒來，自己又去討情，這未免有些滑稽，將遭人非議。

　　趙雲思慮再三，又想：難道軍師果真要將張飛斬首嗎？想到這裏，茅塞頓開，暗暗驚道：原來如此！趙雲猜得軍師心中所思所想，急忙跨上前去，高聲喊道："轅門口刀下留人！"

　　堂上傳事官同樣隨聲喊道："轅門口聽着，趙大將軍講情，請刀下留人！"

　　校場上三班手一聽趙雲討情，頗覺蹊蹺，怎麽討情之人竟然是擒拿張飛之人？他們滿腹疑團地朝張飛輕輕道："三將軍，如今趙大將軍爲你講情了。"

　　張飛一聽，火氣又上升了，心想：你趙雲既要討情，剛纔何必捉我，這真是"貓哭老鼠假慈悲"。

　　再説趙雲步到虎案前站定，對軍師一拱道："小將趙雲參見軍師！"

孔明見勢成僵局，騎虎難下，看見趙雲討情，內心思忖，方纔擒拿的是你，現在討情的也是你，祇要你的討情有五分理，我就把張飛釋放。孔明想是這樣想，但還是裝作怒形於色地道："大膽趙雲，莫非爲不法將張飛求情不成？"

趙雲道："小將不敢！"

孔明道："既非講情，又有何事？"

趙雲答道："小將在想：張飛所犯之罪，理當斬首，祇是今日是軍師登臺拜將的黃道吉日，是軍師執掌大權的第一日，如若斬殺大將，深恐與軍不吉；再說曹軍壓境，未曾開兵，先斬自己大將，也於戰事不利。故請軍師暫且免斬張飛，允許他去沙場破曹，戴罪立功。若能立功，將功抵罪；若不能得勝，兩罪俱算。請軍師恩准！"

孔明感到趙雲這員巧將討情討得有理，暗暗贊歎，便想就此收篷了。正在這時，衆文武一起擁上前來討情道："請軍師恩准！"

孔明見此，又假裝沉吟片刻，方始道："列位大夫、諸位將軍，子龍將軍言之有理，本軍師豈會不准？請閃過兩旁！"

衆文武異口同聲道："謝軍師！"

旁側劉備，暗暗佩服趙雲。他自忖：趙雲這番話講得有理有據，我爲何想不出來呢？

且說孔明又想：按規矩，現在應把張飛押上演武廳鬆綁，謝本軍師不斬之恩；不過，這個張飛若押上來又發起犟脾氣來，如何方好？因此，孔明就傳令道："把不法將張飛免斬鬆綁，用亂棒打出校場，並記大過一次！"

三班手聞得軍師赦免令，忙擁到張飛跟前祝賀道："三將軍，恭喜你了，趙大將軍講情，軍師恩准，請三將軍上馬進城吧！"

士兵將馬牽來，張飛躍上馬背，正欲離開，三班手攔住道：

“三將軍且慢，本當軍師傳命，要我們把你用亂棒打出校場，如今免了，請三將軍心中有數！”

張飛不禁爲之一愣，暗道：“慚愧！”正愧汗間，三班手又接着道：“三將軍，軍師還說，要給你記大過一次……”

張飛聽得臉色大變，怒火難抑。他内心細細思索，疑團難釋：今日大哥二哥講情，牛鼻子道人不准；趙雲一講情，他就允諾。這是什麼道理？牛鼻子道人如此小覷我，侮辱我，把我捆綁着折騰了半夜，又要將我亂棒打出，記什麼大過一次，而大哥、二哥却隔岸觀火，不爲老張出氣，莫非大哥二哥與那個牛鼻子道人串通一氣，有意作弄我老張！張飛越多思，越覺得大哥二哥與牛鼻子道人合穿一條褲子，於是，他朝轅門黑頭怒聲叫道：“呸，演武廳上聽了，從前誰人不知，哪個不曉，劉、關、張桃園結義拜爲兄弟，如今我把‘劉、關、張’三字改了吧，改爲‘劉、關、諸葛’四字吧！你們要把老張用亂棒打出，此間不留人，自有留人處，俺老張返回家鄉就是了。”

話音未落，張飛把馬繮一拎，兩腿把馬腹一夾，登雲豹一聲長嘶，朝北疾馳而去。

劉備聞張飛言，這一驚非同小可，知道三弟誤會了，在怨恨自己，就趕緊起身道：“軍師，劉備暫且告退！”

孔明見皇叔急得面色陡變，知道他們兄弟情深，就應承道：“主公請便！”

劉備急不可耐，撩着蟒袍匆匆出轅門而去。關羽見大哥去追三弟，知道三弟誤會太深，此結一時難解，便欲陪大哥同去。關羽起身對孔明道：“軍師，關某也暫且告退！”

孔明暗暗好笑，劉、關、張感情真的不同一般，一個跑，居然三個一道跑。孔明淡淡道：“二君侯請便！”

關羽撩開綠錦袍，奔下演武廳。周倉是關羽親信，不離關羽,他見關羽出去,連忙急跟出去。

關羽衝出轅門,見大哥已跨上的盧龍駒,揚鞭欲發,慌忙連連高喊道:"大哥且慢走,關某來了!"

劉備聽得關羽聲音,回首道:"二弟快上馬,追趕張飛回來!"

恰逢周倉牽來赤兔馬,關羽一躍而上,緊隨劉備朝北追去。連着下了幾天雨,道路泥濘不堪,馬兒難行,關羽就命周倉在前先行,把張飛攔住,因周倉是飛毛腿,行路似飛一般。於是,周倉拔腿飛跑,去追趕張飛,劉備、關羽騎馬在後。

且說孔明在演武廳上,不多時,晨光熹微,天色漸明。按規矩,天明要開放轅門。然而,東轅門已被張飛闖倒,塌在地上。趙雲就吩咐士兵先打開西轅門,然後又命數十個士兵把橫於地上的東轅門豎了起來,將轅門腳插好,再去開鎖。

孔明見眾文武將士通宵未眠,頗爲睏倦,就預備先退堂小憩,午後再發令開兵。正在這時,一名快探飛馬而來,於轅門口下馬,匆匆直上演武廳,在軍師案前單腿一跪道:"報稟軍師!"

孔明道:"何事報來?"

探子道:"奉令探得,曹軍先鋒隊離新野衹有一百五十里路了,請軍師定奪!"

孔明道:"知道了,與我再去探來!"

探子退出,孔明掐指一算,不消兩天,曹軍要兵臨城下。他本來想休息半日,可現在覺得,自己這次對付曹軍是用火攻之計,須事先作好埋伏,軍情十萬火急,看來衹好暫時退一退堂,讓眾文武將士飽餐一頓,立即就升堂發兵。孔明與文武將士言明,便吩咐退堂掩門。

不到半個時辰,孔明傳令道:"來人,起鼓升堂!"

頓時,聚將鼓急雨般擂動,眾文武魚貫着走上演武廳。

孔明踏出麒麟門,步入演武廳,坐定。眾文武上前參見畢,文東武西，兩邊站定。孔明從袍袖裏摸出七封錦囊，置於虎案角上，他見劉、關、張三人尚未歸來，心裏暗忖，還是略待一會再説吧。其實，這時，劉、關、張已經回到校場，正向演武廳走來。

花開兩枝，各表一枝。

且説張飛忿然離去，連連揚鞭催馬，沒多久，已離新野十餘里路了。當此時，旭日出山，朝暉滿天，張飛"吁——"的一聲，將馬扣住，望望天，看看地，不禁茫茫然道："啊呀，且慢，俺老張往何處去呢?"張飛的酒已漸漸醒了，他左右尋思，倘然回轉家鄉涿郡，重開酒肉店，屠豬賣酒，恐被家鄉父老嗤笑。清冷的晨風一吹，張飛的頭腦吹得十分清醒了。他想起昨夜的事，越想越覺得不是味兒。恍恍惚惚記得自己原先在衙門大堂上飲酒，不知怎的，却是闖了轅門，又被擒綁在校場處斬!這究竟是何人之錯?張飛獨個兒在馬上評起理來，原告、被告、證人，都是他自己一個人。張飛竟斷斷續續、自言自語："俺老張昨夜被軍師捆綁斬殺，當然是軍師錯的……唉，他不錯，俺闖倒轅門，是老張錯的……不，老張不會錯的，俺聽了那火頭軍的話，他説軍師在登臺拜將，老張就暴跳如雷，去校場闖倒轅門，這是那火頭軍的錯……啊呀，那火頭軍又有什麼錯? 講不講是他，闖不闖是我。這麼説，又是俺老張錯了……不，老張一定不錯，俺是被上元紅老酒灌下肚子後，吃得酩酊大醉，纔去闖倒轅門的。噢，原來是那老酒錯的……啊呀，不對，那老酒好端端在罈裏，是老張偏生要把它灌到自己肚子裏去的。如此説來，千錯萬錯，萬錯千錯，終究是俺老張錯的啊!"張飛説了半晌，仍然是自己的錯。張飛騎的那匹登雲豹見主人在一個人説個不休，不再管他，就慢吞吞地走着。

且説周倉抄着小路，翻過山岡，飛跑着追趕張飛。周倉來到大道上，遠遠望見張飛在前邊指手畫脚，他作夢也不會想到張飛自顧自在評理。周倉加快步履，一路亢聲叫道："三將軍慢走，後邊劉皇叔和二君侯追來了，請三將軍快快駐馬啊！"

張飛聞得背後有人在喊自己，一回顧，見是周倉。他聽說大哥二哥追來，頗欲返回，可又感到這樣輕易地跟着大哥二哥歸去，臉上實在不光彩。張飛尋思：自己祗好裝裝樣子、擺擺架子了。他雙腿在馬腹上一夾，馬兒就向前疾馳，誰知馬尚未衝出去，張飛又把馬繮緊緊扣住。那馬被弄得糊裏糊塗，主人今日到底是要自己跑還是停呢？那馬倒也聰明，既不衝出去，又不停下來，四蹄在大道當中猛蹦猛跳。後邊周倉見了，用足力氣拼命追趕，誰知竟衝過了頭，忙回轉來抓住那馬的嚼子，大叫道："三將軍，你快停馬，後邊劉皇叔和二君侯就要來了，快快停馬……"

張飛裝模作樣道："周倉，你快放手，老張定要回轉家鄉去了，你快放手……"

兩人正在吵鬧之間，後邊劉備、關羽來了，隱約望見張飛的影子，就放開嗓門喊道："三弟快快停馬，愚兄來了！""三弟快快停馬，關某來了！"

張飛遙見大哥二哥急急趕來，好像小孩子遭人欺侮之後見到大人似的，內心又怨又恨又難過，竭力抑制着感情叫道："大哥、二哥啊……"

聽得張飛仿佛要哭出來了，十分委屈，劉備十分不忍。暗想：兄弟如此一員虎將，被孔明弄到這等地步，真是"柔能克剛"。劉備拉着張飛，婉言勸說道："三弟，快隨愚兄回去！"

張飛凝神半晌，怒氣頓生，"哼"了一聲道："大哥，老張死也不願回去！"

劉備情義深長地道："三弟難道忘了二十年前的桃園結義，居然忍心拋離愚兄而去嗎？"

張飛恨恨不已地道："大哥，並非小弟忘却桃園結義，俺被孔明擒捉捆綁，於轅門外候斬，大哥二哥講情，他都不允，後來趙雲求情，他方始准許，可又須記大過一次，將俺用亂棒打出校場。慚愧啊，小弟哪有顏面返回？小弟縱然死了也不回去！"

劉備見張飛的模樣，萬般不忍，便頗動感情地道："三弟若決計不歸，愚兄就隨你一道出走。不管流徙何方，即使天涯海角，我們兄弟三人也要同生共死。"

劉備說着，不覺眼淚直流。關羽在一旁斟酌再三，大哥哭泣，徒然無用，三弟性格剛烈，死要面子，此事教他如何下得了臺？關羽靜思片刻，忽生一念，他劈頭而問道："三弟，你當真不願回去嗎？"

張飛道："二哥，老張無論如何也不回去了！"

關羽臉色一沉道："三弟，天下人都知曉你是一員智勇雙全、粗中有細的猛將，今日裏却因何如此魯莽無知？男子漢大丈夫，能屈能伸，耐得一時之氣。我們應該回去看那孔明如何發令開兵，如何調兵遣將，如何殺退十萬曹兵。要是他果有奇才，能夠殺退曹軍，我們甘拜下風；要是他退不得曹軍，我們也要殺退曹軍，回來再把孔明趕走就是了。三弟倘若不願歸去，恐不免爲天下人恥笑。"

張飛聽完二哥的話，腦子豁然清醒，默然而思：假使孔明確懷奇才，能退十萬曹兵，老張哪怕伏地請罪，心甘情願。於是，張飛爽快地道："如若孔明不能殺退曹軍，那麼，還須仰仗二哥的青龍刀、趙雲的長槍和老張的丈八長矛。待俺同心協力，殺退敵軍，得勝歸來，定要雪俺心頭之恨！俺老張要把孔明綁起來，推出轅門斬首。大哥討情，老張不允；二哥討情，老張也不允；老趙討情，我就給孔明記大過一次，命人把他用亂棒打出校場。好，就這麼辦，大哥二哥，我們回去吧！"

劉備暗暗佩服二弟言之成理，竟然說得三弟自願返回。弟兄三人掉轉馬頭，同回校場，周倉在後緊緊相隨。距離校場約莫半里之遥，聽得傳來一聲聲的聚將鼓聲，劉備就對關、張兩人道：
"二弟，三弟，可曾聽得鼓聲嗎？諒必軍師已經起鼓升堂，在發令
開兵了！"

關羽道："三弟，快去接頭令啊！"

張飛十分自信，沙場馳騁殺敵，衝鋒陷陣，自己素來在前，這
頭令終歸是自己的，何須多憂。三人進了校場，各自下馬，周倉
把劉備的"的盧"、關羽的"赤兔"和張飛的"登雲豹"牽進馬厩去
餵料飲水，把青龍刀、丈八長矛插上威武架。

且説劉、關、張三人進了轅門，便從甬道上步往演武廳。劉
備第一個走到虎案前道："軍師在上，孤有禮了！"

孔明還禮道："主公少禮了，請一旁坐下！"

關羽也上前一拱道："關某參見軍師！"孔明道："二將軍少禮
了，請一旁坐下！"

張飛剛剛踏上演武廳前石階，仰頭望見孔明，驀地臉上一
紅，覺得無顏再見孔明，就把腳又縮了下來，輕輕道了一聲"慚
愧"。張飛思想：俺方纔被孔明綁將起來，幾成刀下之鬼；現在又
要上去參見他，太沒有志氣了。他又想入非非，除非孔明拔頭令
叫老張一聲翼德將軍，我再上堂去，他如若不呼喚於俺，老張決
不上去。

孔明早已瞥見，却不理會。孔明向兩旁衆文武道："列位大
夫、諸位將軍，本軍師初次用兵，全仗大家戮力同心，共破曹軍！"

衆文武一齊道："遵命！"

孔明右手從令架上拔出一條將令，左手從案角上拿起一封
錦囊。兩旁文武都知，哪位將軍接到這條將令，是極爲榮耀的，
因爲這是軍師登臺拜將後初次用兵的頭一條將令。衆人心裏明
白，有資格接頭令的是關、張、趙三員大將。三人比較起來，關羽
憑着一匹赤兔馬、一口青龍刀，身價極高，但他的青龍刀祇斬上

將，不殺無名小卒，曹軍見了關羽並不驚怕。因此，關羽不宜接
這條頭令。趙雲雖說是一巧將，可他還未成名，尚少威望，曹軍
將士並不認識他，因此，趙雲接頭令似乎也不合適。衆文武一致
公認，張飛最適宜接這條頭令，因爲他在戰場上亂殺一通，勇猛
無敵，曹兵見了最怕，如同見了閻王似的。

衆文武伸長脖子，朝演武廳下邊的張飛眨眨眼，仿佛在說，
軍師馬上就要叫你接令了。張飛見大家對他投來羡慕的目光，
心想這頭令屬於自己，毋庸懷疑，便得意揚揚，昂首而待。誰知
孔明看也不看他一眼，輕聲喚道："孫乾聽令！"

衆文武無不駭然，暗暗歎奇，怎麼這頭令竟被孫乾接去？劉
備彈出眼珠，朝軍師呆視，莫非軍師昨宵整夜不眠，有些昏頭昏
腦了？

孫乾聽得軍師命自己去接令，大爲突兀，內心猜度，軍師怎
麼把我這個文官誤當武將，如若叫我去沙場殺敵，等於要我去法
場受死刑。孫乾整整頭上烏紗帽，抖抖身上大紅袍，撩袍端帶，
踏着方步上前，並故意將袍袖拂了幾拂，表明自己是個文官。

孔明見了覺得好笑，看他這副模樣，當我連文官與武將也分
不清了。若是如此，還能當軍師嗎？

孫乾走到虎案前，把手一拱，聲音有些顫抖，道："軍師在上，
孫某拜見！"

孔明道："將令一支，錦囊一封，命你爲馬前先鋒，帶五十士
兵，照錦囊所說，衝鋒殺敵。"

言猶未了，孫乾嚇得心頭"卜嗵、卜嗵……"跳個不止，結結
巴巴道："孫、孫、孫某——遵、遵……遵令！"

孫乾接了令箭，取了錦囊，戰戰兢兢，如臨深淵，如履薄冰。
他慢吞吞地走了幾步，回首朝劉備瞧瞧，好像是對主人說，今日
一別，我將爲國捐軀，永不相見了。

　　堂外張飛見了，心中可來氣了，忿然道："啊呀，好一個吃飯的囊袋，原來是個外行！"

　　孫乾步出演武廳，立即拆開錦囊，細細看畢，恍然省悟，暗暗贊嘆不絕。錦囊上命孫乾帶領五十個士兵。這五十個士兵，經驗要豐富一些，年歲老一點無妨。孫乾與這五十名士兵，喬裝打扮成老百姓，可扮作店中的夥計，小本經紀的商販，農村種田的莊稼漢……裝扮成百姓之後，應躲藏在離城三五里的樹林裏、小路旁。待曹軍殺到新野，見新野已是一座空城，沒有一個人影，定會到處搜尋。待被捉到曹營後，曹將必問劉備去處，便可以告訴他們，説劉備已逃避到博望坡古人山去。曹將人生路不熟，定然要他們作嚮導，他們不必有什麼顧忌，祇管領路就是；可是，在半途之中，須裝成因年紀衰老而跑不動的樣子，曹將因爲要他們領路，會給他們馬騎，這樣，便於後來快馬逃回。你們把曹兵領到豫山道盡頭，一座小峰峭壁上刻着"羅川口"三個大字，山峰下大楊樹上頭竪着一面小白旗，這時，要作好逃跑準備。但聽得信炮響起，前邊有人馬衝來，就趁機四散而逃。

　　孫乾按照錦囊之計，立即從九百五十名士兵中挑選出五十名老弱殘軍，年紀都過六十花甲，滿頭白髮，銀鬚飄飄，看上去，一陣風來，也能把他們吹倒似的。孫乾帶着這五十名老兵，各自喬裝成百姓，孫乾自己扮作一個文質彬彬的教書先生，帶着一個小包囊，内中放着文房四寶。然後，衆人分頭而去，按計而行。

　　再説演武廳上衆文武被軍師的頭令弄得莫名其妙，大家的眼睛你瞪着我，我瞪着你。

　　正在這時，孔明又拔出第二條將令，取過第二封錦囊，喊道："簡雍聽令！"

　　衆文武聽得又是一位文官，不禁滿腹疑團，今朝軍師發兵，不用武將，重用文官，頭隊先鋒是孫乾，二隊接應是簡雍，這如何

對付得了十萬曹軍？簡雍驚恐萬狀地來到案前,渾身顫抖着道:
"簡某參見軍師!"

孔明道:"將令一支,錦囊一封,本軍師命你帶領五十小卒,
速速前去,按錦囊辦事!"

簡雍被軍師的威勢所震懾,張大了嘴巴竟説不了話,半晌始
道:"遵、遵、遵……遵令!"

簡雍退下堂來,打開錦囊一看,頓時,心上的一塊大石落到
地上。那錦囊上説的,乃是一件輕而易舉的區區小事。軍師要
簡雍帶上五十小兵,通告新野全城百姓,暫且去四鄉八鎮的親戚
朋友那裏避上三四天,等到殺敗十萬曹兵,再歸來安居樂業。家
內之物,祇管放心,曹軍是斷然不敢入城的。如若四鄉沒有親
友,可去樊城避難。

簡雍帶了五十小卒,立即進城。

二令剛下畢,孔明又拔出第三支將令,取過第三封錦囊,朝
下邊喊道:"麋竺、麋芳聽令!"

旁側劉備一聽,喊到的是自己夫人麋氏的兩個哥哥,也就是
自己的兩個郎舅。麋竺是個文官,堂下站了十多年,從未獻過一
條計謀;麋芳是個武將,跟隨劉備十多年,尚未上過一次戰場。
因此,劉備對軍師斜睨一眼,丟了個眼色,似乎在説:這兩人是不
能派用場的。孔明領會皇叔的意思,向主人微微一笑,似乎在答
道,我會物盡其用的。君臣二人正以目傳言,麋氏昆仲上前施禮
道:"參見軍師!"

孔明一面把將令和錦囊交與二人,一面説道:"你兩位帶兵
五十,按錦囊辦事!"

麋竺、麋芳惶惶然答道:"遵令!"

二人一下堂,急不可耐地打開錦囊,一看,原來軍師要他倆
帶領五十士兵,保護好甘夫人、麋夫人兩位主母和小主人阿斗,

把他們送到樊城，暫避數日。孔明用人，考慮十分周到。若是別的大將保護主母，處處都須避嫌，講究禮節，用膳不能與主母同桌共進，說話不能正目相視。但麋竺、麋芳與麋夫人是同胞兄妹，就不必計較這些，可以隨便一點了。當然，這也得看菜吃飯、量體裁衣。今日麋氏昆仲護送主母和小主人，毫無問題，可等到以後在當陽道和長阪坡時，百萬曹軍洶洶而來，就非趙子龍保護主母和小主人不可了。麋竺、麋芳覽畢錦囊，奉命而去。

且說孔明發出三條將令，九百五十名士兵纔用去一百五十名。此時，孔明又從令架上拔出第四支將令，從案頭拿起第四封錦囊，這封錦囊比方纔發出的三封要厚得多，十萬曹軍，有九萬三千是死在這封錦囊上的。軍師拿着這支在這次用兵中最重要的將令，高聲喊道：“二將軍聽令！”

關羽起身道：“關某在！”

孔明道：“將令一支，錦囊一封，本軍師命你帶領周倉、關平、劉辟、龔都、毛仁和苟璋六員副將，率領四百士兵，必須按錦囊辦事，不得有誤！”

關羽語調鏗鏘地道：“關某遵令！”

關羽退下演武廳，帶領六員副將與四百士兵，奉命行事。那封錦囊上說得明明白白，簡而言之是一個“火”字。關羽按計辦事，先去城內軍師府內搬取箱子，這些箱子是孔明出山時帶來的，大小不一，有七寸見方的，有一尺見方的，也有三尺見方的，裏面裝的是地雷、火炮、火藥等等。

這些箱子是孔明輔佐劉備三分天下的本鈿，孔明一生數次使用火攻，如火燒博望、火燒新野、火燒赤壁等，依仗的就是這些本鈿。

關羽命士卒搬取一百一十四隻箱子，其中六十四隻是紅漆箱子，内裝地雷，五十隻是黑漆箱子，内裝硫黃火藥。關羽率領衆將士，帶着這些箱子，出城關沿大道行一十八里，有一山道名豫山道，順着山道行三十六里，來到一個名叫羅川口的山谷，接着進了一個山口，有一個大山坡，名叫博望坡。這裏，古木參天，老藤盤纏，荆棘叢生，野草遍地，是一人跡罕至之地。

關羽按照錦囊之計，在這布置了三處埋伏。第一處在博望坡山口，山口有兩座土山，約三四丈高，關羽命四百士兵幹了整整一天，在山頂上堆起一層層的石頭，用人工加高到八丈有餘。這些石頭，用長長的繩子圍住，這許許多多的分索連在一條總索上，這條總索縛在後邊山峰上，待曹軍進了山口，就砍斷總索，兩座土山上的石頭坍將下來，封住山口。關羽見布置停當，就命劉辟、龔都帶領士兵埋伏在這裏。

第二處埋伏在博望坡四周圍，博望坡東西南北掘了四條大壕溝，闊一丈二尺，深八尺，壕溝內安置着一排排的松香硫黄、枯枝茅草等，用竹節打通的粗毛竹接起來，裏邊是火藥綫，四面山脚有毛仁、苟璋帶領士兵埋伏着。等到曹軍到了裏邊，山口封鎖，就把火藥綫點燃。這樣，這四條壕溝就變爲火壕溝，壕溝內火焰騰竄而起，猶如銅牆鐵壁似的，曹軍如魚落網中，難於逃出天羅地網，這叫作：天當棺材蓋，地作棺材底，逃竄三十里，仍在棺材裏。

第三處埋伏在博望坡四面山峰上，待四條壕溝內火焰騰起，士兵們就用噴火筒噴火，把一支支火箭射出去，把一個個火藥包擲出去，草木一着火，風一吹，就越燃越旺，成爲一片火海。曹兵見遍地皆火，祇有一些大大小小的土墩上沒有火，就會紛紛搶登土墩，妄圖死裏逃生。那麽，土墩上到底有無生命危險呢？原來，土墩下面埋着諸葛子母炮、竹節轟鳴炮、地雷大爆炮等等，等到土墩上擠滿曹軍，再炸它一個血肉橫飛。

孔明這次用兵，屈指一算，算定博望坡難於燒盡十萬曹軍，至少有一二萬曹軍漏網在博望坡外邊。因此，錦囊上寫明，關羽帶領周倉、關平兩員副將，率領士兵二百，守衛於羅川口，把去年徐庶用過的火牛陣重新用一用。去年徐庶安排的火牛陣，一百頭水牛死掉了一些，後來又補充了一部分，現在有一百零五頭。關羽按照錦囊之計，設下重重埋伏，等候曹軍上鈎，這裏暫且不表。

再說演武廳上，孔明仍在繼續發兵，他拔出第五支將令，取過第五封錦囊，掃了趙雲一眼道："子龍將軍聽令！"

趙雲上前參見軍師道："末將趙雲在！"

孔明道："將令一支，錦囊一封，本軍師命你帶兵一百，按錦囊行事！"

趙雲道："末將遵令！"

趙雲接令退了下來，把錦囊啟封，瀏覽一遍，莫名其妙，連着看了數遍，仍是千思萬慮不得其解。那錦囊上說，趙雲須鎮守在羅川口，等待曹軍到來，上前封斷要道。曹將先鋒韓浩與趙雲交戰，趙雲必須記住：勝則有罪，敗則有功，一路且戰且退，引誘曹軍追趕十二里路，並且詐敗時要裝得神色倉惶，腳步慌亂，不使曹軍生疑。如若曹軍祇追十里八里，就要辦趙雲之罪。敵人追到兩山環抱的博望坡山口，趙雲千萬不能進入山口，應在山口外用盡平生之力把韓浩一槍結果性命。如若把韓浩一槍挑死，記大功一次；兩槍挑死，無功無過；三槍挑死，拿自己的首級來繳令。

趙雲心裏反復思忖：我為何一定要將韓浩一槍挑死呢？如若兩槍、三槍挑死韓浩，回來繳令時說一槍挑死，又有什麼不可？此中緣故，須待到博望坡火起，趙雲方始霍然醒悟。這博望坡山口是孔明火攻的大門，趙雲一槍挑死韓浩，尚在火攻範圍之外；假使兩槍挑死韓浩，趙雲的馬至少前進二三十步，趙雲就在火攻範圍之内，危如累卵一般；假使三槍挑死韓浩，戰馬前進五六十步，這時，曹軍大隊人馬擁進山口，如大江開壩，滔滔大浪不可阻遏。"轟"的一聲信炮響起，四面大火彌漫，烈焰騰騰，趙雲也要燒在其中了。因此，趙雲必須將韓浩一槍挑死。

且說孔明見趙雲出去，拔出第六支將令和取過第六封錦囊道："公子劉封聽令！"

公子劉封，原名寇封，是樊城守將劉泌的外甥，去年兵取樊城時，劉備收爲義子。劉封聞得軍師呼喚自己，急忙踏步上前道："軍師在上，小子劉封拜見！"

孔明道："將令一支，錦囊一封，本軍師命你帶兵一百，照錦囊辦事！"

劉封恭敬地道："小子劉封遵令！"

劉封奉命退下，拆開錦囊細看：軍師命令劉封準備兩輛大車，車内裝載一座帳篷、一桌酒席、一張七弦瑤琴、一尊百子流星炮，速速前往博望坡；然後，在古人山山頭張起帳篷，擺好酒席，待孔明與劉備到山頭飲酒。劉封見這些事頗爲容易，就帶了一百士兵，欣欣然而去。

此時，演武廳内文官武將都被孔明差走了，顯得空蕩蕩的、冷清清的，衹有孔明旁側還坐着劉皇叔，皇叔身後站立着四個家將。偌大的演武廳裏，連孔明自己也算在裏邊，衹剩下六個人了。

誰能料到，孔明又拔出了第七支將令，輕輕晃動着，嘴裏連連歎息道："可惜啊可惜，可惜啊可惜……"

遲疑片刻，孔明把將令重新插回令架上，又連連歎息道："可惜啊可惜，可惜啊可惜……"

劉備一時間被孔明弄得懵懵懂懂，良久，方啓口問道："不知軍師可惜些什麼？"

孔明道:"可惜主公麾下缺少一員大將!"

話尚未畢,演武堂下邊的張飛已氣得七竅生煙。張飛原以爲自己會接到頭令,哪知到現在末令也未接到。他忍不住跨前數步,高昂着頭,嘴裏氣惱地吼道:"啊、啊、啊……啊呀呀……"正是:

　　　　堂上喟然長歎無將軍,階下憤恨欲呼有老張。

第十三回　張飛甘立軍令狀
韓浩自投彌天網

　　張飛心裏思量：俺老張南北征戰，馳騁沙場，勇不可擋，威震四方，可是軍師不把老張放在眼中，説什麼"缺少一員大將"？怎不氣得虎鬚倒豎，橫眉怒目，朝孔明瞪着眼。

　　這時，劉備對軍師凝眸道："請問軍師，未知要這一位大將何用？"

　　孔明道："主公，此番本軍師略使小計，十萬曹軍必然中計，兵敗如山倒，不可收拾。曹軍統帥夏侯惇，也將身負重傷，抱頭鼠竄，亮料他敗北時定要經過一條小道，名叫安林道。如今祇要命一大將守住安林道，便可將夏侯惇穩穩擒拿，使曹操少掉一員大將。可我們在這個節骨眼上，却少了一員大將，豈不可惜？這真是夏侯惇之造化、我軍之不幸也！"

　　劉備對孔明道："軍師，你看我三弟翼德豈非一員大將！"

　　孔明問道："他在何處？"

　　劉備道："你看，我家三弟不就在堂下嗎？"

　　孔明聞説，把手中的羽毛扇輕輕搖了一下，抬起了頭，僅僅朝堂下輕蔑地瞥了一眼。張飛見軍師朝堂下一瞥，心裏恨恨地想：你又不是聾子瞎子，不過裝模作樣罷了。既然軍師看了我一眼，諒必就要發令給我。想到此，張飛忽地停下脚步，傲然而立，挺起胸膛，側耳等待軍師呼喚。

誰知祇聽得孔明冷笑一聲，對劉備道："主公，若是別的大將去安林道，夏侯惇必被生擒活捉。唯有張飛毫無一點用處，他若去安林道，莫説夏侯惇捉不到，就是曹軍一兵一卒也難捉拿。"

劉備也替張飛不服，暗忖：軍師也太藐視我家三弟了！劉備爲張飛抱不平道："軍師，我家三弟可是一員猛將！"

孔明不假思索地道："你家三弟雖説是一猛將，但猛而無智，猛而無謀，這祇是匹夫之猛而已！"

劉備聞言，無話可答。

且説堂下張飛聽了孔明的話，氣得肚子都要爆炸了，憤恨萬分。心想：軍師存心與俺老張作對，把俺當作無用之輩！

當此之時，張飛已忍無可忍，欲罷不能，他猛地提起甲襴裙，疾步奔到案前，早已不道羞恥爲何物，衝着孔明不情不願地行了一禮，怒道："俺老張參見軍師！"

孔明暗思：我沒有唤你張飛，你畢竟自己跑上來了。

孔明也回了一禮，故意爲難張飛道："三將軍少禮了，請閃過一旁！"

張飛聽得叫他閃過一邊，急得搔頭摸耳，無可奈何，他立着不退。半晌，纏綿直地道："軍師啊，你方纔説曹軍統帥夏侯惇定要敗走安林道，祇是缺少一員大將前去捉拿！而今堂上別無他將，祇有俺老張一人了，不如待老張前去如何？"

孔明見張飛毛遂自薦，主動討令，神情淡然地道："並非本軍師埋没人才，不讓你去，祇是本軍師看來，三將軍去也枉然！"

張飛忍住怒氣聽畢，心想：軍師將我看得如此無用！想我二十年來，揮矛所向，敵軍無不披靡。真可謂"兩臂長有千鈞力，馬前從無三合將"。可今天我難道捉不住一隻眼的夏侯惇嗎？

張飛又想：莫非孔明一直隱居在卧龍岡這荒山裏，不知俺老張的威風？因此，張飛瞪大雙眼注視着孔明，高聲喊道："軍師，不是老張誇口，俺前去安林道，夏侯惇不來便罷，如若前來，老張捉他易如反掌。假使夏侯惇漏網脫逃而去，老張甘願提着自己首級前來繳令。"

孔明道："此言可是當真？"

張飛斬釘截鐵道："軍中無戲言，大丈夫一言既出，駟馬難追！"

孔明道："將軍一定要去，與我立下軍令狀來！"

張飛道："老張願立軍令狀！"

言畢，張飛又爽快地對劉備道："大哥，有勞你爲小弟代筆寫一張軍令狀了。"

劉備聽得張飛要他代寫軍令狀，心裏可犯難了：如若不寫，軍師不會把將令交給三弟；如若寫了，又與三弟的性命有關聯。劉備再一想：三弟即使不能擒拿夏侯惇，一兵一卒總是捉得到的。這樣，寫一張軍令狀又有何妨？劉備主意一定，就順手從案上取過文房四寶，揮翰書就。劉備把軍令狀交付給三弟，張飛又把軍令狀給孔明呈上。

孔明把軍令狀接至手中，但見上邊寫道：

> 立軍令狀者燕人張翼德。奉軍師將令守安林道，生擒曹軍主將夏侯惇。若是夏侯惇漏網遁去，又不能捉得曹軍一兵一卒，甘願將自己首級繳令。恐日後無憑，立此軍令狀爲據。大漢獻帝建安一十三年二月十九日立。

孔明覽畢，把軍令狀往虎案上一丟，搖着頭道："這張軍令狀無人作保，不能生效。"

劉備思想：軍師做事，未免忒斤斤計較了。

張飛却想：軍師怕我不能擒拿夏侯惇，到時逃走，故要人作保。因此，張飛對劉備拱手道：“大哥，請替小弟作保！”

劉備自然祇得應允，提翰又在軍令狀上補上“劉玄德擔保”五字。

孔明將軍令狀拿過來一瞥，既不交與軍政官，也不藏於袖中，隨手往案角上一推。旁側劉備見軍師沒有把軍令狀藏好，不禁沉思起來：軍師昨夜通宵不眠，神志可能有些不清，居然把這樣重要的軍令狀推在案角不管，我何不把它悄悄地取來藏起來？萬一三弟此去安林道，不能擒捉夏侯惇，軍師要將他斬首，我可詰問軍師，要軍師把軍令狀拿出來，然後行刑，軍師拿不出軍令狀，便口說無憑，張飛的性命就沒有危險了。劉備暗暗拿定了偷軍令狀的主意。

那麼，今日孔明到底是神志不清，還是一時疏忽呢？說實話，這軍令狀是孔明有意放在案角的，試試主人可要偷軍令狀。因爲劉備坐於一側，拿起來十分便當，這樣的事，祇有孔明纔動得出腦筋。這時，孔明已伸手從令架上拔出第七條將令，啓唇道：“翼德三將軍聽令！”

張飛道：“俺老張在！”

孔明道：“本軍師命你帶兵二百，前去守安林道，活捉夏侯惇。本軍師料定夏侯惇在後天四更時分到達安林道，你千萬不可擅離防地，望謹飭勿誤！”

張飛響亮地道：“老張遵令！”

張飛接了令箭，轉身正欲離去，心裏忽萌一念，重新轉身對孔明道：“軍師，夏侯惇如若漏網脫逃，有軍令狀爲憑，大哥擔保，軍師將俺老張一刀兩斷。可是，老張如若擒捉夏侯惇回來，軍師却又如何？”

孔明見問，笑着答道：“將軍如若擒住夏侯惇，本軍師帶領衆文武列隊相迎，馬前斟酒三杯，並且將兵符印信悉數交與將軍，本軍師在堂下聽候調遣。"

　　張飛一聽,高興得心花怒放,暗暗思度:老張定要生擒夏侯惇回來,叫諸葛亮把軍師讓給俺做;待到做了軍師,老張定要雪昨夜之恥,先把諸葛亮推出轅門斬首。然而感到軍師口氣很硬,又是何等自信,不禁生疑道:"軍師,如若夏侯惇不走安林道,從旁的道路逃遁,那又如何?"

　　孔明聽了,心裏思想:他倒是粗中有細,考慮得十分周到,連肚腸角落裏的事也想到了。有人說張飛是個戇漢,原來是戇進勿戇出。孔明朝張飛望了一眼,斷然道:"三將軍,夏侯惇若是走旁的道路,這是本軍師失算。果真如此,本軍師同樣帶領衆文武列隊相迎,馬前斟酒六杯,比原來加上三杯,仍將兵符印信悉數交與將軍,本軍師在堂下聽候調遣。"

　　直到此時,張飛方滿意地退出演武廳,帶了二百士兵,朝安林道而去。

　　孔明今朝發兵完畢,演武廳上不留一員文官武將,校兵場上不見一個士卒。劉備共有九百五十名小兵,頭令孫乾帶去五十人,二令簡雍帶去五十人,三令糜竺、糜芳帶去五十人,關羽帶去四百人,趙雲帶去一百人,劉封帶去一百人,最後張飛帶去二百人,真是發得空空如也。

　　孔明發令,雖說已發得不剩一兵一將,可仍然端坐不退,伸手從令架上拔出第八支將令,晃動着歎道:"可惜啊可惜,可惜啊可惜……"

　　劉備見軍師又連連歎息,不解地問道:"不知軍師又在可惜些什麼?"

　　孔明長長歎了口氣道:"可惜主公不能聽本軍師之令!"

　　劉備側身拱手道:"軍師在上,孤豈有不聽之理?"

　　孔明順水推舟道:"既如此,劉皇叔聽令!"

劉備應道："軍師，孤劉備在！"

此時堂下已無人影，整個演武廳上，祇剩下孔明、劉備及劉備身後的四位家將了。孔明調侃道："劉皇叔，本軍師命你帶領衆家將前去，等待曹軍殺來，請主公去攻打頭陣！"

劉備聽了，内心一怔，軍師把文官武將全部差走，最後却教我去打頭陣，虧他想得出來！劉備一時瞠目結舌，紅着臉道："軍師啊，劉備武藝平常，豈可勝、勝任！"

孔明見劉備說話結結巴巴，心裏笑着道："主公既然不敢去打頭陣，那麼，隨同本軍師前去觀看曹軍滅亡，未知敢否？"

劉備聞了，轉憂爲喜地道："觀看曹軍滅亡，劉備願往！"

其實，這本是孔明對主人揶揄一番而已。劉備雖說不知往何處觀看曹軍滅亡，然而一場虛驚終究過去，他吩咐家將去把車馬帶到演武廳下，並站起身來對孔明道："軍師先請啊！"

孔明心裏瞭然，現在主人同我客氣，要我先行，其目的是欲竊取案角上的軍令狀。軍師轉出虎案，行了數步，回首側目而視，見劉備果真順手牽羊，把軍令狀往袖中一塞，匆匆離開虎案。孔明尋思：此事現在不必戳穿，待火攻曹軍以後，再詢問他未遲。

兩人走到演武廳下，軍師登上四輪車，劉備跨上的盧馬，直往博望坡古人山而去。孔明上布天羅，下設地網，單等十萬曹軍自投羅網。這真是：

> 虎帳發令諳六韜，安排香餌釣金鰲。博望火攻人稱絶，
> 初出茅廬手段高。

且說十萬曹軍浩浩蕩蕩朝新野而去，頭隊先鋒將韓浩坐於紅鬃龍駒馬上，一對狼眼睛，兩條劍眉毛，頭戴赤銅盔，身披錦戰袍，手執牙刺赤銅刀。韓浩率領一萬先鋒隊，逢山開路，遇水搭橋，號角震動山谷，聲鼓響徹雲天。先鋒隊正朝前行，忽見一探

子飛馬奔至韓浩馬前,單腿跪下道:"稟報韓先行!"

韓浩道:"何事報來?"

探子道:"此地離新野僅二十餘里,整座新野城已是一座空城,四門大開,人跡全無,請韓先行定奪!"

韓浩道:"理會了,再去探來!"

韓浩聽罷探子稟報,心裏揣度:新野城空,此中必有詭計,隊伍不可貿然輕入。於是,韓浩傳令道:"隊伍停止前進,原地安營紮寨!"

一聲號炮響起,一萬先鋒隊停了下來。眾士卒一齊動手,釘扦子,布篷帳,掘壕溝,築營牆,安下營寨。

韓浩下馬,吩咐全軍埋鍋燒飯,並加緊巡哨。韓浩心裏揣摩:我軍兵多將廣,聲勢浩大,劉備恐懼害怕,逃之夭夭;可新野全城,緣何也逃遁一空呢?此中必有緣故。韓浩反復思索辨析,對中軍官傳令道:"來,你與本先行挑選二百小兵,去新野城外搜尋百姓,帶來見我;但千萬不可入城,防有埋伏。"

中軍官答道:"遵令!"言訖,急急離去。

中軍官選出的二百小兵,迅速朝新野而去。他們來到城外,見城外的百姓家和一些店家,十室十空,沒有一人影。走近城下吊橋邊,見吊橋平鋪,城門大開,但想到上邊吩咐,不敢進去。他們搜尋不到一個百姓,圍在一起紛紛商議。大家心裏明白,不拿到幾個百姓,歸去是交不了賬的。這時,一位小兵道:"咱們回去時,分散行動,各自三五成群地走小路回來。那麼,村莊裏,樹林中,小路邊,諒可搜到一些百姓。"

眾小兵聽了,覺得此計極是。二百士兵立即分成二十多個小隊,十個兵一群,八個兵一群,各自兜抄小道而歸。

且說一小隊在一山坡下拐了個彎,前頭樹林裏倏地閃現出三位老者,鬢髮斑白,肩背一個包囊。祇聽得其中一位老者道:

"家中人都已逃往他鄉,要我留下看守門户,可今晨新野城已成一座空城,我也衹得走了。我們活到這麼大的年紀,還要遭此兵災,真是'願作太平犬,莫作亂世人'。"

旁邊兩位一邊跟着歎氣,一邊點頭稱是。

曹兵見到這三位老者,如獲至寶似的,連忙從三面圍了過去。三位老者一見曹兵,嚇得拔腿就逃,曹兵忙圍住他們,笑臉相迎道:"三位老丈不必驚慌,我們頭隊先鋒大將請你等到大營中,問你等幾句話,衹管放心就是了。如若説得讓先鋒大將滿意,還會有賞。"

三位老者道:"假使我們回答不上,如何是好?"

曹兵平和地道:"即使回答不上,這也沒有關係。走、走、走!"

曹兵帶着三位老者,心滿意足地歸去了。

曹兵二十餘個小隊,有的抓到兩三人,有的捉到三五人,也有的一人也抓不到。二百小兵在大道上會集攏來,一檢點,總共抓到五十一人,並且都是年過花甲的老者。

曹兵帶着五十一位老者,回到大營,向中軍官報功。中軍官贊揚他們辦事能幹,滿意地道:"好,弟兄們搜到這麼多百姓,功勞不小!"

曹兵稟報道:"中軍官老爺,這些老人,是留在家中看守門户的,他們最後一批離開新野。要是再隔半天,一個百姓也尋不到了。"

中軍官吩咐二百小兵退去,帶着五十一位百姓,美滋滋地去見韓浩。他哪裏會料到,這五十一人正是孫乾和五十名老弱殘軍裝扮而成的。

中軍官帶着五十一名老者,到了大帳外邊,獨自一人進去復命。

韓浩聽説捉到五十一個百姓,臉上微露喜色,道:"好好,喚衆百姓進來見本先行!"

五十一人進了大帳,見刀光劍影,慌得戰戰兢兢,屏住呼吸,不作一聲。中軍官告訴他們,中間坐着的那位將軍就是韓先行。衆百姓聽了,兩股栗栗,上前一起跪下道:"拜見韓先行大將軍!"

韓浩和顏悦色道:"新野的百姓,不須懼怕,這次請你們來,有話相問,不知你們肯告訴本先行否?"

衆百姓道:"要是知曉,怎會不稟告韓先行大將軍?"

韓浩道:"請問衆百姓,新野城中劉備和諸葛亮何處去了?"

五十一人見問,互相交換了一下眼色,都道:"劉備和諸葛亮麽……我不知道……我不曉得……"

韓浩見衆百姓回答相同,好像事先商量好似的,不禁思想起來,我對你們太客氣了,看來得改變一下策略。韓浩頓時臉色一沉,勃然斥責道:"不識好歹的刁民,你們既然不知道劉備和諸葛亮的去處,却爲何要逃出新野?"

衆百姓見韓浩發怒,伏地不動,好一會兒,一位膽子大一些的老者道:"稟上韓先行大將軍,前天上午,劉備發布告示,通告全縣百姓,説新野將成爲戰區,要求百姓立即遠避他鄉,等過去兩三個月,方可回來安居樂業,不然,百姓將有生命危險。至於劉備和諸葛亮逃往哪裏,我們實在不知。"

韓浩細細思忖,他認爲:劉備和諸葛亮逃往何處,衆百姓一定知道,衹是劉備擅長收服民心,百姓怕説出劉備去處,於劉備性命有礙。韓浩欻地萌生一念,他命手下入内取出十兩白花花的銀子,對衆百姓道:"各位百姓聽了,本先行奉旨出京,相請劉皇叔回朝伴駕。誰人説出劉皇叔去處,先賞花銀十兩;待見到劉皇叔之後,要做官,封官三級,要發財,賞銀千兩。"

旁邊中軍官也幫腔道:"衆百姓,韓先行的話你們聽懂了嗎?

誰人祇要先説出劉皇叔的去處,要做官就做官,要發財就發財。」

韓浩十分自信,估計重賞之下,一定有人説出劉備的去處。眾百姓聽了韓浩和中軍官之言,皆默然緘口;不過,其中却有一人眼睛骨碌骨碌地盯着案頭十兩花銀,欲説又止,吞吞吐吐地道:「韓先行大將軍,若問劉皇叔去處麽,我、我……」

這人剛剛「我」字出口,跪在他後邊的一位老者輕輕地拉了一下他的衣角,這人馬上把話縮了進去,改變話頭道:「我、我、我不知道!」

韓浩端坐上邊,窺視得清清楚楚。他知道,這人本來要講出劉備的去處來了,被後面的老者拉衣角拉掉了。韓浩立即吩咐手下將這五十一人帶出大帳,又命人把那位想説出劉備去處的人帶了進來,就裝出和藹的態度催促道:「你這位老者是一位好百姓,趕快説出劉備逃在何處,這案上的十兩花銀就歸你了。」

這位老者仍然眼睛盯着銀子,説道:「韓先行大將軍,你這話是否算數?」

韓浩道:「本先行的話,當然算數!」

這人臉上露出笑意道:「我也是聽別人説的,劉皇叔躲避在博望坡古人山中。」

韓浩聽了,喜出望外,把賞銀給了老者,又吩咐手下把眾百姓帶了進來,聲色十分嚴厲地道:「劉備在博望坡古人山,本先行早已知道。明日一早,本先行命你們作爲嚮導,前邊帶路,等到了博望坡,重重有賞,若是不願領路,立即推出去斬首。」

眾百姓聽了,當然祇得應諾,説是願意領路。

韓浩就命中軍官把眾百姓安排在一座篷帳內歇息,送些乾糧給他們充飢,送些水給他們解渴。

韓浩得悉劉備去處,頗爲得意,以爲夏侯都督中軍大隊人馬未到,而自己却已弄清劉備去處。

時近傍晚，風聲颯颯，一輪晚日欲墜未墜。一位小兵跑進帳內，朝韓浩跪報道："報上韓先行！"

韓浩道："何事報來？"

小兵道："大都督中軍大隊人馬已到，請韓先行定奪！"

韓浩道："知道了，退下！"

韓浩聞得小兵稟報，立即躍上紅鬃馬，前去迎迓夏侯都督。

且説夏侯惇統率中軍大隊人馬，浩浩蕩蕩南下。他坐在馬上，遍身金裝，煞是威風。夏侯惇在馬上暗思，本都督今日奉丞相之令，擒拿孤窮劉備和諸葛亮，將新野城履爲平地，真是好不風光！

這時，夏侯惇聞報得知先鋒隊的營寨安在大路上三岔路口，心裏暗歎，安紮營寨應當依山傍水，怎能安在三岔路口？韓浩經驗不足，這樣做是相當危險的，敵人倘然三路偷襲營寨，必然面面受敵，危乎險哉，等會定要好好教訓教訓他。正暗歎間，一小兵在馬前跪着報道："啓稟大都督，韓先行前來迎接大都督！"

夏侯惇不悅道："命他快來見我！"

小兵急忙離去。頃刻，韓浩進入中軍，來到夏侯惇馬前，作揖道："小將韓浩迎接大都督，馬上有禮了！"

夏侯惇道："韓將軍少禮，你爲何把營寨紮在三岔路口，要是敵軍襲擊，這將奈何？"

韓浩道："都督有所不知，新野城四門大開，不見人影，已是一座空城，劉備和諸葛亮早逃之夭夭。"

夏侯惇聽了，猛然一驚。

韓浩又告稟夏侯惇，劉備逃避的去處，他已探聽清楚，如今請都督暫且安下大營，再詳細稟上。

於是，夏侯惇立即傳令安營紮寨。在大帳中，韓浩把如何搜到五十一名百姓、騙出劉備去處等等稟報大都督。並且説，祇要出其不意，攻其不備，明日便可穩穩當當地擒捉劉備和諸葛亮。

夏侯惇聽畢，其樂難支，其喜難忍，高興得拍案叫好。夏侯惇想了想，恐怕這五十一人中混雜一兩個奸細，應當叫來盤問一下，憑着自己二十年來沙場征戰的經驗，諒必識別得了。雖說自己祇有一隻眼睛，可識別奸細，自己堪稱"一目瞭然"。因此，夏侯惇傳命道："來人啊，速命衆百姓上大帳見本督！"

小兵遵令至篷帳中，把衆百姓一個個喚醒，要他們去見了大都督，然後再睡。

衆百姓起來，打好大小不一的包囊，跟着小兵去中軍大帳。

進了大帳，見燈燭輝煌，居中一將，臉如藍靛，猙獰可怕，兩隻眼睛半開半掩、欲睡未睡。衆百姓見了，一起跪下道："拜見都督大將軍，拜見都督大老爺……"

夏侯惇把獨眼張大，打量一番，又道："都與我抬起頭來！"

五十一人渾身瑟瑟發抖，抬頭望着大都督，不敢喘一口大氣。夏侯惇又用獨眼龍照了幾照，點點頭道："嗯，全部都是老百姓。"

忽然，夏侯惇似乎想起一件要事，急忙問道："衆百姓，本督問你們，劉備麾下有兩員大將，一員是紅臉的關羽，一員是黑臉的張飛，這兩人不知可在博望坡古人山否？"

衆百姓道："啓稟都督大將軍，關、張兩將若在，劉備便不用逃到荒山了……"

夏侯惇性子頗急，打斷他們的話道："那麼，關、張兩將哪裏去了？"

衆百姓道："聽説關羽到荆州討救兵去了，張飛到樊城運軍糧去了，兩人迄今都未歸來。"

夏侯惇聽了，一陣哈哈大笑，高聲嚷道："妙極了，巧極了……"

夏侯惇暗想，此番本督兵攻新野，看來額角很亮，紅運當頂。便命衆百姓回篷帳歇息，明日一早領路去博望坡。

衆百姓離去，夏侯惇仍是興奮異常，不禁問韓浩道："韓將軍，現已起更，你看明日此時，將是如何一番景象？"

韓浩眉毛一揚道："明日此時，敵軍定然一敗不可收拾，劉備與諸葛亮也已生擒活捉。"

説到這裏，兩人都笑將起來。

這一宵，夏侯惇美美地睡了一覺。睡夢中，夏侯惇率領大軍衝進博望坡，把古人山圍得水泄不通，衆士兵把劉備與諸葛亮捆綁得結結實實，打入囚車，押解進京。夏侯惇回到許昌，曹丞相率領衆文武出城迎接，然後奏明皇上，加官晉爵，文武百官紛紛登門祝賀。

夏侯惇睡夢中狂笑不已，醒了過來，祇聽得軍營中傳來橐橐的打更聲，夢中的佳景頓時成了過眼雲煙。正是：

　　黄粱未熟夢已覺，狂笑猶聞禍却臨。

第十四回　羅川口計誘韓浩
博望坡火燒曹軍

　　次日天明，李典、樂進率領的糧隊已到，全軍將士飽餐一頓。糧隊總鎮李典得悉韓浩抓到五十一名百姓，不免有些疑心。他心裏忖量：我現在何不命這些百姓自己煮飯，老百姓是不會煮行軍飯的，如若他們會煮行軍飯，那麼，必定是士兵，必定是劉備派出的奸細。因此，李典命小兵帶了五斗一升軍糧，分發給衆百姓，每人一升。小兵把軍糧發給衆百姓道："軍隊馬上就要出發，現在請你們趕快煮飯吃吧！"

　　衆百姓聲音嘈雜地道："不知厨房在哪裏？待我們去灶頭上燒一下。"

　　小兵聽畢，暗暗欲笑，心想：行軍煮飯倘若要用厨房灶頭，十萬士兵用膳，哪有這麼大的厨房與灶頭？小兵道："行軍煮飯，何處來的厨房灶頭？"

　　衆百姓道："没有厨房灶頭，生米怎能變爲熟飯？"

　　小兵見衆百姓真的不會煮行軍飯，就叫了一些人幫他們煮飯。這些小兵掘好地灶，埋好行軍鍋，不一陣子，已把飯燒好。衆百姓向這些小兵借了鐵碗筷子，坐在地上吃飯。小兵回去把衆百姓不會煮行軍飯的情況稟告李典，李典心中的疑團當即煙消雲散。

　　朝日初露，晨風颼颼襲人。夏侯惇傳令大軍向博望坡進發。

刹那間,號炮聲響徹雲霄,戰鼓聲震蕩山谷。前邊是五十一名百姓領路,後邊先鋒隊、中軍隊、運糧隊緊緊相隨。遠遠眺望,十萬曹軍宛如一條長龍,向博望坡方向而去。

曹軍僅僅行了四五里路,轉了一個彎,眼前出現一條環山道路,這就是豫山道。

再說五十一位百姓,初時步履穩健,步子也較快,漸漸地,似乎體力不濟,越走越慢了。待跑了二十餘里路,衆百姓再也跑不動了,索性停了下來,席地而坐,各自喊道:"哎唷,脚真酸痛呀!""唉唷,我的腿扭壞啦!"

曹兵見衆百姓此狀,急忙稟報韓浩。韓浩無奈,祇得命令隊伍暫且停下。韓浩自己馳馬至夏侯惇馬前稟道:"稟上大都督,領路的衆百姓年老力衰,再也跑不動了,請大都督定奪!"

夏侯惇急切間無言以對,沉吟一陣,方對手下傳令道:"速命五十一個騎兵讓出馬來,扶衆百姓上馬領路!"

五十一個騎兵得令,放轡馳到隊伍前邊。見五十一個老頭疲憊不堪,有的斜倚在樹上,有的仰俯在草上,有的獨坐在道邊。衆騎兵下了馬,手牽着馬,對衆百姓道:"諸位百姓,我們大都督十分體諒你們,知道你們年紀很大了,跑不動,特地賞給馬騎,請快上馬吧!"

衆百姓紛紛道:"馬,我們不要騎,我們祇會騎牛,從來沒有騎過馬呵!"

衆騎兵道:"馬和牛不是一樣的嗎?來,扶你們上馬。"

騎兵充當臨時馬夫,先把衆百姓的包囊縛在馬上,然後小心地把他們一個個扶上馬背。有的百姓扶上馬背未坐穩,又一晃滾落下來,騎兵急忙把他抱了上去。有的倒騎在馬背上。臉對着馬屁股,大聲驚嚷道:"這馬怎麼沒有馬頭啊?"騎兵就幫他掉轉身子。

　　衆騎兵好不容易將百姓全部弄上馬背，他們自己也弄得氣喘吁吁，鼻尖上沁出汗來。五十一個騎兵扶着五十一個百姓，緩緩行去，曹軍大隊人馬相隨而行。

　　行了四五里路光景，衆百姓膽子大了許多，能自己牽着馬繮行路了，衆騎兵見他們騎在馬上已頗穩當，就撒手不管了。這時，一百姓在馬上哈哈大笑，騎兵聞了，叱道："你因何這樣大笑啊？"

　　這百姓原來在暗思，今日事宛若演戲一般，全然裝模作樣，自己當年騎馬馳騁疆場時，你們這些騎兵還在母親懷裏吮奶呢！想着想着，忍不住大笑起來。這百姓見騎兵斥問，神態自若地搪塞道："我年紀活到六十六歲，第一次騎上馬，如果不是大軍到來，這一生一世恐怕難騎馬了，想着自己騎馬，忍不住笑出聲來。"

　　騎兵道："哦，原來如此！"

　　五十一位百姓領着十萬曹軍前去。不久，已走到豫山道的盡頭，遠遠望去，前邊一座陡峭的山峰，絕壁上刻着"羅川口"三個大字。山峰下的大楊樹上有一面小白旗在飄拂。此時，裝作百姓的孫乾，記起軍師錦囊上的話，覺得須與大家打一個招呼，作好逃跑準備。他就與隨馬步行的騎兵道："啊，將爺，前邊已是羅川口了！"

　　騎兵道："哦，是羅川口到了吧！"

　　衆百姓聞得羅川口到了，都望了望前邊的山峰，暗暗作好準備。曹軍做夢也想不到，這五十一個老態龍鍾的老頭，轉眼間將要跑得不見一點蹤影。

　　且説劉備手下的探子見曹軍已近羅川口，急忙閃進羅川口的樹林裏，跑進篷帳，在趙雲跟前跪下道："稟上趙大將軍，曹軍大隊人馬已到羅川口，請將軍定奪！"

趙雲聽了，穩似泰山，鎮定自若地道：“知道了，退下！”

趙雲急速出帳，提槍躍馬，率領一百伏兵，衝出樹林，封住了羅川口。一聲信炮響起，殺聲震徹山谷。趙雲一勒繮轡，衝在最前列。

五十一位百姓見趙雲帶兵殺來，同聲竭力呼喊道：“啊呀，不好了，劉備的軍隊殺來了！”

祇聽得“啊啦——”一聲，五十一位百姓猛地一揮馬鞭，兩腿將馬肚一夾，五十一匹馬“欻”地疾馳而去。一刹那，五十一匹馬連同五十一個百姓跑得精光，不見一絲影子。

曹兵見形勢不妙，慌慌忙忙向韓浩報告道：“報稟韓先行，大事不好了！”

韓浩強定心神道：“何事慌亂若此？”

小兵道：“前有敵將擋住去路，衆百姓冷不防逃得一個不剩，請韓先行定奪！”

韓浩聽罷，不禁陡然一驚，愣着不動。好一陣工夫，他方矍然而悟，原來這五十一個百姓全部是劉備的奸細。

韓浩又暗自思慮：這五十一個百姓是我擒拿來的，看來難逃失察之罪；不過，夏侯都督親自審問過這些百姓，他應負主要責任。

韓浩想了想，眼下不如先去殺退敵人，立功贖罪。於是，他立即傳令出戰。“吁——”一聲號炮，韓浩一馬當先。遠望前方，一員白袍小將駐馬持槍，擋住道路。

韓浩見是區區一員白袍將，毫不介意。猛勒馬轡，橫刀勃然吼道：“呔，來者孤窮小將，快快留下名來！”

趙雲答道：“賊將聽了，欲問俺的名姓，槍上領取就是了！”此言甫畢，又反詰道：“賊將何許人也，先通名來！”

韓浩道：“我乃是青州太守、頭隊先鋒韓浩也，你何不速速下馬受縛？免得刀下喪命！"

趙雲正氣凜凜地喝道："賊將休得猖獗，快放馬來！"

兩馬相交，韓浩一聲"看刀"，往趙雲頭頂直劈下去。這時，趙雲記住錦囊上"勝則有罪，敗則有功"的囑咐，拿起銀槍，使出三分力氣，朝韓浩的刀上一架，"嚓泠"一聲響，趙雲的銀槍蕩了回來，戰馬也退了幾步。趙雲裝作難以抵抗的樣子，勉强對付了一陣，喊道："賊將果然屬害，俺非你對手，俺去了！"

話畢，趙雲掉轉馬頭，拖槍直往羅川口而逃。韓浩這下得意非凡，大喜過望，他朝身後的將士招手道："來，快與我衝啊！"

頓時，鼙鼓聲、吶喊聲、衝殺聲連成一片，曹兵蜂擁而上。韓浩馳馬於前，一邊緊緊盯住趙雲不放，一邊高喊道："孤窮小將還不下馬受縛，本先行來了！"

兩騎一前一後，如同流星趕月似的，後邊的曹軍離他們愈來愈遠。

且說趙雲且戰且退，逃一段路，便與韓浩戰上一個半個回合。韓浩見趙雲心慌意亂，急急然如驚弓之鳥，惶惶然似漏網之魚，大喜。

趙雲裝腔作勢，誘敵上鈎。不覺抬首一望，前面已是兩山環抱的博望坡了，趙雲不忘軍師命令，自己千萬不能進此山口，否則有性命危險。因此，他猛地一勒馬繮停了下來。

韓浩在後邊瞧得一清二楚，不過，他認爲這位白袍小將乃是無能之輩，屢敗之將，故並不在意，揮動大刀，對着趙雲劈頭蓋腦砍去，且傲氣逼人地道："孤窮小將休走，看刀！"

趙雲見他來勢凶猛，心裏盤算，軍師關照，待到了博望坡山口，必須將韓浩一槍結果性命。因此，趙雲不敢有絲毫懈怠，用盡全身之力，一聲"且慢"，揮動銀槍招架，來了一個"蘇秦背劍"。這銀槍快疾無倫，一道銀光一閃，"嚓泠"一聲響，韓浩衹覺兩臂一酸，虎口發麻，手一鬆，刀"唰"地飛了出去。説時遲，那時快。趙雲回馬一槍，對準韓浩三寸咽喉刺去，嘴裏喊道："賊將去吧！"

頓時，韓浩翻身落馬，一命嗚呼。趙雲勒馬收槍，大笑不已。然後帶着衆士兵，從小徑兜到古人山山後，等待鳥瞰博望坡火燒曹軍。

再説一萬先鋒隊，正跟隨韓浩衝殺，馬蹄噠噠，吶喊陣陣。忽見韓浩的紅鬃龍駒馬跑了回來，馬上没有韓浩。曹兵不禁怔然，抬頭一望，見韓浩屍體倒在道旁荒草之中。這一下，軍心大亂，一片恐惶，曹兵驚呼相告道："不好了，韓先行被白袍小將殺死了……"

且説大都督夏侯惇正率領中軍大隊人馬前進，忽見一小兵飛馬來到夏侯惇馬前，翻身下馬稟道："稟報夏侯大都督！"

夏侯惇道："何事報來？"

小兵道："前邊樹林裏殺出一白袍小將，截住道路，五十一個百姓一眨眼逃得無影無蹤。"此語説畢，夏侯惇心裏一怔，臉色森然，口中大喊道："啊呀——這還了得！"

他霍然省悟，這些百姓原來皆是奸細，自己竟上了敵人的當。正默然沉思間，又一小兵前來報告道："稟報夏侯大都督，那攔路的白袍小將被韓先行殺得大敗而遁，韓先行正率領先鋒隊追殺敵人！"

夏侯惇一聽，臉上陰雲霎時被風吹散，放開喉嚨笑着道："哈哈……妙極了！來，速速緊擂衝鋒鼓，爲韓先行助威，衝啊，殺啊！"

夏侯惇"啊"字尚未啊完，一飛馬疾如電光，馳到夏侯惇跟前，小兵霍地滾下馬背，上氣不接下氣地稟道："稟、稟、稟上夏侯大都督，大、大、大事不好了！"

夏侯惇斥道："何事若此驚慌，快快説來！"

小兵喘了喘氣，又道："韓先行窮追白袍小將不放，到了前邊山坡口，白袍小將轉敗爲勝，把韓先行一槍挑死。"

夏侯惇聽得臉色陡變，獨眼龍彈出，額頭青筋根根突起，暴吼着道："啊、啊呀……可惱呵可惱！本都督非親手殺死這白袍小將不可，與韓先行雪恨報仇！"

夏侯惇怎能料到，兩軍尚未開戰，已折一員大將。他怒衝衝傳令速速前行，把繮轡一拎，一直疾馳到博望坡山口，往地上一掃視，但見一攤鮮血，不見韓浩的屍體。夏侯惇心裏清楚，韓浩的屍體已被敵軍拖去。他見韓浩連屍骨也難歸故里，不禁哀慟異常。

夏侯惇第一個衝進博望坡，縱目四眺，祇見峰巒陡峭，危石嶙峋，老樹森森，蓬蒿遍地，荊棘叢生。夏侯惇獨眼龍掃來掃去，哪裏覓得到白袍小將的影子？無意間，他望見古人山山頂撐着一座篷帳，裏邊有一席酒肴。上首坐着劉備，綉袍玉帶；下首坐着一人，渾身道家打扮，羽扇綸巾。兩人正在舉杯飲酒。

夏侯惇猜度，那位道家打扮的必是諸葛亮無疑。他見古人山上寥寥數人，除了劉備與諸葛亮，祇有兩個小僮，兩個親信。心裏思想：要是殺死白袍小將，祇不過替韓浩報仇罷了；要是現在能生擒劉備、諸葛亮，就能封官晉爵，改換門樓，飛黃騰達。夏侯惇欣喜無比，今日真是天賜良機，千載難逢！古人云："射人先射馬，擒賊先擒王。"祇要擒得劉備與諸葛亮，就自然能全殲敵軍，踐平新野。夏侯惇手揮綉金令字旗，毅然傳令道："衆位將士聽令，速速殺上古人山，生擒劉備，活捉諸葛亮！"

夏侯惇號令發出，自己衝鋒在前，後面十萬曹軍如八月錢江大潮一般，驚天撼地，排山倒海，從山口湧進博望坡。

此時，博望坡內外，旗獵獵，刀閃閃，槍晃晃……炮聲，鼓聲，戰馬嘶叫聲，將士吶喊聲，等等，在山谷裏震蕩着。

夏侯惇邊衝鋒，邊指揮，邊盤算，他已胸有成竹，定下決策：等到大軍衝到古人山下，兵分兩路，像蟹鉗似的把古人山鉗住，然後再兵分四路，從山前、山後、山左、山右向山頂圍上去。那時，劉備與諸葛亮縱然插上翅膀，也休想飛去。

夏侯惇在博望坡指揮大軍向古人山衝殺，這裏暫且不表。

且説李典和樂進率領的一萬護糧隊，此時也已到了羅川口。李典一路前行，接二連三得到小兵的報告：先是白袍小將攔道，五十一個百姓瞬間逃得無影無蹤；繼而是先鋒韓浩被白袍小將刺死；眼下是夏侯惇率領大軍衝進博望坡，準備擒拿劉備和諸葛亮，而劉備和諸葛亮在古人山山頭舉杯飲酒。李典把這些事前後貫連起來，揣摩掛酌，覺得此中大有文章，不免憂急萬分。他想起曹丞相在出兵時的叮嚀囑託，尤爲不安，忙勒住繮轡，側頭對樂進道：“樂將軍啊，我們夏侯都督定然中了諸葛亮的奸計了！”

樂進聞言，倏地一駭，訥訥而道：“李、李將軍，這，這何以見得？”

李典道：“你想，衆百姓初時路也跑不動，馬也不會騎，後來忽地跑得精光，分明都是奸細，此乃是第一個疑點。”

樂進聽着，贊同地點了點頭道：“這倒確實有理！”

李典接着道：“聽説白袍小將與韓浩交戰，初時大敗而走，不可收拾；後到博望坡山口，忽然敗中得勝，槍挑韓浩。白袍小將分明是詐敗，引誘我軍上鈎，此乃是第二個疑點。”

樂進驚吁了一口長氣道：“真是啊！”

李典又緩緩而道：“夏侯都督率軍衝進山口，劉備與諸葛亮仍在山頭飲酒，並不遁逃，難道他們甘願束手待擒嗎？分明是早已設下圈套，此乃是第三個疑點。”

李典言畢，樂進似從大夢中省悟，驚呼道：“啊呀——大都督中計了！李將軍言之有理，可夏侯都督蒙在鼓裏，這可奈何？"

李典道："俗話說，旁觀者清，當局者迷。夏侯都督如今已昏了頭腦，你我受丞相重託，豈能袖手旁觀？我要護送糧隊，不能擅自離開；你迅速衝進博望坡，勸說都督立即退兵。否則，一旦中計，我們有何面目去見曹丞相！"

樂進聽到這裏，支吾着道："這個麼、這個麼……"

樂進面有難色，心裏忖度：從來祇有統帥要部下鳴金退兵，現在下屬却要統帥退兵，這可如何方好？不過，現在是危急關頭，不容徘徊猶疑。於是，樂進祇得硬硬頭皮，辭別李典，去試它一試了。

樂進把馬韁一拎，飛馳至博望坡。由於山坡口子狹窄，他好不容易方從兵士中擠進了博望坡。樂進見夏侯惇正猛揮令旗，指揮曹軍衝鋒，他急急向夏侯惇奔去，距離不遠了，放大嗓門大嚷道："夏侯大都督不可盲目衝鋒！夏侯大都督不可盲目進攻！請夏侯大都督立即退兵！否則，恐中敵人奸計，悔之晚也！"

夏侯惇聽了樂進的叫嚷，却內心火燒火燎，心中大恨，想：本都督的將士正同心同德，奮勇衝鋒，你這樣一嚷，豈非動搖軍心！夏侯惇實在熬不住了，也衝着樂進正言厲色而道："呸，瞎說八道！你難道瞎了眼，不見劉備和諸葛亮已在本都督手掌之中，擒拿他們，宛如探囊取物一般？魚兒已入網中，難道能再讓它漏網不成嗎？"

樂進受了夏侯惇一頓埋怨，哪裏還敢再勸？他舉頭朝古人山山頂一望，見劉備側面而坐，竟望也不敢望博望坡下一眼，諸葛亮低着頭，一副強作鎮靜的樣子，況且山頂一共祇有五六人。樂進不禁改變念頭，常言云"不入虎穴，焉得虎子"，夏侯都督對敵人衝鋒猛攻確是頗有道理，看來李典未免有些膽小如鼠。

說變就變，僅一瞬間，樂進與方纔簡直判若兩人，他對着士兵高喊道：“軍士們，趕快衝上古人山呵，擒拿劉備、諸葛亮，爭立大功呵！”夏侯惇見樂進這祥，就不再説什麽了。

夏侯惇與樂進兩人勒轡並馬，指揮千軍萬馬朝古人山衝去。

且説李典在羅川口，既不見夏侯惇退兵，又不見樂進歸來。這時却見小兵前來稟報，説樂進與夏侯惇正在一道指揮大軍衝鋒。

李典得報，再三掂掇：夏侯惇此番倘是果真擒得劉備與諸葛亮，我大不了被他訓斥一頓；然而回到許昌後，仍然少不了我的功勞。萬一夏侯惇中計，我可以在丞相面前説夏侯惇不聽忠言勸告，以致失敗，這樣就與我無關。李典如斯思想，便不再前去勸説夏侯惇了，祇是在羅川口暫且不動，静待消息。

此刻，曹軍大半人馬已衝進了博望坡。

再説古人山山頂上，劉備與孔明早已飲酒多時。時節已是早春，麗日和暖，山風輕拂，一片明媚的春光。劉備與孔明二人你一杯，我一盞，正暢飲間，晚風中隱隱傳來了陣陣戰鼓聲和喊殺聲。劉備肉跳心驚，忙放下酒杯道：“軍師，你可曾聽到鼓聲喊聲？莫非曹軍已向博望坡殺將來了？”

孔明笑了一笑，泰然道：“主公放心飲酒，曹軍正向新野城殺去，豈會到這荒山之中！”

劉備“嗯”了一聲，道：“是啊！”劉備心想：軍師知道我兵微將孤，寡不敵衆，因此，與我一起躲藏在這荒山野嶺；曹軍無處尋覓，自然回京。我祇消一兩年内招兵買馬，屯糧積草，等到兵精糧足，就可伐曹興漢。

劉備聽了孔明的話，放寬心思，又飲了幾杯酒。他側耳聽聽，喊殺聲愈來愈近，舉頭凝望，見曹軍潮水一般湧進博望坡來，嘴裏喊着“活捉劉備、諸葛亮”。劉備面容陡然變色，張口結舌道：“啊、啊、啊……軍師，有人走漏風聲，曹軍大隊人馬衝將進來了,我們快、快、快逃走吧!"

孔明聲色不動,道:"有本軍師在此,主公放心!"

劉備道:"軍師,莫非附近已有人馬埋伏?"

孔明道:"並無一卒一馬!"

劉備詫道:"如此,難道我們在此束手待擒嗎?"

孔明揶揄道:"主公,曹軍又有何懼!待他們衝到山腳下面,我與主公居高臨下,一同出來,來一個兩路夾攻,殺他們一個片甲不回!"

此語甫畢,劉備駭得如同泥塑木雕一般,心裏思忖:我們兄弟三人三顧茅廬,請你出山,却請得一個口出大言的狂道!莫不是你一人去死忒嫌寂寞,要我陪你一道去見閻王?

孔明見主公驚得渾身顫抖,額角上汗珠滴個不停,兩目緊閉,不敢朝下眺上一眼。他暗忖:火燒曹兵尚未開始,主公竟要嚇死了!且讓我仔細觀察觀察,如果曹軍進入博望坡差勿多了,就提早一些時候行動。於是,孔明凝眸俯瞰,但見山坡上皆是曹兵,而羅川口還有許多曹軍沒有入內,估計山坡裏不過五六萬兵。孔明沉思:同是一次火攻,何不多燒一些曹操的兵馬?看來祇得讓主公多急一陣,額角多滴一些汗珠了。

爲了慰藉主公,孔明對劉備抿嘴一哂,吩咐小僮道:"僮兒,與我把瑤琴取來!"

小僮道:"遵先生吩咐!"

小僮進去取出一張七弦瑤琴,置於案上,又在爐內點了香。孔明意欲彈琴一曲,爲劉備遣憂解愁。孔明一生極少彈琴,即使在隆中時,他的知己朋友也很難聽到他的琴聲,因爲孔明彈琴有許多規矩:他大暑不彈,嚴寒不彈,心緒不寧不彈,衣冠不整不彈,爐中無香不彈,不逢知音不彈……歷史上令敵人聞聲喪膽的有名管弦,要數開漢軍師張良的簫和漢末軍師諸葛亮的琴。當

年,於月白風清之夜,張良恬然坐在風箏上,飄蕩在楚霸王大營
的上空,吹奏洞簫。這簫聲,哀怨淒惻,迴腸蕩氣,吹得楚霸王營
中的軍士思念故鄉山水,思念白髮父母,思念嬌妻弱兒,八千子
弟紛紛逃出大營,欲歸故里。張良一曲簫聲,居然吹散江東八千
兵。那麼,孔明的琴聲又如何呢?孔明一生用兵,彈琴的次數屈
指可數。不過,他每彈一次琴,敵軍就必中一次計。婦孺盡曉的
空城計,司馬懿中計就中在孔明的琴上。司馬懿憑孔明的琴聲
來決定隊伍的進退,他以爲,如果琴聲慌亂,孔明心裏也一定慌
亂,此城必是一座空城無疑。可是,司馬懿一諦聽,琴聲有條不
紊,一絲不亂,他覺得孔明鎮靜若此,城內肯定有着埋伏,遽爾傳
令兵退街亭。後來,司馬懿得報,方知中計,再次進兵前去,然而
孔明各路救兵已經趕到,不能奈孔明何了。司馬懿對孔明拜伏
得五體投地,大兵壓城,守着一座空城,他居然彈得這麼一曲妙
琴,真神人也! 今朝孔明博望坡初次用兵,夏侯惇一聽琴聲,十
萬人馬全軍覆沒,自己被燒得焦頭爛額。

此時,小僮雙手靈巧地脫去琴囊,孔明一撩衣袖,立即撥動
琴弦。頓時,宛轉悠揚的琴聲在山谷裏傳蕩,風聲又將這琴聲徐
徐吹送到曹軍的耳中。

夏侯惇聽得孔明的琴聲,朝古人山一凝望,不禁暗自納罕,
你諸葛亮大難臨頭,頃刻間將要被擒,還在彈什麼琴? 除非是
"黃連樹下彈琴——苦中作樂"。夏侯惇驀然想起張良一曲簫聲
吹散江東八千子弟兵的事,心裏一顫,不由"哦"了一聲,暗思:莫
非諸葛亮要用琴聲彈散我的軍隊! 於是,他旋即傳令道:"三軍
將士們,妖道諸葛亮在山頭彈琴,聽了他的琴聲,會使人頭疼腦
脹,疲倦乏力,大家速速把耳朵掩上!"

衆將士聽了,都用手掩住耳朵。不過,這琴聲仍從指縫間傳
入耳中。夏侯惇自己也側耳凝神而聽,他原欲聽一下這琴音裏

有些什麼東西，豈知一聽，夏侯惇頓覺心曠神怡，胸懷開朗，全身的筋骨也舒暢萬分。

孔明的琴聲，堪稱舉世無儔。説也奇怪，他的琴聲不懂琴音的人聽了，也會感徹肺腑。假使聽的人高興，會越聽越高興、越振奮；假使聽的人悲傷，會越聽越悲傷、越悽愴。

夏侯惇這時見擒拿劉備、諸葛亮就在目前，當然開心得很，故聽了孔明的琴聲，尤爲高興了。夏侯惇一邊聽琴，一邊思想：這次把劉備與諸葛亮擒住，班師回朝，把劉備交與曹丞相，把諸葛亮留下替我參謀軍機，閒暇時喚他彈彈琴，爲自己解解悶，消遣消遣，不亦樂乎！

夏侯惇正想入非非，孔明一曲琴聲已畢，小僮又捧上一杯香茗，孔明抿了一口，往山坡下一看，見曹軍聽了琴聲，衝鋒得更爲有勁、更迅猛了。孔明掐指一算，博望坡裏邊曹軍已有八萬左右，外邊祇有二萬曹軍了。這二萬敵軍可讓關羽的火牛陣和張飛的伏兵來對付，這樣，十萬曹軍可以殺它一個精光。

劉備見曹軍已逼近古人山山脚，嚇得面孔變色，雙眼直瞪，驚呼道："軍、軍、軍師……這可奈何！這可奈何！"

孔明毫不動容，慢條斯理地道："主公寬心，主公寬心，且看本軍師來對付他們！"

説着，他站起身來，把手中的羽扇向上舉，這羽扇一舉，即將煽起一片大火，把曹軍燒得鬼哭狼嚎。孔明出山的第一年，這羽扇舉了三次，這是第一次；第二次羽扇一舉，火燒新野，張遼十萬大軍化爲灰燼；第三次羽扇一舉，火燒赤壁，燒去曹操百萬大軍。至今，民間流傳着一句俗語：新官上任三把火。追根究源，這俗語即出乎此。孔明這把羽扇，後世有人贊云：

> 諸葛軍師，羽扇一舉。千軍萬馬，灰飛煙滅。

　　再說篷帳後面公子劉封，見軍師舉起羽扇，知道這是火攻的信號，馬上吩咐士兵點燃百子流星炮的藥綫，"轟"的一聲巨響，百子流星炮騰入雲空，爆炸開來，一響變百響，"刮啦啦——"與霹靂聲相仿。四處伏兵聽得信炮聲，立即按計行動。真是"一枝動，百枝搖"，瞬間，博望坡內大火熊熊。

　　且說夏侯惇率領大軍衝到古人山脚下，正要下令包圍山頭，忽聞信炮響徹天半，心裏大愕，連忙扣住繮轡詫呼道："啊呀……不好了！"

　　他瞭然於胸，信炮一響，必有伏兵。夏侯惇斷然下令道："三軍將士聽了，馬上前隊改後隊，後隊改前隊，全軍人馬速速退出博望坡！"

　　但是，曹軍此時的吶喊聲震動山谷，夏侯惇的命令將士們一點兒也聽不到，衹有夏侯惇周圍的士兵聽到，就拼命喊道："大都督傳令，速速往後退兵，快快退出博望坡啊！"

　　古人山脚下的曹兵已在往後退兵，可博望坡山口的士兵還在前擁後擠地要衝進去，高聲呼喊"衝上山坡去啊！活捉劉備諸葛亮啊！"這樣，前邊的往後退，後邊的往前衝。士兵在兩山環抱的博望坡山口弄得欲進不得、欲退不能，人聲喧囂。

　　且說這博望坡口左右兩座土山的上半截，原是關羽指揮士兵用石頭堆起來的，這石頭把土山加高了四丈有餘。士兵們用一條條分索把石頭圍住，這許許多多分索又繫在一條總索上，這總索又縛在後邊山峰上。此刻，守衛在左山的劉辟和右山的龔都二將，聽得號炮響起，不約而同地抽出鋼刀把總索一刀砍斷，轟隆隆的響聲猶若巨雷似的，兩座土山的上半截坍了下來，無數的石塊當即把山口堵住，並把幾百個士兵砸成肉餅。

　　坡內的曹兵見此情狀，無不膽顫氣餒，惶惶然似熱鍋上的螞蟻一般。整個博望坡裏，仿佛沸騰的油鍋裏撒了一大把鹽似的，

亂哄哄的一片，八萬曹兵彼此驚呼道：＂啊呀……不好了……歸路被截斷了！＂

夏侯惇一看山口被封住，不禁揣度，這山口如同大門一樣，大門一關閉，那還了得，他忙命眾士兵從山坡邊的小道逃出去。

再說山坡邊東西南北已挖好了四條大壕溝，每條一丈二尺寬，八尺深，裏邊堆滿了一排排的松香、硫黃、煙硝、枯草等。毛仁、苟璋率領六十四個士兵守在這裏，每條壕溝有十六個士兵守着。

毛仁、苟璋見山口已被封鎖，便命士兵們把火藥綫點燃。俄頃，四條大壕溝如四座大火牆。曹兵尚未逃到山坡邊，又被這突然冒出來的四條火壕溝愣住了，不知所措。

此時，四面山峰上的兩百名伏兵各執噴火筒，把一支支火箭噴出去，又把一個個乍點燃的火藥包扔下去。這些火一碰到草木，就燃燒起來。在枯草亂枝之中，孔明命士兵預先隱藏着不少破舊的戰車，車上鋪滿茅草、火藥等物，一接觸火就燃燒了起來。戰車成了火車，這火又燒向別處。

這博望坡內，頃刻之間成了一片火海。火藉風勢，風藉火威，烈焰騰騰，火浪滾滾，映照得滿天通紅。天本來要黑下來了，但今夜成了不夜天，烈烈火光替代了燦燦日光。但見——

　　烈焰衝騰上九霄，滿坡火浪亦滔滔。縱然倒傾銀河水，難救今宵大火燒。

夏侯惇率領着衝進博望坡的八萬曹軍，在火海之中抱着頭東逃西竄，南衝北突，却無路可走，哭喊聲驚天，嚎叫聲動地。曹軍見山坡中有很多大大小小的土墩，上邊無火，像喪家之犬一般狂呼亂叫地登上土墩。土墩上的士兵以爲上邊安全，向其他的曹兵喊道：＂弟兄們，快快上土墩！這兒沒有火！＂

　　一霎間，大小土墩上站滿了曹軍。大的土墩上有七八百人，小的土墩上有一二百人，幾乎無插足之地。

　　再説大都督夏侯惇，他却仍在濃煙烈火中挣扎，尋覓出路。他心裏忖量：諸葛亮這場火攻，終須網開一面，給人留下一條生路，否則未免忒殘酷了。不過，他知道自己肚裏墨水少，縱使有着生路，也難尋找，祇有樂進這人略有一些才學，或許可以找到生路，幫助自己脱離險境。因此，夏侯惇在烈火中騎着馬衝來撞去，放開已經喊嘶啞的喉嚨連連高叫道："樂進將軍——樂進將軍——"正是：

　　　　羽扇一舉漫山遍谷火烈烈，曹軍八萬東逃西竄哭淒淒。

第十五回　孔明穩坐古人山
　　　　元讓敗走安林道

　　此時的樂進也在到處尋找夏侯惇，他們兩人好像小孩子捉迷藏那樣，彼此東奔西奔，南撞北撞，就是不能碰上一面。

　　夏侯惇在火海裏鑽來鑽去，身上着火，他剛拍滅了肩頭的火，大腿上又燒着了，成了一條"火腿"。不多的工夫，夏侯惇身上燒得東拖一塊，西掛一片，狼狽不堪；胯下的那匹坐騎，毛已燒光，尾巴也燒焦了。夏侯惇從土墩下經過，土墩上曹軍雜然喊道："大都督快上土墩來吧，這裏没有火！"

　　夏侯惇聞言，覺得這土墩雖說無火，但終非久長之計。因此，他略一思忖，又一抖馬繮尋找樂進而去。

　　再說羅川口糧隊總鎮李典，聽得百子流星炮響，不禁爲之一愕，知道敵軍的伏兵來了。又一會兒，李典得報博望坡山口被封鎖，不免又是一愕。他把自己的一萬護糧隊和退下來的一萬曹兵安頓在一道，登上山頭朝博望坡一望，頓時嚇得魂飛魄散，瞪目發呆。自己疆場征戰二十餘年，如博望坡這樣的火攻，從未見過。李典暗自籌算，這番火攻，看來夏侯惇凶多吉少，如若到天亮不見他出來，定然葬身於火海之間，那時，我也衹好收拾殘兵敗將，退回皇城。李典又命五百小兵分爲二十個小隊，每小隊二十五人，在博望坡外邊打探，倘然夏侯惇命不該絕，逃出火海，就由小兵把夏侯惇領到李典處。

且説博望坡內，大大小小的土墩上擠滿了曹軍。這時，土墩下埋着的地雷火炮就要爆炸了。小土墩下邊先發出"嘁嘁嘁"的聲音，曹兵聽得腳下有聲響，覺得十分蹊蹺，可又不知是什麽名堂。這"嘁嘁嘁"的聲音響了一陣，祇聽得"轟——"的一聲巨響，土墩轟起，石塊泥土到處飛濺，土墩上的曹兵被炸得血肉橫飛。

原來這土墩下埋的是諸葛炮，就在同一時間裏，一個個的小土墩都炸得飛起來了，這邊"轟"的一聲，那邊"轟"的一聲，震得山嶽搖動。

大土墩上的曹兵見了，驚心動魄，兩股戰栗，心裏忖度，如若腳下的土墩和那些小土墩一樣，炸得飛了起來，這可奈何？曹兵看着那些血肉模糊的屍體，一個勁地祈禱：老天保佑，保佑我們平安而回……阿彌陀佛，老天爺睜睜眼，幫幫忙，快下一場傾盆大雨吧！曹兵真是癡心妄想，孔明上知天文，下識地理，倘若今夜有雨，他不會用這場火攻了。

就在此時此刻，曹兵腳下的土墩裏隱隱發出"霍落霍落"的聲響，大家聽得，感到怪異，互相問道："是什麽東西在嘰哩咕嚕？"

其中一人自作聰明地道："這有什麽值得大驚小怪的？泥土被火燒得發熱了，那些蟲子便忍不住叫起來了。"

這一解釋聽起來頗有幾分道理，可是餘音未息，"轟隆隆"一聲響，大土墩裏的地雷火炮爆炸了，這些曹兵統統去見了閻王。

緊接着，"轟隆隆"的巨響此起彼伏，震耳欲聾，一個個大土墩炸飛了。

博望坡這一場大火，從天剛剛黑燒起，此時已是初更時分，曹軍大半已被燒死。

再説孔明在古人山上，一面飲酒，一面觀察山下形勢，見曹軍慘狀，暗暗歎息。然對自己的成功，也不禁有些欣慰。

孔明十四歲上汝南菱山拜邦玖公老道爲師，學道七年，二十一歲下山，今年二十七歲出山輔助劉備。今宵是初出茅廬第一仗，又是第一場火攻，他多少年來學得的才學終於施展出來了。

旁側劉備，適纔聽得曹兵喊叫着要衝上山來，嚇得緊閉眼睛，額上的冷汗涔涔而出，一動也不敢動，好似泥塑一般。猛然間地雷火炮爆炸，地動山搖，劉備似從夢中驚醒，睜大眼睛一望，坡內火光衝天，濃煙彌漫，他看得瞪眼出神。

孔明心裏暗笑，主公方纔嚇得好似泥塑，眼下又看得儼如木雕。凝神有頃，劉備咂了咂嘴，奄拉着腦袋，自言自語道："孤半世來馳騁沙場，這麼大的火攻從未見過。縱使伊尹、呂望重生，張良、韓信再世，也難與我家諸葛軍師相比。如斯大賢，莫說三顧茅廬，就是十次、三十次登門聘請，也是理所當然的；莫說冒着風雪相請，就是冒着冰雹、冒着鐵雹去聘請，也是值得的。"

劉備這番話，雖說是自言自語，聲音甚輕，可孔明聽了，心裏甜滋滋的，十分高興。

劉備抬了抬頭，朝着孔明將手一拱，臉露喜色地道："軍師用兵如此神機妙算，何不與孤早早言明？孤剛纔嚇得魂不附體！"

孔明詭秘地一哂道："主公，此乃天機，不可泄漏！"

劉備聽了，也付諸一笑，知道這不過搪塞之詞罷了。劉備心裏頗覺高興，暗暗思想，許多年來，我屢次被曹操戰敗，今朝終算可以一吐胸中宿氣了。他吩咐手下重擺酒肴，親自執壺敬酒道："軍師請用酒！"

孔明也道："主公請！"

兩人一邊飲酒，一邊觀戰！

劉備飲了數杯，不知何故，倏地放下酒杯，微微歎了一口氣，雙眉一皺，臉上又籠上了一層憂悒之色。孔明察言觀色，見劉備這副樣子,啓口道:"主公因何霎時間面有不悦之色,未知有何隱衷?"

劉備略一猶豫,低低道:"孤心中忽起一念,如若説了出來,請軍師不要笑備貪得無厭!"

孔明道:"主公直言無妨!"

劉備道:"孤這些年來,屢遭曹操欺侮,恥辱難洗。今日軍師爲孤報仇雪恨,乃蒼天有眼,相助孤也! 不過,這次火攻雖然厲害,可惜曹操没有前來,豈非美中之不足!"

孔明覺得劉備未免太性急了,便道:"主公祇管放心,火燒曹操也祇遲早而已,本軍師自有良策。"

劉備聞言,心想,軍師滿腹經綸,今朝説得到,明朝也必然做得到。果然,到了是冬十一月二十日,孔明火燒赤壁,曹操敗走華容。此是後話,這裏暫且不表。

劉備、孔明兩人舉杯暢飲,談笑風生。

猛然間,"轟隆——"一聲巨響,震耳欲聾,一個地雷炸起,泥土夾雜着曹兵的血肉横飛開來。劉備正舉酒欲飲,聞此聲,睹此狀,不由得一駭,杯中的酒潑濺出來,嘴裏驚叫道:"啊呀,嚇死孤了! 請問軍師,這是什麽埋伏啊!"

孔明道:"主公,此就是地雷。"

劉備問道:"軍師,這地雷如此厲害,未知何物能夠克它?"

劉備之言甫畢,孔明胸中已大爲不舒,心裏思度,今日初次用兵,主公爲何説出這樣不吉利的話? 孔明當然知道,地雷一遇到老天下雨,就炸不出來了。孔明答道:"主公,祇有天雷能克地雷!"

劉備以爲,祇要天雷一響,地雷就不會響了。

君臣穩坐篷帳之中,飲酒賞火。劉備見博望坡内一片火海,地雷火炮聲不絶於耳,曹軍屍横滿坡。心裏暗忖:假如這些屍體堆在一起，將是屍山一座；假如這些血流在一道，將是血河一條。
這真是太慘烈了。劉備越看越不忍睹，越聽越不忍聞，便與軍師
一道下山回新野而去。

　　且說博望坡內大火燒到二更時分，地雷火炮漸漸炸完，曹軍
大都已被燒死炸死，所剩寥寥無幾。

　　在一山坳裏，有三五百名曹兵擠於一道，因爲這山坳裏遍地
都是亂石，不生一草一木，大火燒不過來。若是一出這山坳，到
處是熊熊烈火。曹兵擠在一塊，雖然僥倖未被燒死，不過，大家
仍然頗爲憂急，因這場大火看來少說也會燒上幾天幾夜，阻在這
山坳裏，即使不被燒死，也會餓死的。這火鋪天蓋地，凶猛若此，
縱然脅下能生雙翼，也難飛出博望坡去。

　　一小兵神色沮喪地道："弟兄們，我們這數百人難道祇能束
手待死、眼睜睜地去見閻王嗎？"

　　大家聽畢，也祇得唉聲歎氣地道："唉，這可奈何！不要說我
們小兵了，就是夏侯大都督騎了戰馬，東衝西撞，也難於逃出這
火海啊！"

　　曹兵都感到山窮水盡，無可奈何，眼前祇有絕路一條了，彼
此歎息叫苦。此時，忽有一小兵眼珠一轉，抬首對衆人道："弟兄
們不必憂慮焦急，我有一計，定可救得大家性命！"

　　大家聞說，焦慮的目光唰地一齊射向他，異口同聲道："請問
什麼計策？"

　　那人不疾不徐地道："你們舉首望望，我們祇要攀上這山峰
頂，豈不就能逃出火海活命了？"

　　衆曹兵聽了，猶如陡地從千仞高峰跌進了萬丈深淵，活命的
希望又毀滅了，都道："虧你想得出來，這樣的峭壁懸崖叫我們如
何攀登上去？"

　　那小兵却依然充滿自信地道："常言說得好，天無絕人之路，

我們祇要爬上山頂,便可活命。"

　　曹兵們聽了這話,仰望着如同刀削一樣陡峭的山壁,有的皺着眉,有的搖着頭,有的歎着氣,迎面的山壁有八九丈高,旁側的低一些,也有七丈,真是:飛鳥不可過,猿猴愁攀援。衆曹兵道:"這山壁陡峭,豈能上去?"

　　那小兵環顧衆人道:"登山之計我倒已想出來了,但大家須同心協力……"

　　話未畢,衆人急道:"如何上去? 如何上去?"

　　那小兵道:"先叫三十名身强力壯的弟兄並肩靠在山脚下,再叫第二批弟兄踩在第一批的肩上,接着叫第三批弟兄踩在第二批的肩上……這樣一批接着一批,直上山頂。祇要一人登上峰頂,就可用繩子把弟兄們都吊上去,這豈不都可活命了嗎?"

　　大家聽了,雖然覺得這辦法並不完滿,但在這生死關頭,祇得冒一冒險,試它一試了。漸漸地,一堵人牆出現了,一批批曹兵從肩上爬上去,人牆也升高了。果然,這人牆漸近山頂,兩個高個子的曹兵,腦袋已冒出山頂,祇要用手攀住山石,縱身一躍,便可跳上山頂。

　　再説山頂上守衛着孔明派出的伏兵,剛纔把一支支火箭射出去,把一個個火藥包擲下去,現在無事可做,東奔西跑地觀賞軍師的火攻,稱贊軍師用兵如神。忽然,一伏兵發現山崖邊有兩個腦袋在晃動,還有兩雙手使勁地攀着石頭,他急忙飛奔到山崖邊朝下一看,不禁"啊"了一聲,心內萬分驚詫,這一排排的曹兵居然組成了一堵直達山頂的人牆,假如被他們上了山頂,明槍交戰,那還了得! 幸虧早發現一步,還來得及對付。

　　這伏兵從腰中"嚓"地拔出閃閃發亮的鋼刀,用盡平生之力,對準兩顆腦袋砍去,腦袋應聲而落,帶血的屍體跌下。曹兵見了,心一驚,腿一軟,肩一鬆,"嘩啦——"一聲,好一座人牆立即坍倒。曹兵有的摔死了，一動不動地躺在地上；有的受了傷，哭天嚎地，呼爹叫娘。至此時，這些曹兵已完全絕望，圍擠在一起待死。

博望坡這火海之中，不要説曹兵無法遁逃出去，就是夏侯惇與樂進這兩員曹將，也被燒得暈頭轉向，不知逃往何處方好。夏侯惇騎馬在滾滾烈焰裏東衝西撞，四處找尋樂進，希望他能幫助自己逃出火海。他聲嘶力竭地喊道："樂進將軍——"

樂進自坡內起火，也一直在尋找夏侯惇。這時，他隱隱聽得"樂進將軍——"的嘶喊聲，勒轡駐馬，側耳諦聽，方知夏侯惇也在尋找自己。樂進連忙朝着夏侯惇的方向，對着嗆人的濃煙，用盡全力喊道："夏侯都督，末將樂進在這裏——"

夏侯惇聽得樂進的聲音，不由大喜，猛然馳馬而來，對着樂進吁了一口長氣道："樂進將軍，尋得你好苦啊！"

樂進道："夏侯都督，我也何嘗不是如此？"

夏侯惇搔了搔頭皮，沮喪地道："樂將軍，難道這博望坡即是我等葬身之地嗎？"

樂進道："都督休説此言，我揣料，諸葛亮這場火攻雖説厲害，但必然留有生路。都督在此稍憩，待我去尋得生路，共同脱險。"

説着，一提馬韁，急急而去。

且説樂進在博望坡四周尋覓生路，他見那四條寬一丈二尺深八尺的大壕溝內火光彤紅、濃煙翻滾，心裏忖度，祗要跳過這火壕溝，就能活命。

樂進沿着火壕溝一面跑去，一面尋覓生路，可是這火壕溝仿佛一堵嚴嚴密密的大火牆，沒有一個缺口。他跑完了一堵火牆，面孔被一條條火舌舔得滾燙滾燙，腦子被熏得一團混沌，卻不見生路。

樂進又沿着第二條大壕溝跑去,跑了一會兒,他倏地發現了一條生路:這火壕溝中有一段,二三丈長,兩邊有兩條火舌,順着夜風忽而併攏,忽而分開,時合時分。

樂進覓得生路,掉轉馬頭返回夏侯惇處,喜滋滋地道:"恭喜夏侯都督,生路已經找到了!"

夏侯惇聽了,臉上布滿疑雲地問道:"啊,真的能找到生路嗎? 生路在哪裏?"

樂進見他呆立不動,催促道:"都督快隨末將去吧! 都督快隨末將去吧!"

夏侯惇這纔矍然一省,跟隨樂進奔去。

二人到了那邊,樂進將馬勒住,以手一指道:"都督,這不是生路嗎?"

夏侯惇獨眼龍再三審視,一點也看不出來,瞪出獨眼對樂進把頭亂搖道:"什麼生路? 什麼生路?"

樂進見夏侯惇愣頭愣腦的模樣,暗想,生路明明擺在眼前,却看不出來,如此統帥,有眼無珠,有勇無謀。他又用手指了指,道:"都督,這不是生路嗎? 待我先跳將出去,再喚都督跳出這火壕溝,你看如何?"

夏侯惇點頭道:"如此甚好!"

夏侯惇內心揣量,你若能跳將出去,我依樣畫葫蘆就是了,你若跌到火壕溝裏燒死,我還可別尋生路。於是,夏侯惇退在一側,彈出一隻眼睛,凝神屏息,觀看樂進跳將過去。

樂進將馬後退三四十步,算準兩條火舌分開的時間,然後把繮轡一拎,兩腿緊緊一夾,猛地朝火壕溝衝去。樂進時間算得不差一絲一毫,他縱馬躍到火壕溝上邊,兩條火舌恰巧分了開來。樂進跳出火海,頓時心花怒放,手舞足蹈。他忽爾感到左膀一陣疼痛,一看,原來戰袍已經燒着,急切間,他伸出右手亂撲亂拍,左膀的火未拍滅，手上已燙起一個個水泡，疼痛難熬。

夏侯惇在裏面眼見樂進跳進火壕溝，却没有一點聲息，猜想是否跌進火壕溝內燒死了。他有些耐不住了，高聲叫喊："樂將軍——"

樂進聽得喊聲，急道："大都督，末將已經跳出火海了，你快跳吧！"

夏侯惇聞得樂進聲音，暗喜，看來我也可逃出火海了。他又問道："樂將軍，你可曾受傷否？"

樂進心裏想，我如此謹慎小心，肩膀尚且燒傷，更何況你這個莽將軍，不過，我不能以實情相告，還是給他吃顆定心丸吧！樂進隔着火牆喊道："都督盡管放心，我並未受傷，你快跳吧！"

夏侯惇聞説，心裏吊着的石頭落到地上，他學着樂進的式樣，也將馬倒退三四十步，可一見到兩條火舌正合攏來，不禁毛骨竦然，又不敢跳了。夏侯惇的獨眼瞬也不瞬，對着火壕溝，稍頃，見兩條火舌合攏後正分向兩邊，便不管三七廿一，緊閉獨眼，繮彎一拎，兩腿緊緊一夾，猛衝過去。豈知夏侯惇跳到火壕溝上邊，兩條火舌恰巧合了攏來，"噗哧——"一聲，兩條火舌對準夏侯惇左右開弓，兩個痛心肺的火耳光，夏侯惇的鬢髮、鬍鬚、眉毛等，被燒得"嗤啦啦"直響，他疼得絕叫道："喔喲，喔喲，喔喲……"

樂進見從火壕溝裏衝出來的夏侯惇從頭到脚都是火，驚惶失措地喊道："啊呀不好了，都督快下馬就地打滾！"

夏侯惇急忙滾下馬來，在地上亂滾，半晌纔把渾身的火滾熄了；可是他的鬍鬚、眉毛和眼睫毛都被燒光，滿臉水泡，面目駭人。

夏侯惇能逃出火海，堪稱不幸中之大幸也。他忽地憶起，出師之時，徐庶與我相面，説我兵出新野，定要被諸葛亮燒得焦頭爛額，並且全軍覆没。如今果真被徐庶猜中，這叫我今後還有什麼面孔做人？

夏侯惇憶起這些，不禁忘形地喊道："樂將軍，你快走吧！蒼天啊蒼天，這叫我如何歸去拜見丞相？這叫我今後如何做人？啊呀呀……我不如一死了之！"

說罷，一手從鞘中拔出龍泉寶劍，一手欲把鬍鬚撩開，誰知鬍鬚剛剛燒光，祗摸到自己淌着血水的下巴。夏侯惇氣惱難忍，舉劍便欲自刎。

說時遲，那時快。樂進欻地滾下馬來，使勁拖住夏侯惇的手，勸慰道："都督不能輕生……諸葛亮火攻如斯厲害，丞相定然寬宥都督。我們快去尋找李典，收拾敗兵，返回皇城。"

此刻，夏侯惇真是覓死不得，欲生又難，不斷地呻吟着，傷痛萬分。

樂進摸出一包金創藥粉，爲他敷藥。

夏侯惇寶劍入鞘，仰躺在山石上。樂進把藥粉撒在他的臉上。

夏侯惇雙手往臉上一抹，稍不慎，水泡撤穿，血水橫流，夏侯惇疼得"啊"的一聲跳了起來。樂進朝他一望，但見他三分似人，七分似鬼，儼如夜叉妖魔一般。

實際上，這金創藥是醫刀槍之傷的，醫火傷是隔靴搔癢，枉費力氣而已。夏侯惇這次火傷十分嚴重，險些喪命，幸虧回皇城後，得到一種專治燒傷的民間秘方，叫作老鼠油。這是用剛剛出胎的小老鼠浸在菜油裏製成。這種油專治火傷，療效極佳。夏侯惇貼出告示，重金購買小老鼠，做了一缸老鼠油，終於治愈了火傷。

樂進爲夏侯惇敷了藥，兩員大將猶如兩隻偎灶貓似的，重上戰馬，去尋李典。

　　再説李典派出的二十個小分隊，在博望坡外打探，尋訪夏侯大都督。一個小隊驀見前邊奔來兩騎，細細一看，一人是樂進，一人却已燒得不識廬山真面目，不知是誰。曹兵忙呼"樂將軍"。夏侯惇見糧隊的曹兵祇認樂將軍，不認自己，心裏可火啊！他哪裏知道，大都督已燒得面目全非，倘然拿面青銅鏡來照照，夏侯惇自己也不會認識自己的。

　　樂進向曹兵招手道："衆軍士，我與大都督逃離火海，快領我們去見李將軍！"

　　曹兵聞言，始知另一人乃是夏侯惇。

　　衆人領路，一個小兵先去糧隊稟報李典。李典得知，連忙上馬猛拎繮轡，迎上前去。李典見到夏侯惇與樂進那副狼狽的樣子，尤其是夏侯惇那人不像人、鬼不像鬼的模樣，未免兔死狐悲。他在馬上朝夏侯惇作揖道："末將未能保護都督，純屬失職，末將在此請罪了！"

　　夏侯惇悔恨交加地道："李將軍，本督不聽將軍勸告，以致中了諸葛亮奸計，令人噬臍何及！"

　　李典派樂進勸夏侯惇退兵，當時夏侯惇聽了，怒不可忍，氣勢洶洶，現在纔省覺過來，這真是："馬至懸崖勒繮慢，船到中流補洞遲。"李典勸説一番，出主意道："白日那五十一個百姓説關羽和張飛都不在新野，祇怕是胡言瞎説，我們還是趕快離開這兒回京吧！"

　　夏侯惇與樂進不約而同地點頭稱是。於是，夏侯惇帶領李、樂兩將，率領一萬護糧兵，一萬退下來的敗兵，從羅川口退了出來。

　　夏侯惇領着二萬敗兵一路退去，内心惶遽不安，暗忖，博望坡這第一道關口我僥倖逃出來了，可要逃出劉備的地界，絕非一件易事，尤其是紅面孔關羽和黑面孔張飛都未出場。

説也奇怪，夏侯惇想到關羽，關羽馬上就到。

再説羅川口的伏兵見曹兵退了出來，糧車聲、脚步聲、兵器撞擊聲、軍士歎息聲等十分嘈雜，伏軍忙進樹林中的篷帳裏稟報關羽道：“稟報二將軍！”

關羽道：“何事報來？”

伏兵道：“奉命探得，夏侯惇率領敗兵退出羅川口，請二將軍定奪！”

關羽道：“知道了，再探！”

關羽立起身來，一手撩袍，吩咐道：“我兒關平！”

關平上前行禮道：“爹爹在上，孩兒關平叩上！”

關羽道：“速速帶領人馬，切斷曹軍退路！”

關平一聲“遵命”，取來青龍刀，周倉牽來赤兔馬，關羽提刀上馬。關羽在馬上對周倉道：“周倉，這火牛陣你快去準備！”

周倉道：“末將遵命！”

周倉帶領一隊兵卒，來到後邊篷帳裏，把一百零五條火牛牽出，分爲二十一排。這些火牛，有的去年徐庶用過一次，尾巴上的毛燒掉後還没有長出來，士兵們就把在桐油裏浸過多次的亂麻繞在牛尾巴上。

周倉吩咐小兵把二十一排火牛帶到羅川口，每排火牛後邊站着五個小兵，手執火把，專等關羽一聲令下，火牛就可上陣。

此時，關羽率兵截住曹軍退路，小兵齊聲呼喊道：“呔，曹兵曹將快快束手受降，我們二將軍在此！”

曹軍已是驚弓之鳥，怎敢過去？一曹兵忙到夏侯惇馬前稟道：“啓稟夏侯都督，前邊有敵將擋住去路！”

夏侯惇道：“不知是何人？”

曹兵道：“乃是紅面孔關雲長！”

夏侯惇聽畢，暗暗叫苦不絕。他尋思，這人倘是碌碌之輩，我與樂進雖則受傷，李典還可上去迎戰一番。夏侯惇從人群的縫隙裏朝前遠遠望去，但見在火把火球的映照下，關羽駐馬而立，關平相隨在側。關羽臉如重棗，一雙丹鳳眼，縷縷長髯在胸前飄拂，頭戴一青巾，身穿綠戰袍，手提青龍刀，威風凜凜，氣宇非凡。

夏侯惇不及細視，旋轉馬首就逃，並亂喊道："啊呀，完了，完了……李典、樂進，快走，快走……"

三人三騎朝旁邊小山道拼命遁去，曹軍本來鬥志渙散，此時見三員大將逃跑，頓時大亂。關羽見了，忙向手下傳令道："點炮！"一聲信炮響起，殺喊聲響徹夜空。

指揮火牛的一百零五個小兵，聽到號炮聲，動作迅捷無倫，一百零五個火把立即點燃了一百零五條牛尾巴。這些牛初時覺得屁股頭熱辣辣的，一瞬間疼痛萬分，它們像發狂一樣地奔了起來。五頭牛鎖爲一排，假如一頭跑不快，就被另外四頭拖着跑，這樣，五頭牛互相拖拽着，越跑越快，其勢猛不可擋。

這一百零五頭牛，分爲二十一排，橫衝直撞，所向無敵。

曹兵見火牛衝來，心驚肉跳，魂飛魄散，東躲西避，亂成一團，有的被牛角上尖刀戳死，有的被牛頭撞死，有的被牛腳踩死……這真是：馬擠馬，馬翻遍地；人軋人，屍橫荒野。

在這半夜三更，曹軍又遇諸葛亮的火牛陣，死去大半。

此時，在羅川口兩邊的山石間、樹叢裏，還有六七千名曹兵，他們前不能進，後不能退，祇得聽天由命。忽見關平帶着士兵過來，連連高喊道："曹軍聽了，投降者免死！"

衆小兵也齊喊道："投降者免死！投降者免死……"

曹兵聽得，紛紛擁出來投降。關平收得六七千降兵，喜不自勝。他隨即命令降兵把滿地撞翻的車子整理好，把糧餉、刀槍和篷帳等戰利品裝載於車上，返回新野。

　　且説夏侯惇、李典和樂進三將，沿着山間小徑，落荒而走。他們聽得後邊嚎哭聲震天，知道又中了諸葛亮的埋伏，便問身後的小兵道："這又是什麽埋伏啊？"

　　小兵道："啓稟都督，這是諸葛亮的火牛陣，去年徐庶也曾經用過。"

　　夏侯惇聽罷，恨恨不已。心想：這諸葛也太殘忍辣手了，十萬曹兵燒去八萬，祇剩下二萬，還不肯讓我帶回許昌，又在這羅川口埋伏了火牛陣。

　　夏侯惇一點人馬，僅僅剩下一百二十四個兵。他夢中也不會想到，這一百二十四個兵，諸葛亮竟然也不肯讓他帶回許昌。

　　夏侯惇一面逃命，一面命小兵前邊打探。稍頃，小兵來到夏侯惇馬前報道："稟上夏侯大都督，前方有一小道，石碑上刻着：安林道。道上有客商車輛經過的車轍，看來可通大路。"

　　夏侯惇聽説能通大路，毫不躊躇地道："如此，速速往安林道退兵！"

　　夏侯惇帶着李典、樂進二將，率領一百多個敗兵，急遽趕到安林道口，踏上安林小道。夏侯惇心中仍在測度，紅面孔關羽方纔已經相逢，祇是黑面孔張飛還未出來。他想到張飛，全身不覺一顫。夏侯惇的測度一點不錯，張飛帶着二百小兵，早已守衛在安林道上，等候夏侯惇到來。不過，當此時，張飛恰巧不在安林道上，這真是俗話所説：無巧不成書。

　　請問，張飛緣何不在安林道上呢？原來，此中別有原因。

　　且説張飛率領二百小兵，守衛在安林道上。張飛在孔明面前立下了軍令狀，心想這次一定要活捉夏侯惇給那牛鼻子道人看看，顯耀顯耀老張的本領。因此，他騎馬守在道上，手提丈八長矛，圓睜虎眼，等候夏侯惇前來。可是，張飛等了整整兩天，連夏侯惇的影子也不見。正當心灰氣喪的時候，忽聞博望坡那邊地雷火炮震天,喊聲哭聲撼地,半天裏火光映得一片通紅,張飛忙命小兵前去打探。未久,小兵回來稟道:"稟報三將軍,軍師初次用兵,火燒博望坡,曹軍被圍困在山坡之中。"

張飛道:"此言可真?"

小兵道:"三將軍請看,那邊燒得滿天都紅了!"

張飛"嗯"了一聲,又道:"且待老張登高望一望孔明的火攻!"

言罷,張飛把馬轡一拎,一口氣衝上了旁側的小山,遙眺博望坡,煙滾滾,焰騰騰,火熊熊……張飛不望則已,一望,對軍師孔明拜伏得五體投地,可謂口服心服。張飛一面觀望這從未見過的火攻,一面贊不絕口地道:"好軍師,好先生;好軍師,好先生……"

眾小兵見張飛登上山久不下來,便上山婉言奉勸道:"三將軍,軍師要你守衛在安林道上,不可擅自離開……"

張飛觀火的興致極濃,不待小兵説罷,濃眉一橫眼一彈,暴喝道:"你等囉唆什麼,與我滾下去……噢,萬一夏侯惇前來,火速通報老張就是了!"

話畢,張飛又眺望博望坡,連連贊道:"好軍師,好先生;好軍師,好先生……"

再説夏侯惇帶着李典、樂進二將和一百二十四個敗兵,逃到安林道上。張飛手下的二百兵卒見夏侯惇領着敗兵前來,而三將軍仍在旁側山上出神地看火攻,毫不知曉,這可奈何!

急切間,小兵一商議,決定來一個虛張聲勢,先放信炮,嚇得曹兵不敢過來,然後再上山叫三將軍下來擒拿夏侯惇。

刹那間,一聲信炮"轟——"地響起,眾小兵大聲呼喊道:"曹將夏侯惇速速下馬受縛,三將軍張飛在此!"

夏侯惇本來心虛膽怯,聞得信炮一響,愕然一跳,猛地把馬扣住，惶惶然道：“不，不好了……又來了……”

　　小兵即刻來馬前稟道：“啓稟大都督，前有猛張飛攔住去路！”

　　夏侯惇心裏暗思，這下真個不得了，前有黑臉張飛，後有紅臉關羽，看來性命難逃了。

　　就在此時，一小兵已氣喘吁吁飛奔上山頭，來到張飛身邊，而張飛去看火攻看出神來了，嘴裏“好軍師、好先生”喊個不停。小兵慌忙稟道：“三將軍，曹將夏侯惇率領敗兵已到安林道，請將軍快快下山活捉夏侯惇！”

　　張飛道：“夏侯惇真的來了，現在什麼時候了？”

　　小兵答道：“已經四更天了。”

　　張飛暗想，軍師發令時説，夏侯惇在四更天必定經過安林道，這真是神機妙算，沒有絲毫舛誤。

　　張飛又想：我此時下去守在安林道口，恐怕夏侯惇早已逃走了，還不如朝着夏侯惇的方向直衝下去，定能抓住他。張飛剛從山頭往山下衝去，曹兵已遠遠望見了，忙向夏侯惇報告道：“稟報都督，張飛並不在安林道上，正在那小山上衝下來。”

　　夏侯惇與李典、樂進仰首一看，見衝下來的果真是張飛。李典見局勢危急，雙眉一皺，陡生一念，朝夏侯惇低語一番，然後急急忙忙往路旁樹林間奔去。張飛從山上直衝下來，見夏侯惇等正向道旁樹林間逃去，他衝到樹林間，聽得馬鈴聲正響着，夏侯惇的腦袋在樹叢裏晃動。張飛一個猛衝，丈八長矛對準夏侯惇腦袋，用盡平生之力刺去，口裏疾聲吼道：“賊將夏侯惇看槍，俺老張來了！”正是：

　　　　迅捷埵謂人世無儔，猛鷙當屬天下第一。

第十六回　軍師府翼德拜師
金鑾殿文舉叱曹

　　張飛一槍刺去,祇覺得兩手震得麻乎乎的,豈知這夏侯惇絲毫不動,祇是頭盔落了下來。張飛不禁一怔,細細審視,見長矛搠在一棵樹上,足足有好幾寸深,方知中計。

　　原來,適纔夏侯惇、李典和樂進三將見張飛從山上猛衝下來,李典頓生一計,叫夏侯惇把盔甲脱了下來,把頭盔掛在樹枝上,把鎧甲披在樹身上,又從馬頸上解下鑾鈴,繫在小枝上,風吹枝動,鑾鈴就響起來了。然後,三將三騎拼命奪路而走,安林道口的二百伏兵哪裏阻擋得住三員大將的衝殺,祇得四散逃命。夏侯惇、李典和樂進三將憑着“金蟬脱殼”之計,留得性命歸回皇城。正是:“鰲魚脱却金鈎去,搖頭擺尾不再來。”

　　此時,那些逃散的伏兵又來到張飛眼前,報道:“三將軍,夏侯惇已遁逃而去,火速追趕,可能還來得及。”

　　張飛道:“肯定追不到的,倘然追得到夏侯惇,諸葛亮不當軍師了!”

　　經過博望坡這一場火攻,張飛對軍師孔明已經服服帖帖,準備回到新野後向軍師請罪。他心裏思度,軍師發令時説我不僅捉不住夏侯惇,而且連一兵一卒也難擒拿,老張索性一個兵也不要捉了。因此,張飛對於那一百二十四個夏侯惇的敗兵,一個也不收,統統放他們回歸家鄉,祇是不准追隨夏侯惇重返許昌。

且說孔明初次用兵,神妙莫測,大獲全勝,僅僅一夜工夫,殲滅曹軍十萬。三軍將士對孔明個個折服,人人敬佩。

次日一早,孔明升堂收令。他手搖羽扇正中危坐,劉備坐在旁側。衆文武一一上前繳令,都記大功一次。

孔明六支將令收齊,唯獨張飛的第七支將令遲遲不見繳來。旁邊劉備心忖:這場火攻,大家都立下功勳,唯有三弟尚未歸來,不知他能擒拿夏侯惇否?

劉備側頭對軍師發問道:"軍師,我家三弟鎮守在安林道上,不知能把夏侯惇擒捉否?"孔明語氣十分肯定地道:"山人早已說過,旁人前去,可以將夏侯惇穩穩當當活捉,唯有張飛前去卻不能擒捉!"

劉備聽罷這句老話,心想:三弟啊三弟,你能否爲愚兄爭一口氣,把夏侯惇擒捉歸來。

此時,張飛率領二百兵卒,已到轅門。一進轅門,張飛勒彎止馬,急忙跳下馬背。他頭頸裏縛着一條繩索,嘴巴裏銜了一把刀,這樣算是認罪服罪、自綁自殺,名叫"花綁銜刀"。

傳事官見張飛模樣若此,不禁暗哂:兩天前闖轅門時,如見了羊羔的餓虎,氣洶洶的;現在卻似碰見貓的老鼠,怯生生的。

傳事官迎上前去道:"三將軍回來啦?"

張飛道:"嗯,回來了,請速去通報軍師,俺並未擒得敵將夏侯惇,如今花綁銜刀,來向軍師請罪!"

傳事官馬上奔上大堂,到軍師虎案前稟報道:"啓稟軍師,今有張飛因不能活擒敵將夏侯惇,自知身犯軍法,故在轅門外花綁銜刀,求見軍師請罪!"

孔明道:"知道了,與我退下!"然後又對手下道:"來,命不法將張飛入內!"

　　旁邊刀斧手齊聲吆喝道："軍師傳令,不法將張飛入內!"

　　劉備聞說三弟張飛花綁銜刀前來請罪,五內似焚。暗自思想:等一下軍師如要將三弟按軍令斬首,我就要他取出軍令狀來對證,好在這軍令狀已被我竊得,軍師拿不出軍令狀,自然無以對證,如此,三弟的頭便可保住了。

　　張飛疾步奔上大堂,把頸上的繩和口中的刀取下,交與刀斧手,雙手捧着將令,俯首在軍師面前站定,請罪道："罪將張飛奉命鎮守安林道,未能將敵將夏侯惇生擒活捉,違犯軍法,特向軍師請罪繳令。"

　　孔明詢道："本軍師問你,曹將夏侯惇可曾經過否?"

　　張飛答道："來的,來的,衹是被他逃走了。"

　　孔明道："夏侯惇逃之夭夭,你可知罪否?"

　　張飛道："老張知罪!"

　　孔明道："既然知罪,那麼,你是願責,還是願罰?"

　　張飛聞說,心裏猜測:軍師沒有提及軍令狀,衹是問我願責或願罰,不知是責重罰輕,還是責輕罰重? 且待俺詢問一下,再定主意。張飛舉頭望着軍師問道："請問軍師,願責如何?"

　　孔明屬色而道："如若願責,推出轅門行刑斬首。"

　　張飛道："要是願罰呢?"

　　孔明道："如若願罰,那麼,去校場率領五百人馬,清理戰場,把博望坡、羅川口曹兵屍首全部埋葬,回來將功贖罪。"

　　張飛聽着,心裏斟酌,軍師的責頗重,罰甚輕,便連連答道:"老張願罰! 老張願罰……"

　　孔明隨即拔出一支令箭道："翼德將軍聽令,將令一支,立即率兵五百,速速前去打掃戰場,不得有誤!"

　　張飛樂形於色,接過將令,笑吟吟地步下堂去。

　　孔明見張飛已離去,吩咐在大堂上設慶功宴席,鷄鴨牛羊,佳釀美酒,犒賞三軍將士。席間,觥籌交錯,笑語滿堂,衆文武將士一邊暢飲,一邊贊歎軍師的神機妙算。

劉備與孔明坐在上首,兩人飲酒言談,饒有興趣。這時,孔明碰了碰劉備的臂肘輕輕道:"今日我這樣處理張飛,不知主公以爲當否?"

劉備本欲舉箸,忙停下道:"甚好!"

孔明道:"論理,今日該把張飛斬首。"

劉備道:"那麼,軍師爲何不將他斬首呢?"

孔明回答道:"祇因本軍師一時疏虞,那張軍令狀丟失了,故赦免他算了。不過,當時把將令發給張飛時,演武廳上除了主公,祇有四名家將,等下待本軍師將他們嚴加審訊,必能查個水落石出。"

此言方畢,劉備的心怦然直跳,暗中忖量,此事萬不能連累家將,眼下祇好向軍師明言認錯了。劉備臉一紅,朝孔明拱拱手,訥訥道:"軍、軍……軍師……"

孔明佯作糊塗,還禮道:"主公何事?"

劉備一頓,又拱手道:"軍師,此軍令狀是孤拿去了,謹祈軍師恕罪!"

孔明爲了儆戒以後,板着面孔道:"這次且罷了,今後不可!不管自己兄弟,還是部下將士,主公要一視同仁,不能厚此薄彼。"

劉備俯首認錯,諾諾連聲。

是日午後,孔明乘坐四輪車進入西校場,登上演武廳,傳令檢點戰利品。檢點完畢,孔明命六七千降兵聚集於校場上,吩咐手下在校場東邊插一面白旗,西邊插一面黑旗。孔明對衆曹兵和藹地道:"兩方交兵,各爲其主,此次你等歸降,是迫不得已的。你等在此,遠離家鄉,路途迢迢,自然思念故鄉,牽掛家中父母妻兒。因此,爾等倘然不願投降,要求回歸家鄉,可以發三個月軍餉作爲路費,另發一套便衣,要求回家鄉的馬上站到西邊黑旗底下去;倘然真的願意投降,要求在新野劉皇叔麾下當兵,就站到東邊白旗底下去。希你等鄭重考慮,選擇決定。"

衆曹兵聞言,頓時轟動,交頭接耳。那些要求返回故鄉的降兵一一向黑旗底下走去,一共有近二千人;另外五千餘降兵,都站到白旗底下。

孔明把近二千名曹兵當場放走,讓他們回鄉。然後,孔明又將五千餘名降兵編入自己軍中,劉備本來祇有九百五十個兵,現在打了一次勝仗,就變成六千多士兵了。孔明對降兵以仁義相待,留下來的五千餘降兵個個安心。

孔明初次用兵結束,諸位文武將士都在休整,祇有兩人仍然忙個不休。一人是張飛,他受軍師處罰後,心甘情願地帶領兵卒打掃戰場,埋葬曹軍屍體。一人是孔明,他正煞費心機地安排下一次軍事行動。

孔明預料,夏侯惇敗回許昌以後,曹操定然惱羞成怒,二次出兵新野,這將奈何?現在須未雨綢繆,趁早安置好曹兵的葬身之地。

孔明知曉,曹操初次出兵是十萬人馬,第二次至少也是十萬。孔明時而伏案靜思,時而對着牆上的地圖指指點點。他思而又思,琢磨再三,覺得這新野地界,除了這博望坡是天生用兵之地,其餘沒有一處可以用兵了。最後,孔明定下妙策巧計,決定火燒新野,把新野作爲用兵之地。不過,這新野忒小了,如若曹兵再來十萬,這新野城内最多燒去五萬,另外五萬,還得用其他方法來解決。

時過十餘日,張飛已將博望坡、羅川口的曹兵屍體埋葬完畢,返回新野繳令。孔明嘉獎張飛能幹,做事迅速,不祇將功贖罪,並且記功一次。張飛十分高興,晚上睡在床上,輾轉反側,金雞唱曉,仍未入眠。張飛想:我們關、張、趙三將堪稱當世之勇,可抵不上手無縛雞之力的諸葛軍師;軍師一場火攻,焚燒曹兵十萬,真所謂"雙眉一皺千條計,腹內藏有百萬兵"。常言道"將在謀而不在勇",俺老張雖稱勇猛,可是有勇無謀,不懂韜略,祇是匹夫之勇而已。今後,我要學習謀略,作一員能文能武、有智有勇的大將。天亮之後,親自去拜諸葛軍師爲師。

天色微明,張飛雖是一夜未曾入睡,却早早起身,精神抖擻。梳洗畢,張飛打開自己的衣箱,欲尋一套拜師的衣服。他想:今朝拜師,理應穿一套文官的衣服。可是,張飛翻箱倒篋,皆是盔甲戰袍,並無自己需要的。他又把大哥劉備的衣箱打開。一看,又皆是龍冠蟒袍,翻到箱子底下,張飛纔找到大哥二十年前任平原縣知縣時穿的紗帽紅袍。原來,劉備不忘其舊,把這袍服放在箱底,留作紀念。張飛找到這套袍服,十分高興,立即穿上。可惜這紅袍不稱身,整個身子繃得緊緊的,而且又太短了,吊在膝蓋的下邊。這紗帽又太小,祇能頂在頭上。張飛用青銅鏡一照,忍不住笑了起來。可張飛此時急如火焚,顧不得這些,朝門外高聲喊道:"來人啊!"

家將推門奔了進來,看見張飛穿得像閻羅王手下的判官似的,嚇得一愣,半晌始道:"嘿,三將軍,你怎麼這樣的一身打扮,却是爲何啊?"

張飛一臉正經地道:"老張今日裏要去謁拜軍師爲師,你速速去將拜師的禮物買來!"

家將道:"請問三將軍,不知要些什麼禮物?"

張飛道:"就買一盤糕、一盤餅、一盤糖、一對大紅燭。"

家將買來了禮物,當即躍馬而行。四名家將相隨於馬後,各自擎托着一隻盤,盤內盛放着糕、餅、糖與紅燭。街道上的百姓見張飛穿着奇異，身後又有四名托盤的家將，都在兩旁看熱鬧。

不一會兒，已抵軍師府前，張飛下馬，門首小僮忙上前相迓道：“咦，三將軍，你今日到此何事？三將軍因何如此打扮？”

張飛一揮手道：“不要囉唆了，快去通報軍師，說老張特地前來拜見！”

小僮進去稟報，張飛跟隨在後。到了書院門口，張飛停住腳步，朝裏一瞧，見軍師正對着地圖靜觀默察，一副全神貫注的樣子。此時，孔明在籌計謀策，研究二次用兵。小僮上前稟道：“啓稟軍師！”

孔明將思緒從沉思中拽了回來，問道：“何事？”

小僮道：“三將軍求見軍師！”

孔明道：“請他進來！”

此語甫罷，張飛已跨進書院，爽快地道：“不必相請，老張進來了。”

孔明舉首，見張飛頭戴紗帽，身穿紅袍，後邊四名家將每人托着一隻盤。

張飛吩咐家將把盤擺在書桌上，燃起大紅燭，又把大紅氈毯鋪在地上，然後跨上前去，雙膝跪下，恭恭敬敬地對軍師道：“恩師大人在上，門生張飛叩頭請安！”

孔明忍俊不禁，心想：這莽將軍實在莽得可愛。忙過去攙扶道：“三將軍如此稱呼，山人愧不敢當，請快快起來！”

張飛憨直地道：“恩師大人，你若不叫我門生，我就跪在這裏不再起來！”

孔明從未見過這樣拜師的人，但他又暗忖，張飛誠心誠意，要拜我爲師，却之未免不恭。孔明覺得有點不好意思，自己今年祇有二十七歲，而張飛已四十三歲，兩人結爲師生，成何體統？驀地，一句俗話跳入他的腦海，“有志不在年高，無志空活百歲”，張飛既然一片誠意，就認了這個徒弟吧。孔明尋思良久，方道："賢契請起！"

張飛聞得"賢契"二字，又叩頭道："謝恩師大人！"說着，張飛站起來步到孔明背後。

孔明道："一旁請坐！"

張飛恭敬地道："恩師大人在上，弟子本當侍立聽訓。"

孔明又好笑，又好氣，心想：這個莽將軍今日倒很懂規矩，與闖轅門時一比，恍若兩人。孔明道："你且回去吧！"

張飛聽了，心想：軍師與老張既然成了師徒，何以不將用兵之法教授與我呢？因此，張飛望着軍師不動，固執地道："門生要學用兵謀略，請恩師傳授吧！"

孔明心裹思想：這個莽將一拜師就要學本領，而腹中經綸又非一朝一夕所能學會的，此乃千日之功，孔明答應他道："賢契，用兵之策並非一下子就能學會的，今日為師事忙，待日後慢慢教你就是了。"

張飛聽軍師說事忙無暇，知道再說也是枉然，祇得怏然不悅地道："如此也好，待過幾天恩師再教俺謀略，門生今日告退了！"

孔明一生僅收兩個徒弟，第一個是張飛，第二個是姜維。像張飛這樣一位魯莽的武夫，在孔明的教誨引導下，竟成了一員智勇雙全的名將。

張飛退去後，孔明又對着地圖陷入了沉思。孔明反復籌算，決定火燒新野外，再加上水淹，來個水火並用，因為這樣，纔能解決十萬曹兵。

且說曹將夏侯惇、李典、樂進三人，安林道上死裹逃生，便回歸許昌。一路上狼狽之至，苦不堪言。一日，三將抵達許昌，馳至相府轅門，見轅門外停滿轎馬，知道丞相早堂未退，就立即下馬。軍政官見他們垂着頭，一副頹靡的樣子，料是大敗而歸。上前問道:"夏侯都督歸來了,不知帶回多少殘兵?"

夏侯惇道:"都在博望坡中了。"

軍政官聞言,一時莫名其妙,愣然不動。夏侯惇無奈地道:"你快去通報丞相,俺中了諸葛亮的火攻,全軍覆没,今來叩見丞相請罪!"

軍政官聞了,方始明白,忙飛奔着朝相堂而去。

此時,曹操正與衆文武議及夏侯惇:如是得勝,會有捷報報來,如是失利,也會有告急檄文報來——爲何迄今音訊全無? 正議論間,軍政官奔進相堂稟報道:"啓稟丞相!"

曹操道:"何事稟來?"

軍政官道:"夏侯惇、李典、樂進三將,中了諸葛亮的火攻,全軍覆没,現在轅門外求見丞相請罪!"

話語甫畢,曹操一陣怒火湧上胸中,忍不住大叫道:"喔喲喲……氣死老夫了,速命他們上堂來見老夫!"

傳令官聽了,把丞相之令一一傳到外邊。俄頃,三將垂頭喪氣地走上相堂,在虎案前一齊跪下同聲道:"末將叩見丞相請罪!"

衆文武見三將衣衫千孔百洞,燒得烏焦,尤其夏侯惇一臉火傷,焦頭爛額,與往昔面目俱非,都十分吃驚。

曹操見狀,對夏侯惇怒目橫眉道:"呔,大膽匹夫,老夫命你帶兵十萬,居然一敗塗地,全軍覆没,還不與我一一説來?"

夏侯惇戰戰兢兢,汗不敢出,獨眼龍怍然地注視着丞相,把中計的經過詳細地講了一遍。

曹操聽完,怒喝道:"三個無用的匹夫,兵敗若此,你等還有什麼面孔來見老夫! 來人啊,把這三個匹夫推出去斬了!"

兩旁刀斧手和捆綁手一擁而上,把三將捆綁起來,推出轅門,等待行刑令下來。昔日威風赫赫的大將軍,今日裏竟成了階下囚。

此時，夏侯惇責怪李典、樂進兩人道："我逃出博望坡時，就欲自刎，你倆爲何要攔阻勸說？到今日，却仍然免不了首身分離！"

李典、樂進反詰道："你與徐庶賭頭爭令，在丞相案前立下軍令狀，你的腦袋早已輸與徐庶了。我們兩人跟着你出兵，晦氣惹身，今日陪你一道去見閻王！"

三人在轅門口你怨我，我怨你，恨恨不已。

相堂上，曹操雖已把三將斬首的命令發出，可心裏又頗不情願，秪是相堂上衆目睽睽，豈可營私舞弊，不得不秉公辦事。他心裏希望文武官員能出來討情。因此，曹操拔行刑令的時候，又朝堂下斜睨一眼，但願有人出來討情。

曹操的目光一接觸到徐庶，怨恨陡然而生，不禁自忖，剛出兵時，你徐庶就與夏侯惇相面，説要燒得焦頭爛額，全軍覆没，今日不幸被你猜中；可是，你也不必幸災樂禍，過了初一，還有月半，終有一日，老夫找一個藉口將你梟首。

徐庶見曹操注視着自己，知道他憎恨自己。心想：這夏侯惇等三將終究是殺不掉的，定然有人討情，現在讓我來做做好人吧！徐庶閃將出來，在相堂中間高聲喊道："轅門口刀下留人！"

刀斧手聽得徐庶求情，忙奔到三位將軍面前道："恭喜三位將軍，有人講情了！"

夏侯惇本來在猜度，自己宗族裏有許多兄弟子姪輩，丞相又是我的叔父，總有人出來爲我求情的，無奈徐庶與我立下軍令狀，怎肯甘休！夏侯惇問刀斧手道："何人講的情？"

刀斧手道："是徐元直先生。"

夏侯惇一聽，不免一愕，徐庶怎麼會討情呢？夏侯惇思前想後，疑團莫釋。

再說相堂上徐庶踏到虎案前，對曹操鞠了一躬道："徐某參見丞相！"

曹操道："元直先生少禮，不知有何見教？"

徐庶侃侃而道："丞相，當初夏侯將軍出兵時，我就直言，諸葛亮善於用兵，恐夏侯將軍非他對手。這次兵敗，不能怪夏侯將軍無能，祇能怪那個諸葛亮太厲害。請丞相看在徐庶的分上，免斬三位將軍！"

曹操假惺惺道："勝負乃兵家之常事，老夫本當不將他們斬首，無奈夏侯惇與先生立下軍令狀，老夫定當將他們斬首，望先生不必替他們討情了！"

徐庶樂得大方，又道："丞相，我與夏侯將軍乃是一殿之臣，何必斤斤計較。我情願把軍令狀當堂焚毀，請丞相將三位將軍免斬！"

曹操道："既然元直先生願把軍令狀焚毀，老夫就免了他們的罪！"

徐庶道："多謝丞相！"

曹操吩咐手下取來軍令狀，交與徐庶，立即焚毀。曹操思想：徐庶今日倒也識相，否則，教老夫如何方好。曹操又傳令道："將夏侯惇、李典、樂進三人免去斬刑，押回相堂！"

刀斧手忙把三人鬆綁，三人押回相堂，來到丞相虎案前，一起跪下，叩着響頭道："謝丞相不斬之恩！"

曹操道："老夫看在徐元直先生的分上，饒了你們死罪。你們過去謝過元直先生！"

三位將軍對徐庶感謝涕零，一一前去叩頭行禮，夏侯惇更爲感激，將原來對徐庶的怨恨一筆勾銷。曹操失去十萬兵馬，雖然恨死了劉備與諸葛亮，然此時也無可奈何，祇得傳令退堂，拂袖而去。

　　且説曹操退堂以後，回到書院，怒氣、怨氣、恨氣……填塞胸臆，他獨自嘰咕道："諸葛亮啊諸葛亮，老夫與你誓不兩立！"曹操在室内踱來踱去，心裏揣摩，老夫今夜寫成奏疏，明日早朝，要皇上發出詔書，號令各路諸侯與異邦番將前來，會聚雄兵百萬、梟將千員，把新野踏成平地，雪我心頭之恨。

　　一宵既過，天色微明。曹操身着紫羅錦袍，腰圍金鑲玉帶，足登粉底朝靴，坐轎來到午門。衆大臣見了，忙把丞相接進朝房。但見——

　　　午朝門御獅左右分，五鳳樓彩華多鮮明。龍樓鳳閣珠燈掛，朝房步入衆公卿。金鑾殿高九丈六，上邊節節起祥雲。龍鳳鼓起咚咚響，景陽鐘敲當當聲。正中大開紫金門，文武百官跪叩君。

　　漢獻帝劉協乘坐龍鳳沉香輦，出内宮門，上金鑾殿，在龍案正中端坐，漢獻帝微啓金口，朗朗然道："宣召衆卿上殿見朕！"

　　值殿官忙喊道："皇上有旨，文武百官上殿見駕！"

　　頓時，文武大臣分別從文華門、武英門步上金鑾殿，一齊跪下，山呼萬歲，然後站在兩旁。漢獻帝道："有事啓奏，無事退班！"

　　旁側曹操手執牙笏出班，匍伏在地道："臣曹操見駕，願我王萬歲萬歲萬萬歲！"

　　獻帝昨夜聞内侍啓奏，聞知夏侯惇十萬大軍被劉備燒光，甚是欣喜得意。心想：但願不久之後，劉備再來一場大火，把曹操燒死，從此可以還我國政大權，重整漢室。獻帝見曹操上奏，知道他詭計多端，不得不防。他不露聲色地道："相國平身！"

　　曹操道："謝萬歲！"

　　漢獻帝詢道："何事奏來？"

　　曹操回道:"臣有奏疏一道,請萬歲龍目一覽!"説着,把奏疏呈上。

　　值殿官接了過來,打開奏疏,語調抑揚頓挫地念道:

　　　　啓奏萬歲:朝綱日非,群雄亂國,逆臣欺君。邇來東南一帶,荊襄劉表,東吳孫權,年年不來朝,歲歲不進貢,藐視朝廷,久有叛逆之心。臣願代天子問罪,號令各郡各邦,會聚雄兵百萬,梟將千員,掃蕩東南。望萬歲恩准!

　　曹操爲何在奏疏中不提及劉備呢?原來,曹操心裏甚爲瞭然,劉備是漢室宗親,與皇上關係非同一般,皇上曾有血詔給劉備。因此,如若提及劉備,大事反爲不妙。

　　漢獻帝聽了奏疏,心裏當然清楚。曹操衹是藉伐東南爲名,其實質是爲了消滅劉皇叔。因爲劉皇叔燒去了他十萬人馬,這個奸賊就藉題發揮,欲大動干戈,興師百萬,殺向東南。不過,當時朝中大權掌在曹操一人手中,漢獻帝也不敢公然拒絕,衹好搪塞道:"相國,近年來烽火四起,干戈不絶,生民塗炭,況且國庫空虛,財物匱乏,待過些時候再出兵東南,未曉丞相意下如何?"

　　曹操一聽,怒色滿面,右足把金鑾殿踢得"噔噔噔"直響,兩目對着皇上彈了幾眼,要挾道:"事不宜遲,老臣一片忠心,這次定要出兵掃蕩東南!"

　　漢獻帝見曹操咄咄逼人,目空一切,不禁含淚欲滴,全身瑟索,俯着頭不敢看曹操一眼,輕輕道:"朕、朕、朕……准奏!"

　　殿上站着的衆文武,十有八九是曹操親信,幾位忠臣衹是敢怒而不敢言。

　　此時,朝中有一忠臣,姓孔名融,字文舉,是山東曲阜人,孔子的二十世後裔。曾任北海太守,現爲大中大夫。孔融四歲時,父親買了一些梨子給孔融和他的六個哥哥,父親見孔融最幼,就讓他先揀一隻,孔融却揀了最小的一隻梨子。父親問他爲何揀小的吃,孔融説,他年紀最幼,理應拿最小的。孔融四歲讓梨的故事,爲後人所贊揚,迄今流傳於世。

　　孔融見曹操欺君太甚,囂橫如此,氣得雙目怒火如焚,他想起"君憂臣辱,君辱臣死"這句古語,鬱結於胸的怒氣頓時湧了上來。孔融左手撩袍,右手擎着朝笏,突然向曹操衝去,口裏喝叱道:"呸,你這個老國賊,奸勝董卓,罪過王莽。殺國舅,絞皇妃,咆哮金殿,目無君主,十惡不赦。今日,我爲國除奸,爲民除害,與你這亂臣賊子拼了吧!"

　　此語纔畢,孔融把手中的象牙朝笏往曹操頭上狠狠擲了過去。曹操一時躲避不及,急切間一側頭,朝板擦着曹操的耳朵飛了出去。曹操祇覺得耳朵上一陣劇痛,忙用手按住耳朵,怒聲吼道:"大膽逆臣,膽敢犯上作亂,金殿行凶,辱打老夫,該當何罪!將士們,還不與我拿下了!"

　　值殿將士聽了,知道曹操大權在手,把當朝天子祇當作傀儡,忙擁過去把孔融反綁起來。

　　此時,金鑾殿上一片喧囂,漢獻帝用袍袖擦乾眼淚,凝神諦視。見是孔融,知道這位忠臣的命又要休了,龍目中眼淚又簌簌地落了下來。

　　曹操命值殿將士把孔融打入天牢,轉身啓奏皇上道:"逆臣孔融,罪大彌天,依照大漢國法,必須滿門抄斬,伏乞聖上降旨行刑!"

　　獻帝聽了,無可奈何,祇得下行刑旨。

　　然後,漢獻帝退殿,心寒膽顫地回到宮中。

　　曹操命兵士速去孔融府中抄家,把孔融闔宅二十八人全部抓住,連同孔融一起押往刑場,斬首示衆。前賢有詩贊孔融曰:

　　　　孔融居北海,豪氣貫長虹。座上客常滿,樽中酒不空。

文章驚世俗，談笑侮王公。史筆褒忠直，存官紀大中。

正是：

拼將頭顱叱國賊，留取丹心照汗青。

第十七回　帥元俊初入中原
諸葛亮再發奇兵

曹操假藉天子之名,把詔書發至各邦各郡,調遣兵將,運輸糧餉,準備興師百萬,踐平新野,擒拿劉備、諸葛亮。

曹操選定大漢獻帝建安十三年四月初八這個黃道吉日,從皇城出師,先屯兵於宛洛大道,安紮大營,等待各邦各郡人馬到來,聚集百萬雄兵,進軍東南。

當時的所謂異邦,即後來的少數民族。如今的廣東、廣西一帶稱作"南國";雲南貴州一帶稱作"南蠻";甘肅、新疆一帶稱作"西羌";內蒙一帶稱作"單于國";遼寧一帶稱作"遼東"。

四月初八一早,紅日銜山,和風拂煦。曹操到校兵場點兵出師,頭隊先行將四位:飛龍將張郃、飛虎將高覽、征東將高平、征西將高懷,護糧總督是夏侯淵。

曹操祭旗開兵,中軍大纛旗上繡着金字:"奉旨出師。大漢丞相武平侯曹。"曹操跨上馬背,手執繡金令字旗,禁衛飛虎軍前呼後擁。

三聲號炮一響,人馬一隊隊,一彪彪,聲勢浩大,向宛洛大道進發,文武百官送至十里城外。

曹操大隊人馬往宛洛大道奔去,這浩蕩的聲勢震驚了東南三路諸侯。

東吳方面,孫權得訊,憂急似焚。孫權接受父兄的基業,占據江東,地勢險要,民衆歸附。他自登位三年以來,從未受過敵軍侵犯,而今日曹軍大隊人馬奔來,豈能不驚惶異常!

孫權急將大都督周瑜召來相商,周瑜分析形勢道:"曹操麾軍南下,首先是爲了剪除劉備,然後兵進荆襄,最後纔來攻打我們江東。"接着,又安慰主人孫權道:"我們江東既有長江天塹,又有三江之險。現在我們趁曹軍尚未抵達,先去鄱陽湖中操練水師,以備戰時之用,何懼曹操率軍前來?"

荆襄方面,劉表身患沉疴,臥於床頭。蔡夫人與蔡瑁、張允私下商議,待劉表一旦歸天,立即向曹操投降。

新野方面,劉備與諸葛亮得知曹操興兵百萬,倒並非十分着急,兩人仍然談笑自若。劉備思想甚是開通,暗中盤算:我一共衹有新野、樊城兩座關廂,何須憂急過度,這裏住不得了,可以到別處去。

孔明心中忖量,曹操喪失了十萬兵馬,居然要興兵百萬,倘然真的百萬人馬殺來,我軍就往東南撤退,借別人的人馬來與曹軍相鬥,倘然仍舊來十萬人馬,我軍就來一個水火並攻,叫它片甲不存。

且説曹操重兵屯紮在宛洛道上,各路人馬不斷前來,兵馬逐日增加。

六月十九日,荆襄老大王劉表歸天,蔡夫人與蔡瑁、張允廢長立幼,把次子劉琮立爲荆州之主,並寫就降書,命人馳往宛洛道獻給曹操。

曹操得到荆州獻上的降書,有些得意忘形,不禁思想:我軍尚未交戰,荆襄已歸老夫所有;衹要滅去劉備,然後進軍江東,百萬雄兵渡過長江天塹,占領東吳。這樣,東南半壁江山就全屬老夫了。曹操想着,衹覺得心頭甜滋滋的。

　　時光荏苒,轉眼間大伏天逝去,時間已是七月初一,就要立秋了。

　　這一日,宛洛道上來了一彪人馬。曹兵望去,這隊兵卒長得又高又大,身穿怪服異裝,手中的兵器也頗特殊,有兩頭槍、三節棍、月牙鏟、狼牙棒等等。

　　這一隊人馬是番邦遼東王公孫康接到大漢皇帝的詔書後派出的,領隊的叫帥元俊,是遼邦大元帥。遼東王對大漢江山早有覬覦之心,他接到漢獻帝的詔書,就命帥元俊率領三千番兵前去,表面上協助曹操兵伐東南,實際上是來摸摸漢朝的底細,要是大漢沒有強手,即欲謀反,侵奪中原山河。

　　這個遼邦大元帥帥元俊,生於混同江畔,年少時以砍伐樹木、捕捉魚蝦度日。帥元俊十八歲那年夏天,一次,他與數人在江邊捕魚,一張大魚網收攏來,大家凝目一看,網中有一條大黃鱔。這黃鱔,有茶杯口那麼粗,三尺多長,人們從未見過這麼大的黃鱔,心裏甚是詫駭,以爲它是鱔王,没有一人敢吃。可是,帥元俊毫無一點畏懼之心,把它燒了幾大碗,一個人吃得津津有味。其實,這東西並非黃鱔,是水族中一種罕見的動物,名字喚作“鯁”,身體羸弱一點的人,吃了就要毒死。體格強壯的帥元俊吃了鯁,半夜裏,這鯁果然在他腹中作梗了。帥元俊雙手捧着肚子,痛得哇啦、哇啦急喊起來。左鄰右舍聞聲起來,見帥元俊已疼得從炕上翻到地上,滿地滾來旋去,渾身的衣服都撕碎了,身上的一個個腫塊像鷄蛋那樣大小。帥元俊渾身又疼又癢,萬般難熬,就赤膊短褲,奔出門去,在長白山脚下終年不化的冰雪中東滾來,西滾去。説也奇怪,他在冰雪中一點也不覺得冷,冰塊石頭碰到身上,不僅不疼,反而倍覺舒適。

　　第二天,帥元俊突然變了:頭髮、眉毛和鬍鬚變得血紅血紅的,飯量大大增加,蠻力不知比原先大了多少倍。

從此，別人吃不下的東西叫他吃，別人拿不動的東西叫他拿，他從未回絕過。大家見帥元俊有這般神力，若是沙場征戰，必能建立奇勳，都一致勸他從軍。

帥元俊聽從眾人勸告，到遼東京城投軍，幾年工夫，從一個小兵升爲遼邦大元帥，附近的幾個小邦，均被他征服。

帥元俊確乎力大賽牛。有一回，一個單于王被他生擒，夾在腰間回到營門口，把他放下來，早已沒有一點氣息了。

近二三年以來，帥元俊屢次勸説遼東王打進天下第一關——山海關，奪取中原錦綉河山。遼東王不敢輕舉妄動，暗中等待時機。恰逢大漢天子詔書到來，要向遼東借兵，攻伐東南。遼東王公孫康見時機來了，就對帥元俊道："你此番表面上奉詔前去相助大漢，實際上是去窺探一下漢朝的虛實。大漢這次出兵，天下名將聚於一起。如若有人比你厲害，那以後就安分守己，不要再異想天開了；如若沒有一人是你的對手，那麽，我們明年二月就大舉興兵，攻進中原，殺到許昌，除掉曹操，推翻漢朝。"帥元俊聞言，野心勃勃，喜不自勝，立即率領三千番兵前去。

帥元俊此番率兵來到宛洛大道，可謂善者不來、來者不善了。這時，帥元俊馳馬已近曹操大營，曹兵凝望騎在馬上的帥元俊，但見——

> 身高九尺有餘，體格魁偉。臉如藍靛，赤髮紅鬚，劍眉豹眼，雙目彈出眼眶，布滿血絲，獅子大鼻，扁平闊嘴。頭戴獅子魚鱗盔，盔纓倒掛，兩條雉尾飄拂，狐狸尾斜插兩側，身披青銅連環甲胄，內襯血染猩猩紅戰袍，足蹬虎頭靴，手執一對獨脚銅人。

眾曹兵望着這模樣，一時瞠目發呆。待帥元俊領兵已臨眼前，始呼喊道："咄，前面來者是哪一路兵馬？領兵主將又是何人？請趕快報來！"

帥元俊忙傳令人馬停下，一番兵前去稟道："上面聽着，我們是奉遼東王公孫康狼主之命，前來幫助你們天朝的，領兵主將是遼邦大元帥帥元俊，相煩你們去對曹丞相通報一下。"

曹兵聽了，馬上往中軍大帳飛跑而去。大帳上，已擁有大將八百多員，大多是各郡各州奉詔而來的守關將，曹兵奔入大帳內跪下稟道："啓稟丞相，遼邦兵馬已到，現正在大營外。這隊兵馬的主將是遼邦大元帥帥元俊，帥元帥要求拜見丞相，請丞相定奪！"

曹操道："命他進中軍帳見老夫就是了！"

曹兵轉身出去傳令。曹操聽説遼邦番兵前來。心想：遼東王久有野心，覬覦中原，妄圖把漢朝天下取而代之。因此，曹操對各位大將眨眨眼，意思要大家擺出點天朝大國猛將的氣派來，讓那個番邦元帥瞧瞧。

此時，曹兵已到營門口，吩咐打開營門，朝外邊喊道："丞相有令，命遼邦元帥到中軍大帳參見丞相！"

帥元俊聽了，跟隨曹軍進了大營，在中軍大帳外下馬。他手提甲攔裙步入大帳，見兩旁大將密密層層，威風凜凜，心裏暗忖：今日且讓你等耀武揚威一陣子，待俺明年反進中原，至少殺掉你等一大半，給一點滋味嚐嚐。帥元俊步入大帳正中，立定道："曹丞相在上，遼邦番將帥元俊謁見！"

曹操見他右手一舉，算是行禮，這種番邦的舉手禮，相當於大漢的拱手作揖。曹操對此非常不滿，面有慍色地道："呸，小邦之將，見了老夫，爲何不跪？"

帥元俊聽畢，心中尋思：這大漢丞相架子倒不小，我又不是來投降，爲何要朝你下跪呢？帥元俊舉首瞧了曹操一眼，倔强地道："小番將千里迢迢而來，渾身甲冑，不便下跪。"

曹操道："如此，請問帶了多少兵馬來此？"

帥元俊答道："小番將奉公孫狼主之命，帶來三千小兵，聽憑丞相調遣！"

曹操道："閃過一旁！"

帥元俊衹好往旁側一站，兩手下垂，默然不動。

曹操今日見這位番將驕橫恣肆，甚感不滿，欲乘他新來乍到，先給他一個下馬威，就故意問道："帥大平章，你進中原已有幾次了？"

帥元俊稟道："小番將乃是初次前來中原。"

曹操又道："你可知天朝開兵的規矩否？"

帥元俊一聽，臉生疑雲，道："小番將這倒不知，乞曹丞相多多指教！"

曹操面色冷峻地道："外邦來將，第一天即須考試武藝，合格者留下，不合格者當天退回原邦。"

帥元俊聽說要考試武藝，暗暗發笑。心忖：我活到今日，所逢對手難以數計，無與匹敵。帥元俊躍躍欲試，急切地問道："請問丞相，如何考試呢？"

其實，曹操並非真的要考他有多大本領，衹是存心塌塌他的臺罷了。曹操憶起：五年前，即建安九年春，外邦西羌國在山坳裏挖到一座古墓。此墓是春秋戰國時秦穆公手下名將孟明之墓。孟明征服西羌後，病死西羌，就地安葬，相隔已有七八百年。羌人打開棺槨，見屍體尚未腐爛，屍體上塗有一層防腐油，底下鋪着水銀。棺材內盛放着兩把寶劍，一把名"青釭"，一把名"倚天"，這兩把劍能斬鋼削鐵，切金斷玉，劍柄上鑲金嵌珠。西羌國王得到這兩把寶劍，就命人把這兩把寶劍送到許昌，進貢給大漢天子。曹操見了，知曉這兩把寶劍乃是世間罕見之珍寶，就暗中藏了起來，並不獻與漢朝天子。不過，由於這寶劍浸在棺中水銀裏已有七八百年，劍柄與劍匣銹在一起，曹操命衆將拔出寶劍，衆大將雖然輪換着拔，却居然沒有一人拔得出來。曹操今日對這位遼邦番將不滿，憶起"青釭""倚天"兩劍，對帥元俊道："帥大平章聽了，本丞相有一對寶劍，劍一插入匣中即牢牢鎖住，非千鈞神力不能將其拔將出來。本丞相大帳上所有大將，無一不能拔出，未知你能拔出來否？你假使能拔出寶劍，便隨軍南征，否則，速速與我回轉遼東！"

帥元俊側耳聽畢，心裏揣度，帳上諸將都能拔出寶劍，我豈會拔不出來？他泰然而道："請丞相將寶劍拿出，看小番將把劍拔出來就是了！"

曹操見帥元俊如斯狂妄囂張，心裏暗哂。曹操命人把兩把寶劍取來，帥元俊把青釭劍接了過來，左手緊緊抓住劍匣，右手捏緊劍柄，左腿跨前一步，用盡平生之力拔劍。他面孔漲得緋紅，額上青筋根根爆出，寶劍却依然拔不出來，引得大帳上衆將嗤笑不絕。

帥元俊以爲衆將在笑自己拔不開，又是窘迫，又是急躁，内心思量：我若是拔不開寶劍，就沒有資格隨曹丞相南下，須連夜返回遼邦。狼主公孫康知道了，必然大怒，怪我無用。帥元俊想到這裏，心裏不禁發狠道：我今日縱然拔得口噴鮮血，也要把劍拔將出來；如若真的拔不開，我就去撞死在大漢的長城上。因此，帥元俊不顧自己性命，用力拔劍，嘴裏一聲怒吼道："啊呀呀呀……"祇聽得"哐啷啷"一聲巨響，一道寒光在大帳中一閃，青釭寶劍被拔了出來。

兩旁衆將見狀，個個呆然不動，宛如廟中菩薩一般。

曹操忍不住"啊"了一聲，暗自揣摩，這番將果然了不得，將來一旦造反，誰人與他相敵？這次進兵東南，如臨强敵，命他陷陣衝鋒，最好死在疆場；倘然不死，等班師回朝時，敬他一盞送行酒,酒裏放些毒藥,叫他一命嗚呼。無論如何不能放他回歸遼邦,縱虎歸山。

此時,帥元俊雖說汗流滿面,氣喘吁吁,却頗爲倨傲。先對着大帳上衆將斜目相睨,然後望着曹操氣壯地道:"曹丞相,寶劍拔出來了!"

曹操對帥元俊的神力内心甚是佩服,但他仍裝出不足爲奇的樣子,説道:"勉强合格了!"

然後,曹操接過帥元俊的寶劍,交與手下。帥元俊意氣揚揚地退到一邊。

曹操自四月初八出京駐兵於宛洛道,已有八十餘日。此時,曹操手下已有八百餘員大將,七十餘萬人馬。曹操思想,這次率兵殺向西南,荆州劉琮已經歸順於我,現在要消滅新野劉備。而對付區區新野,哪裏用得上百萬大軍?十萬兵馬已是綽綽有餘了,上次夏侯惇中了劉備火攻,全軍覆没,此應怪我自己一時疏忽大意,魯莽之將豈可作爲全軍統帥,獨當一面?

曹操決定慎重選擇一員大將,帶兵十萬,殺向新野。曹操朝帳下武將班中審視半晌,見一將八尺有餘,氣宇軒昂,威風凜凜不可一世。此人乃龍驤將軍張遼,字文遠,智勇兼備,熟諳韜略,做事謹慎。曹操再三審度,拿定主意,任命張遼爲主將,另外委任兩員副將:一位是自己的姪兒——足智多謀的曹仁;一位是有萬夫不當之勇的猛將許褚。曹操倏地又想起,夏侯惇當初吃過火攻的苦頭,終究有一些經驗教訓,不如命他也當一員副將,一旦發現火攻預兆,可以提醒提醒張遼。曹操覺得,四位將軍一起率兵殺往新野,可稱萬無一失了。

他從令架上拔出將令,朝下面大聲道:"張遼、曹仁、許褚、夏侯惇四位將軍聽令!"

四將馬上閃了出來,異口同聲而道:"末將參見丞相!"

曹操道:"老夫命龍驤將軍張遼爲中軍大都督,曹仁、許褚與夏侯惇三位將軍爲副將,率領十萬大軍,立即殺向新野,擒拿劉備、諸葛亮前來繳令,其功不小!"

四將又齊道:"遵丞相將令!"

張遼接了將令,躊躇滿志,掉頭環顧衆大將一眼,傲然步出大帳。

夏侯惇聽得丞相又命自己出兵新野,擒捉劉備與諸葛亮,渾身像癱瘓了一樣,想起上次火燒博望坡,心有餘悸,祇覺汗毛凜凜,整個身子上下都是鷄皮疙瘩。俗話云:一日被蛇咬,三年怕草索。夏侯惇愣着不動,見其他三將步出大帳,始省悟過來,也接着走了出去。

夏侯惇走出中軍大帳,飛步追上張遼,説要去辦理一件緊要公事,然後急匆匆離去。

看官也許會問,夏侯惇到底有什麼公事呢?原來,夏侯惇並無什麼公事,祇是去取了兩竹管老鼠油,塞在靴筒裏。這是醫治火傷的靈丹妙藥,豈可隨意忘却!夏侯惇尚未出師,已在準備孔明來火攻了。

且説張遼點好十萬大軍,夏侯惇也已到達。於是,張遼吩咐祭旗出兵。

"噔——咚——叮——"三聲出師炮響,一隊隊人馬立即出發。四將各自上馬,執轡而行。張遼手執雁鳥紫金槍,曹仁手揮銀板大砍刀,許褚提着九環象鼻金刀,夏侯惇晃着六楞點鋼槍。刹那間,幡旗招展,綉帶飄拂,十萬軍隊,浩浩蕩蕩,殺出宛洛道,朝新野撲去。

大軍一路行去,那火燒博望坡的景象,一幕幕浮現在夏侯惇的眼前。愈近新野,夏侯惇愈是膽怯。一路上,除了大都督張遼以外,夏侯惇與其他諸將繪聲繪影地講述火燒博望坡的始末,把孔明的用兵説得神乎其神、玄之又玄。諸將聽了，無不愕然心驚。此時，許褚記起十幾年前吕布火燒濮陽城的情景，他爲了救出曹操，曾被大火燒傷，數月方愈。

許褚聞説夏侯惇講孔明的火攻屬害，忍不住詢道："夏侯將軍，我且問你，諸葛亮的火燒博望坡與當年吕布火燒濮陽城相比，到底如何？"

夏侯惇聞言，不由得嗤嗤冷笑道："嘿嘿嘿……火燒濮陽城與火燒博望坡相比，真是小巫見大巫。博望坡這場大火，地雷火炮轟鳴，千年古樹連根轟倒，山石燒得滾燙滾燙，人馬被炸得血肉橫飛，你看這種火屬害不屬害？"

許褚、曹仁及十多位偏將聽了，悚栗顫抖，擔心此去新野，凶多吉少。許褚更是恐懼着急，繼續問道："夏侯將軍，你上次中過諸葛亮的火攻，畢竟有些見識，這種火攻可能避開嗎？"

夏侯惇乘機賣弄道："當然能。常言道：'吃一次苦，學一次乖。'諸葛亮的火攻，我已瞭然於胸，能知道諸葛亮在什麼時候開始火攻，在什麼時候還來得及逃避。"

許褚心裏一寬，側頭對夏侯惇道："既如此，你我乃是好友，請到時多多照拂，我感恩不盡。"

夏侯惇直爽地道："這個當然，我一定關照你，可是，這次出兵你必須緊緊跟隨着我。"

其他諸將，嘴上無言，内心也在反復考慮，看來這一次跟隨夏侯惇行事，肯定不會吃虧。

劉備手下的探子得悉張遼率領十萬大軍殺向新野這一軍情，揮鞭策馬，朝新野奔馳。

一日，探子抵新野，在轅門外丢鞭下馬，徑向軍師書院奔去。探子飛步來到孔明面前，跪下道："報稟軍師，奉命探得曹操二次出兵，屯兵宛洛道，任命龍驤將軍張遼爲中軍大都督，曹仁、許褚、夏侯惇爲副將，率兵十萬，殺奔我們新野，請軍師定奪！”

孔明道：“賞銀牌，再去探來！”

探子退出，孔明默然籌劃：這次曹兵十萬，我來一個水火並用，再搞一次“照單全收”。

這幾天，孔明一面計算曹軍殺來新野的路程，一面審察天時變化，夜晚獨自在將臺上觀看天象。孔明算定，張遼率領的十萬曹軍到達新野的時間是七月十三上午，而十三日下午有狂風颶來，這狂風一直要到下半夜，纔漸漸止息。如若曹兵下午到達，狂風呼嘯，難於安營紮寨，勢必進城避風，這樣豈非如魚入網，我可立即火燒新野；可是，照如今所算，曹軍上午到達，時間相差半天。孔明心想，老天不幫我的忙，難道我就不能成功嗎？

此時，孔明將新野四郊的地圖取出，展開鋪在案上，詳細審察。一看，辦法果然來了。離新野北關十二里處，大路邊有一條十里長的鵲尾小道。裏邊有一坡，名叫鵲尾坡。待到那一日，我與主公劉備去山上飲酒作樂，張遼見了，必然命曹軍衝上山來，而夏侯惇見我們和在博望坡時一模一樣，定是心虛膽顫。我祇消同上次一樣搖幾搖羽扇，命人點幾發信炮，夏侯惇將如驚弓之鳥，拼命逃竄。別的將士知道他被燒過一趟，識得其中奧妙，當然跟着夏侯惇惶惶亂逃。我這樣戲耍戲耍，半天時間就過去了。孔明安排妙計，預備張遼率領的十萬曹軍前來進入圈套。

孔明謀劃停當，便傳令升堂發兵。“嚨咚……”聚將鼓擂了三次，大堂上正中兩扇麒麟門打開，孔明踏着方步而出，嘴裏自言自語：“新野有火攻，白河用水衝，十萬曹兵將，在我掌握中。”文武將士上前參見畢，站立兩側，劉備、關羽坐在軍師左右。

孔明威嚴地掃了衆文武一下，啓口道：“本軍師二次用兵，全仗衆文武協力同心，擊破十萬曹軍。”

衆文武精神振足，同聲道：“遵命！”

　　軍師從袖中摸出不少錦囊,放於案角,衆文武朝上一望,見虎案上有八封錦囊,知道軍師今朝要發八支將令,比第一次用兵增加了一支。大家穆然站立於堂下,恭候軍師發令。

　　孔明從令架上拔出頭令,取過一封錦囊,朝堂下喊道:"孫乾大夫聽令!"

　　孫乾聞了,急從旁側閃了出來,心内暗思,軍師初次用兵,我接頭令,今朝二次用兵,頭令又是我接。他不再像初次接令時那樣惶惑緊張,撩袍走到軍師案前,把手一拱道:"軍師,孫某在!"

　　孔明道:"本軍師付你將令一支,錦囊一封,帶兵五百,依錦囊辦事!"

　　孫乾道:"遵軍師將令!"

　　孫乾下了大堂,走到轅門口,拆開錦囊一看:孔明命他把五百兵卒分成兩隊,一隊手持紅旗,一隊手持綠旗,埋伏在鵲尾小道邊的山路上,等曹軍在大路上經過時,升炮擂鼓,衝來殺去,待曹軍發現後衝進鵲尾小道,就收兵退回樊城繳令。孫乾看完錦囊,覺得這次接令比上次還要省力,祇是虛張聲勢、引誘敵兵而已。

　　孔明見孫乾出去,拔出第二支將令道:"簡雍大夫聽令!"

　　簡雍跨上前道:"簡某參見軍師!"

　　孔明把將令遞給他道:"本軍師付你將令一支,錦囊一封,帶兵三百,照錦囊而行!"

　　簡雍答道:"下官遵命!"

　　簡雍急步出去,打開錦囊:孔明要他把新野全城百姓遷出城去。乍一看,似乎與上次火燒博望坡時相仿,其實却是不同的。上次百姓去四鄉避上數天,待燒去曹兵,百姓仍可返回;這次軍師火燒新野,百姓將無家可歸。那麼,孔明如何安排新野全城的百姓呢?這關係到百姓的大事,孔明在火燒博望坡後就有所準備。那時，孔明已打算火燒新野，他命人送書至樊城，通知守將劉泌，要他騰出半座空城來，預備等火燒新野時，新野的百姓前去居住。於是，樊城東半座城弄得擁擠不堪，西半座城却空空如也，樊城百姓莫名其妙，怨聲不絕。今日，簡雍帶了小兵，挨家挨户地奉勸新野百姓遷徙到樊城去。

再說堂上孔明繼續發令，他從令架上拔出第三支將令，又道："麋竺、麋芳聽令！"

麋竺、麋芳步到虎案前，一同施禮道："軍師，下官在！"

孔明道："本軍師付你倆將令一支，錦囊一封，帶兵二百，按錦囊辦事！"

麋氏兄弟齊道："遵命！"

兄弟兩人下大堂，出轅門，忙把錦囊拆出一看：軍師命他倆各帶一百士兵。麋竺帶兵一百，保護主母甘夫人、麋夫人和小主人阿斗遷往樊城衙門裏；麋芳帶兵一百，護送衆文武的家屬前往樊城。

麋氏昆仲方出去，孔明拔出第四支將令，取過一封錦囊，一聲呼喚道："公子劉封聽令！"

劉封踏步上前，施了一禮道："小子劉封在！"

孔明道："本軍師付你將令一支，錦囊一封，帶兵一百，按錦囊而行！"

劉封接過將令退出大堂，暗忖，莫非又要他像上次一樣去準備酒席？他把錦囊啓封，一過目：果真與上次相同，所不同處僅僅換了一個地方。軍師命他帶一座篷帳，一門百子流星炮，一席酒筵，一架七弦瑤琴，前往鵲尾坡鵲尾山，在山頭撑起篷帳，等候皇叔與軍師到來。曹軍衝進山坡時，須注意軍師手中的羽扇，見羽扇朝上一舉，就放百子流星炮。劉封把錦囊放入袖中，忍俊不禁，心想：軍師又要燒了。他哪裏知道，這一次，火並不在鵲尾坡中,而在新野城裏。孔明用兵,神奇莫測,即使他的部下也難猜出。

劉封奉命而去,孔明又接着發令,他亢聲道:"三將軍聽令!"

張飛闊步上前,拱手道:"俺老張拜上軍師!"

孔明道:"本軍師付你將令一支,錦囊一封,帶兵五百,按錦囊之計,前去埋伏!"

張飛昂首大聲道:"老張遵命!"

張飛接了令箭錦囊,退了下來,打開錦囊覽完:軍師命他率領五百小兵,埋伏在離北關十里遠的小徑樹叢裏,曹兵來時,讓他們過去;新野起火後,曹兵退時,却要攔住去路,不能讓他們歸去。這叫作"來時有路,歸時無徑"。到時,曹軍見張飛扼守要道,朝後退却,不須追趕,這叫作"窮寇莫追"。張飛提了五百小兵,急急而去。

孔明拔出第六支將令,發令道:"毛仁、苟璋兩位將軍聽令!"

兩將聞得軍師喚名,心裏揣測,我們武藝實在平常得很,不知軍師要我們去作些什麼,倘使任務甚重,須獨當一面,那可奈何!兩人有些心驚,緩步上前,一齊拱手道:"軍師,末將在!"

孔明道:"本軍師付你們將令一支,錦囊一封,率兵一千,按錦囊行事!"

兩將一聽,吃了一大驚,心想:這可不得了,三將軍張飛祇帶兵五百,我們却要帶兵一千,未知要我們去與誰廝殺!豈料孔明這次讓他倆穩穩去立一次大功,簡直不費吹灰之力。毛仁、苟璋兩將接令而退,拆開錦囊閱畢,知道又受了一場虛驚:軍師命他倆領兵一千,埋伏於新野城西南的硯山小道兩旁,曹軍兵敗時,祇消如此這般,曹兵曹將必然没命而逃,把載有十萬糧餉的車輛丢下不管,這時,教一千小兵拉着這些糧車,前往樊城。

毛仁、苟璋甚是暢快,匆匆前去校場提兵。

大堂上，孔明拔出第七支將令，又把一封錦囊拿在手中，朗聲道："子龍將軍聽令！"

趙雲從旁閃出，迅步來到虎案前，頗具大將威儀，一拱手道："軍師，小將趙雲在！"

孔明把將令交與趙雲道："本軍師付你將令一支，錦囊一封，帶着劉辟、龔都兩員副將，領兵五百，依照錦囊辦事！"

趙雲道："小將趙雲遵命！"

趙雲接了將令錦囊，退到外邊，把錦囊拆開，細細讀來：孔明命趙雲去軍師府領取六十四隻紅漆油箱，內藏地雷火炮，領取五十隻黑漆油箱，內藏火藥硫黃，通通埋於新野城內。孔明這次火燒新野，與上次火燒博望坡有所不同。上次火燒博望坡，在南北東西挖了四條火壕溝，把敵兵圍住。這次火燒新野，沿着新野城牆腳開掘火壕溝，是一個大圈圈。壕溝內堆放着地雷火炮、硫黃、松香和枯枝茅草等物，一層一層地壘起；下面埋着打通竹節的毛竹，裏邊通火藥綫。這些火藥綫，由曹軍自己點燃。孔明猜料，曹軍一入新野城，定要燒飯，所以，孔明命趙雲把火藥引綫安在灶膛裏，用冷柴灰蓋没，等曹兵燒飯時，一觸即發。衙門廚房灶膛裏的一根火藥綫，連着大堂下邊的地雷火炮。另外，還把一些地雷火炮埋在三岔路口、十字街頭……趙雲把新野的火攻布置妥當，還要去扼守在博陵大道，封住曹軍的歸路。

再説孔明在繼續發令，他從令架上拔出第八支將令，取過案角最後一個錦囊，側頭看了看旁邊的關羽，喊道："二君侯聽令！"

關羽道："軍師，關羽在！"

孔明道："本軍師付你將令一支，錦囊一封，帶着副將周倉、關平，率領一千人馬，按錦囊上計劃前去行動！"

關羽充滿自信地道："遵令！"

關羽尚未打開錦囊，心裏却已瞭然。當然，這並非未卜先知，因爲前些時候，孔明命關羽帶兵去把白河水決進襄江，在襄江口用沙袋等物築了一壩，用千鈞索攀牢，並開了一條盤山道，祇要把壩一打開，陸地當即變爲汪洋。關羽把錦囊啓封，瀏覽一遍：軍師果然命他待曹軍進入白河畔盤山道時，打開襄江壩，水淹敵軍。關羽心裏思慮，軍師初次用兵是火攻，二次用兵是水淹。其實，關羽是祇知其一而不知其二，孔明却是水火並用。關羽步出大堂，帶了周倉、關平兩將，提兵一千，奔襄江口而去。

至此，孔明發令完畢，單等十萬曹軍前來投入羅網之中。正是：

安下水火並攻計，贏得世代不朽名。

第十八回　孫乾誘敵布疑陣
張遼率兵進鵲尾

　　孔明發出了八支將令，案角上的錦囊也一個不剩，至此，孔明二次用兵已告結束。

　　這時，孔明站起身子，朝劉備拱了拱手道："主公，我們也走吧！"方纔孔明發了八支將令，一切安排都在錦囊之中，因此，劉備雖坐在孔明旁邊，可這次用兵的底蘊，他却蒙在鼓裏，絲毫不知。劉備聽得軍師要他走，不知往何處而去，內心思想，就跟着軍師走吧，反正與軍師在一起不會錯的。劉備隨口含混地道："軍師請。"

　　於是，二人下了大堂，劉備躍上的盧馬，孔明登上四輪車。孔明在前，劉備相隨於後，出北關，過吊橋，朝前馳去。

　　孔明見漸離新野，一股依戀之情油然而生。他回眸又望了新野一眼，思緒翻湧。他不禁沉思起來，這麼一座新野城，自戰國迄今已有七八百年的歷史了，而今為了對付曹軍，竟要毀在我的手裏，待將來定要重新建造。果然，第二年三月，孔明掃平了荆襄九郡四十二州，就從國庫中撥款建造新野城。原來新野僅十里方圓，後來建造的有十八里方圓。

　　劉備隨着孔明，來到鵲尾坡中鵲尾山。山上涼風習習，風物宜人。孔明、劉備住於篷帳內，等待曹軍殺來。

　　且説十萬曹軍向新野殺來,煙塵滾滾,旌旗獵獵,距離新野越來越近。夏侯惇見離新野漸近,心頭不免驚恐萬狀,他似乎覺得,這次不是去新野城擒拿劉備與諸葛亮,而是去酆都城叩見閻羅王。此時,探子馳馬奔來,在張遼馬前下馬跪報道:"啓稟大都督!"

　　張遼道:"何事報來?"

　　探子道:"大都督,此地離新野祇有二十餘里了,新野城四門大開,沒有一個人影,已是一座空城。"

　　張遼道:"知道了,再去探來!"

　　旁邊夏侯惇聞説新野成了一座空城,心裏怦然一跳,脱口喊道:"啊呀,又是老調!"

　　張遼聽得,甚是惱火,什麽"老調",還不是説諸葛亮又要火攻了。張遼心想,夏侯惇如此擾亂軍心,必須警告警告他。張遼厲聲喝道:"夏侯將軍!"

　　夏侯惇見張遼一臉怒氣,慌道:"張大都督有何吩咐?"

　　張遼道:"此番出兵,本都督擔任主將,誰若觸犯軍法,本都督執法如山,決不姑息寬貸!"

　　夏侯惇見張遼擺出一面孔統帥的威嚴,頗爲不服。心裏暗想:我上次未嘗不是如此,在博望坡指揮千軍萬馬衝向古人山,樂進來勸我退兵,反被我訓斥一頓,結果燒得焦頭爛額,眉毛鬍鬚不留一根。夏侯惇又朝張遼瞧瞧,仿佛在説,你這幾綹鬍鬚,看來是存心不要了。

　　許褚一路上聽夏侯惇説得頭頭是道,活靈活現,尤其是佩服夏侯惇能知道諸葛亮在什麽時候火攻,因此,他緊緊地跟着夏侯惇。許褚又對夏侯惇輕輕道:"夏侯將軍,你可得多關照我一點呀!"

　　夏侯惇無限自信地道:"這個將軍放心就是了!"

　　旁側曹仁及一班偏將聽説新野即到，都很恐慌，暗中拿定主意，緊隨夏侯惇是不會吃虧的。

　　曹軍朝新野奔去，距離新野衹剩十二里路了。大路旁側有一山路，路口竪着石碑一塊，上邊刻着"鵲尾小道"四字。曹兵聽得裏面號炮聲隆隆，喊殺聲陣陣，望見小道上一隊隊紅旗隊、綠旗隊正衝來殺去，影影綽綽。這就是孫乾帶領的五百人馬，手舉紅旗、綠旗，在此故布疑陣。

　　曹兵見了，弄不清楚到底有多少人馬。一小兵急奔着來到中軍大隊，在張遼馬前跪下道："報、報、報稟大都督，前邊有一條鵲尾小道，山道裏有很多人馬在衝來殺去，旗幡飛捲，人聲喧囂，請大都督定奪！"

　　張遼道："理會了，退下！"

　　張遼頗覺詫異，心裏在推測，劉備與諸葛亮見我畏懼，已高飛遠遁，新野成了一座空城，而這條山道上怎麼又有人馬？一旁夏侯惇聽到小兵的稟報，凝神沉思，半晌，方自言自語道："嗯、嗯、嗯……對了，對了！"

　　許褚聽得夏侯惇"嗯"個不停，又説什麼"對了"，滿腹疑雲，忙問道："夏侯將軍，你以爲這條山路有危險否？"

　　夏侯惇道："此路乃是一條黃泉路，直達鬼門關！"

　　許褚道："難道我們走進去就是往死路上走嗎？"

　　夏侯惇斷然道："你看着，如若沿着這山路進去，裏邊有一個大山坡，山坡中有一座山，劉備與諸葛亮在山頂飲酒。張遼如若下令衝上山去，諸葛亮馬上就要火攻。"

　　許褚被夏侯惇講得將信將疑，又問道："難道這一次與上次火燒博望坡一般模樣嗎？"

　　夏侯惇却道："信不信由你，不過，等到火燒眉毛，你可不要怨我！"

　　張遼思考許久，自覺兵多將廣，定要殺將進去，這真是：明知深山有虎豹，隻身亦敢去砍樵。張遼傳令道：“傳本督將令，衝進鵲尾小道！”

　　傳令兵高聲呼喊道：“大都督將令，衝進鵲尾小道啊！”

　　霎時，曹軍大隊人馬朝着鵲尾小道猛進。

　　且説許褚見張遼命令曹軍殺向鵲尾小道，甚是躊躇，内心在擔憂：我們到了裏面，是否真的如夏侯惇所言，有一個山坡，一座小山，劉備與諸葛亮在山上飲酒，安下釣餌，誘惑我們去擒拿他們，到頭來惹出一場大火？

　　曹兵到了裏邊，方纔在大路上隱隱瞧見的一隊隊人馬，頓時影蹤全無，曹軍很感蹊蹺。這條鵲尾小道一共衹有八九里長。不一會，已至鵲尾小道盡頭，前邊一個大山坡，進了山坡口子，一座山峰的絶壁上刻着“鵲尾坡”三個大字。

　　這鵲尾坡初一看甚大，而實際上不及博望坡的一半，因爲這鵲尾坡四面山峰環繞，坡内盡是山石，並無樹木雜草，顯得空曠開闊。

　　曹軍先頭部隊衝進鵲尾坡，眺望四周，望見西南方向的鵲尾山上，山頂撐開一座篷帳，帳内擺着一席酒筵。上首一人，龍冠蟒袍，舉酒欲飲；旁邊一人，道家裝束，羽扇輕搖。這兩人正是劉備與諸葛亮，另外還有兩個家將和兩個小僮，正在斟酒送菜。

　　曹軍見了，先是竊竊私語，繼而轟動起來。有的竟出聲驚呼道：“啊呀……那飲酒的不正是劉備與諸葛亮嗎？”

　　此時，中軍大隊人馬尚在鵲尾小道上，一曹兵自鵲尾坡内疾退至鵲尾小道，來到張遼馬前報告道：“稟上張大都督！”

　　張遼道：“何事報來？”

　　小兵道：“前邊有一山坡，名叫鵲尾坡，坡内有座鵲尾山，劉備與諸葛亮正在山上飲酒。”

張遼道："本督知道了，退下！"

旁側夏侯惇聽畢，獨眼龍朝許褚看看，以目代言，似乎在説：你到底信不信？許褚原來對夏侯惇的話半信半疑，現在聽了小兵的話，已沒有一絲懷疑。他朝夏侯惇點點頭，似乎在回答：完全相信，完全相信！

當時，張遼也在猜想衡量，難道諸葛亮又要火燒了嗎？他自己作了否定的回答，因爲用兵如下棋一樣，局局翻新的，是虛虛實實的。張遼思想：上次夏侯惇中計，是被一班假百姓領到博望坡的；此番諸葛亮在這鵲尾小道上用的是疑兵之計，與火燒博望坡可謂大同小異。難道諸葛亮就祇有這樣一套老辦法嗎？憑我張遼從軍二十餘年的經驗，難道識不出諸葛亮的詭計嗎？且待我去鵲尾坡內察看察看。

於是，張遼命曹兵閃開，把繮轡使勁一拎，衝向鵲尾坡。張遼飛馳到鵲尾坡中，將馬扣住，細細觀察。他先朝鵲尾山上的劉備、諸葛亮眺望一陣，又回頭朝山坡口的後路望望，再朝四處環顧。張遼心內暗思：諸葛亮啊諸葛亮，假使這一個山坡裏你能夠火攻，那麼，我張遼縱然與十萬大軍一起葬身火窟之中，也死而無怨。張遼胸中頗爲瞭然：上次火燒博望坡，坡内皆是樹木枯草，容易着火；而今日這鵲尾坡内，滿坡亂石，草木不生，諸葛亮這火從何燒起？

張遼認定諸葛亮不能在鵲尾坡内火攻，毫無一點顧慮，立即下令道："衆將士們，相隨本督殺上鵲尾山，擒捉孤窮劉備與諸葛村夫！"

三軍將士聽到大都督將令，一面大喊道："大都督有令，殺上鵲尾山，捉拿劉備諸葛亮啊……"一面蜂擁着衝向鵲尾山，其勢如排山倒海一般。

張遼一馬當先，朝鵲尾山衝去。落在後邊的曹仁、許褚和夏侯惇等也衹得向前衝去。

夏侯惇朝山頂一望,見劉備與諸葛亮正在飲酒,他們的座位也與上次火燒博望坡時一樣。許褚緊隨夏侯惇身後,惶然問道:"夏侯將軍,眼下可要起火嗎?"

夏侯惇道:"現在還早呢。"

許褚道:"那麼,到什麼時候要起火呢?"

夏侯惇道:"你瞧,劉備、諸葛亮還在山上飲酒,略停一會,家將把酒筵收拾,諸葛亮吩咐小僮取來瑤琴彈琴,衹要琴聲一起,火攻就要來了。"

許褚側耳聽罷,道:"俺知道了。"

旁邊曹仁及一些偏將也仔細聽着,簡直一字不漏。曹仁、許褚、夏侯惇三將及那些偏將,一面跟着大隊人馬一起衝鋒,一面注意鵲尾山頂的動靜,略略圈轉馬頭,擺好逃跑的架式。

且説劉備與孔明正在鵲尾山頭飲酒閒談,觀賞山景,山上天高氣爽,金風吹拂,令人愜意。劉備舉杯對孔明道:"軍師請用酒!"

孔明也道:"主公請!"

忽然,劉備聽到遠處傳來陣陣鼓聲、殺聲,心裏一怔,忙放下酒杯道:"軍師可曾聽到喊殺聲否?莫非曹軍殺來了嗎?"

孔明道:"主公請放心飲酒,曹軍是向新野進攻,豈會到此荒山中來呢?"

劉備初時甚信,哪知喊殺聲漸漸大了起來,不多一陣兒,曹軍似潮水般地順着鵲尾小道湧來,隨即漫山遍地地朝鵲尾山頂衝來。劉備嚇得面若土色,拉着孔明的衣襟道:"軍師,大事不妙了,曹軍已殺上山來,我們趕快走吧!"

孔明安慰道:"主公且寬心,你難道忘了火燒博望坡嗎?"

劉備沉吟片刻,恍然省悟,吁了一口氣道:"喔,原來軍師二次用兵就在這鵲尾坡中！"

孔明道："果然被主公猜中了。"

劉備吃了這顆定心丸，渾身一輕，他朝山下曹兵望望，仿佛在說：你們不必猖狂，等下就要葬身火海之中了。須臾，劉備又着急起來，問道："軍師要起火了嗎？"

孔明道："時間尚早！"

今日的火不在鵲尾坡，而是在新野城內。孔明朝山下鳥瞰，張遼正率領曹軍衝上山來，殺聲震徹整個山坡。孔明轉頭對家將道："與我把殘筵收拾了！"

家將道："遵軍師命令！"

家將忙把酒席搬了進去，將桌子擦拭乾淨。

山坡中許褚見家將收拾殘筵，忙對夏侯惇嚷道："夏侯將軍，你看，酒席已搬進去了。"

夏侯惇道："許將軍看清楚，要是諸葛亮一彈琴，火攻就要來了！"

山上的孔明真的被夏侯惇猜中，他吩咐小僮道："與我把瑤琴取來！"

小僮聽得，忙進去取出七弦瑤琴放在桌上，將琴囊脫去；又在爐內燃起檀香。

孔明羽扇放下，整整頭上綸巾，雙手撥動琴弦。

山坡中的夏侯惇聽得孔明的琴聲，對許褚、曹仁等驚叫道："火攻來了，火攻來了……"

夏侯惇邊喊着，邊圈馬遁逃。許褚、曹仁等邊緊跟着夏侯惇逃命，邊大聲喊道："衆將士們，火攻來了，火攻來了……"

衆將士聽說火攻來了，都爭先恐後而逃，雜亂地嚷道："火攻來了，火攻來了……"

一時間，鵲尾坡內一片呼喊聲，一片嚎哭聲，一片慘叫聲，十萬曹軍紛紛逃命，自相踐踏，慘不忍睹。

張遼帶領曹兵已衝到鵲尾山半山腰，突然聽得後面一片大亂，曹軍高喊"火攻來了"。那些衝鋒在前的曹軍一聽説"火攻"二字，轉身就逃。不少曹兵心一慌，被人撞了一下，腿一軟，滾下山去。張遼見曹軍爭着後退逃命，也亂了方寸，一時不知所措，便跟着曹軍退下山去。他衝鋒時第一個，現在逃跑時是最後一個。

孔明在山上觀看曹軍逃跑的狼狽相，不禁笑出了聲。他將一曲瑤琴彈畢，山坡中曹軍也逃了個精光。

且説曹兵全部退到山路上、山呑裏，回頭觀望鵲尾坡，並不見一點火星，祇見一具具自相踐踏而亡的屍體。

隔了許久，曹軍纔把一隊隊人馬重新整頓好。

探子探明詳情，奔到張遼馬前跪下稟告道："啓稟大都督！"

張遼駐馬山徑，正不知如何爲好，他聽到探子的話，問道："何事稟來？"

探子道："張大都督，山坡中並無火攻，不見一點動靜，劉備與諸葛亮仍在鵲尾山上，請大都督定奪！"

張遼道："知道了，與我再探！"

張遼胸中怒氣難忍，心裏估量，如若曹兵不退下來，早已衝上鵲尾山，把劉備、諸葛亮生擒了。張遼氣衝衝對手下吼道："誰人擾亂軍心，第一個喊火攻來了？"

曹兵雖則知道是夏侯惇第一個喊火攻來了，但不敢直言，祇好用眼睛盯着夏侯惇。幾個膽大一些的，用手指在暗中點着夏侯惇的背影。

張遼得知又是夏侯惇在擾亂軍心，到了夏侯惇跟前，怒氣難遏地吼道："呔，夏侯將軍，本都督問你，火攻在哪裏？火攻到底在哪裏？"

　　夏侯惇心內本來甚爲不平，暗自思忖，這諸葛亮爲何單單欺侮我，不對張遼進行一番火攻呢？此時，他受到張遼的訓斥，愈加忿忿不已。夏侯惇心想：我逃我的，又沒有叫你們一起逃，你們要是不怕火攻，衹管衝上山去好了。不過，夏侯惇不敢公然還嘴，衹好默默聽憑張遼的斥責。

　　張遼訓過夏侯惇，又發令道：「三軍將士們，快快二次衝上鵲尾山，擒拿劉備與諸葛亮！往山上衝鋒者有功，誰人要是退下來，立即按軍法斬首！」

　　頃刻間，鵲尾坡內又是一片喊殺之聲，張遼衝鋒在前，曹軍蜂擁在後，又朝鵲尾山殺去。

　　夏侯惇、許褚與曹仁三將隨大隊人馬衝去。此時，許褚面顯不滿之色，責問夏侯惇道：「夏侯將軍，你說火攻來了，這火攻現在哪裏？」

　　夏侯惇見火攻不來，心裏也有些洩氣，暗想：唉，這諸葛亮可算不上男子漢大丈夫。大丈夫做事應當公平交易，童叟無欺，可爲何博望坡燒得烈焰騰騰，今朝却連爆竹的聲音也沒有，這豈非欺人太甚。夏侯惇再三思索，終於省悟過來。他記得，上次博望坡火攻，諸葛亮彈琴的時候也不起火，等到一曲琴彈完，小僮捧上一盞香茗，諸葛亮喝了幾口茶，立起身子，把羽扇朝上一舉，山背後信炮響起，山坡口兩座小山崩坍下來，截斷歸路，然後四面起火。夏侯惇暗恨自己忒粗心魯莽了，時間這麼短就遺忘了。他急對許褚解釋道：「許將軍，俺方纔忘記了，這一回必然識準什麼時候起火，真傢伙（火）還在後頭呢！」

　　許褚、曹仁一同道：「那麼，夏侯將軍快告訴我們吧！」

　　夏侯惇又想了想，理清思路，道：「你們一定要死死盯住諸葛亮，他坐在那裏是不妨事的。如若他站起身，羽扇一舉，信炮一響，可要迅速逃遁。因爲諸葛亮羽扇一舉，山坡口的兩座小山就要坍塌下來，逃得快就能活命，逃得慢要被燒死，最可怕的是逃得不快不慢，正在山坡口，就會被坍下來的小山壓在中間。你們兩位可要切切牢記，不可稍稍大意。"

許褚、曹仁聽得毛骨悚然。許褚特意把夏侯惇的這番話輕輕念了幾遍，怕記不住。許褚目不轉睛地注視着山上的諸葛亮，祇要他站起身來一舉羽扇，就馬上逃命。

許褚跟着大軍衝去，時時回顧山坡口的那兩座山。在他的眼中，那兩座山仿佛在搖動，要倒下來似的。

且説山上劉備望見曹軍又衝進山坡，帶着訕笑的神情道："軍師，曹軍又來了!"孔明立起身來朝下望望，山下夏侯惇、許褚和曹仁嚇得心裹別別跳，唯恐諸葛亮羽扇一舉。

孔明站了一站，仍舊坐了下來，三位曹將總算稍稍心定。轉眼間，張遼那馬已衝過半山，藤牌兵爭先衝鋒。

孔明望望曹軍，立起身子，把羽扇朝上悠悠一舉。

孔明這麽一舉，山下夏侯惇、許褚、曹仁大驚，急遽圈轉馬頭。山背後劉封見軍師一舉羽扇，忙吩咐士兵將百子流星炮點燃，百子流星炮"轟"地騰入半空，一響變百響，"刮啦啦——"像霹靂聲似的。

炮聲響時，夏侯惇等已在没命而逃了，夏侯惇對許褚、曹仁道："快，快……真傢伙（火）來了!"

頓時，鵲尾坡內又是一片大亂，曹軍紛紛後退逃命。張遼率領曹兵衝過了半山腰，預備撲上山頂，穩穩擒住劉備諸葛亮。執料山頂諸葛亮羽扇一舉，山坡中立即引出一片擾亂。張遼見身旁許多兵卒畏葸不前，似有退下去之意，大聲叫道："軍士們，又是夏侯惇這匹夫在擾亂軍心，你們祇管跟隨本督衝上山去!"

這些曹兵，聽到大都督命令，弄得進退兩難。正在此時，百子流星炮響起，曹兵聽了，嚇得拼命逃下山去。張遼聽得信炮聲,也一時心慌意亂,頭腦裏懵懵懂懂的,自言自語:"啊呀,信炮突然響起,看來真的不好了!"

張遼掉轉馬頭,頭也不回地朝山下逃去。

鵲尾山頂,孔明見曹軍後退逃命,站起來對劉備道:"主公,曹軍退了,我們也該走了。"

於是,孔明登車,劉備上馬,往樊城而去。

孔明、劉備剛離開,公子劉封按軍師錦囊之計,吩咐士兵把一大堆潮濕的樹木野草堆在鵲尾山頂,上邊撒一些火藥硫黃,燒了起來。山頭立即冒起縷縷青煙,接着煙霧彌漫,朝半天裏升騰。劉封趁此煙霧,命兵士將篷帳拆卸捲起,裝入車中,推下山去。

稍過一些時候,鵲尾山頂堆放的樹枝野草燒盡,煙霧隨即被風吹散。遙望鵲尾山頂,冷冷清清,淒淒切切,一個光禿禿的山頭罷了。劉備、諸葛亮連同篷帳一座早已不知何處去了。

曹軍退出了鵲尾坡,仍是紛紛攘攘,一片亂糟糟的樣子。張遼準備再次整頓隊伍,伺機而動。

這時,探子又前來報道:"稟上大都督,山坡中並沒有火攻,鵲尾山上先是濃煙滾滾,不久盡皆散去,劉備與諸葛亮也不見了。"

張遼一聽,口氣粗暴地道:"退去!"

張遼胸中怒氣積塞,恨透了夏侯惇,第三次下令衝上鵲尾山。這一次,張遼帶領曹軍衝到了鵲尾山頂,可根本不能覓得劉備、諸葛亮的影蹤,可謂一無所得。

看官知道,孔明把十萬曹軍在鵲尾坡戲耍了半日,與劉備前往樊城,等下將在樊城西關城樓上飲酒觀賞新野火攻。

張遼愈思,心裏愈氣,這次本來已經擒捉劉備諸葛亮,都是夏侯惇這匹夫作梗,害得徒勞無功。夏侯惇這匹夫啊,被諸葛亮燒了一次,簡直成了驚弓之鳥。張遼內心在盤算,待再過幾天,差夏侯惇回去催糧算了。

張遼率兵三衝鵲尾,毫無收獲,祇得傳令道:"傳本督軍令,隊伍退出鵲尾坡,往新野進發!"

一聲令下,曹軍一隊隊,一彪彪,退出鵲尾小道。路上,許褚、曹仁倆心裏責怪夏侯惇,覺得上了他的大當,幾次三番逃得精疲力竭。許褚忿忿然道:"夏侯將軍,你說山坡口兩座山要崩塌下來,爲何這兩座山現在還在那裏呢?"話甫說完,曹仁也道:"你說鵲尾坡一定有火攻,這火攻究竟在何處呢?"

夏侯惇被兩人埋怨責問,心裏很不好受,他恨諸葛亮忒不公平了。不過,夏侯惇仍在猜想,這諸葛亮心計頗多,張遼決不會這般便宜,他無論如何也逃不過諸葛亮的計謀。因此,夏侯惇昂起頭,瞧了他兩人一眼,強辭奪理地道:"你們瞧着吧,真傢伙一定還在後頭!"

曹軍退出了鵲尾小道,沿大路朝新野城而去。

此時已過正午,突然天氣驟變。上半天,天空無雲,秋日艷艷。曹兵衝鵲尾山時,臉上汗水直淌。現在,黑雲翻捲,布滿天空,天似乎要坍下來了。風漸吹漸烈,不一會,狂風大作,黃沙滿天,路旁樹林裏發出像海潮一樣的呼嘯聲。常言道:窮在債裏,冷在風裏。曹兵祇穿單衣,被風一吹,冷得渾身瑟瑟顫抖。士兵們把旗幡都捲了起來,祇有中軍大隊的大纛帥旗仍然沒有捲起,這面大纛帥旗豎在一輛戰車中,用的是一根碗口那麼粗的旗杆,前邊四個小兵拉,後邊四個小兵推。大纛旗被風吹得嘩嘩直響,上面繡着一行金字:"中軍大都督龍驤大將軍。"中間斗大的一個"張"字。忽地一陣狂風吹來,大纛旗的索子繃斷了,帥旗隨風飄去。

這帥旗被風吹去,可不是一件區區小事。古代,大帥殺向哪

裏,大纛旗飄向哪裏。帥不離旗,旗不離帥;帥要亡,旗方倒。小
兵懼怕大都督責罪,連忙追蹤着飄去的大纛旗。兩個小兵追到
山脚下,見大旗掛在一棵大樹的枝丫上,便同時伸手去拉,祇聽
得"嗏"的一聲,一面大纛旗變成兩面:一個手中的半面旗上是個
"弓",一個手中的半面旗上是個"長"。一個斗大的"張"字化爲
"弓""長"兩字。兩個曹兵各自拿着半面破旗,一時怔在那裏,目
瞪口呆。正是:

　　天昏昏兮曹軍亂作一團,風蕭蕭兮帥旗撕成兩片。

第十九回　新野曹兵遭火焚
西門四將逃殘生

　　兩個小兵怔立有頃,各拿着半面破旗,回到中軍張遼馬前,雙膝跪地,請罪道:"張大都督,我倆罪該萬死,大纛旗撕成兩半了。"

　　張遼眉頭緊皺,内心怏怏不樂,覺得此乃不祥之兆。帥旗撕破,這是兵家之大忌。再一想,古語云:男兒本該疆場死,將軍難免陣前亡。張遼也就不把它放於心上,雙眉漸舒。旁側曹仁見張遼臉露憂悒之色,笑着道:"恭喜大都督! 恭喜大都督!"

　　張遼道:"喜從何來?"

　　曹仁答道:"俗語云:旗開得勝,馬到成功。大纛旗開成兩片,這豈非一個喜訊?"張遼聞說,付諸一笑,暗思:虧你想得出來!

　　正當此時,一探馬馳騁前來,於張遼馬前下馬稟道:"啓稟大都督,此地離新野北關祇有三里光景了,大軍即臨城前,請大都督定奪!"張遼道:"理會了,退下!"

　　張遼見天已薄暮,三軍將士今日僅僅用過一次早餐,大半天消磨在鵲尾坡裏,連午飯也未吃過。他傳令道:"隊伍就地安營紮寨,埋鍋煮飯!"

　　一聲令下,"咻——"安營的信炮響起,曹軍立刻停下。曹兵打扦子的打扦子,布篷帳的布篷帳。可是,狂風呼嘯,飛沙走石,扦子方插在地上,一會兒就被吹倒了,篷帳剛捲開,頃刻間被掀得老遠。士兵們亂紛紛,吵嚷嚷,叫苦連天。

軍政官幾次三番向張遼稟告請命,説風大難安營寨。張遼親眼瞧見,一時無計可施,亂了方寸。他心裏揣摩:如若不安營寨,如何埋鍋煮飯? 將士如何歇息? 張遼心想:此事何不與三員副將商謀一下! 他暗忖:許褚勇而無謀,匹夫之輩罷了;夏侯惇被諸葛亮燒了一次,嚇得掉了魂;祇有曹仁,足智多謀,可與他商量商量。於是,張遼旋轉身子對曹仁道:"曹將軍請了!"

曹仁道:"張大都督,末將曹仁在!"

張遼道:"曹將軍,如今狂風驟起,我軍營寨難於安紮,這可奈何?"

曹仁沉思片刻,便道:"依末將看來,狂風如此猛烈,營寨誠難安紮,將士腹中飢餓難忍,都督可命大軍開進新野城厢,既可躲避大風,又可埋鍋煮飯。未曉大都督意下何如?"

張遼聞言,甚是驚訝,詢道:"曹將軍啊,你豈不見兵書上曾云,空城有計,不可輕入?"

曹仁聽畢,略一遲疑,就道:"大都督,紙上談兵,不可全信。假使我軍進城,劉備寥寥數千兵馬,難道能圍困我們十萬大軍嗎?"

張遼覺得曹仁此語確乎有理,人世間從未有過數千人馬圍困十萬大軍的奇聞。張遼當即吩咐軍政官道:"速去挑選二百騎兵,進新野城厢查勘一番,探明城內情況!"

軍政官道:"遵大都督之命!"

軍政官選定二百騎兵。那些騎兵從新野北關進去,在城內兜了一圈,又從南關出來,沿着城牆繞了半個圈子,來到張遼跟前復命道:"啓上張大都督,奉命進城查勘,城裏冷冷清清,毫無動靜，門戶或開或閉，裏裏外外，人影全無，新野確是一座空城，請大都督定奪！"

張遼聞得稟報，心裏一寬，方始定下心來，對騎兵道："知道了，退下！"

張遼經過一番查察，決定大軍開進城內。可是，他一籌算，發覺這座新野縣城未免忒小了，縱使家家戶戶都住曹軍，也擠不下十萬人馬。因此，張遼準備將十萬曹軍分作兩批，第一批五萬大軍先進城廂，飽餐一頓，立即退出，再讓第二批五萬大軍進城。待十萬曹軍用罷晚餐，大概要近二更天了，祇要那時風力減弱，大軍即可安營紮寨。這樣，曹軍祇是把新野當作涼亭暫且歇息片刻而已，諒必沒有什麼危險。張遼考慮停當，傳令大軍兵分兩批入城。

且說曹兵初時聞說將進城歇息，心花怒放；後來傳令分作兩批進城，都巴望着第一批進城。

看官或許要問，曹兵爲何都想第一批進城呢？原來，第一批進城的不僅能避去大風，填飽肚皮，而且還可去百姓家中尋覓財物，趁火打劫一番。而在城外的曹兵，祇能餓着肚子蹲在風頭裏，真是：吃足風頭。

不多一會兒功夫，第一批五萬曹兵開始入城了，有的竟然喜躍抃舞，一面前行，一面招呼不進城的士兵道："弟兄們，咱們先進城了，等下再見！"那些輪到第二批進城的，眼睜睜地望着進城的士兵，又是羨慕，又是忿恨。

內中一個彪形大漢氣得暴跳若雷，怒目橫眉，罵道："那個鳥東西，算爺爺倒霉！"

旁人勸説道："老兄何必如此肝火大冒？這次不進城的共有五萬弟兄，又不是你一人！"

那大漢道："爾等不知，以前我在第六營，後來改編，我被編

在十九營。若不改編，我即可隨第六營先進城了，爾等説我倒霉
不倒霉？”

且説五萬曹軍自東南北三關入城，曹兵一湧進城門，立即搶
占民房，無論大街小巷，士兵們都在搶奪民房，左門衝進去，右門
湧出來。

孔明這次用兵，有意下命將西關城門關閉，吊橋吊起。曹兵
一進城廂，祇是趁火打劫，無人去打開西關城門。孔明這場火燒
新野，網開一面，西關城門乃是生門，因而將東、南、北三關城門
大開，而將西門緊緊閉上。

張遼帶着三員副將，從北關城門入内。四將手勒繮轡，沿着
北大街緩緩而行，於衙門口下馬。隨從們立即把四將的馬牽過
一旁，把兵器靠在照牆下。

四將步上大堂，一一在交椅上坐定，手下把燈燭點起，剎那
間明光閃耀，一片輝煌。張遼正中坐下，立即發令道：“傳令各營
各隊去糧隊領取軍糧，晚餐之後，退出城關，讓第二批人馬入
城！”軍政官道：“遵大都督軍令！”

張遼發令已畢，就與曹仁、許褚、夏侯惇三將權且在大堂小
憩，等待就餐。

此刻新野城内，家家户户都擠滿了曹軍，一片雜亂之聲四處
傳出。士兵們東奔西走，搶劫財物。西大街有一爿臨街的店鋪，
裏邊共有三進，三百多名曹兵爭先恐後擠了進去，從店堂裏一直
搜到閨房裏，翻箱倒篋，覓取金銀財物。眾曹兵奔進奔出，猶如
沒頭蒼蠅一般。

一個油頭滑腦的小兵扯了扯那呆頭呆腦的大漢，詢道：“老
哥，你可尋得些什麼東西啊！”

那呆頭呆腦的大漢道：“老弟，我可什麼也沒有得到啊！這
個窮劉備，管轄着一城窮百姓。”

　　油頭油腦的見門外天井裏埋着六口七石缸，盛着滿滿的水，他有心耍弄耍弄那個呆頭呆腦的，手一伸，指點着水缸，煞有介事地道："老哥啊，這班百姓真是狡詐刁猾，諒必將金銀藏於水缸之中了，你説是不是？"

　　那呆頭呆腦的大漢窮昏了心，以爲真的，妄想發發橫財，答道："是的，且讓我來找找看！"説着，倐地捋起衣袖，伸到缸底亂摸，發出一陣陣"空隆隆——空隆隆——"的響聲。

　　另有一些士兵跑到厨房間，順手打開菜厨，一股濃香衝着鼻子撲來，令人饞涎欲滴。厨中有魚有肉，各類菜肴擺了一厨。衆士兵揣度：百姓急於避難，竟連這等佳餚也來不及吃去。大家抵掌雀躍，樂呵呵地道："弟兄們，我們的口福真不小！"

　　不一會，火頭軍從糧隊領來糧米，在灶間燒飯，衆士兵在客堂上等候用餐。

　　古代行軍燒飯，本須在荒原野地上掘潭埋鍋，然後煮飯。今日曹兵在新野城裏，一家一户皆有厨房，鍋灶有三眼灶、五眼灶……柴間有柴，水缸有水，火頭軍要啥有啥，頗爲方便。

　　霎時，厨房裏一片忙碌的景象，有的淘米洗菜，放水入鍋，有的用火刀火石點燃稻草，塞進灶膛。新野城裏，曹兵幾乎是在同一時辰淘米下鍋煮飯。佇立街頭遠眺，唯見沉沉暮靄中，一個個煙囱裏冒出一縷縷炊煙，嫋嫋飄升。

　　再説外邊客堂裏的曹兵，有的坐在凳上斜倚着牆壁，有的盤膝坐於地上，有的伸展四肢在地上仰卧，有的側轉身子躺着養神……橫七竪八，姿態各異。

　　忽爾外邊跳進一個小兵，堆着一臉笑意，高聲道："弟兄們，西大街有一大糟坊，裏邊有數百甏美酒，全是一色的上元紅，我們快去取酒吧！"衆士兵聞訊，剎地跳將起來，朝糟坊狂奔而去。那糟坊裏，四處的曹兵都絡繹不絶地趕來，擁擠不堪，數百甏佳釀一搶而空。那些原在客堂間休憩的曹兵，總算沒有白跑一趟，奪得六甓上元紅，每甓重五十斤。他們返回原處，三百餘士兵圍着六甓酒。

一曹兵把甓頭泥叩掉，一陣馥郁的酒香直衝鼻子，沁人肺腑。這個曹兵把酒一杯一杯地舀出來，又吩咐旁人把菜厨裏的魚肉等一碗一碗地搬出，並對衆人道：“弟兄們，今日裏我們姑且樂它一樂吧！有酒有肴，時機難逢，來來來，大家快喝酒吧！”士兵平時哪有酒喝？除非打了大勝仗，纔有犒賞，今朝意外得此美酒，都嘖嘖咂嘴，舉杯欲飲。

正當此刻，外邊進來一員偏將，見了此狀，急忙阻止道：“弟兄們，且慢！劉備盤踞新野已非一日，諸葛亮用兵詭計多端，這些酒中，恐怕藏有毒藥，如若喝了下去，性命攸關。”士兵聽了，猛地一愣，紛紛放下酒杯，左右相顧。

這時，另有一位偏將走了出來，望望大家道：“弟兄們，且待我來試試看，這些酒內畢竟有無毒藥。”話未完，他從腰裏抽出一條銀鞭，這鞭是純鋼鍛成的，外面鍍了一層白銀。他把銀鞭浸入酒甓內，攪拌一陣，然後拿了出來，凝眸一看，見銀鞭上酒跡淋漓，知道酒內無毒。如若有毒，銀鞭立即變色發黑。

這位偏將對衆曹軍道：“弟兄們，酒內無毒，大家快飲吧！”

曹兵們開懷暢飲，猜拳行令，興致甚濃。那些酒徒們大杯大杯地鯨飲，胡亂地嚷道：“五魁”“八仙”……那些酒量小一些的，兩杯上元紅落肚，馬上醉眼蒙眬，昏昏欲睡。

一個曹兵餳着眼道：“我頭腦昏昏的，酒已足夠有餘，不知裏面晚飯好了沒有？”

厨房裏一位火頭軍聽見，催促燒火的道：“老哥，外邊已在催飯了，你把火燒旺一點！”

燒火的道：“噢，知道了！”說着，燒火的用火叉把灶膛裏的冷灰扒往兩邊,想讓火燒得旺些。不料,冷灰堆裏藏着火藥綫,下邊埋着諸葛子母炮,藥綫被火叉一撈,立即燒着了,發出"嗤嗤嗤"的聲音。

燒火的覺得怪誕,招呼衆火頭軍道:"你們來瞧,這灶膛裏發出的是什麽聲音?"

有三個火頭軍連忙過去把頭湊在灶門口,祇聞"嗤嗤"聲不絕,却看不出有什麽名堂。俄頃,火藥綫燒盡,諸葛子母炮"轟"的一聲爆炸了,三鍋子飯炸得飛向屋頂、牆壁、屋角……那些火頭軍,有的當場炸死,血肉模糊地倒在地上,有的負了重傷,"哎唷、哎唷"地叫個不休。屋頂椽子上和瓦棱裏都藏有火藥,灶膛裏的火一飛上屋頂,立即燃燒起來,頃刻間火焰冒穿屋頂,濃煙滾滾,發出"噼啪噼啪"的爆裂聲。

客堂裏衆曹兵原在狂飲濫喝,見厨房火起,已蔓延過來,頓時亂騰騰的一片,驚呼愕叫道:"啊呀呀,失火了,失火了……"士兵們拔脚就逃,奪門而出。

内中一曹兵多灌了一些上元紅,醉醺醺的,聞得火起,嚇得昏蒙蒙的,別人朝外逃,他却朝裏逃。一到裏邊,見四面門窗盡皆着火,急得團團轉,宛如盲人瞎馬一般。"嘩"的一聲,門口倒坍下來,他欲退不能,濃煙裏見屋中有一口大水缸,缸中有半缸清水。於是,事急智生,他"撲通"一聲跳進缸裏,以爲祇消跳進水中,即可太平無事。誰能料到,這水缸四周堆滿硬柴,屋頂墜下一根着火的椽子,乾柴着火,立即熊熊燃燒。水缸裏的水逐漸由冷變熱,成了沸水,這小兵初時尚在大水缸中挣扎,水聲"空隆空隆"的,不久,便聲息全無,活活地煮死了,弄得與清燉甲魚相仿。

此時,城内處處起火,衆曹兵亂紛紛逃至街頭,放開喉嚨大喊:"救火啊!救火啊……"叫喊聲各處響起,不絕於耳。

曹兵一時被弄得神志昏亂，還以爲真的是不小心失火。

在靠近城牆的百姓家中，灶頭底下用打通的粗毛竹接到城牆下的火壕溝內，竹筒裏裝有火藥綫。未久，火藥綫已將壕溝內的地雷火炮、硫黃煙硝和野草枯柴點燃，火壕溝內的火焰越竄越高，有的居然有好幾丈，比新野城牆還高。

至此時，曹兵方纔省悟，知道又中了諸葛亮的火攻。

且説大堂上張遼等四將閒坐無事，待進晚餐。張遼無意中抬首望見夏侯惇，仿佛想起什麼似的，道："夏侯將軍！"

夏侯惇聽得張遼喚他，忙道："張大都督何事？"

張遼道："依我看來，那諸葛亮祇知欺侮你夏侯將軍，博望坡大火一起，燒得你全軍覆没。今日上午鵲尾坡中，倘使没有你擾亂軍心，劉備與諸葛亮早被生擒活捉了。如今大軍進了新野城廂，也毫無動静。"

夏侯惇聽畢，大爲不滿，語氣粗魯地道："大都督可要當心，祇怕真傢伙還在後頭。"

張遼氣呼呼道："休得胡説！"

兩人正欲爭執，外邊奔進一位小兵，上氣不接下氣地道："啓、啓、啓……稟大都督，大事不好了！"

張遼慌道："啊，何事驚惶若此？"

小兵道："東關失火！"

旁邊夏侯惇聽得"火"字，一顆心怦怦直跳，輕輕道："來了！來了！"

張遼朝夏侯惇瞪着眼睛，雙目噴得出火，心裏思想：今晚風大，士兵燒飯無意失火，有何大驚小怪！張遼對小兵道："知道了，退下！"

一個小兵方退下，另一個小兵又奔上大堂，滿頭滴着汗珠，稟道："稟、稟、稟……上大都督，南關失火！"

張遼這下心裏也一驚,道:"啊、啊……"竟接不下去了。不過,他還以爲是曹兵餓了一天,急於燒飯,不慎失火。張遼沉默片刻,始道:"知道了,快去把火熄滅!"

兩處稟報失火,夏侯惇心中有數:一定是諸葛亮的火攻來了。忽聞遠處隱隱傳來"轟、轟、轟"的聲音,別人並未放在心上,唯有夏侯惇聽了,心驚肉跳,汗毛凜凜。

這時,外邊又奔進兩個小兵。一個道:"稟上大都督,西關失火!"

一個道:"稟上大都督,北關失火!"

張遼一聽,東西南北四關一起起火,方知中了諸葛亮的火攻,頓時面容變色。

夏侯惇聽罷兩個小兵的稟報,急急招呼旁邊許褚、曹仁兩將道:"快逃! 快逃! 老調來了!"三將同時奔下大堂,朝外而去。

張遼坐着,並未動身。他揣摸:自己身爲全軍主帥,須臨難不亂,既已中了火攻,就要冷靜地考慮對策,心慌意亂是於事無濟的。張遼越思越覺得冤枉:今日我明知空城不可輕入,孰知狂風大作,不得已始入新野,豈不冤哉! 莫非天老爺也在暗中佑助那諸葛亮?

張遼焦躁不安,於堂上徘徊,裏邊忽地奔出一個傳令兵,手擎一把切菜刀。原來,傳令兵去催促火頭軍抓緊燒飯,不料厨房被地雷轟掉,他駭得六神無主,轉身即逃。沒有逃出多少步,傳令兵發覺手中的將令丟了,又返回尋覓。於彌漫的濃煙裏,他摸到一把切菜刀,以爲令箭找到。俗語云:鷄毛當令箭。傳令兵居然把切菜刀當作令箭了,真是神魂顛倒,滑天下之大稽。

傳令兵高擎菜刀跑到張遼面前,慌裏慌張地道:"報稟大都督,不得了,厨房起火了!"張遼聽了,知道大事甚是不妙,二話没説,跑下大堂。剛到甬道上,祇聽得"轟隆"一聲巨響,厨房灶膛裏那根通到大堂下邊的火藥綫,已將大堂下埋着的地雷火炮點燃爆炸,"忽啦啦"的一聲,大堂馬上崩坍下來。張遼思忖:夏侯惇逃跑如飛,誠然有理,我若遲走一步,就要葬身大堂之中了。

大堂傾坍之時,夏侯惇、許褚與曹仁三將已經躍上馬背,揮鞭前馳。

夏侯惇對許褚、曹仁道:"你們看,大堂已被地雷火炮轟掉,張大都督尚未出來,不知能逃得性命否?"

話尚未完,遥見張遼跑出衙門。張遼模樣頗爲難堪,人不披甲,馬未上鞍,惶惶然如喪家之犬。

此時,四處八方傳來曹兵嚎哭尖叫之聲,滿城已是一片火海。

張遼揣測:諸葛亮今日這場火攻,不知可有生門與否?即使留有生門,東西南北四門,哪一門可是生門?

夏侯惇掉頭回顧,見張遼東張西望而來,猜中他的心思,問道:"大都督,你莫非在尋覓生門嗎?"

張遼道:"正是,你被諸葛亮燒過一次,可知這生門在何處啊?"

夏侯惇見大都督的心思被自己猜着,得意忘形地道:"何處是生門,我不能知曉。然而,四門之中總有一門是生門,我們四將各走一門,看誰命大?"

張遼聽得滿腹是氣,心想:虧你想得出來,四人死去三人,留下一人。張遼抬首遥望,見前邊一座石拱高橋,位於新野城正中,内心尋思:且待我去高橋上觀望一番,究竟哪一門是生門?張遼對三將道:"三位將軍,請於此略待片刻,本督去橋上一望即歸。"說罷,把繮轡猛地一拎,直衝石拱高橋。張遼登高環望,整座新野城盡收眼底,處處濃煙翻滾,烈焰升騰,風趁火勢,火藉風威,兵士嚎叫之聲,慘不忍聞,如斯火攻,可謂天下罕見。

但見——

> 烈焰騰空飛舞,青煙滿天飄搖。南方丙丁生火,北軍魂魄俱消。任憑三江五湖,難滅新野火燒。樹上鳥鵲騰撲,街頭曹軍遁逃。萬物灰飛煙滅,城厢改容換貌。兵卒呼號震耳,將士怨聲載道。遭此空前浩劫,處處鬼哭狼嚎。

張遼眺望少頃,明白已中諸葛亮的火攻,無計挽回。他對諸葛亮的用兵,甚爲服帖,可説是五體投地。張遼暗忖:這次若得脱身,此後萬萬不能再與諸葛亮正面交鋒了,憑着我這點將才與他較量,真是"螳臂當車,不自量力"。上次,夏侯惇率兵與他交戰,也祇是螞蟻撼泰山罷了。張遼扶着橋欄仔細眺望四方,見東南北三關火勢尤凶,祇有西關略略輕一些。他認準西門乃是生門,没有一點躊躇,迅速退下石拱高橋。

張遼下了高橋,未及一百步路,背後又是一聲巨響,石拱高橋炸坍了。原來,那高橋的橋塊,埋着竹節轟鳴炮、地雷火爆炮等。

張遼驚魂不定,心裏撲騰撲騰的,奔回三將身旁,顫栗慌亂地道:"三位將軍,本督適纔於橋頭登高遠眺,已經找到生門,我們速速往西關逃命!"三將聞説,皆尾隨張遼往西關而逃。

張遼、曹仁、許褚與夏侯惇四將四騎,馬頭接着馬尾,遽然逃命。夏侯惇落於最後,内心忖量:張遼不要認錯了生門,害得我們魂歸西天。祇要不被燒死,受些火傷,那倒是無所謂的,我靴筒裏還藏着兩竹管老鼠油,可治火傷。四將到了前邊十字街頭,見大街兩邊的民房都在焚燒倒坍,曹兵擁於街頭,幾無插足之地。此刻,四將四騎堪謂寸步難行,除非馬兒生出翅膀,從士兵頭頂飛去。四將爲了自己活命,祇好教小兵受些冤屈了。

他們大聲吼道:"衆士兵們,大家快快閃開,讓出一條道來,讓路者生,擋路者死!"四將一邊吼着,一邊揮舞大刀長槍,亂砍,亂斬,亂戳,亂挑……他們橫衝直撞,左推右搡,不顧一切,殺出一條血路,往西關衝去。曹兵見兩邊烈火焚燒,中間四將殺伐。真是:上天天無梯,入地地無門。

他們叫苦連天,互相踐踏,朝四位將軍苦苦哀求道:"四位將軍手下留情啊! 四位將軍饒命啊!"憑良心説,四將這樣做未免手段忒毒辣了,被敵人擊殺,原是無話可説的,而兵士被自己的將軍砍殺,這是何等地凶暴殘忍。不過,話又得説回來,四將此時也是萬不得已,倘不如此,就休想前行。

四將如此濫砍濫殺,依舊不能迅行。良久,這條大街僅行過一半。此時,四將拼命殺散一大堆士兵,四騎踐着曹兵的身子衝去。猛然間,背後"轟隆"一聲響,好像天崩地裂一般,震耳欲聾,原來地雷火炮又炸開了。四匹戰馬聞得此聲,一聲長嘶,又一猛竄,像人一樣地立了起來。四將大駭,急用兩腿使勁夾住馬腹,用力將馬首撤下去;否則,勢必翻繮落馬,危乎殆哉!

四將把戰馬穩住,回首一望,透過彌漫煙霧,見兵士被炸得手足四飛,慘叫不絕。四將看得心寒膽裂,渾身顫栗。他們知道處境危險之至,拼命朝前殺去,衝往西關。

時間過去甚久,抬首遙望,西關在煙塵中時隱時現,即將抵達,四將暗暗慶幸。不料,右邊一家店鋪正逢火焰騰天,靠街邊的一根屋梁燒得通紅通紅,一頭已坍下懸在街邊,一頭正欲坍將下來。四將正在前衝,這根着火熊熊燃燒的屋梁"嘭"的一聲,朝着許褚頭上打將下來。許褚見了大駭,知道倘被打中,性命休矣。他左手拿着九環象鼻金刀,欲用金刀來擋,已經來不及。説時遲,那時快,許褚頭稍稍一偏,頭皮一硬,挺起右肩膀,用盡平生之力"哠"地一頂,火屋梁朝後邊拋去。跟在許褚後邊的夏侯惇見憑空飛來一根火屋梁,欲避已經來不及,火屋梁的一頭"啪"地砸在馬頸裏,馬鬃燒得"嘶嘶"直響。夏侯惇忙勒繮一側,火屋梁順着他的大腿倒在街上。夏侯惇的衣服也燒着了,發出一股股難聞的焦味。夏侯惇撲滅身上的火,恨死了許褚。心想:你祇顧自己,不管旁人,倘若這火梁砸在我的頭上,這將奈何!

夏侯惇舉頭望望許褚,許褚肩上、背後都冒着火,正"啊呀、啊呀"地嚎叫不止。原來,許褚用肩膀頂火屋梁時,用力過猛,屋梁上的火屑落在肩上、背後和頭頸裏,戰袍頓時着火,頭頸裏燒出了一個個水泡。

張遼衝在最前頭,聽得許褚叫聲,旋轉頭來一瞧,見許褚背後的戰袍正燒着,冒着縷縷青煙。張遼顧不得這些,眼下性命要緊,他稍一停頓,復朝前衝去。

夏侯惇緊隨許褚,見許褚越跑越快,背上的火也越燒越旺。

不一會兒,四將距離西關城門僅三四十丈之遙了。今日張遼幸虧往西關逃命,倘走東南北三關,便休想活命。

那東南北三關,火壕溝中火焰熊熊,竄得比城牆還高,四將做夢也休想跳過火壕溝。而西關的火壕溝,火焰竄得並不高,祇要戰馬跳過一丈二尺闊的火壕溝,就可留得性命。張遼一馬當先,見離火壕溝祇有三四十步路了,將馬轡猛一勒,"啊啦——"一聲,戰馬"騰——"地跳到火壕溝的那一邊。張遼舉頭一瞅,見城門緊緊閉着,心裏覺得好生怪異。

看官,你道這西門何以緊緊關閉呢?這裏,孔明自有妙計安排。孔明這場火攻,將生門設於西關,爲了迷惑曹軍,他特意把西關城門緊閉。此時,西關的城門正燒得火苗"霍霍"作響,關上的城樓也燒得"呼呼"有聲。張遼略一思忖,揮動雁烏紫金槍,奮力朝左邊那扇城門"吥"的一槍,"砰騰"的一聲,這扇城門撞倒在地上。本來,張遼縱然再加十倍力氣,也無法砸倒那城門,因爲這門上下皆將燒斷,故一槍就能撞開。

　　這時,右邊那扇門與中間那門閂仍留在城門洞裏,依然吐着火苗,冒着青煙。張遼縱馬出了城門洞,見吊橋已經鋪平,心中暗喜。這吊橋本來是吊起的,因城上的盤車燒壞,千鈞索燒斷,所以便落下來了。

　　張遼衝過吊橋,滾鞍下馬,覺得右臂陣陣疼痛,一看,已被大火燒傷,臂上膿泡頗多。不過,他並不十分懊喪,心想:在這樣的火窟裏逃將出來,受點火傷,又有何妨! 夏侯惇不是説,受些輕傷還算是額頭亮的呢!

　　緊隨張遼在後的是許褚,他一提精神,鼓足勇氣,背上的火雖然仍在燒着,却不覺得那麼疼痛了,祇是熱辣辣有些發燙而已。許褚一拎馬繮,從火壕溝上跳了過去,出了城門,衝過吊橋。

　　張遼見許褚背上的火未熄,急着叫道:"背上有火,快快下馬,在地上滾、滾……"許褚忽爾落馬,就地滾了幾滾,把背上的火滾滅。他俯撲在地上,頓覺背上痛徹心肺,仿佛有無數把尖刀在背上亂戳一般。

　　許褚疼痛難忍,滿頭是汗,連聲大叫道:"啊呀呀,疼死我了,疼死我了!"張遼走近許褚,蹲了下來,細細打量注視,祇見他背上、頸裏膿泡串串,皮肉模糊,襯衣緊緊粘住皮肉。張遼看了,不禁直打哆嗦,心裏甚是難過。

　　許褚又在大喊道:"啊呀,張都督,真是痛死人了,痛死人了……疼痛如此厲害,生不如死,還是讓我自刎了吧!"説畢,許褚即欲拔劍。

　　張遼慌忙按住他的手,婉言相勸道:"許將軍何出此言,且忍受一下,稍待片刻就會好的!"

　　正於此時,夏侯惇策馬到了火壕溝邊。夏侯惇一見火壕溝,神經欸地異常緊張,他博望坡被燒一次,迄今心有餘悸。夏侯惇用手摸摸那重新長出來的眉毛鬍鬚,害怕又要被火燒去,萬分不捨。

　　夏侯惇重新退回三四丈路，兩腿用勁把馬腹一夾，猛勒繮繩，朝前衝去。那馬到了火壕溝旁，"嘣噔"一聲，跳了過去。夏侯惇見已過火壕溝，急切檢查自己是否受傷。他渾身上下一細看，身上竟連一點火星也沒有，殊出意料，不由放聲大笑道："哈哈，哈哈，哈哈哈哈……俺夏侯惇……"

　　詎知樂極悲生，夏侯惇話未說出，城門中間那根火勢熾烈的門閂坍塌下來，恰巧撞在夏侯惇的額頭上，"嘶啦——"瞬息間，眉毛鬍鬚燒得精光，額角上皮肉燙得一片烏焦，血流滿面。夏侯惇眼前金星直冒，險些暈厥於地，"哇啦、哇啦"急喊不已。

　　火燒博望坡，夏侯惇弄得焦頭爛額；此番火燒新野，他竟弄得"血頭焦額"。等將來痊愈之後，夏侯惇的額角仍銘刻着一條門閂印子，至死不消。

　　此刻，夏侯惇別無他計，以"忍"爲上策。他熬住劇痛，拎一拎馬，鑽出了火城門，衝過吊橋，躍下馬背。張遼、許褚見閃來一人，一瞧，見夏侯惇滿頭皆血，十分嚇人，惶遽道："夏侯將軍爲何流血若此？"夏侯惇以實情相告。三人癱在地上，聚作一堆，相互哀歎訴苦。

　　四將中最末一將乃是曹仁。曹仁眼見夏侯惇縱馬躍過火壕溝，大笑不已，可未久又聞得他"哇啦、哇啦"的劇叫聲，一時不知所以。曹仁仿照夏侯惇的樣子，躍馬過了火壕溝。他朝前掃了一眼，見一扇城門坍在外邊，一根火門閂坍在裏邊，另一扇城門仍在冒火燃燒。曹仁自以爲目光甚好，非獨眼龍夏侯惇所能比擬。誰知一陣大風捲來，火壕溝中的火苗趁勢朝他左腿上的甲攔裙一舔，戰袍立即着火。曹仁此時祇顧前邊城門，不管脚下，甲攔裙着火燒破，襯褲燒穿，大腿負傷，他絲毫也未覺察到。曹仁自火城門中出來，又從吊橋上衝過去。

　　三將皆望見曹仁左腿上正在燃燒，張遼急喊道："啊呀，曹將軍,你的左腿上着火了!"

　　曹仁衝到三將旁側,滾下馬背,俯首一看,左腿上燒得頗旺。他忙撕下一大塊甲攔裙,把火拍滅,一注視,左腿上火傷居然有碗口那麼大的一塊。曹仁頓覺陣陣劇痛襲來,疼痛難止。

　　夏侯惇望着曹仁,嘴上無言,心裏却在暗暗罵道:你這個曹仁,真是一個活死人,自己腿上着火也不知曉。這下,你不像從新野城逃將出來,倒像從吳越金華城出來,帶了一隻火腿。正是:

　　　　風伯怒臨新野縣,祝融飛下焰摩天。

第二十回　張遼城外陷絕境
曹兵盤山葬魚腹

　　孔明新野城內這場火攻，百里方圓皆可望見，確乎天下罕有。

　　張遼帶着曹仁、許褚與夏侯惇三將，僥倖留得性命，脫離火窟，從西門逃將出來。然而，四將各受火傷，劇痛難忍，呻吟不絕。

　　張遼斜睨右臂火傷，滿是膿泡，手指頭輕輕一碰，忍不住大喊道：「喔唷唷，痛殺我也！」

　　聞得張大都督的喊聲，三將皆不約而同地把目光投向張遼。曹仁手撫左腿，鎖上雙眉，緊咬牙關，側頭朝張遼瞥了一眼。

　　夏侯惇兩手捧着後腦，頭上的鮮血沾滿了兩手，血跡斑斑，他旋轉頭，獨眼呆呆地凝視着張遼。四人中負傷最重的要數許褚，他合撲於地上，背上和頸裏血肉模糊，燒焦的襯衣被血水緊粘在肉上。

　　許褚一邊「喔唷──喔唷──」地喚個不停，一邊朝張遼久久注目，不肯移步。

　　張遼環顧三將，睹此狀態，亦無可奈何，唯有搖頭歎息，自言自語：「如此模樣，豈能回歸宛洛道大營去見曹丞相！」

　　夏侯惇驀地將緊捧後腦的雙手鬆開，仿佛憶得什麼似的，放懷笑道："哈哈，還好，還好！"

張遼以爲他被火燒得發昏了，叱道："夏侯將軍，燒得如此，好在何處？"

夏侯惇絲毫不惱，仍笑着道："還好，還好……俺有專治火傷的靈丹妙藥。"

張遼聞聲驚詢道："啊，靈丹妙藥！"

夏侯惇道："俺博望坡遭受火攻，傷勢甚重。回京以後，試用各種藥物，皆不見效，幸而覓得一種民間秘方，名叫老鼠油，十分靈驗。俺深知諸葛亮火攻厲害，今後必然會多次遭遇火攻，因此，在皇城預先配製了一大缸老鼠油，以備急用。"

曹仁聞言，兩手停止撫摸受傷的左腿，惋惜地道："可惜遠水難救近火，這裏又沒有老鼠油！"

許褚也忍住疼痛喊道："靈丹妙藥今在皇城，又有何用！"

夏侯惇眨了眨獨眼，神秘地道："爾等放心，這靈丹妙藥，俺藏在靴筒裏。可惜此番出兵時，僅僅帶了兩竹管老鼠油，倘然俺早知目下景況，就帶它一甕出來。"言畢，他取出一竹管老鼠油。

張遼聽說有治療火傷的靈丹妙藥，先是驚喜，繼而有些惱火，問道："你早早帶了這不吉之物，難道知道諸葛亮要火攻嗎？"

夏侯惇直爽地道："當然，當然。俺聽說又要兵進新野，料定諸葛亮又要火攻，故暗中帶了老鼠油。這叫作未雨綢繆，以免臨渴掘井。"

張遼聽着，氣得無話可說。心中暗暗道："你這個獨眼龍，下次出兵，你將棺材也帶上，一死就可躺進去，省得臨時買不到棺材。"

此刻，俯撲於地的許褚再也熬不住劇痛，連連朝夏侯惇道："夏侯將軍，快給我敷上這靈丹妙藥，救救我吧！我感恩戴德，銘心刻骨不忘！"

　　許褚一路行來，屢次聽得夏侯惇驚呼真傢伙來了，以爲祇是信口雌黃，孰料到頭來弄得一背脊、一頭頸的"真傢伙"。

　　夏侯惇見許褚額上滲出一串串黃豆大的汗珠，聲聲劇叫，教人心顫。他急忙提着一竹管老鼠油，走到許褚身旁蹲下，給許褚治傷。夏侯惇審視片刻，見許褚背上襯衣與血肉粘得甚緊，如若將老鼠油倒上去，豈非隔靴搔癢，白白糟蹋！夏侯惇心一硬，伸出右手就揭襯衫，方始動手，背上鮮血直淌，許褚疼得連聲尖叫"啊呀，啊呀……"渾身亂顫。夏侯惇費去很多時間，纔把襯衫揭去。接着，夏侯惇囑咐許褚俯身不許稍動，把竹管裏的老鼠油，小心翼翼往許褚背上頸上澆去。許褚受傷面積甚大，不一會，一竹管老鼠油已點滴不剩。

　　夏侯惇暗中盤算：眼下祇有一竹管老鼠油了，可不能祇顧別人，忘卻自己。因此，夏侯惇從靴筒裏摸出另一竹管老鼠油，往張遼右臂上倒上一點點，又在曹仁的左腿上倒了一些。剩下的還有大半竹管，夏侯惇頭一昂，雙手把竹管捧到頭頂，將剩下的老鼠油一塌刮子朝自己額頭倒去。頓時，夏侯惇的"血頭焦額"改貌易色，成了名副其實的"油頭滑腦"。

　　這老鼠油誠然療效顯著，說也怪，許褚方纔疼痛萬分，好像有千百根鋼針在頸上刺，好像有千百把利刃在背上割。可是，老鼠油一倒上去，頓覺陰颼颼的，涼悠悠的，疼痛即止。

　　許褚高興得從地上跳將起來，聳聳肩，笑吟吟地贊道："妙啊，妙啊……"

　　夏侯惇更是得意，望望許褚，問道："你們說這秘方靈不靈？"

　　許褚、曹仁一起稱贊道："靈、靈、靈……"

　　此時，夏侯惇見張遼愣然而立，並不出聲，暗動心機，欷地對張遼道："張大都督，適纔在新野衙門大堂之上，你說諸葛亮祇會欺侮俺夏侯惇，可如今你也中了他的火攻，險成火中之鬼。照此看來,諸葛亮做事甚爲公平,可謂老孺無欺!"

張遼見夏侯惇此時猶有心思來觸他的霉頭,恨恨不已,臉色十分難看地道:"哼,博望坡一場大火,你十萬兵馬全軍覆沒,可如今新野城這場火,僅僅燒去五萬人馬,尚有五萬人馬駐於北關外大道之上,你我豈可同日而語!"

夏侯惇聞説,雖不還口,心裏却在暗想:俺上次十萬大軍,也並非博望坡一燒而光的;火燒博望坡後,尚有二萬人馬,可羅川口關羽布下火牛陣,安林道張飛又設埋伏,這樣一路敗北,結果被弄得精光。夏侯惇覺得,此番定然還會遇上不少花招,人馬不弄個精光,諸葛亮是絕不會放過張遼的。

夏侯惇在許褚耳畔竊竊私語道:"許將軍可得千萬當心,諸葛亮恐怕還要燒一燒的,張遼剩下的五萬人馬諒必難保。"

許褚嘴上道:"多蒙夏侯將軍關照!"心裏在思想:你這人氣量也忒狹隘了,幸災樂禍;如若再遭火攻,你我恐怕都得去陰曹向閻王報到了。

四將神色沮喪,復上馬馳往北關外大道上。五萬曹兵見四將從火城逃將出來,上前迎接。張遼被大火燒得神思恍惚,不知此時已是何時,對一軍政官道:"眼下已是什麼時候?"

軍政官回道:"稟上張大都督,此時已過初更。"

張遼聽了,立即傳令道:"全軍速速退出北關大道!"

一聲號令,張遼率領五萬敗兵,偃旗息鼓而退。約摸退了十里路光景,並無一點動靜。夏侯惇甚覺詫異,諸葛亮的埋伏爲何還不殺出來呢?

事實果然不出夏侯惇所料,距離北關十里之處,埋伏着張飛率領的五百人馬。樹叢裏紮着一座篷帳,帳內張飛正在等候曹兵到來,他有些不耐煩了,獨自盤桓着,口裏吟道:

　　　心如烈火膽似天,沙場馳騁俺在前。有勇無謀非良將,軍師教誨銘心間。

忽聞"噔噔噔"的腳步聲自遠而近,一小兵進入帳內,在張飛面前跪報道:"稟上三將軍,張遼率領五萬敗軍,已抵前邊,請三將軍定奪!"

張飛道:"理會了,退下!"

小兵退出帳外,張飛朝手下喊道:"來,速速與老張帶馬扛傢伙!"

手下飛一般地牽來戰馬,扛來丈八長矛。張飛一縱身,躍上馬背,接過長矛,率兵衝在前頭,把道路封住,霎時間,燈球火把亮了起來,把黑夜映照像白日一般。號炮震天,鼙鼓撼地,殺聲振耳。小兵們齊聲高喊道:"呔,曹軍將士聽着,我們三將軍在此等候已久,快快下馬受縛!"

曹軍見有伏兵攔住退路,心灰氣餒,停在原地不動。夏侯惇聞聲駭叫道:"啊呀呀,來了!"

張遼憤憤地瞋了夏侯惇一眼,低首籌謀:攔道者不知何許人也,除去紅臉關羽、黑臉張飛二將,其餘的人是不足懼的。

張遼馳馬上前,舉目遠眺。但見攔道者正是黑臉張飛,他騎在登雲豹上,怒目圓睜,虎鬚倒豎,手執丈八長矛,宛然一尊鑌鐵寶塔。背後大旗上斗大一個"張"字,被火把映得紅光閃耀。一旁夏侯惇偷偷朝張遼睃了一眼,暗自忖度:你姓張,他亦姓張,彼此相同;不過,你這個張目下已威風掃地,他那個張卻威儀赫赫,真是此張不及彼張甚遠。

張遼也在思慮:十餘載來,能與黑臉拼殺的大將屈指可數,許褚本可與他廝殺一番,可如今他負傷頗重,騎馬扛一口金刀,尚且搖晃不已,如何與黑臉拼殺?張遼爲了不再重蹈夏侯惇之覆轍,以致全軍覆沒,並保住十萬糧餉,甘願另走他路。他立即傳令道:"前隊改後隊,後隊作前隊,全軍人馬速速後退!"

　　張遼率領敗軍又朝北關退去，張飛遵循軍師錦囊之計，並不追趕，祗是命兵士吶喊一陣罷了。

　　曹軍復至新野北關，張遼派出小兵另探歸路。

　　夏侯惇內心怨氣充塞，暗想：早知如此，何必瞎奔亂跑，倒不如於此憩息，坐等他們回來則個。未久，小兵返回對張遼稟道：“啓稟大都督，西北方向有一大道，名叫博陵道，可通南陽界口、宛洛大道。”

　　張遼得悉小兵稟報，急傳令道：“全軍人馬速往博陵道進發！”

　　時近三更，曹軍進入博陵大道。忽聞“叮”的一聲信炮，山道上一盞盞長燈高挑，宛如一條條火龍飛騰而來。趙雲身披白袍，帶着五百伏兵，把博陵大道封斷。道上兵士搖旗吶喊道：“曹軍將士速速下馬受縛，我們趙大將軍在此！”

　　曹兵忙奔至張遼馬前，稟道：“報稟張大都督，前邊有一白袍小將攔住去路！”

　　張遼怒氣升騰，心想：一個無名小將，膽大包天，也敢攔路擋道，這真是“龍困淺灘遭蝦戲，虎落平陽受犬欺”。他把槍一舉，即欲上前一戰。旁側許褚慌忙攔阻道：“大都督且慢！這位白袍小將，俺雖不知姓名，但不可小覷。三年前，於汝南狼山口，俺見孤窮劉備逃入山間小徑，正欲衝上前去擒拿，不意樹叢裏驟然殺出這位小將，冷不防在俺肩膀上刺了一槍，迄今傷疤猶在。每逢陰雨風雪，這傷疤便隱隱作痛。”

　　夏侯惇接着道：“大都督不可輕敵，上次出兵，大將韓浩是被這白袍小將一槍挑死的。”

　　張遼聽罷，不禁大駭，心想：這白袍將確實武功絕倫，許褚是他敗將，韓浩被他挑死，我又怎能勝他？於是，張遼祗得傳令再退。

　　這些敗兵敗將，如鬥昏雞一般地奔來奔去，疲於逃命，怨言紛紛。趙雲跟張飛相同，也不追逐，祇是命士兵直着喉嚨吶喊吶喊罷了。

　　且説張遼率領五萬敗兵，連走兩條退路，遇到黑白兩將攔道，皆被封斷。張遼再次退回北關，派出小兵打探。時間未久，一小兵來到張遼馬前稟道："啓稟張大都督，奉命探得西南方向有一硯山小道，可通宛洛大道。"

　　張遼道："理會了，退下！"

　　張遼猜測：大道上諸葛亮設有埋伏，小道或許好一些。他便下令向硯山小道前進。曹軍到了硯山小道，見這山道甚是狹窄，兩邊奇峰隱約，壁陡崖險，山道上最狹的地方，兩馬不能並行，糧車不可掉頭。夏侯惇遇此險境，憂心似焚，惶遽不寧。他回頭對許褚道："此道十分崎嶇，將軍須耳聽四面，眼觀八方，處處小心！"

　　許褚道："多謝關照，不過，夏侯將軍何以知曉此道危險呢？"

　　夏侯惇咳嗽一聲，正欲回答，祇見一個個火球朝曹軍滾將過來，曹軍頃刻亂作一團，驚喊聲震山蕩谷。

　　原來，這硯山小道兩旁，毛仁、苟璋兩員偏將奉孔明之命，率領一千人馬埋伏於此。毛仁、苟璋得悉曹軍來到硯山小道，傳令士兵將預先準備好的火把點燃。士兵燃起火把，十個士兵將手中的火把合併在一起，十個火把成了一個大火球，共有一百個大火球。這些火球朝曹軍擲去，在山道上滾動。

　　張遼率領的敗兵敗將，眼下如驚弓之鳥一般，嚇得心偏膽裂，逃得暈頭暈腦，忽見一個個火球滾來，立即大亂。

　　曹兵雜然驚呼道："啊呀，不好了，諸葛亮的火球來了！不得了，諸葛亮的火球追來了！"

　　張遼聞得隊伍前頭一片亂叫亂嚷，急命隊伍停下，詢道："前隊爲何一片混亂？"

一小兵湊巧奔來稟報，便跪下答道："稟上張大都督，大事不妙了，前邊小道兩旁，一個個大火球滾將出來！"

張遼抬首遠望，祇見一個個火球在滾動，一堆堆兵士在退避，人聲嘈雜。夏侯惇望見火球，嚇得魂不附體，掉轉馬頭，猛勒繮就走。

誰知山道忒狹，馬屁股撞在陡壁上，一聲狂嘶，山谷爲之顫動，陰森可怕，令人悚懼不已。許褚、曹仁聽得這馬嘶聲，也急急逃命。曹兵見夏侯惇、許褚與曹仁率先逃命，都爭着後退奔逃。山道狹窄，糧車不能掉頭，祇好棄置於道上。

張遼見兵敗猶如山倒，潰不成軍，也就隨波逐流，夾雜在敗軍之中一起逃遁。

毛仁、苟璋並未下令追趕，祇是吩咐一千小兵拉起曹軍丟下的糧車，將十萬糧餉運往樊城。

時光漸逝，天色微明，晨風蕭瑟，曉嵐輕浮。張遼率領五萬敗兵，奔逃了整整一宵，却像鬼打牆似的，仍然待在新野北關外道路上。

這一夜天，曹軍一無所得，惟是失去了十萬糧餉。

當此山窮水盡之際，張遼並未束手待斃，仍然命小兵四處探尋道路，祇盼柳暗花明，覓得陽關大道。果然不出張遼所料，一小兵回來稟道："稟報張大都督，奉命探得一條道路，名叫盤山道，可通大路！"

張遼方寸早亂，聞得有路，馬上下令道："速命大軍朝盤山道退去！"

一聲軍令，五萬敗兵紛亂不堪，往盤山道匆匆逃去。此時，紅日出山，霞光灑落下來。這些殘兵敗將愈顯得頹靡狼狽。前邊路口竪着一塊石碑，上面銘着"盤山道口"四字。

　　此地原來並無盤山道，不久前，孔明命關羽率兵去把白河水決進襄江，又在這白河河灘上開出了這盤山道。

　　曹兵行走於盤山道上，道路的一邊是盤山，另一邊是白河。這淺淺的白河，澄澈見底，微波輕漾。曹兵逃跑了整整一宵，飢腸轆轆，精疲力竭，此時見到白河之水，頓覺唇焦口燥，渴不可耐。他們紛紛簇擁着中軍官請求，希望能暫息片刻，喝幾口水解解渴。中軍官見軍心不穩，亦無可奈何，祇得馳馬至張遼馬前稟告。

　　張遼聞得稟報，暗思：此時尚在敵人境內，須火速趕路，逃出敵軍包圍。可又想：身爲三軍統帥，理當體恤將士，愛護兵卒。於是，張遼便傳令道：「傳令三軍暫且停隊，本都督限大家在半個時辰之內飲水歇息，到時重新上路，不得有誤！」

　　盤山道上全軍停了下來，衆人對大都督感激涕零，歡喜雀躍。

　　霎時間，曹軍往白河邊蜂擁而去，彎下腰，用雙手掬取水喝。後面的兵卒你推我擠，一批又一批地上去，口裏亂喊道：「喝水啊！喝水啊！」五萬曹兵都圍着白河飲水，顯得頗爲擁擠。不少士兵乾脆跳入河中，洗一個澡，「撲通」「撲通」的聲音連接不斷。這河水甚淺，僅齊腰左右。

　　張遼、曹仁、許褚與夏侯惇四將道上暫憩，欲命小兵去取些水來解渴。

　　張遼朝下俯望，見河水淺極，方纔一碧見底，目下已像泥漿一般。張遼觀望片刻，疑竇陡然而萌。心忖：這條河流，不是與襄江貫連，就是通於長江，可河水緣何如此之淺？莫非諸葛亮又在耍弄什麼詭計？春秋時，晉靈公兵敗逃至浯水，敗兵二千七百爭相喝水，豈料秦軍已在水中放毒，結果晉軍全部中毒身亡。因此，兵書上道：「凡於敵人境內敗北之時，切忌飲用河汊中的水。」

這淯水就是眼前這白河的古稱。不過,張遼以爲,這條河流不同於一般的小河浜,下毒藥似乎是不可能的。

此時,張遼兩目圓瞪,細細尋察破綻。他欻見河灘上有一排木樁,木樁尖尖的,滿是青苔。再一細視,見木樁上猶有原來水面的印泥,比現在竟高出一丈有餘。張遼這一驚非同小可,心裏"噗噗"直跳,背上冷汗大冒。内心思量:昨宵遭火攻,今日又將遇到水攻,這可奈何? 張遼急欲下令出發,以避水攻,可就在此時,河水已洶湧澎湃而來,水聲震耳欲聾。

花開兩朵,話說兩頭。

且說襄江口的一座土山上,布滿篷帳,關羽率兵埋伏於此,等候曹兵到來。關羽帳内靜坐,他估計曹軍即將來臨,撩了撩飄飄美髯,聲調抑揚頓挫地道:

> 溫酒能將華雄梟,過關斬將膽更豪。古城蔡陽拋首級,
> 憑仗青龍偃月刀。

話音始落,一探子奔入大帳,徑至關羽跟前,單腿跪下稟道:"啓稟二將軍,曹軍已中軍師之計,皆在白河裏搶着飲水,請二將軍定奪!"

關羽道:"知道了,退下!"

探子出帳,關羽站起身子,步出帳外,捋着長髯喚道:"我兒關平!"

關平聽了,忙上前叩拜道:"爹爹在上,孩兒關平在!"

關羽道:"速速領兵去封鎖盤山口!"

關平道:"孩兒遵令!"

這盤山口西邊是陡峭的石壁,中間凹下去,仿佛馬鞍形似的。等下襄江壩一打開,水勢漫天,連盤山道也將淹沒,唯有盤山口地勢甚高,沒有關係。那些未被淹死的曹兵必然往盤山口

逃命,關平守住盤山口,曹兵來一個捉一個,來兩個擒一雙,好像
甕裏面捉烏龜,休想逃脫一隻。

關平提刀上馬,率兵向盤山口而去。

這時,周倉把赤兔馬牽到關羽身邊,關羽飛身躍上馬背,周
倉又把青龍刀送上。關羽執轡方欲馳去,回首吩咐周倉道:"立
即去襄江口打開大壩!"

周倉道:"遵令!"言訖,往襄江口迅捷奔去。

關羽縱馬拖刀,與關平一起去鎮守盤山口。

且說襄江口大壩,原是用沙袋等物築成,又用千鈞索、千鈞
石攀住。周倉飛奔着到了襄江口,蹲下身子一竄,跳上了大壩。
鳥瞰白河,半條河中皆是曹兵。周倉從腰間抽出一刀,寒光閃
閃。他使出平生之力,"嚓"的一刀朝千鈞索上砍去,千鈞索頓時
一刀兩斷,千鈞石霍地滾了下來。周倉又縱身一竄,跳到壩下,
往盤山口而去。

此時,祇聽得"嘩啦——"一聲,土壩坍塌。俗話説:人往高
處走,水向低處流。這水流向白河,其聲似萬面金鼓齊擂,又如
山崩海嘯一般;其勢若萬馬抖鬃奔騰,又若排山倒海似的。河水
一瀉千里,疾似迅雷。頃刻間,白河裏流水在洶湧,在翻騰,在咆
哮,一個個浪頭宛似一座座小山捲來,捲上了盤山道。

張遼、曹仁、許褚與夏侯惇四將駐馬於山腳邊,地勢尚高,馬
蹄尚且沒在水中。那些正在飲水的曹兵欲逃性命,已來不及,幾
乎全被捲入急浪之中,遭受滅頂之災。唯有山腳邊三四千曹兵,
僥倖未被大水淹没。

再説張遼剛剛識出疑竇,河水已奔瀉而來。一晃眼,白浪滔
滔,一片汪洋,陸地變作深淵。如此慘景,目不忍睹,耳不忍聞。
張遼低首一聲長歎,恨恨地喊道:"諸葛村夫,你好狠毒啊!"

一旁夏侯惇朝張遼斜睨一眼,又朝許褚、曹仁笑笑,仿佛在

説：這下張大都督可嚐到諸葛亮的厲害了。

四將遙望水面，波起浪湧，翻滾不息，死人死馬逐浪沉浮，篷帳旗幟隨波漂蕩。

看官也許要問，難道數萬曹兵盡皆不諳水性嗎？誠然，古時北方的兵擅長騎馬，南方的兵擅長鳧水。故諺語云：北軍騎馬，南人駕舟。曹操幾年前就欲南征，可想到長江天塹，三江之險，不免有些心寒。因此，曹操降伏一員名叫李通的水將，命他任水軍都督，操練水軍。當時，那些被淹在急浪中的曹兵，也有一些人受過訓練，略有一點水裏功夫，他們在波浪中没命地挣扎，妄圖活命。

正挣命間，那些曹兵見上游飛來二十八條小船，小船兩頭尖尖的，船身頗狹，名叫浪裏鑽，又叫水上飄。這些小船忽上忽下，隨着急浪飄來，駛到曹兵身旁，每條船上站着三個小兵。挣扎於滔滔白浪中的曹兵，此時命若懸絲，見有小船駛近身邊，以爲救命船來了，將船上的小兵當作救命王菩薩。有的水性較好，一個鯉魚翻身，奮力游向小船，抓住船舷便欲上去。

豈知這二十八條小船是孔明預先布置停當的，專殺略知水性的曹兵。般上的小兵見曹兵抓住船舷，從腰間霍地拔出鋼刀，"嚓"地砍去，"撲通"一聲響，腦袋落下，尸體滾入水中。二十八條浪裏鑽在波浪上鑽來鑽去，小兵們鋼刀揮動，鮮血迸濺，曹兵紛紛水中喪命。衆曹兵此時始恍然省悟，原來這些小船並非救命船，而是斷命船。

孔明這一場水攻，令人悚然發怵。盤山四周盡皆滾滾波浪，盤山猶如汪洋大海中的一個孤島。

張遼、曹仁、許褚與夏侯惇四將，領着山脚邊的三四千曹兵，一時間昏頭昏腦，不知如何方好。他們遙見盤山口地勢甚高，未被波浪淹没，便朝那裏逃去。

　　曹軍剛近盤山口，"吁"的一聲，號炮猛地響起。炮聲猶在迴蕩，盤山口頃刻間刀槍似林，旌旗如雲，喊殺聲一陣陣傳來，曹兵肉跳心驚。一小兵急忙奔到張遼馬前稟道："啓稟張大都督，盤山口已被敵軍封斷！"

　　張遼原以爲盤山口尚能逃生，哪知諸葛亮同樣布下埋伏，没有一處退路。張遼心裏反復籌算：目下祇有兩條道路了，要麽束手待擒，要麽自刎一死。他又想：曹丞相往昔待我不薄，我若作了階下之囚，今後如何有臉見人？思想至此，主意即定，張遼不由失聲高喊道："罷了！"話音未落，右手捏住劍柄，"哐啷"一聲，抽出三尺龍泉寶劍，便欲自刎。正是：

　　　威顯赫兮率兵直撲新野，魂顛倒兮舉劍欲赴陰曹。

第二十一回　敗將盤山口脱身
雄師樊河畔紮營

　　張遼左手舉劍，右手撩起幾綹長鬚，正欲刎頸，忽然遠處傳來嘩嘩的水聲，一小兵冒着過膝之水，奔跑而來，朝着張遼高聲喊道："稟上張大都督，大事不好了！大事不好了！"

　　張遼聞報心想：我已決計自刎，縱使天坍地裂，與我無干。不過，他略一停頓，仍是詢道："何事如此恐慌？"

　　小兵奔至張遼跟前，喘着粗氣道："盤山口領兵大將，乃是漢壽亭侯關雲長！"

　　張遼聞説，臉上愁雲頓時散去，把方纔掣出的寶劍重新插入劍鞘，嘴上喃喃自語："還好！還好……"

　　一旁曹仁、許褚與夏侯惇甚是詫異，被弄得莫名其妙。夏侯惇諦聽有頃，始聽清張遼在説"還好"，内心揣量：昨宵黑臉張飛、白袍小將皆已相逢，可俺最覺畏懼的是紅臉關羽，眼下紅面孔上場了，張遼却緣何連連説"還好"呢？夏侯惇百思難得一解。

　　其實張遼與關羽堪稱莫逆之交，兩人已有二十餘年的交情。張遼感到，與其坐待關羽殺來，還不如前去求救於他。於是，張遼撫慰三將道："三位將軍，我與關君侯有着二十餘載的交情，且待我上去見見他，也許盤山口是條生路。"

　　曹仁、許褚聽了暗喜，而夏侯惇却顯得愈加焦急不安。夏侯

305

惇不禁憶念往昔:當初關羽過五關斬六將,逃至黃河渡口,俺第一個衝了上去,攔截於他。今日這紅面孔也諒必不肯放俺歸去。因此,夏侯惇懇求張遼道:"張大都督,你上前去與關君侯說說,請他放我們四將一道歸去。"

張遼默然無言。

夏侯惇心忖:曹丞相給你十萬人馬,而今所剩無幾。我們四員大將,倘然祇留下你大都督一人歸去,恐怕也難做人。這好像一盤象棋,士象車馬全被吃盡,剩了孤零零的一個將軍,未免忒寒磣了。

此時,張遼急欲去見關羽,伸手扯扯自己的衣襟,意欲整理整理。不虞伸手一扯,低首一看,不免汗顏。張遼上身被大火燒得拖一片,掛一塊,襤褸不堪,下身又水淋淋的,沾滿污泥。張遼此刻也顧不得羞怯了,往盤山口而去。

他遠眺盤山口,一隊隊騎兵綠旗隊威風凜凜,一彪彪步兵刀斧手殺氣騰騰。關羽胯下赤兔馬,手執青龍刀,臥蠶眉倒豎,丹鳳眼圓睜,美髯飄飄然,教人望而却步。上首公子關平,胯下銀鬃馬,手擎銀背刀,渾身銀盔銀甲。下首副將周倉,兩手執着一對金錘,渾身墨黑墨黑的。

張遼離盤山口僅三四十步之遙了,把繮轡一勒,停了下來,於馬背上對關羽作揖道:"二將軍,小弟張遼有禮了! 當年一別,時時繫念於心,諒二將軍別來安好!"

關羽見是張遼,又聽得他提及以往,便將手一拱,和顏悅色地道:"原來是張將軍!"

張遼見關羽並未忘舊,態度平和,故意問道:"二將軍在此有何貴幹啊?"

關羽聽畢,不禁失聲嗤笑。心想:你問得真是荒誕之至,難道我有興趣在此遊山玩水嗎? 他朝張遼眨了眨眼,笑了笑道:

"關某奉軍師之令,在此恭候將軍到來!"

關羽望了望張遼,又反詰道:"將軍如此模樣,不知從何處而來?"

張遼苦笑一下,神情頗是尷尬。暗忖:我既是從火裏來,又是從水裏來,你何必如此裝聾作啞?張遼腦子一轉,索性開門見山地道:"二將軍,小弟説來愧汗,兹奉曹丞相之令,提兵十萬,欲來此新野擒捉令兄劉備與諸葛亮。誰知時運不濟,你們軍師用兵神奇莫測,新野火攻,白河水攻,一下子斷送了我十萬人馬。如今兵敗不可收拾,走投無路,敬祈二將軍念及往昔之交,給小弟一條生路,小弟終生銘記不忘!"

關羽聽着,憶起舊情,絲毫也不爲難,右手將青龍刀高擎,左手往刀下一指,朗然道:"將軍言重了,請走吧!"

張遼內心異常感激,却不願馬上就走,回首望着曹仁、許褚與夏侯惇三將,甚爲不舍。

再説適纔張遼與關羽言談之際,關羽麾下的副將周倉已衝下了盤山口。夏侯惇在黃河渡口攔截關羽之事,周倉曾聞主人屢次言及,故對夏侯惇痛恨萬分。今日周倉衝下盤山口,欲擒捉夏侯惇,與主人關羽雪恨。可是,周倉與夏侯惇未曾會晤過,素不相識。

小兵告訴周倉:夏侯惇是一獨眼將軍,你祇消尋覓一隻眼的就是了。周倉手揮雁鳥金錘,衝至山脚邊,但見有三員大將騎於馬上。前邊一將黃臉紅鬚,僂腰縮背,伏於馬背上;後邊一將白臉短鬚,蹺起受傷的左腿,兩手在撫弄着;中間一將滿臉燒得血肉模糊,瞪着一隻眼,閉着一隻眼。周倉認準中間那人是夏侯惇,猛奔夏侯惇馬前,高叫道:"呔,獨眼龍,俺周爺爺尋你已久,今日得遇,你休想逃得狗命! 看傢伙!"

曹仁、許褚與夏侯惇三將,原本皆昂首凝望着張遼,唯盼張遼求情成功,待他一聲招呼,立即過去,逃出絕境。誰料晃眼間殺來一將,臉上黑炭一般,毛茸茸的,怒目迸射着火焰,撲向夏侯惇,三將盡皆駭然變色。

周倉話語方畢,舞起單錘直往夏侯惇馬首砸去。夏侯惇見來者威勢逼人,遽爾掄起六楞點鋼槍招架,並叱道:"何處匹夫,如此膽大妄爲,且慢!"

"嚓泠"一聲響,夏侯惇拼盡全力,勉強擋住。他心思:這黑炭頭俺並不認識,爲何與俺作敵?此時,周倉鬚髮怒張,憤然之氣直衝霄漢。他舞動雙錘,疾似風馳電掣,忽上忽下,忽左忽右,一錘緊接着一錘,令人頭暈目眩。

夏侯惇被殺得如落湯螃蟹,手忙腳亂,他猛地一使勁,額頭乾瘟的傷口當即開裂,鮮血流淌,劇痛陣陣。夏侯惇左右顧盼,面露哀求之色。可曹仁、許褚各受重傷,自顧不周,祇是坐視不救。夏侯惇自知,稍一失手,便會命歸西天。於此萬般無奈之時,他祇得遙望盤山口驚呼道:"張大都督快來救俺啊……"

且説此時張遼方得關羽許諾,欲走未走,情感有些依依地回望着三將。張遼忽聞夏侯惇呼救之聲,惶遽不寧,拱手央求關羽道:"二將軍,敬請看在小弟分上,將我三員副將也一併放了吧,小弟永世銘志於懷!"

關羽聽罷,尋思:此番索性作個人情算了,要麽一網打盡,要麽一概釋放。於是,關羽神態豁達,首肯道:"將軍講情,關某豈有不允之理!"

張遼聞言,臉上頓萌喜色,又道:"不過,二將軍麾下一將,把他們攔阻於那邊。"

張遼話未畢,伸手朝曹仁、許褚與夏侯惇三將一指。關羽遙目,周倉把夏侯惇攔住,一對金錘飛舞,一道道金光閃動着,逼得夏侯惇驚叫不已。關羽暗忖:猛虎不吃伏食,丈夫不傷敗將。他朗然喊道:"副將周倉,且將這匹夫饒恕了吧,與我退下!"

周倉正殺得興濃,見夏侯惇滿頭皆是血跡,覺得煞有趣味。他聽得關羽要他退下,甚是掃興,但主人之命難違,便忿忿然道:"呔,周爺爺暫且讓你再活幾天,等下次定取你的首級!"說罷,收取一對金錘,一溜煙地往盤山口奔去。

三員敗將見周倉離去,似覺眼前一亮,伸頸朝盤山口眺望,見張遼正在連連招手,三將馬上一拎繮轡,往盤山口而去。

至盤山口,夏侯惇見眾將士分列兩邊,執槍持刀,威風駭人。又見關羽單手高擎青龍刀,要他們從刀底下鑽將過去,心想:關羽與俺有仇,俺鑽過去時,他若一刀砍將下來,這可奈何?夏侯惇神色驚遽不安,心跳膽顫,把馬緊緊傍着張遼的馬,匍匐於馬背。夏侯惇暗暗沉忖:關羽倘然一刀砍將下來,那麼,叫張遼也失去一條臂膀,這叫有禍同受。

四員敗將安寧無事,自關羽的青龍刀底下過去,逃出盤山口,朝宛洛道狼狽而去。眾曹兵見主將已遁去,紛紛投降歸順。關羽把這三四千名降兵收下,帶領眾將士,奔往樊城。

且說孔明二次用兵,水火並攻,又獲大勝,劉備及眾文武官員欣喜若狂,樊城城內一片歡騰。

一日,劉備與孔明衙署裏議事。孔明提醒皇叔道:"主公,曹操數次出兵攻伐我新野,皆遭慘敗,但他決不甘休,定將添兵加將,再次殺來,望主公早早運籌!"

劉備默然良久,方道:"孤姪兒劉琦在江夏,接連來書,要孤前去。既然曹軍又將撲來,樊城勢危,難於扼守,我們就退守江夏吧!"

孔明聽着,頷首贊同。這一消息傳出,立即傾動整座樊城城廂。眾百姓潮水一般湧到轅門,紛紛攘攘,喧聲鼎沸,請求謁見劉備,要與皇叔同奔江夏。劉備聞説,慌忙與百姓相見,婉言勸說,無奈百姓不從,定要跟着皇叔同奔他鄉。劉備不忍拂逆民心,拋棄百姓,便又與孔明商議,意欲攜民同去江夏。

孔明胸中甚是瞭然:衆百姓留於樊城,曹軍到時,不見劉皇叔的兵將,無計可施,諒不致加禍於百姓;倘使衆百姓跟隨皇叔奔往江夏,一旦被曹軍追上,必將遭劫,受到殺戮。因此,孔明竭力勸阻,導之利害關係。可劉備心腸仁慈善良,愛民勝子,憤形於色地道:"軍師若是拋棄萬民,孤決然不走了。縱使樊城被曹軍踐爲平地,孤甘願與百姓生死與共!"言始罷,拂袖入內。

孔明見劉備如此,無可奈何。不過,孔明料事如神,胸中早有妙計安排,十分坦然。他自忖:即使曹軍兵臨城下,也不妨事,這又奈我何也。

話分兩頭。且講張遼、曹仁、許褚及夏侯惇四位敗將逃出盤山口,倉皇而走。四將披星戴月,趕趕行程。

一日,抵達宛洛道大營。四將滾下馬背,把兵敗之事約略告訴報事官,並要他速去通報丞相。

再說曹操此日正在升帳,兩旁勇將似雲,威勢顯赫。曹操驀地心血來潮,欲炫耀炫耀自己,向遼東大元帥帥元俊覷了一眼,揚揚自得地詢道:"帥大平章,老夫問你,你們遼邦可有這般的威風否?"

帥元俊聞得丞相呼喚,踏步上前應道:"曹丞相,小邦怎有天朝大國威風?"說着,顯出一臉頹唐的神態。

曹操繼續詢道:"爾在遼東時,可曾聞說過中原的名將嗎?"

帥元俊低首沉思片刻,略有惶色地道:"這、這個麼,小番將曾聽到幾位,衹是未知確否?"

曹操道:"不曉是哪幾位? 快講來!"

帥元俊道:"小番將耳聞的天朝名將是:西川張任、宛城張綉、西涼馬超、燕人張飛、漢壽亭侯關羽。這幾位乃聲聞天下的名將!"

　　曹操一聽，頗覺不平，臉上陡生怒色。心裏揣度：這幾位名將，無一人是自己手下，且大都是老夫的冤家對頭。曹操繃着臉道："爾所説的這幾位將軍，名不副實，並非真正的名將，不過徒有虛名罷了！"

　　帥元俊一時懵然，問道："請問曹丞相，名將究竟屬誰？"

　　曹操一本正經地高聲道："帥大平章聽了，天朝名將，乃是老夫麾下張遼、曹仁、許褚、夏侯惇也，這四將方是百戰不殆的名將。"

　　帥元俊訥訥而道："小、小番將知道了！"

　　話音未落，報事官喘着氣奔進大帳，在曹操面前跪下道："稟報曹丞相！"

　　曹操正欲再對帥元俊炫耀幾句，見小兵進來稟告，有些不悦，道："何事報來？"

　　報事官道："張遼、曹仁、許褚、夏侯惇四將，中了諸葛亮的火攻，全軍覆没，大敗而歸。現正在帳外請罪繳令！"

　　曹操聽了，神態突變，不禁喊道："喔唷唷……氣死老夫了！"

　　曹操真的氣昏了，心想：我正在抬舉四將，事也湊巧，四將恰於此時慘敗而歸。帥元俊望着曹操一臉窘態，竟然失聲嗤笑。

　　曹操氣急敗壞地道："命他們進來！"

　　報事官退出，四員敗將垂頭喪氣地進入帳內，統統跪下道："丞相在上，末將罪該萬死！"

　　曹操怒火中燒，對張遼叱道："老夫命爾領兵，爾爲何大敗若此？"

　　張遼哭喪着臉，將失敗經過詳細稟告。曹操聽了，大爲詫訝，暗暗沉忖：這諸葛亮確實不可小覷，用兵水火並攻，即使老夫親自前去，也難穩操勝券。曹操一諦視，又見他們盡受火傷，有些不忍道："勝負乃兵家之常事，念爾等素來常勝，恕爾等無罪吧！"

四將再次叩頭道:"多謝丞相! 多謝丞相……"

四將千恩萬謝,退出帳外,各回府第養傷。

大帳上曹操眼見張遼、曹仁、許褚、夏侯惇四員敗將退出,心裏又在掂掇:這諸葛村夫兩次用兵,好生神奇,老夫若不將他生擒活捉,剝皮抽筋,誓不罷休。曹操恨不能立即踏平樊城,將孔明擒拿。他搖首沉思,拿定主意,拔令在手道:"飛龍將張郃、飛虎將高覽、征東將高平、征西將高懷,四位先行將聽令!"

四位先行將皆閃了出來,參見丞相道:"末將在!"

曹操聲調高亢地道:"四位先行將,速速率領十萬大軍,立即進兵樊城! 老夫率兵百萬在後。"

四將齊道:"遵丞相軍諭!"

四位先行將奉命出帳,點兵十萬,上馬而行。張郃手舞雁翎大砍刀,高覽高舉開山巨斧,高平執着一字鎦金鐺,高懷揮動牙刺赤銅刀。四將率兵殺出宛洛道,逢山開路,遇水搭橋,徑奔樊城而去。

曹操率領會聚於宛洛道上的百萬大軍,也隨即出發。信炮震撼天地,鼙鼓激蕩山河,百萬貔貅,一隊隊,一彪彪。隊伍似長龍一般,見頭不見尾,足足有數十里之遥。大軍曉行夜宿,長驅直入,不一日,已抵樊城境內。

且說張郃、高覽、高平、高懷四位先行將率領十萬人馬,已在樊河邊暫且安下營寨,恭候曹操大隊人馬到來。

此日薄暮,曹操百萬大軍抵達樊河邊,與十萬先行隊合於一處。

探子奔來稟報曹操,說劉備、諸葛亮坐守樊城,按兵不動。曹操心中猜測:劉備、諸葛亮必是無處遁逃,一籌莫展,祗得束手待擒了。

曹軍安下大營,飽餐一頓,已是初更時分。衆將士趕路辛苦

疲倦,倒頭便睡,鼾聲如雷。當宵,曹操攻敵心急,輾轉反側,難
於入眠。聽得金鷄報曉,急忙起身,傳令升帳。

"卜嚨咚……"三次聚將鼓擂畢,大帳上燈燭輝煌,衆文武魚
貫着步入帳內。

曹操撩袍上帳,威儀逼人,口中自吟道:"雄師百萬撲樊城,
管教劉備一掃平。老夫今朝興師南征,誓將樊城踏爲平地,叫那
孤窮劉備、諸葛村夫死無葬身之地!"曹操居中坐定,衆文武將士
參見完畢,分列兩側。曹操拔令在手,喊道:"四位先行將聽令!"

張郃、高覽、高平、高懷四將忙閃將出來,搶步上前,把手一
拱齊道:"末將在!"

曹操道:"速速帶兵五萬,砍伐樹木,在樊河河面築起十二座
浮橋,待紅日當頂,必須竣工。老夫日中午時,率領百萬大軍橫
渡樊河,進兵樊城。"

四將亢聲道:"遵令!"

話音一落,張郃便欲伸手接令。正當此時此刻,文官班中的
徐庶急於星火,內心大驚。

徐庶思想:師兄孔明兩次用兵,教人心折;可目下曹操率兵
百萬,即臨城下,危在旦夕,師兄爲何仍在險地,不帶着劉皇叔遠
走高飛呢?難道師兄真的有隻手撐天的本領嗎?徐庶憂腸千思
萬慮,猜不出此中緣由。他不忍眼看故主劉備遭殃,祇得挺身閃
了出來,踏步至曹操面前,對四將道:"四位先行將且慢!"

張郃把雙手縮回,四將退回一旁。曹操一見徐庶出來阻攔,
好生惱怒,心想:你這個徐庶啊,老夫待你不薄,可你自來丞相府
裏,從不見獻過一計。今日老夫發令築橋渡河,殺往樊城,你却
突然出來擋阻,不知欲耍什麼花招?曹操心存戒備地怒道:"元
直先生,你爲何攔阻老夫將令?"

徐庶泰然而道:"丞相,徐某豈敢攔阻將令,我是在爲丞相擔

憂啊！"

曹操一怔，問道："先生何出此言？"

徐庶正言厲色地道："丞相奉旨出師，意欲搭橋過河，踏平樊城，劉備、諸葛亮必然葬身鐵蹄之下。然而，一城生靈、兩縣百姓，將被殺戮。丞相率領的百萬大軍乃堂堂王師，赫赫天兵，如此殘暴，不仁不義，豈不引起天下百姓詛咒唾罵？還請丞相三思！"

徐庶這番話語，祇能在大帳上公然說出，曹操見衆目睽睽，不敢叱責，祇好默默忍受。曹操道："這個麼，老夫也曾想到，但顧全了衆百姓，對劉備與諸葛亮將奈何呢？"

徐庶道："徐庶有一兩全之策，既能把劉備、諸葛亮滅去，又使天下萬民不怨怪丞相。"

曹操道："請問先生計將安出？望詳細道來！"

徐庶道："丞相祇消命一能言善辯之士前往樊城，招撫劉備、諸葛亮歸降。劉備與丞相結冤甚深，諒不會歸降。那時，丞相進兵樊城，即使殺它個鷄犬不留，便也與丞相無涉，天下人都會說劉備、諸葛亮的不是，丞相如此，先禮後兵，劉備、諸葛亮僅僅多活一兩日而已。不知丞相尊意如何？"

曹操一聽，心裏尋思：徐庶之言確實有理，老夫索性再待一兩日吧。於是，曹操首肯道："元直先生之言有理！"

曹操被徐庶牽着鼻子，上了當，受了騙，絲毫不知。他伸手拔出一支將令，朝帳下文官打量着，問道："誰人願意前去樊城，勸說劉備歸順老夫？降與不降，聽憑於他，回來記大功一次。"

曹操連問三遍，帳下沒有一點聲息。那些文官膽小如鼠，皆低着頭，心裏揣摩：劉備與丞相有着不解之仇，倘若奉令前去樊城，尚未啓口，劉備一聲令下，推出轅門斬首，那可奈何？因此，衆文官一聲不吭，兩股發抖。

徐庶暗暗欲笑。良久，帳下仍是寂然無聲，徐庶知道時機已成熟了，便撩袍踏上前去，拱手道："丞相，徐某投順麾下，迄今並無寸功，這次願意去樊城一走。"

曹操見徐庶主動討令願去樊城，頗不放心。尋思：劉備是你舊主，不要一去樊城兮不復歸。因此，曹操眼睛盯着徐庶，欲言又止，搔首踟躕。

徐庶見曹操這樣子，猜中他的心意，便道："丞相，徐某去歲在劉備處任過一百日軍師，倘若丞相疑心我泄漏軍機，不妨另請一位先生。"

曹操聞得徐庶説自己疑心，忙道："先生何出此言！老夫乃堂堂當朝相國，用人不疑，疑人不用。"

曹操這幾句話，其實是被徐庶引出來的，激出來的。他話一出口，隨即又有些後悔，然而，大丈夫一言既出，豈可失信於人，被天下人恥笑！曹操拔出一支將令，斷然道："元直先生，請爾立即前往樊城，早去早歸。"

徐庶道："遵令！"

他接過將令，退出大帳，心中甚喜：此番我又可見到皇叔與師兄了，可釋心内牽掛之情；況且，這樊城是我親手幫皇叔打下來的，此去舊地重遊，不亦樂乎！徐庶怡然而行，俯首見身上藍袍，心想：這身穿着，故主皇叔見了一定不樂，還是換上去年與皇叔長亭分別時的葛巾布袍爲好，表示君子不忘其舊。徐庶回自己營内，換上衣服，一身道家打扮，牽過一匹馬，立即上路。

且説大帳之内，曹操待徐庶一退出，腦子清醒過來。他細細忖度：此番命徐庶去樊城勸降劉備，祇是讓天下百姓看看罷了！可是，徐庶原是劉備麾下的軍師，不得已始來老夫處，他若把老夫的軍事機密説與劉備，這豈非弄巧成拙，畫蛇添足。曹操真是一個"過後方知"，此時弄得左右爲難。欲派人去追徐庶回來，恐帳下眾文武譏笑,説他出爾反爾,言而無信,而不去追徐庶回來,如何放心得下!

曹操凝神思量,欸得一計。他對旁側四個親信旗牌官道:"風、火、雷、電四旗牌聽了!"

四旗牌急上前對曹操跪下道:"參見丞相!"

曹操道:"老夫命你們四人隨徐庶一同去樊城,表面上是保護他,其實是暗中監視他。你們一步也不能離開徐庶,他與劉備的言談,切記勿忘,歸來告訴老夫,重重有賞!"

四旗牌同聲道:"遵命!"隨即一起退出大帳。

風、火、雷、電四個旗牌,奉丞相之命,急急匆匆地趕路。至樊河邊,見徐庶坐在船艙裏,旁邊還有一馬,船夫解了纜,正欲點篙開船。四旗牌連連高喊道:"船家請慢一點!船家請慢一點……"

船夫把竹篙縮回,呆立船頭,四旗牌一一跳上船頭。他們在徐庶面前拱手道:"參見徐大夫!"

徐庶道:"罷了!爾等來此有何事情?"

四旗牌道:"奉丞相之命,我們保護徐大夫同往樊城。"

徐庶道:"如此,勞駕了!"

徐庶暗忖:曹操老奸巨猾,對我此去樊城有疑,命四個旗牌暗中監視。他們如若隨我一起入城,這可奈何?再一尋思,現在不必多慮,到時隨機應變就是了。

不一會兒,船抵對岸,各人上岸。此時,天方大亮,霞光如錦,晨風拂來。徐庶騎馬於前,勒轡徐行,四個旗牌緊緊尾隨。至樊城,但見城門緊閉,吊橋高懸,城頭刀槍似林,旌旗翻捲。守城士兵見有人來,放大喉嚨喊道:"呔,城下何人?速速站住!不然,我們放箭了。"

徐庶也高聲喊道:"城上軍士聽了,請不要開弓放箭,我乃徐庶也！相煩通報皇叔、軍師,説徐庶有事求見。"

士兵朝城下瞻望,見果真是徐庶,甚喜。衆士兵記憶猶新,這樊城是他用兵攻取的,諸葛軍師也是他舉薦出山的。不過,而今徐庶從曹營中來,没有軍師命令,不可輕易放他進城。於是,一士兵笑容可掬地對徐庶喊道:"請先生稍待片刻,我們立即前去通報。"

且説樊城衙署大堂内,孔明正中端坐,上首坐着劉備,下首坐着關羽,文武分列兩旁,呈現出一片蕭穆的氣氛。這幾日,劉備鬱鬱不樂,他要帶領兩縣百姓同奔江夏,孔明不肯,成了僵局。此時,孔明正在猜度:曹軍已入樊城境内,目下祇隔一條樊河,徐庶諒必就要來了。忽聞"噔噔噔"一陣腳步聲,一小兵飛跑進來,在虎案前跪下道:"啓稟軍師、皇叔!"

孔明道:"何事稟來?"

小兵道:"今有徐元直先生在北關前,求見軍師、皇叔,特請定奪!"

孔明道:"理會了,退下!"

小兵退出,孔明倏地起身,朝劉備拱手道:"主公,元直先生與你甚熟,你可命人前去相接,山人暫且告退了!"言罷,即往裏邊而去。

皇叔見孔明急急退去,心想:你與徐庶是師兄師弟,爲何避而不見呢?

孔明退回書院,取出一封早已寫好的錦囊,吩咐小僮去大堂送與關羽。關羽接過錦囊,拆開覽畢,立即起身下堂,往校場而去。

劉備見一瞬間走脱了軍師、二弟,衆文武憂心忡忡,臉上布滿愁雲。他索性正中一坐,從案上拔出一支將令,大聲道:"三弟聽令!"

張飛踏步上前道："大哥在上，小弟張飛在！"

劉備道："三弟，請代大哥之勞，前往北關，把徐元直先生接來大堂。"

張飛道："老張得令！"說着，退了出去。

張飛奉大哥之命，躍上馬背，控轡而行。張飛心裏頗覺高興，暗忖：去歲長亭相別，徐元直先生稱我粗中有細，智勇雙全。知我老張者，莫過於元直先生也！張飛一到北關，即命打開城門，放下吊橋。他騎馬出北關，過吊橋，見徐庶迎面而來，急將馬繮一勒，拱手道："元直先生，老張有禮了！俺奉大哥之命，前來迎接先生。"

徐庶還禮道："有勞翼德三將軍相迎，徐某還禮不周！"

徐庶見張飛前來迎接，心裏不免發起急來。他思想：這次前來迎接的倘若是趙雲，我祇消丟個眼色，趙雲一定會把四個旗牌關在城外。然而，現在這個張飛，性格直爽莽撞，正如俗語所說：井裏頭拔木頭──直拔直，教我如何方好。徐庶又想：萬一四個旗牌隨我進城，我與孔明可用山中隱語交談，不要說四個旗牌聽不懂，縱使曹操在旁也是無礙的。不過，話又得說回來，等下與皇叔辭別之際，皇叔必然依依不捨，淚如雨下，四旗牌看在眼裏，稟報曹操，這老賊定會怪罪於我。徐庶胸中雖說滿是失望，但此時此刻，別無他策，祇得權且將死馬當作活馬。

徐庶見張飛正瞪眼注視着自己，忙向張飛歪歪嘴巴，眨眨眼睛，手指頭往身後一點，繼而對着張飛伸出四根手指頭，又把兩手一搖。張飛見徐庶此等模樣，頗覺怪異，掉頭一看，恍然省悟：原來曹操派了四個旗牌來監視徐庶。

張飛明白：徐庶要我將這四個旗牌關在城外，因此，將兩手一搖。張飛領會了這意思，對徐庶從容道："徐元直先生，請進關吧！老張前邊引路了。"

徐庶以爲張飛爲人粗率，自己方纔打的招呼，諒他不會理會。此刻，徐庶無可奈何，祇得又瞅了瞅張飛，擠擠眼，忐忑不安地應道：“如此，勞駕三將軍了！”

張飛輕勒繮轡慢行，徐庶緊隨於後，四個旗牌又在徐庶後頭。過了吊橋，張飛忽地進了城門，徐庶也縱馬入城。四個旗牌到了城門外洞口，正欲進去，豈知張飛旋轉馬頭從城内橫掃出來，橫眉暴目，嘴裏大吼道：“啊啦——”

四個旗牌被張飛這突如其來的一着嚇得一愣，惶叫着退到城外。張飛兜轉馬頭，重新進城，朝守門軍上喊道：“來，與我把城門關閉！”

祇聽一聲“軋——砰”，兩扇城門頓時緊閉。四個旗牌見了，一起驚喊道：“啊呀，不得了，這個黑廝張飛好厲害呵！”

四旗牌見事已如此，祇得往後退了。他們未行三五步，但聽得“軋——嘎”一聲響，護城河上的吊橋已經高懸。正是：

　　城門猛地緊閉，心怦怦而遽呼。吊橋忽爾高扯，眼怔怔而驚歎。

第二十二回　徐庶定計抵樊城
元讓雪恨赴南陽

　　風、火、雷、電四個旗牌被張飛用計關在樊城北關城門外邊，四人你望着我，我瞧着你，長吁短歎，徒呼"啊呀"，欲進不得，要退不能，望着護城河發呆。

　　且説徐庶進了城門，見張飛出其不意地將四旗牌關在城外，喜不可言。徐庶不禁哈哈大笑，贊譽道："三將軍啊，你今非昔比，與去年迥乎不同了！真是：士別三日，當刮目相待也。"

　　張飛樂乎乎地道："哈哈哈……俺老張如今有着一肚子的學問才能。徐先生，你可知道其中的緣故嗎？"

　　徐庶道："徐某不知，祈請三將軍告之。"

　　張飛意氣揚揚地道："俺老張如今已拜諸葛軍師爲恩師大人，豈可與去年相比！"

　　徐庶欣然而道："啊，原來如此！三將軍，這不就是'近朱者赤，近墨者黑'嗎？"

　　徐庶的話，張飛聽不懂，他搔搔後腦，搖搖手道："不對，不對……這是名師出高徒呀！"徐庶忍俊不禁，心想：這個莽將軍啊，誠然可愛，自稱"高徒"，不知羞愧。兩人説説笑笑，霎時已抵轅門。

　　張飛領着徐庶步進樊城大堂，徐庶一見大堂，觸景生情，感

慨萬分,差點墮下淚來。徐庶思度:去歲我幫皇叔智取樊城,原
以爲從此得一用武之地,可以大顯身手,輔助劉皇叔興復漢室。
誰料天有不測風雲,風波起於平地,老母被曹賊誘騙至京,我不
得不抛主救母,結果老母懸梁自盡,我便擔了這不忠不孝的罪
名。徐庶滿腹怨氣,心神不寧。

張飛趨前,在虎案前立定,一拱手道:"大哥,徐元直先生
到了!"

徐庶聽了張飛的稟報,方從沉思中醒了過來。他連忙上前,
對劉備施禮道:"皇叔在上,徐庶有禮了!"

劉備兩眼直瞪瞪地諦視着徐庶,頗動感情地道:"啊,元直先
生,去歲一別,無日不念。今日先生駕臨,孤未能出迎,望先生恕
罪!　請一旁坐!"

徐庶道:"謝皇叔,徐庶告坐了!"

衆文武在徐庶手下聽過令,皆一一上前與他行禮相見。行
禮畢,徐庶左右顧盼,四處環望,獨不見孔明的影子。他暗思:我
此番前來,主要是與孔明商議軍務大事,爲何他却避而不見!　正
詫異間,欵聞一小僮朗聲喊道:"軍師出堂!"

徐庶舉首,裏邊姍姍走出兩個琴童,各自手托一盤,一隻盤
内是一把七弦瑶琴,一隻盤内是一爐嫋嫋清香,後邊跟着諸葛
軍師。

孔明頭戴綸巾,身披鶴氅,羽扇悠悠晃動,徐徐踱了出來。
孔明在劉備面前行禮道:"山人拜見主公!"

劉備道:"軍師少禮,請坐了!"

孔明上首坐定,輕搖羽扇,閉目養神。旁側坐着徐庶,他仿
佛没有見到似的。徐庶微微昂首,環視大堂,頗有"江山依舊,人
事已非"之感。

劉備見他倆緘默無聲,看了他們好一陣子,耐不住寂寞,側

頭斜睨着徐庶道:"啊,元直先生!"

徐庶道:"嗯,皇叔!"

劉備道:"你看,軍師來了。"

徐庶無動於衷,衹道:"啊……"隨即寂無聲息。

劉備無奈,衹得斜覻着孔明道:"軍師,徐元直先生來了!"

孔明半閉着眼睛道:"噢……"

原來,孔明、徐庶此時正在默然思考謀略,研究計策,如何商議言談。孔明"噢"得長長的,慢慢睜開眼睛,羽扇一揮,言正色屬地對徐庶道:"哦,我道是誰,原來是你!"

徐庶道:"是我啊!"

這幾句話,聽來平平常常,其實話中有話。孔明的話中顯然含有不滿,意思是說:我道是誰,原來是將千斤重擔留給我的你,你走馬相薦,一走了之,事後甩手不管。徐庶回答說:是我啊,你說我不管,我不是又來了?

孔明又問道:"你來有何事情?"

徐庶道:"我來問你!"

孔明道:"問些什麼?"

徐庶道:"彗星直降東南,何不徙地爲良?"

孔明兩手一攤道:"衹因小星雜亂方位!"

這裏,徐庶把曹操比作彗星,彗星俗稱掃帚星。徐庶問孔明,曹操率兵百萬,橫掃東南,直撲樊城,爲何不保護劉皇叔遷徙他方,躲避兵災?

孔明把衆百姓比作天幕的小星,回答說,因爲衆百姓要隨皇叔同奔江夏,一時雜亂,衹得暫且不動。

徐庶接着詰道:"何不另揀別枝而棲?"

孔明道:"倒要請教!"

徐庶道:"倘然覓得別枝,可要多少?"

孔明道："不過橫川罷了！"

徐庶道："在我啊在我！"

孔明道："費心啊費心！"

在此段話裏，徐庶問"何不另揀別枝而棲"，意思是：目下形勢緊迫，火燒眉毛，爲何還不速速想法，退往別處？孔明道，這事要請教你了。徐庶問，如若安全退往別處，需多少時間？孔明用"橫川"兩字答之，"川"字"橫"寫，就是"三"字，意思是：祇要拖住曹操，再待三日，劉備就能攜民退往別處，曹操縱然打來，也不足懼了。徐庶打包票說，三天之內，保證將曹操拖住。孔明謝道，教你費心了，也就是說拜託你了。

兩人言談至此，徐庶又道："祇是將驚擾尊府！"

孔明道："無妨啊無妨！"

徐庶道："可曾準備？"

孔明道："不能安家，豈能治國！"

徐庶道："慚愧啊慚愧！"

孔明道："抱歉啊抱歉！"

徐庶道："既然如此，各奔前程！"

寥寥數言，徐庶直話告訴孔明，曹兵將去臥龍岡擒拿你的家小，孔明回答，這是沒有妨礙的，祇管前去就是了。徐庶不放心地問，你府上有準備嗎？孔明回答，不能安家，豈能治國！言語中譏諷徐庶，說他顧了治國，忘了安家，稍不小心，老母被曹操弄到許昌，懸梁而亡。徐庶聽了，祇得連喊慚愧。孔明見徐庶如此，連忙道歉，連連說着抱歉。徐庶見大事已商議停當，便對孔明說，大家依計而行，各奔前程。意思是：你孔明須立即動手，讓劉皇叔攜帶百姓逃出樊城，躲往他方；我徐庶回去後，緊緊拖住曹操，三天之內，保證不讓曹兵殺到樊城。

孔明、徐庶二賢計謀定下，徐庶站起身來，朝劉備拱拱手道：

"皇叔,徐庶告辭了!"

此時,劉備與衆文武祇聽得軍師與徐庶你一言,我一語,言辭簡短,不像在商議大事,倒像在抬槓似的。他們聽得懵懵懂懂,一無所知。

劉備見徐庶起身告辭,欲歸曹營,心裏甚是不捨,不禁索然出涕,拉着徐庶道:"元直先生,一年暌違,今日始得相逢,望先生再坐片刻!"

徐庶決然道:"皇叔,來日方長,後會有期了!"說着,移步朝外走去。

劉備見挽留不住,便起身相送。兩人至大堂外滴水簷前,徐庶又連連拱手道:"皇叔請留步,不勞再送了!"

劉皇叔望着徐庶,淚珠簌簌墮下,哽咽着道:"元直先生,今日一別,何日裏再見先生?"

徐庶見劉備如此傷感,甚爲不忍,但祇得硬着心腸道:"皇叔待我之恩,没齒不忘! 人生何處不相逢,皇叔再會了!"

劉備愁腸數轉,哀傷萬分,却是難以言表。張飛見大哥心裏悲酸難忍,便對劉備道:"大哥,還是讓俺送元直先生歸去吧!"

劉備聞言,勉强忍住別離之苦,斷斷續續地道:"三、三、三……弟,請、請代愚兄送元直先生至北關外十里長亭。"

言畢,又注視着徐庶道:"元直先生多多珍重,孤不遠送了!"

劉備、徐庶兩人難分難捨,灑淚而別,張飛送徐庶出轅門往北關而去。

且說北關城門外邊,風、火、雷、電四個旗牌被張飛關在這裏,進退兩難。四旗牌耐心等待徐庶出城,好生心焦。他們轉來轉去,漸覺腹中飢餓起來。正當此時,忽見外城城牆邊走出一人,身穿藍布衫兒,手裏托着一盤,大聲地嚷道:"賣油煎曹操嘿,油煎曹操要哇……"

四旗牌忙道：“來來來，你賣什麼東西？好吃嗎？”

小販跑到他們跟前道：“又香又脆的，叫油煎曹操。”

四旗牌聽了，嚇得面部變色，罵道：“什麼，你這該死的傢伙，我們丞相叫曹操，你竟敢賣油煎曹操，可知犯法嗎？”

小販毫無一點懼色，針鋒相對地道：“什麼犯法不犯法，告訴你，這油煎曹操是樊城的特產，已經有數百年的歷史了。”

四旗牌有些疑惑地道：“真的嗎？讓我們瞧一瞧！”

一旗牌將兜在盤上的油布掀掉，見盤裏有十二個用粉做成的東西，放在油鍋裏氽過，焦黃焦黃的。拿在手裏一審視，個個一模一樣，相貌蟒袍，三角眼，連鬢鬍鬚。一旗牌忍不住笑道：“哈哈哈……你們看，這油煎曹操多麼像我們丞相，簡直是一個印板裏印出來的！”

此時，四旗牌聞到油煎曹操的香氣，更是飢腸轆轆，便不再管它油煎曹操不油煎曹操，問道：“這油煎曹操幾個錢一個？”

小販抬了抬眼皮道：“三個大錢。”

一旗牌摸出一兩銀子，遞給小販道：“這十二個油煎曹操都賣給我們吧！”

小販道：“一兩銀子可買一百八十個油煎曹操，但我沒有零錢，這將奈何？”

旗牌大方地道：“這一兩銀子買十二個就是了。”

小販謝過旗牌，拿了空盤而去。一旗牌道：“我們每人吃兩個油煎曹操，餘下的四個，帶回大營去給弟兄們見識見識。”

另外三個旗牌都表示同意。四旗牌每人抓了兩個油煎曹操，祇一口，把油煎曹操的頭咬了下來，嚼得津津有味，互相稱道。可是，待咬到油煎曹操的肚子時，四旗牌剛咬到嘴裏，又吐到地上，罵道：“這油煎曹操的肚子裏藏的是什麼東西！”

四旗牌低首一看，居然是些稻草。原來，孔明命一兵士扮作小販,叫賣油煎曹操,用來諷刺曹操。意思是:你曹操看起來是一堂堂相國,其實肚子裏衹是一包稻草罷了;你曹操雖説率兵百萬,但總有一日叫你兵敗如山倒。後來,四旗牌將餘下的油煎曹操帶回大營,讓衆弟兄長長見識。這事被曹操知道,雷霆大發,四旗牌的腦袋險些被砍掉。

四旗牌正在吃油煎曹操,驀地,北關城門大開,吊橋平鋪,徐庶、張飛兩騎馳出城門。徐庶在馬上拱手朝張飛道:"三將軍請留步!"

張飛道:"老張送先生至十里長亭。"

徐庶道:"送君千里,總有一別,三將軍不必遠送了!"

張飛道:"老張一定要送!"

徐庶無奈,衹得與張飛並馬緩緩前行。

且説四旗牌見張飛送徐庶出門,急將油煎曹操放好,一旁相候。他們聞得張飛要送徐庶至十里長亭,又見城門開着,吊橋鋪着,要待張飛歸來再關城門。四旗牌思想:此番奉丞相之命暗中監視徐庶,誰知被張飛關於城門之外,回去如何向曹丞相交代?眼下趁張飛送客未歸,進城去窺探一下樊城市容,回去也好搪塞搪塞。四旗牌湊攏來一商量,決定留下一人在吊橋上觀察動静,另外三人入城。

三個旗牌始進城門,遥見不少百姓正昂首觀望什麼東西。三旗牌飛奔上前,擠過去一看,方知是軍隊在行軍。驟聞遠處傳來一陣"軋泠泠、軋泠泠……"的聲音,俄頃,八輛車子自遠而近,衆兵士推的推,拉的拉,車輪轆轆。車子兩邊是兩個大鐵輪,中間一根又圓又粗的管子,用油布緊緊裹着,車上插着一面三角旗,上面寫着一個"炮"字。三旗牌見了愣然失態,暗思:我們丞相大軍百萬即臨樊城,劉備按兵不動,泰然自若,原來有着八尊大炮。八尊大炮後邊,紅臉關羽一手輕勒馬彎,一手提刀,美髯隨風拂動。關羽見隊伍行進稍慢，大聲道："軍士們，速速將大炮運往校場操練！"

衆兵士同聲喊道："是！"

這應答聲，氣衝斗牛，三旗牌聽了，不寒而栗，心中怦怦亂跳。那麼，這八尊大炮是真的呢，還是假的呢？原來，這不過是八尊假炮。適纔孔明聞得徐庶駕臨，立即去書院取了錦囊，吩咐小僮交與關羽。關羽遵軍師錦囊之計，推出這些假炮來給曹操手下的旗牌瞧瞧，旗牌回去稟報曹操，嚇唬嚇唬這個老賊。

且說吊橋上望風的那旗牌，遠眺大道盡頭，眼睛眨也不眨。忽見遠處騰起一股塵土，張飛騙馬而歸。那旗牌忙朝城內大喊道："喂——快出來，張飛回來了！"

城內三個旗牌聞得喊聲，急匆匆跑出城門。四旗牌過了吊橋，邁開大步，追趕徐庶而去。

四旗牌趕上徐庶，同至江邊。徐庶下馬，旗牌將馬牽去下船，繫於頭艙，四旗牌也坐在頭艙。徐庶下船，中艙坐定，暗忖：此番如何引誘曹操上鈎，三日之內不讓曹軍渡河。頭艙裏，四旗牌也在竊竊商議：這次返回大營，倘然徐庶在丞相面前說我們未進樊城，必將性命難保，我們還不如趁早去求徐庶幫忙？四旗牌拿定主意，走到中艙，在徐庶跟前一一下跪，齊道："叩見徐大夫！"

徐庶心裏有數，知道他們要來求自己了，但故作糊塗，裝作驚訝地道："啊，爾等跪下有何事情？"四旗牌道："徐大夫，我們四人被張飛關在城外，請你在丞相面前多多包涵，救救我們的性命。你與丞相講，我們四人是與你一同進城的，如此，我們銘感不盡！"

徐庶故意煞有介事地道："在丞相面前，我豈能說謊！倘被丞相識破，那還了得！"

　　四旗牌聞了,臉色陡變,一起跪在徐庶面前求情,叩頭如搗蒜一般。一個道:"俺上有老母,下有小孩,請徐大夫行個方便吧!"

　　一個道:"我家中有一個八十歲的母親,臥病於榻,徐大夫救救我吧!"

　　徐庶見四旗牌叩頭有頃,便做個順水人情道:"好好好,看爾等可憐,我就與丞相說爾等隨我進城罷了!"

　　四旗牌又叩頭道:"多謝徐大夫!多謝徐大夫!"

　　徐庶道:"且慢!等下我參見丞相,把會見劉備、諸葛亮的經過稟報丞相,丞相如要爾等證實,爾等將如何答復?"

　　四旗牌道:"倘使丞相要我們對證,我們就說徐大夫的話說得一字不差。"

　　徐庶道:"如此,請起來!"

　　四旗牌起身。徐庶此刻甚是愜懷,心忖:曹操啊曹操,你的這幾個心腹,這下倒成了我的心腹了。不多時,船至對岸,徐庶與四旗牌跳上岸,返回大營。

　　徐庶與四旗牌抵曹營,徐庶先回自己營內換去葛巾布袍,再去參見曹操。四旗牌見徐庶去換衣服,便先去大帳。此時,曹操正在帳上等待徐庶歸來,心內有些焦躁。四旗牌進了大帳,跪於虎案前,叩頭道:"小的謁見相爺!"

　　曹操見是四個旗牌,忙道:"罷了,你們歸來了。"

　　四旗牌道:"是的,我們回來了。"

　　曹操詢道:"徐元直先生呢?"

　　四旗牌道:"他正在自己營內更換袍服,隨即就到。"

　　曹操道:"你們四人,可曾離開徐元直先生嗎?"

　　四旗牌道:"我們與徐元直先生寸步不離,一同進樊城,一同上大堂,又一同歸來。"

　　曹操信以為真，喜氣溢於眉間，又問道："你們在樊城可曾見到什麼？"四旗牌聽罷，暗忖，我們幸而入城門看了一看，不然，眼下以何答之。他們道："我們見關羽帶着一隊人馬，拖着八尊大炮，前往校場操練。"

　　曹操聞了，出乎意料，心裏一駭，道："喔——"曹操一時無言，片刻，始道："你們與徐元直先生同上大堂，可曾碰到劉備嗎？"

　　四旗牌道："碰到的，碰到的！"

　　曹操道："徐元直先生與劉備講些什麼，與我詳細道來？"

　　四旗牌既急又慌，内心揣度：此話不得胡言亂語，倘被丞相識破，是要斬首的。便慢吞吞地道："啓稟丞相，我們四人隨徐先生進了樊城，至轅門，徐先生下馬。上了大堂，劉備請徐先生一齊坐下，我們四人侍立於側……"

　　曹操見四旗牌言辭囉嗦，喝道："廢話少説！"四旗牌嚇得兩股戰戰，提心吊膽地道："劉、劉、劉備問徐先生有何事情，徐、徐……"

　　曹操急道："徐元直先生怎麼説？"

　　四旗牌支支吾吾地道："徐先生説、説、説……説並無別事，是、是有一件大、大、大事……"

　　四旗牌再也編不出來了，祇得停下了，低着頭，宛如泥塑一般。正於此時，忽見徐庶撩袍步進大帳，四旗牌看見救星降臨，知道這場虛驚即將過去，便對曹操道："丞相，你看，徐元直先生來了，丞相問他自己吧！"

　　曹操詢問再三，除了八尊大炮，別無所得，心裏不免有些惱火。

　　且説徐庶一進大帳，聞得曹操正在盤問四個旗牌，心裏別別直跳，暗暗思量：這事多險啊！如若自己再稽延片刻，真相必將顯露。徐庶踏步至虎案前，拱手道："丞相，徐某奉命去樊城勸劉備歸降，茲回來繳令！"說着，把將令奉上。

曹操收回將令，插於令架，朝徐庶望了望，道："元直先生，老夫命爾去樊城勸降劉備，此事如何？"

徐庶道："啓稟丞相，徐某與四旗牌進了樊城，至大堂上，旁人皆在，唯有那決策的重要人物不在。"

四旗牌聽説重要人物不在，急得臉色煞白，冷汗直冒。心想：我們方纔説劉備在堂，他却説那決策的重要人物不在，二者不相吻合，這可奈何？四旗牌俯首佇立堂下，瞑目靜待禍殃降臨。祇聞得曹操道："誰人不在啊？"

徐庶一字一板地道："就是那個諸葛亮！"

四旗牌聽了，懸在心中的一塊石頭落地，擦擦額頭的汗珠，趁勢附和道："是啊，就是不見那個諸葛亮。"

曹操甚是性急，催促道："快講下去！"

徐庶道："徐某上前見過劉備，劉備説我既已降了丞相，又爲何前去樊城？徐某便單刀直入，導之以理：'皇叔啊皇叔，大禍即將臨頭，你還蒙在鼓裏。曹丞相興師百萬，兵臨城下，樊城轉眼間將被踏爲平地。爲免百姓遭殃，生靈塗炭，皇叔何不歸降丞相？'"

曹操道："那劉備如何回答？"

徐庶微笑着道："劉皇叔愛民如子，被我這麼一説，驟然失色，一聲長歎，無可奈何地道：'也罷——事到如今，爲了兩縣百姓，我劉備就歸降了吧！'"

曹操聽了，不禁大笑道："哈哈……劉備他竟願意歸降老夫了！"

徐庶道："是的，劉備願意歸降了！"

帳下衆文武見曹操狂笑失態，心想：丞相不要過早高興，徐庶説話，瞬息萬變，他還没有説完呢。曹操止住笑聲，詢道："元直先生，那麽，降書在何處？"

徐庶道："劉備正伏案揮毫，書寫降書，欻見外邊急急進來一人。丞相，你可知是哪一個啊？"

曹操道："究竟是誰呢？"

徐庶道："就是那個諸葛亮。"

曹操道："那諸葛村夫又如何？"

徐庶道："那諸葛亮一進來，劉備讓坐，他正中坐下。諸葛亮對劉備道：'主公，你爲何要投降曹操？主公今日既要投降曹操，當初爲何要三顧茅廬？爲何要登臺拜山人爲將？爲何要火燒博望、火燒新野？'諸葛亮怒髮衝冠，振振有詞，非但勸阻劉備歸降，還把丞相辱罵一頓！"

曹操聽得罵他，怒火中燒，問道："好大膽的村夫，竟敢辱罵老夫！不知他罵些什麽？"

徐庶道："徐某不敢言説！"

曹操道："祇管如實説來，與爾無干！"

徐庶聽罷，甚喜，心裏尋思：今日藉此機會，怒罵一番，出出自己的滿腹怨氣。徐庶道："那諸葛亮抓起案上劉備尚未寫完的降書，撕個粉碎。他立起身子，當衆罵道：'那曹操啊，託名漢相，實爲漢賊。奸於董卓，惡勝王莽，欺天子於許田，逼貴妃於宫門，殺孔融於金殿，害萬民於天下。天下百姓恨不能寢其皮、食其肉、掏其心、勾其魂也！'"

曹操聽得怒氣填膺，不禁失聲叫道："啊呀呀……氣死老夫了！"

徐庶微微抬首，朗然道："丞相，此非徐某言説，乃是諸葛亮所罵。"

曹操並未全然相信。怕徐庶添油加醬，藉機辱罵自己，問四個旗牌道："老夫問你們,諸葛亮當真如此謾罵老夫嗎?"

四旗牌道："啓禀丞相,諸葛亮確是這樣罵的,徐先生説得一字不差!"

曹操聽罷,忿然道："既如此,老夫立即興兵,攻進樊城,殺它個鷄犬不留,叫那諸葛村夫、孤窮劉備死無葬身之地!"

此時,徐庶忽爾咬牙切齒,蹬足喊道："我好恨啊! 我好恨啊……"

曹操見徐庶這副樣子,問道："元直先生恨從何來?"

徐庶慢慢道："我恨死了那諸葛村夫! 徐庶勸降劉備,原可成功,不意那諸葛村夫一人作梗,攔阻反對,使我全功盡棄。徐某這樁赫然大功,豈非毀在那諸葛村夫的手中? 我好恨啊……"

曹操見徐庶恨恨不平,婉言道："元直先生不必如此,待老夫立即兵進樊城……"

徐庶望着曹操,眼眸骨碌一轉,道："徐某有一計在此,看那諸葛村夫降不降也!"曹操見徐庶恨死了諸葛亮,願獻計謀,心想:謝天謝地,今日徐庶總算真心向着我了。曹操道："元直先生究竟有何妙計? 請道其詳。"

徐庶道："丞相,那諸葛村夫家住南陽臥龍岡,離此僅一百二十里。丞相祇消命一大將率兵前往臥龍岡,把諸葛村夫闔家老小全都拿來,押到樊城城下。然後叫那諸葛村夫獻城歸順丞相,如若不肯,將他闔家斬盡殺絶,看那諸葛村夫投降不投降!"

曹操笑着道："元直先生此計甚妙!"

曹操當即拔令在手,朝帳下道："哪位將軍願率兵前往南陽臥龍岡,將諸葛村夫闔家老小擒來?"

帳下夏侯惇聽了,心裏揣量:俺被那諸葛亮連燒兩次,吃盡苦頭,險些喪命。這次俺要去把那諸葛亮的家眷生擒活捉,解解心頭之恨,也叫諸葛亮知道知道俺的厲害。因此,夏侯惇第一個跳將出來，獨眼龍凝望着曹操，大聲道："丞相，末將夏侯惇願往！"

曹操見是夏侯惇，知道他對諸葛亮懷恨甚深，便道："帶兵一千，立即前往南陽臥龍岡！"

夏侯惇道："遵令！"

夏侯惇接過將令，大步走出大帳，提槍上馬，率領一千人馬，徑往南陽臥龍岡而去。

且説夏侯惇率兵抵臥龍岡，縱目遠眺，風景獨好，仿佛蓬萊仙境一般。漸近諸葛草廬，祇見草廬大門前一片莊場，莊場外圍着竹籬笆，那竹籬門緊閉着。夏侯惇傳令兵士衝將進去。一聲令下，一百餘名士兵打開竹籬門，蜂擁着衝入莊場。不料，衆兵士一衝到裏邊，一個個盡皆跌倒在地，一動也不動，毫無聲息。

夏侯惇身經百戰，可這樣的事從未遇到過。他萬分詫異，吩咐一小兵上前察看。小兵走一步，停一下，小心翼翼至竹籬門外，再也不敢越雷池一步，伸頸凝望片刻，回到夏侯惇跟前單腿跪下，稟報道："稟上夏侯將軍，這些弟兄似乎皆已跌死，請將軍定奪！"

夏侯惇聞言，並不出聲，祇是瞪出獨眼發呆。良久，始對手下道："來，待俺上前觀看，這究竟是何道理？"

夏侯惇至竹籬門外止步，手下遵循夏侯惇吩咐，戰戰兢兢從莊場上拖來四五個小兵，一看，皆已魂歸黃泉。可是，死者身上又不見一絲傷痕，教人滿腹疑雲。

夏侯惇吩咐手下將死者的衣褲脱去，渾身上下仔細察看。手下從頭頂查到脚底，方纔查到致命之傷。祇見脚底尚在滲血，顏色發紫，中間露出一枚竹籤，拔出來一看，長不到二寸。手下拔了幾枚竹籤，遞與夏侯惇。夏侯惇接過竹籤，放在掌中，獨眼龍橫看竪看，也不識此物。他暗暗尋思：諸葛亮的用兵武器，確乎非同小可，大的地雷火炮，小的一枚竹籤，却皆能致人死命。夏侯惇詢問手下，無人知曉這竹籤是什麼名堂。他便將這幾枚竹籤用布包好，藏於靴筒裏，準備拿回去給丞相看看。

原來，這竹籤名叫地弩，是裝置在地上發射的弩。看官也許會問，這弩是何物呢？弩是古代利用機械來發射的弓，種類頗多，有連弩、地弩等等。諸葛亮命人把地弩埋在莊場上方磚縫裏，腳一踏上去，竹籤就噴射出來，刺中腳底。這竹籤塗上鶴頂紅、孔雀膽，人一旦被射中，毒氣攻心，立即跌倒，當場斃命。

此時，夏侯惇見莊前設有埋伏，不能進去，便帶兵繞到了莊後，命兵士衝進莊場。豈料莊前莊後一模一樣，一百餘名兵士一到裏邊，紛紛跌倒於地，嗚呼哀哉。

夏侯惇見人未進諸葛亮的茅廬，兵士已死去二百餘人。欲命兵士繼續前衝，祇是枉然送掉一些性命而已；欲退將回去，又恐被眾文武訕笑。夏侯惇惱怒異常，翻來覆去思想，主意不定。倏地，一個念頭閃進夏侯惇的腦海：那諸葛亮兩次把俺燒得焦頭爛額，差點去閻王府報到，今日俺何不也燒他一次，把諸葛亮的老窠毀掉？大火一起，諸葛亮的家小逃出來，俺可以一個一個地抓將起來。

於是，夏侯惇命兵士把莊子團團包圍起來，把火箭射進去，把火藥包擲進去。頃刻間，火焰騰起，火勢熾烈。

夏侯惇及眾兵士在莊子四周守候半天，等待諸葛亮的家小出來，却始終不見一點影子。至此刻，夏侯惇方死心，祇得返回大營去見曹操繳令。

夏侯惇往返三天，死去二百餘名士兵，一無所得。

曹操聽罷夏侯惇的稟報，略一沉思，猛地省悟，明白又上徐庶的當了。他嘴上不便發作，胸中的憤怒難於抑制，對徐庶恨之入骨。

曹操案上拔起一支令箭,亢聲道:"四位先行將聽令!"

張郃、高覽、高平、高懷四將踏步上前道:"末將在!"

曹操道:"爾等帶兵五萬,速速在樊河上築起十二座浮橋,愈快愈好!"

四將齊道:"遵令!"言畢,退了出去。

曹操隨即傳令道:"百萬大軍,立即整裝待發,殺往樊城,擒捉諸葛村夫與孤窮劉備!"正是:

> 諸葛出山兩把火,燒退曹軍百萬兵。戰塵滾滾今又起,
> 雄師赳赳撲樊城。

《諸葛亮出山》至此告一段落;接着是寫張飛、趙雲的一段好書,請看下書《血戰長坂坡》。

後　記

　　《三國演義》爲中國古典小說名著。它的形成，由來尚矣。隋唐時期叢林俗講興起，敷衍佛經，搬演史傳，都講梵誦與中國曲藝結合，孳乳衍變，而講唱文學茁長焉。録爲藍本，遂由口頭創作，成爲書面讀物。浸而雅俗共賞，蔚爲文苑巨囿。俗講"演義"，傳於今者有敦煌本《維摩詰經文殊師利問疾品演義》，刊於羅振玉所輯《敦煌零拾》中。陳寅恪氏謂："佛典制裁長行與偈頌相間，演說經義自然仿效之，故爲散文與詩歌互用之體。後世衍變既久，其散文體中偶雜以詩歌者，遂成今日章回體小說。"此論識卓。衍至今日，藝人說書及其記録整理，冀存原貌者，猶見其史影也。

　　三國故事民間早見流傳。李商隱《驕兒詩》有："或謔張飛胡，或笑鄧艾吃。"蘇軾《東坡志林》引王彭云："塗巷中小兒薄劣，其家所厭苦，輒與錢令聚坐聽說古話，至說三國事……"孟元老《東京夢華録》"京瓦伎藝"條謂："霍四究說三分。"高承《事物紀原》謂："宋朝仁宗時，市人有能談三國事者。"羅燁《醉翁談録》謂："三國志諸葛亮雄材。"此見宋時說話三國故事已深入民間矣。元至治間，有《新刊全相平話三國志》刻本傳世。明高儒《百川書志》註録：《三國志通俗演義》二百四卷。羅貫中採漢晉之遺文、詠瓦舍之逸韻，成此巨著，允爲三國創作功臣。清毛聲山、宗崗父子改編成第一才子書《三國演義》，"理扶質以立幹，文垂條而結繁"，遂使《演義》一書，不脛而走，其功亦不朽矣。

《三國演義》來自民間，分道揚鑣；然猶還之民間。民間説書，迄於今日，未嘗稍輟也。藝人代有闡發，推波助瀾，益臻完美。張燈危坐，傳神繪形，聽者動容。流傳遍於各地，澤流海外。藝人與作家結合，研討修改，發爲撰述。合之雙美，離之兩傷。記録整理之書，如雨後春筍。揚州、蘇州流派之書，大江南北，尤爲顯奕。

汪雄飛説《三國》，爲蘇州評話中一支。余於五十年代識之，賞其藝術之精。視千載於須臾，撫三國於一瞬。叱咤風雲，拍案驚奇。抛出懸念，令人回味無窮。

1985年春，汪先生暨浙江文藝出版社編輯來訪，囑爲整理《諸葛亮出山》。落筆數月，内子忽嬰險疾，寢食不安。顧念繳稿之諾，迫於眉睫，遂倩弟子陸君子康協助。陸君筆健，課務之暇，承其不辭辛勞，抄綴每至夜深盡漏。此書殺青，功不可泯。

汪説《三國》，自關雲長五關斬將至諸葛亮秋風五丈原，擇其重要情節，離爲五段，整理者亦爲多人。此書爲第二册。出版社爲統一體例起見，回目俱改七言；每回之首"話説"、回尾"且聽下回分解"俱芟删去；余略抒胸中懷抱，曾成《緣起》一回，以與他書體例不合，故亦未録。余則以爲各書風格或有差異，譬之吟詠，高明者近唐，沉潛者近宋，自不必軒輊而一刀切之。

劉操南

一九八八年十二月

圖書在版編目(CIP)數據

諸葛亮出山 / 劉操南,汪雄飛編著. —杭州:浙江大學出版社,2021.7
(劉操南全集)
ISBN 978-7-308-19712-0

Ⅰ.①諸… Ⅱ.①劉…②汪… Ⅲ.①章回小説—中國—當代 Ⅳ.①I247.4

中國版本圖書館 CIP 數據核字(2019)第 253769 號

諸葛亮出山

劉操南　汪雄飛　編著

策劃主持	黃寶忠　宋旭華
責任編輯	胡　畔
責任校對	趙　玨
封面設計	項夢怡
出版發行	浙江大學出版社
	(杭州市天目山路 148 號　郵政編碼 310007)
	(網址:http://www.zjupress.com)
排　版	浙江時代出版服務有限公司
印　刷	浙江新華數碼印務有限公司
開　本	880mm×1230mm　1/32
印　張	10.75
彩　插	1
字　數	270 千
版 印 次	2021 年 7 月第 1 版　2021 年 7 月第 1 次印刷
書　號	ISBN 978-7-308-19712-0
定　價	56.00 元